DITES AUX LOUPS
QUE JE SUIS CHEZ MOI

CAROL RIFKA BRUNT

DITES AUX LOUPS QUE JE SUIS CHEZ MOI

Traduit de l'anglais (États-Unis)
par Marie-Axelle de La Rochefoucauld

BUCHET • CHASTEL

Titre original :
Tell The Wolves I'm Home

7, rue des Canettes, 75006 Paris

ISBN : 978-2-283-02669-4

NOTE DE L'AUTEUR

Je suis heureuse que, la plupart du temps, les faits réels aient parfaitement convenu à mon histoire. Mais lorsque ce n'était pas le cas, j'ai pris la liberté de les retoucher – aussi délicatement que possible – pour les adapter à mon propos.

Pour Maddy, Oakley et Julia

1

Cet après-midi-là, ma sœur Greta et moi étions chez notre oncle Finn pour qu'il fasse notre portrait, parce qu'il savait qu'il allait bientôt mourir. C'était après avoir compris que je n'emménagerais pas dans son appartement quand je serais grande et que je n'habiterais pas avec lui le reste de ma vie. Après avoir arrêté de croire que ce sida machin chose n'était qu'une sorte de grand malentendu. La première fois qu'il en a fait la demande, ma mère a refusé. Elle disait qu'il y avait quelque chose de macabre dans cette histoire. Quand elle nous imaginait toutes les deux assises dans l'appartement de Finn avec ses immenses fenêtres et l'odeur d'orange et de lavande, quand elle l'imaginait lui en train de nous envisager comme si c'était peut-être la dernière fois, ça la rendait malade. Et puis elle disait que la route était très longue entre le nord de Westchester et Manhattan. Elle a croisé les bras sur sa poitrine, planté son regard droit dans les yeux bleu marine de Finn et lui a dit qu'il était tout simplement difficile de trouver le temps.

– Je te le fais pas dire.

C'est ça qui l'a décidée.

Aujourd'hui j'ai quatorze ans, mais j'en avais encore treize cet après-midi-là. Greta avait quinze ans. C'était en 1986, à la fin du mois de décembre, et ça faisait six mois qu'on allait chez Finn un dimanche après-midi par mois. Uniquement nous trois, ma mère, Greta et moi. Mon père ne venait jamais et il avait raison. Il n'y avait pas sa place.

J'ai grimpé sur la banquette arrière du mini-van. Greta s'est assise devant moi. Je m'étais installée de façon à pouvoir l'observer sans qu'elle s'en aperçoive. Regarder les gens est un bon passe-temps, mais il faut être prudent. Il ne faut pas se faire remarquer. Quand on vous surprend, on vous traite comme un dangereux criminel. Peut-être à raison. Peut-être que c'est un crime d'essayer de voir des choses que les gens ne veulent pas qu'on voie. Ce que j'aimais observer, chez Greta, c'étaient ses cheveux sombres et soyeux qui reflétaient le soleil, et les branches de ses lunettes qui ressemblaient à deux petites larmes égarées, cachées juste derrière ses oreilles.

Ma mère était branchée sur KICK FM, la radio country, et même si je n'aime pas tellement ce style de musique, parfois, si on se laisse entraîner par le rythme de ces chansons pleines d'enthousiasme, on pense aux bons vieux barbecues avec toute la famille réunie dans le jardin, aux collines enneigées que des enfants descendent en luge et aux repas de Thanksgiving. Des choses saines. C'est pour ça que ma mère aimait écouter cette station quand on allait chez Finn.

Nous ne parlions pas beaucoup pendant ces trajets vers New York. C'était seulement le glissement régulier du van, la country populaire et l'Hudson aux eaux troubles avec de l'autre côté le New Jersey, gris et imposant. Je gardais les yeux sur Greta tout du long, parce que ça m'empêchait de trop penser à Finn.

La dernière fois que nous lui avions rendu visite, c'était un dimanche pluvieux de novembre. Finn avait toujours été mince – comme Greta, comme ma mère, comme j'aurais voulu l'être – mais, ce jour-là, sa maigreur avait franchi un nouveau cap. Comme ses ceintures étaient toutes trop grandes, il avait noué une cravate vert émeraude autour de sa taille. Je fixais cette cravate des yeux en me demandant quand il avait pu la porter pour la dernière fois, essayant d'imaginer quel genre d'occasion aurait été appropriée pour quelque chose d'aussi vif et chatoyant, quand soudain Finn avait levé les yeux de sa toile, pinceau en l'air, et nous avait dit : « Ce ne sera plus très long. »

Greta et moi avions hoché la tête, même si aucune de nous ne savait s'il parlait du tableau ou de sa mort. Plus tard, de retour à la maison, j'avais dit à ma mère qu'il ressemblait à un ballon dégonflé. Greta, elle, avait ajouté qu'il lui faisait penser à un petit papillon de nuit enveloppé dans une toile d'araignée grise. C'est parce que tout est plus beau chez Greta, même sa façon d'exprimer les choses.

C'était le mois de décembre, donc, la semaine avant Noël, et nous étions coincées dans les embouteillages aux abords du pont George-Washington. Greta s'est retournée sur son siège pour me regarder. Elle m'a fait un sourire en coin et a sorti une petite branche de gui de la poche de son manteau. C'était le troisième Noël qu'elle se promenait avec du gui toujours prête à bondir sur son entourage. Elle l'emportait à l'école et nous terrorisait avec à la maison. Son tour préféré consistait à se faufiler discrètement derrière nos parents, puis à sauter en l'air pour brandir le gui au-dessus de leurs têtes. Comme ils n'étaient pas du genre très démonstratif en public, Greta adorait les y forcer. Dans le van, Greta agitait le gui vers moi jusqu'à m'en frôler le visage.

– Tu vas voir, June. Je vais le brandir au-dessus de toi et d'oncle Finn et qu'est-ce que tu vas faire ?

Elle m'a souri, attendant ma réponse.

Je savais à quoi elle pensait. Il faudrait que je me montre désagréable avec Finn ou que je prenne le risque d'attraper le sida, et elle voulait me regarder décider. Greta savait quel genre d'ami Finn était pour moi. Elle savait qu'il m'emmenait dans des galeries d'art, qu'il m'apprenait à adoucir les visages que je dessinais rien qu'en frottant un doigt sur les lignes de crayon. Elle savait qu'elle ne faisait pas partie de notre petit monde.

J'ai haussé les épaules.

– Il m'embrassera sur la joue, c'est tout.

Mais, même en le disant, je pensais aux lèvres de Finn qui étaient à présent tellement gercées qu'elles se fendillaient. Je pensais aux petites coupures qui se mettaient parfois à saigner.

Greta s'est penchée vers moi, les bras posés sur son dossier.

– Ouais, mais comment tu sais que les microbes d'un bisou peuvent pas s'infiltrer sous la peau de ta joue ? Comment tu peux être sûre qu'ils vont pas se retrouver à nager dans ton sang en passant par les trous de tes pores ?

Je n'en savais rien. Et je ne voulais pas mourir. Je ne voulais pas devenir toute grise.

J'ai haussé les épaules encore une fois. Greta s'est rassise sur son siège mais, même de dos, je voyais bien qu'elle souriait.

Il s'est mis à neiger et les petits flocons fondaient sur les vitres de la voiture tandis que nous traversions la ville. J'essayais de trouver une bonne répartie pour Greta, quelque chose pour lui faire comprendre que Finn ne me mettrait jamais en danger. Je pensais à toutes les choses que Greta ignorait sur Finn. Quand il m'avait dit que le portrait n'était qu'un prétexte. Quand il avait vu mon regard lors de notre toute première séance de pose. Quand il avait attendu que ma mère et Greta aillent au salon et que, à ce moment-là, quand il n'y avait plus que nous deux dans l'entrée étroite de chez lui, il m'avait mis la main sur l'épaule, s'était penché et m'avait murmuré à l'oreille : « Comment est-ce que je pourrais passer tous ces dimanches avec toi sinon, Crocodile ? »

Mais c'était quelque chose que je n'aurais jamais pu dire à Greta. Au lieu de ça, quand nous sommes arrivées dans le parking sombre, je suis sortie du van en lâchant :

– De toute façon, la peau est imperméable.

Greta a doucement fermé sa portière et m'a rejointe de l'autre côté du van. Pendant quelques secondes, elle est restée là à me considérer. À regarder mon corps lourd et maladroit. Elle a resserré les bretelles de son sac à dos sur ses épaules de moineau et a secoué la tête.

– Tu peux croire ce que tu veux, m'a-t-elle dit tout en tournant les talons pour se diriger vers l'escalier.

Mais c'était impossible et Greta le savait très bien. On peut essayer de croire ce qu'on veut, mais ça ne marche jamais. Notre cerveau et notre cœur décident de ce qu'on va croire, un point, c'est tout. Que ça nous plaise ou non.

Quand nous étions chez oncle Finn, ma mère passait son temps dans la cuisine, à nous préparer du thé dans une magnifique théière russe qui était bleue, rouge et dorée avec, gravés sur les côtés, des petits ours qui dansaient. Finn disait que cette théière était exclusivement destinée à servir le thé aux gens qu'il préférait. Elle nous attendait toujours quand nous arrivions. Du salon, nous entendions ma mère mettre de l'ordre dans les placards de Finn, enlever des bocaux et des boîtes de conserve, des tasses et des assiettes, et puis les y ranger. De temps en temps, elle venait nous servir du thé, qui en général refroidissait parce que Finn était occupé à peindre et que Greta et moi n'avions pas le droit de bouger. Tous ces dimanches, c'est à peine si ma mère regardait Finn. De toute évidence, elle était effondrée à l'idée que son unique frère allait mourir. Mais parfois je me disais qu'il y avait autre chose. Elle ne regardait jamais le tableau non plus. Elle s'approchait pour poser la théière et détournait les yeux quand elle passait près du chevalet. Parfois, je me disais que c'était pas Finn le problème. Parfois, j'avais l'impression que c'était la toile et les pinceaux qu'elle ne voulait pas voir.

Cet après-midi-là, nous sommes restées assises une heure et demie pendant que Finn faisait notre portrait. Nous écoutions le *Requiem* de Mozart, que Finn et moi adorions. Même si je ne crois pas en Dieu, j'avais convaincu ma mère l'année d'avant de me laisser participer au chœur catholique de notre ville, juste pour pouvoir chanter le *Kyrie* de Mozart à Pâques. Je ne sais même pas vraiment chanter, mais en fait, si on ferme les yeux quand on chante en latin, et si on est au dernier rang du chœur pour pouvoir garder une main sur la pierre froide du mur de l'église, on peut s'imaginer au Moyen Âge. Voilà la raison. C'est pour ça que j'avais intégré le chœur.

Le *Requiem* était un secret entre Finn et moi. Rien que nous deux. Nous n'avions même pas besoin de nous regarder lorsqu'il le mettait. Nous comprenions tous les deux. Un jour, il m'avait emmenée à un concert dans une belle église sur la 84e Rue et m'avait dit de fermer les yeux et d'écouter.

C'est la première fois que je l'ai entendu. C'est là que j'en suis tombée amoureuse.

Il m'avait dit :

« La musique te prend par surprise, elle te fait croire qu'elle est douce et inoffensive, en bourdonnant gentiment, et puis, tout à coup, boum, elle s'élève, menaçante. On n'entend plus que des percussions, des cordes grinçantes et des voix sombres et profondes. Puis, tout aussi rapidement, le calme revient. Tu vois, Crocodile ? Tu vois ? »

Crocodile, c'était le surnom que Finn me donnait parce qu'il disait que j'étais comme un être d'une autre époque qui rôdait, observant tout et prenant le temps de se faire une opinion. J'adorais quand il m'appelait comme ça. Il était assis dans cette église à essayer de s'assurer que je comprenais la musique. « Tu vois ? » avait-il répété.

Et, oui, je voyais. Du moins je pensais voir. Ou peut-être que je faisais juste semblant parce que je ne voulais surtout pas que Finn me prenne pour une idiote.

Cet après-midi-là, le *Requiem* flottait au-dessus de toutes les belles choses de l'appartement de Finn. Ses tapis turcs moelleux. Le vieux haut-de-forme en soie accroché au mur. Ce gros bocal rempli à ras bord de médiators de toutes les sortes et de toutes les couleurs possibles et imaginables. Des cornichons de guitare, comme les appelait Finn, parce qu'il les gardait dans un bocal à conserves. La musique flottait en direction de l'entrée, en passant devant la porte de la chambre de Finn, qui était fermée, privée, comme toujours. Ma mère et Greta ne semblaient pas remarquer la façon dont les lèvres de Finn bougeaient au rythme de la musique – *Voca me cum benedictus... gere curam mei finis...* Elles n'avaient même pas idée qu'elles écoutaient un chant funèbre, ce qui n'était pas plus mal parce que si ma mère avait su ce qu'était cette musique, elle l'aurait éteinte im-mé-dia-te-ment.

Au bout d'un moment, Finn a retourné la toile pour que nous puissions voir son travail. C'était important parce que c'était la première fois qu'il nous montrait le portrait.

– Approchez-vous, les filles.

Il ne parlait jamais lorsqu'il travaillait aussi, quand il a finalement ouvert la bouche, il en est sorti un murmure à peine audible. Un soupçon de gêne est apparu sur son visage, puis il a attrapé une tasse de thé froid, a bu une gorgée et s'est éclairci la voix.

– Danni, toi aussi, viens donc voir.

Ma mère n'a pas répondu, alors Finn a appelé de nouveau en direction de la cuisine.

– Allez. Juste une seconde. Je veux savoir ce que t'en penses.

– Pas maintenant, a-t-elle répondu. Je suis occupée.

Finn a gardé les yeux tournés vers la cuisine comme s'il espérait qu'elle allait changer d'avis. Quand il a été évident qu'elle ne viendrait pas, il a froncé les sourcils et a fait de nouveau face à la toile.

Il s'est levé du vieux fauteuil bleu sur lequel il s'asseyait toujours pour peindre, s'est appuyé un moment sur le dossier en faisant la grimace, le temps de retrouver son équilibre. Il a reculé d'un pas et j'ai remarqué qu'à part la cravate verte autour de sa taille, les seules couleurs de Finn étaient celles des petites éclaboussures de peinture sur sa blouse blanche. Nos couleurs, à Greta et à moi. J'avais envie de lui prendre son pinceau des mains pour le recolorer, lui rendre ses couleurs d'autrefois.

– Dieu merci, s'est exclamée Greta en s'étirant et en agitant ses cheveux.

J'ai examiné le portrait. J'ai vu que Finn m'avait placée légèrement devant Greta, même si ce n'était pas comme ça que nous étions assises, et ça m'a fait sourire.

– C'est pas fini… n'est-ce pas ? ai-je demandé.

Finn s'est approché de moi. Il a incliné la tête et a regardé le portrait, sa représentation de Greta, puis la mienne. Il a plissé les yeux et a observé cette autre moi avec intensité. Il s'est penché au point de presque toucher la toile fraîche du bout du nez et j'ai senti un frisson me parcourir le bras.

– Non, a-t-il dit en secouant la tête, les yeux toujours fixés sur le portrait. Pas tout à fait. Est-ce que tu vois ? Il manque quelque chose. Peut-être au fond… peut-être un peu plus de travail sur les cheveux. Qu'est-ce que tu en penses ?

J'ai expiré et j'ai détendu mes épaules, incapable de retenir un sourire. J'ai hoché la tête avec conviction.

– Je suis d'accord. Je pense qu'on devrait encore venir trois ou quatre fois.

Finn m'a rendu mon sourire et a frotté sa main pâle sur son front blême.

– C'est ça. Trois ou quatre, a-t-il dit.

Il nous a demandé ce que nous pensions du tableau pour l'instant. J'ai répondu que c'était formidable et Greta est restée silencieuse. Elle nous tournait le dos. Elle ne regardait même pas le tableau. Elle avait les mains dans les poches et, quand elle a fini par pivoter vers nous, son visage était inexpressif. C'est une caractéristique de Greta. Elle peut masquer tout ce qu'elle pense. Sans crier gare, elle a sorti son gui et l'a brandi en l'air d'une main. Elle l'agitait comme si elle voulait fendre l'air au-dessus de nos têtes, comme s'il s'agissait de bien plus que de simples feuilles et baies de Noël. Finn et moi avons tous deux levé les yeux et mon cœur a fait un bond dans ma poitrine. Nous nous sommes regardés le temps qu'il faut à un grain de sable pour tomber dans un sablier ou à une goutte d'eau pour couler d'un robinet qui fuit et Finn, *mon* oncle Finn, a lu dans mes pensées – paf, comme ça. Pendant cette fraction de seconde, il a vu que j'avais peur et a incliné ma tête pour m'embrasser sur les cheveux avec la légèreté d'un papillon.

Sur le chemin du retour, j'ai demandé à Greta si elle pensait que le sida pouvait s'attraper par les cheveux. Elle a haussé les épaules, puis s'est détournée et a regardé par la vitre jusqu'à l'arrivée.

Je me suis fait trois shampooings ce soir-là. Puis je me suis enveloppée dans des serviettes ; je me suis blottie dans mes draps et j'ai essayé de dormir. J'ai compté les moutons, les étoiles et les brins d'herbe, mais rien ne marchait. Je ne pensais qu'à Finn. Je pensais à son doux baiser. Je me remémorais comment, l'espace d'une seconde, quand il s'était penché sur moi, le sida, Greta et ma mère avaient disparu de la pièce. Il n'y avait plus que Finn et moi dans ce laps de temps et, avant que je ne puisse m'en empêcher, je me demandais comment ce serait s'il m'embrassait sur la bouche. Je sais que c'est dégoûtant, révoltant, mais je veux dire la vérité, et la vérité c'est que, cette nuit-là, j'étais dans mon lit à imaginer le baiser de Finn. J'étais dans mon lit à penser à tout ce que j'avais sur le cœur, que ce soit possible ou impossible, bien ou mal, dicible ou indicible, et, quand toutes ces pensées se sont envolées, il ne restait plus qu'une certitude : à quel point mon oncle Finn allait me manquer.

2

Se promener tout seul dans les bois est la meilleure façon de s'imaginer à une autre époque. C'est une chose qu'on ne peut faire que seul. S'il y a quelqu'un avec nous, c'est trop facile de se rappeler où l'on est vraiment. Les bois où je vais commencent derrière les bâtiments du collège et du lycée. Ils s'étendent sur des kilomètres au nord, en direction de Mahopac et de Carmel, et plus loin vers des endroits dont je ne connais pas le nom.

La première chose que je fais quand j'arrive dans les bois, c'est d'accrocher mon sac à dos à une branche d'arbre. Puis je me mets à marcher. Pour que ça fonctionne, il faut marcher jusqu'à ce qu'on ne puisse plus entendre aucune voiture, et c'est ce que je fais. Je marche encore et encore jusqu'à ne plus entendre que le craquement des branches et le bruissement du ruisseau. Je suis le cours d'eau jusqu'à un lieu où se trouvent un vieux mur de pierre en ruine et un grand érable. C'est mon endroit préféré. C'est là que je m'arrête. Dans le livre *Un raccourci dans le temps*, on dit que le temps est comme une grande couverture, vieille et chiffonnée. Ce que j'aimerais, c'est être attrapée dans cette couverture. Bordée à l'abri. Cachée dans un tout petit pli.

En général, je m'imagine au Moyen Âge. En Angleterre. Parfois, je chantonne quelques mesures du *Requiem*, même si je sais bien qu'il ne date pas de cette époque. Et j'observe tout ce qui m'entoure – rochers, feuilles mortes, vieux arbres – comme si j'avais le pouvoir de lire ces choses. Comme si ma vie dépendait de ma compréhension parfaite de ce que la forêt a à dire.

Je m'assure de prendre avec moi une vieille robe en dentelle que portait Greta quand elle avait douze ans. Elle est beaucoup trop petite pour moi, du coup je dois mettre un chemisier en dessous et garder les boutons ouverts dans le dos. Elle a plus l'air de sortir de *La Petite Maison dans la prairie* que du Moyen Âge, mais c'est le mieux que j'aie trouvé. Et puis j'ai mes bottes médiévales. N'importe qui vous dira que le plus difficile est de trouver les bonnes chaussures. Et, pendant une éternité, je n'avais que de basiques chaussures noires en toile que je m'efforçais de ne pas regarder parce qu'elles gâchaient tout.

Le jour où j'ai eu mes bottes, qui sont en daim noir avec des lacets de cuir en croisillons, c'était au festival médiéval aux Cloisters, avec Finn. On était au mois d'octobre et Finn travaillait déjà sur le portrait depuis quatre mois. C'était la troisième fois qu'il m'emmenait à ce festival. La première fois, c'était lui qui avait eu l'idée, mais c'était moi pour les deux autres. Dès que les feuilles se mettaient à brunir et à se racornir, je commençais à le harceler avec ça.

« Tu es en train de devenir une médiéviste chevronnée, Crocodile, disait-il. Qu'est-ce que j'ai fait de toi ? »

Il avait raison. C'était sa faute. L'art médiéval était le préféré de Finn et, au fil des années, nous avions passé des heures et des heures à feuilleter ensemble ses livres. Lors de ce troisième festival, Finn avait déjà commencé à maigrir. Il faisait assez froid pour sortir les pulls en laine et Finn en portait deux, l'un sur l'autre. Nous buvions une sorte de vin chaud, et nous n'étions que tous les deux, seuls avec l'odeur grasse d'un porc rôtissant sur une broche, la musique d'un luth, le hennissement d'un cheval sur le point de participer à une joute et le bruit métallique des grelots d'un fauconnier. Finn a vu les bottes ce jour-là et me les a achetées parce qu'il savait que je les adorerais. Il est resté avec moi au stand du bottier, à faire et à refaire mes lacets de cuir, comme si c'était son activité favorite. S'ils n'étaient pas noués correctement, il m'aidait à retirer mes bottes. Parfois, sa main frôlait ma cheville ou mon genou dénudé et je rougissais. Je ne lui ai pas dit, mais j'ai fait exprès de choisir une paire deux tailles trop grande. Je me moquais du nombre de paires de chaussettes que je devrais porter avec. Je voulais pouvoir les garder toute ma vie.

Si j'étais riche, j'achèterais des hectares de bois. Je ferais construire un mur tout autour et j'y vivrais comme si j'étais à une autre époque. Peut-être que je trouverais une autre personne pour y habiter avec moi. Quelqu'un qui accepterait de promettre de ne jamais dire un mot en rapport avec le présent. Je doute de trouver un jour quelqu'un comme ça. Je n'ai encore jamais rencontré personne qui soit capable de faire ce genre de promesse.

Ce que je fais dans les bois, je n'en ai parlé à personne d'autre qu'à Finn, et je n'en avais même pas l'intention. Nous retournions chez lui après avoir assisté à une projection de *Chambre avec vue* au cinéma. Finn a commencé à dire à quel point tous les personnages l'enchantaient parce qu'ils étaient si secrets, et c'était si beau de les voir essayer de se dévoiler les uns aux autres. Si romantique. Il disait qu'il aimerait que les choses soient encore comme ça. Je voulais qu'il sache que je le comprenais, que je ferais tout pour retourner dans le passé, alors je lui ai parlé des bois. Il a ri, m'a donné un coup de coude et m'a traitée d'intello asociale, alors moi je l'ai traité de geek parce qu'il ne pensait à rien d'autre qu'à la peinture et nous avons ri tous les deux parce que nous savions que c'était vrai. Nous savions que nous étions les deux pires geeks de la terre. À présent que Finn est parti, personne ne sait que je vais dans les bois en sortant de l'école. Parfois, j'ai même l'impression que tout le monde a oublié jusqu'à l'existence de ces bois.

3

On ne nous a jamais donné le portrait. Pas officiellement. Pas avec des mots.

C'est parce qu'il n'a jamais été terminé. C'est ce que disait Finn. Il fallait que nous retournions le voir pour poser une dernière fois, puis encore une dernière fois. Personne ne s'en est plaint, à part Greta qui a arrêté d'aller chez Finn le dimanche. Elle disait que s'il ne travaillait que sur le fond, il n'avait pas besoin que nous soyons toutes là. Elle disait qu'elle avait d'autres choses à faire le dimanche après-midi, des choses plus intéressantes.

C'était un matin de janvier glacial, le premier jour de classe après les vacances de Noël, et nous attendions le bus scolaire dehors. Notre maison est sur Phelps Street, l'une des dernières rues desservies par le bus. Nous habitons à l'extrémité sud de la ville et notre école se trouve en proche périphérie, vers le nord. Par la route, ça fait environ trois kilomètres, mais si on coupe par les jardins et par le bois, ce que je fais parfois, c'est beaucoup plus court.

Comme notre maison est l'une des dernières sur l'itinéraire du bus, c'est toujours difficile de savoir exactement quand il va arriver. Au fil des années, Greta et moi avons passé énormément de temps à attendre là, à regarder les pelouses de notre rue. Phelps est un mélange de maisons et de pavillons qui donnent sur la rue, à part la maison de style Tudor des Miller, perchée en haut d'une petite colline au niveau du cul-de-sac. C'est de toute évidence une fausse Tudor, car il n'y avait personne à Westchester à l'époque, si ce n'est les Indiens Mohegan, alors je ne vois pas qui les Miller pensent duper. Personne, sans doute. Peut-être qu'ils n'y ont même jamais pensé. Mais moi j'y pense. Chaque fois que je la vois. Notre maison, c'est la bleu clair, celle avec les volets noirs et le grand érable rouge aux branches tentaculaires.

Ce matin-là, je sautillais sur place pour me réchauffer. Greta, adossée contre l'érable, examinait la nouvelle paire de bottines en daim qu'elle portait aux pieds. Elle n'arrêtait pas d'enlever et de remettre ses lunettes, de les embuer et de les nettoyer.

– Greta ?

– Quoi ?

– Qu'est-ce que tu as de mieux à faire le dimanche ?

Je n'étais pas vraiment certaine de vouloir le savoir. J'ai enroulé mes bras autour de mon manteau pour avoir plus chaud.

Greta a tourné la tête lentement et m'a fait un grand sourire narquois. Elle a secoué la tête et ouvert de grands yeux.

– Des choses que tu peux *même pas* imaginer.

– C'est ça ouais.

Greta est partie de l'autre côté de l'allée.

J'ai pensé qu'elle voulait dire coucher avec quelqu'un. Mais en fait peut-être pas parce que ça je pouvais l'imaginer. À contrecœur, mais je le pouvais.

Elle a encore enlevé ses lunettes et a embrumé les verres de son haleine.

– Eh, lui ai-je dit, on est encore une fois orphelines. C'est la saison des orphelins.

Greta savait ce que je voulais dire. Elle savait que je parlais des orphelins de la saison des impôts. C'était chaque année la même histoire. Il y avait la frénésie de Noël et du Nouvel An, et ensuite nos parents disparaissaient pendant les mois d'hiver les plus sombres. Ils quittaient la maison à six heures et demie le matin et en général ne rentraient pas avant sept heures du soir. C'est ce qu'il se passe quand on est les enfants de deux comptables. D'aussi loin que je me souvienne, ça avait toujours été comme ça.

Pendant la saison des impôts, lorsque nos parents devaient partir avant l'arrivée du bus, ils demandaient à Mrs Schegner, la voisine d'en face, de garder un œil sur nous depuis la fenêtre de son salon. Du haut de ses neuf ans, Greta attendait le bus en prenant à cœur son rôle de grande sœur. On avait beau savoir que Mrs Schegner veillait, on se sentait quand même seules. Greta passait un bras autour de mes épaules de petite fille de sept ans et m'attirait à elle. Parfois, si nous attendions le bus depuis vraiment longtemps, ou s'il se mettait à neiger, Greta chantait. Elle entonnait un air des « Muppets » ou parfois cette chanson de James Taylor, « Carolina in My Mind », que mes parents avaient sur leur album *Les Plus Grands Hits*. Elle avait déjà une bonne voix à l'époque. Elle semblait une autre personne quand elle chantait. Comme si une autre Greta, complètement différente, se cachait en elle quelque part. Elle chantait en me serrant dans ses bras jusqu'à ce qu'elle aperçoive le bus au coin de la rue. Puis elle me disait, ou peut-être se disait-elle à elle-même : « Tu vois, c'est pas si terrible. Hein ? »

Je me demandais si Greta s'en souvenait encore. Même quand elle était méchante comme tout, je pouvais la regarder et me rappeler comment nous étions avant.

Greta a lancé un coup d'œil dans ma direction, en essayant de ne pas paraître concernée. Comme si elle n'en avait rien à faire. Elle a mis les mains sur ses hanches.

– Oh, arrête d'en faire tout un foin, June. Tes parents travaillent tard. C'est comme ça.

Elle s'est retournée et je n'ai plus vu que son dos jusqu'à ce que le bus arrive en se traînant.

Je suis allée chez Finn avec ma mère encore trois fois. J'aurais adoré pouvoir y aller toute seule, comme avant, au moins une fois. J'aurais voulu discuter des heures avec lui. Mais chaque fois que j'abordais la question, ma mère me répondait : « On verra la prochaine fois. D'accord, Junie ? » Ce qui n'était en fait pas vraiment une question. C'était simplement ma mère qui me disait comment ça se passerait. Je commençais à avoir l'impression qu'elle nous utilisait, le portrait et moi, pour aller voir Finn et passer un peu de temps avec lui. Ils ne m'avaient jamais paru très proches et j'imagine qu'elle commençait à le regretter. J'avais l'impression d'être devenue une sorte de cheval de Troie dont ma mère se servait pour entrer. C'était injuste, surtout que je sentais, comme si le sol se dérobait sous mes pas, qu'il n'y aurait pas tant de prochaines fois. Même si nous n'en parlions jamais, il était devenu évident que ma mère et moi nous battions pour passer le plus de temps possible avec Finn avant qu'il ne soit trop tard.

Le dimanche qui devait être le dernier où nous irions chez lui, Greta était à son bureau en train de se vernir les ongles de deux couleurs. Elle alternait : un violet, un noir, un violet, un noir. Je me suis assise sur le bord de son lit défait pour la regarder.

– Greta, ai-je dit, tu sais, Finn n'en a plus pour très longtemps.

Je devais m'assurer qu'elle en était consciente, comme moi. Ma mère disait que c'était comme une cassette qu'on ne pouvait pas rembobiner. Mais c'était difficile de se rappeler qu'on ne pouvait pas la rembobiner au moment où on l'écoutait. Alors on oubliait, on se laissait emporter par la musique et on l'écoutait et puis, sans prévenir, la cassette s'arrêtait brusquement.

– Bien sûr que je le sais. Je savais qu'oncle Finn était malade bien avant toi.

– Alors pourquoi est-ce que tu viens pas avec nous ?

Greta a remis ses vernis violet et noir sur sa petite étagère à maquillage. Puis elle a pris un flacon de rouge foncé et a retiré le bouchon. Avec soin, elle a égoutté le pinceau contre la paroi du flacon. Elle a levé les genoux au niveau de sa poitrine pour se vernir les ongles de pied, en commençant par le plus petit.

– Parce qu'il va finir ce portrait que je sois là ou pas, a répondu Greta, sans même prendre la peine de me regarder. Et, de toute façon, tu sais aussi bien que moi que s'il avait pu, il m'aurait même pas mise sur le tableau. Il y aurait eu que sa Junie chérie, toute seule.

– Finn est pas comme ça.

– Peu importe, June. Je m'en fiche royalement. D'un jour à l'autre maintenant le téléphone va sonner, on va te dire que Finn est mort et tu vas devoir trouver comment occuper tous les dimanches du reste de ta vie. Et qu'est-ce que tu feras ? Hein ? Tout ça n'a plus d'importance. Un dimanche de plus ou de moins. Tu le vois même pas ?

Je n'ai rien répondu. Greta avait le don de me faire perdre mes mots. Elle a rebouché le flacon et fléchi ses orteils fraîchement vernis. Puis elle s'est tournée vers moi, encore une fois.

– Qu'est-ce qu'il y a ? Arrête de me regarder comme ça.

4

La saison des impôts avait toujours une odeur de ragoût. En général, ma mère laissait doucement cuire quelque chose pour notre dîner dans sa mijoteuse jaune moutarde. Peu importe ce qu'il y avait dans la mijoteuse – du poulet, des légumes, des haricots –, tout sentait le ragoût, une fois cuit de cette façon.

Il était quatre heures et Greta était à une répétition de théâtre à l'école. Elle tenait un des plus grands seconds rôles dans *South Pacific*[1], celui de Bloody Mary. On le lui avait donné parce qu'elle chante super bien et qu'elle est très brune. Du moins pour ce qui est des cheveux et des yeux, donc il ne reste plus qu'à lui mettre du fond de teint foncé et de l'eye-liner pour la faire ressembler à une Polynésienne. Elle nous a dit qu'elle devait rester à l'école presque tous les soirs « jusqu'à tard ».

De toutes les écoles de la région, la nôtre était reconnue pour monter les meilleures comédies musicales. Certaines années,

1. *South Pacific* est une comédie musicale américaine créée à Broadway en 1949 d'après la nouvelle de James A. Michener, *Pacifique Sud, Tales of the South Pacific* (traduit de l'anglais par Max Roth, Flammarion, 1951). La comédie musicale, elle, n'a jamais été adaptée en français. *(N.d.T.)*

il y avait même des gens qui venaient de New York pour voir nos spectacles. Des gens du théâtre, des chorégraphes, des metteurs en scène, ce genre de choses. Le bruit courait qu'une fois, il y a peut-être quinze ans, un chorégraphe avait assisté à la pièce et avait trouvé qu'une des terminales était si douée qu'il lui avait offert un rôle dans *Chorus Line* après son bac. Chaque année on répète cette histoire et, même si tout le monde dit qu'il n'y croit pas, en fait, si. Chacun veut croire qu'un tel conte de fées pourrait lui arriver.

Les températures étaient négatives depuis quelques jours, il faisait trop froid pour se promener dans les bois, alors je restais à la maison, assise seule à la table de la cuisine à faire mes devoirs de géologie, quand le téléphone a sonné.

– Mrs Elbus ? a demandé une voix d'homme. Une voix faible. Larmoyante.

– Non.

– Oh… d'accord. Désolé. Mrs Elbus est là ? Pas juste larmoyante, mais avec un accent. Anglais peut-être.

– Elle n'est pas encore rentrée. Est-ce que je peux prendre un message ?

Il y a eu alors une longue pause.

– June ? C'est June ?

Cet homme, à qui je n'avais jamais parlé de ma vie, connaissait mon nom et semblait vouloir me prendre la main par les fils du téléphone.

– Rappelez plus tard, lui ai-je dit. Puis j'ai vite raccroché.

Je pensais à ce film où une fille garde des enfants et quelqu'un appelle sans arrêt, en disant qu'il la voit et qu'elle devrait aller vérifier que les enfants vont bien, et elle est de plus en plus terrorisée. C'est le sentiment que j'avais avec ce coup de téléphone. Même si le type n'avait rien dit d'effrayant, je suis allée verrouiller toutes les portes et les fenêtres. Je me suis assise sur le sol de la cuisine à côté du frigidaire et j'ai ouvert une canette de Yoo-hoo.

Le téléphone a sonné de nouveau. Il a sonné et sonné jusqu'à ce que le répondeur se déclenche. Et j'ai entendu la même voix.

« Je suis désolé, vraiment désolé si je t'ai fait peur. J'appelle au sujet de ton oncle. Oncle Finn à New York. Je rappellerai plus tard. C'est tout. Désolé. »

Oncle Finn. Il connaissait oncle Finn. Mon corps s'est glacé. Je me suis levée et j'ai vidé le reste du Yoo-hoo dans l'évier. Puis je me suis mise à faire les cent pas sur le lino marron de la cuisine. Finn était mort. Je savais que Finn était mort.

J'ai pris le téléphone et j'ai composé son numéro, que je connaissais par cœur. Il a sonné deux fois avant d'être décroché et, quand j'ai entendu ce clic, un torrent de joie m'a envahie.

– Finn ?

Je n'entendais rien à l'autre bout du fil alors j'ai attendu.

– Finn ? ai-je appelé de nouveau. J'entendais le désespoir se glisser dans ma voix.

– Non… malheureusement. Il n'est pas…

J'ai vite raccroché. C'était la même voix. C'était le même homme qui avait laissé un message sur le répondeur.

Je me suis précipitée dans ma chambre. Elle ne m'avait jamais semblé aussi petite. Comme si elle avait rétréci. J'ai regardé mes fausses bougies stupides, mon immense collection de livres d'aventures débiles, ma couette rouge criard aux faux motifs de tapisserie. New York semblait à des milliers de kilomètres. Comme si sans Finn la ville n'était pas assez lourde pour rester en place, comme si elle allait partir à la dérive.

J'ai rampé sous mon lit et j'ai fermé les yeux de toutes mes forces. J'y suis restée deux heures, à respirer une odeur de ragoût qui a tourné, à imaginer que j'étais un très vieil objet enseveli sous terre, à guetter l'ouverture de la porte de derrière pour pouvoir me boucher les oreilles et ne rien entendre si quelqu'un réécoutait ce stupide message sur le répondeur.

5

Quand Greta disait qu'elle avait su avant moi que Finn était malade, c'était sans doute vrai. Elle n'était pas là quand je l'ai appris. Ce jour-là, j'étais censée aller chez le dentiste avec ma mère mais, arrivée sur Moger Avenue, elle a tourné à gauche sans prévenir et on s'est retrouvées dans un restaurant du quartier de Mount Kisco. J'aurais dû me douter dès le départ qu'il se passait quelque chose, parce que Greta et nous faisions toujours ensemble nos visites chez le dentiste et, cette fois-ci, j'étais seule avec ma mère. Peut-être qu'elle espérait que je serais si soulagée de ne pas aller chez le dentiste et que cela atténuerait ce qu'elle devait dire sur Finn. Elle se trompait. J'aime bien le dentiste. J'aime le goût du gel fluoré et j'aime le fait que, pendant les vingt minutes où je suis allongée sur le fauteuil du Dr Shippee, il regarde mes dents comme si c'était la chose la plus importante au monde.

Nous nous sommes assises dans l'un de ces renfoncements, comme une alcôve, ce qui veut dire que nous avions un juke-box pour nous toutes seules. Avant même que je demande quoi que ce soit, ma mère m'a donné vingt-cinq cents et m'a proposé de choisir quelques chansons.

– Quelque chose de bien, d'accord ? a-t-elle dit. Quelque chose de joyeux.

J'ai acquiescé. Je ne savais pas de quoi on allait parler, alors j'ai choisi « Ghostbusters », « Girls Just Want to Have Fun » et « 99 Luftballons ». Le juke-box avait la version anglaise et la version allemande de cette chanson. J'ai choisi de l'écouter en allemand parce que je trouvais ça plus cool.

Ma mère a commandé un café, rien à manger. J'ai commandé une tarte au citron meringuée et du chocolat au lait.

« Ghostbusters » a démarré tandis que je consultais le catalogue du juke-box. Je tournais les pages et lisais tous les titres l'un après l'autre en me demandant si j'avais choisi les meilleurs. Puis soudain ma mère a posé sa main sur la mienne.

– June, a-t-elle murmuré, comme si elle allait se mettre à pleurer.

– Oui ?

Elle a murmuré quelque chose d'une voix si basse que je n'ai rien compris.

– Qu'est-ce qu'il y a ? ai-je demandé, en me penchant vers elle.

Elle a répété, mais je ne distinguais que le mouvement de ses lèvres, comme si elle n'essayait même pas de se faire entendre.

J'ai secoué la tête. Le juke-box beuglait, *I ain't afraid of no ghost, I ain't afraid of no ghost...*

Ma mère m'a fait signe de venir m'asseoir près d'elle et je l'ai rejointe de l'autre côté de la table. Elle a pris ma tête entre ses mains et m'a attirée à elle, de sorte que sa bouche touchait presque mon oreille.

– Finn est en train de mourir, June.

Elle aurait pu dire que Finn était malade, voire très malade, mais non. Elle m'a dit de but en blanc que Finn était mourant. Ma mère n'est pas toujours comme ça. Elle n'est en général pas aussi directe, mais cette fois-ci, elle devait se dire que ça impliquerait une discussion plus brève, moins d'explications. Comment pouvait-elle en effet expliquer une telle chose ? Qui d'autre d'ailleurs ? Elle m'a serrée plus fort et nous sommes restées comme ça quelques secondes, aucune de nous ne voulant croiser le regard de l'autre. J'avais l'impression d'avoir un embouteillage dans la tête. Cent choses différentes que j'étais censée dire.

– La tarte au citron ?

La serveuse s'est soudain retrouvée là avec ma tarte et j'ai dû m'écarter et acquiescer. J'ai observé cette meringue joyeuse et bouffante, en ayant du mal à penser que quelques minutes plus tôt, j'étais le genre de fille à commander une chose aussi grotesque.

– De quoi est-ce qu'il est en train de mourir ? ai-je fini par demander.

J'ai regardé ma mère tracer des lettres sur la table avec son index. S.I.D.A. Puis, comme si la table était un tableau, comme si elle pouvait garder en mémoire ce qu'elle avait écrit, elle l'a effacée de sa paume.

– Ah.

Je me suis levée et je suis retournée de mon côté de la table. La tarte était là à me narguer. J'ai enfoncé ma fourchette dans cette stupide meringue pleine d'espoir et je l'ai mise en pièces. Puis je me suis glissée plus près du juke-box et j'ai collé mon oreille contre le haut-parleur. J'ai fermé les yeux et j'ai essayé de faire disparaître tout le restaurant. « 99 Luftballons » a retenti et je suis restée là à attendre que Nena chante *Captain Kirk*, les deux seuls mots de toute la chanson que je comprenais.

6

Le cercueil n'était pas ouvert à l'enterrement de Finn et tout le monde en était soulagé. Moi la première. J'avais imaginé ses yeux fermés. Ses paupières toutes fines. Je m'étais demandé comment j'arriverais à m'empêcher de les ouvrir délicatement. Rien que pour voir les yeux bleus de Finn une dernière fois.

L'enterrement a eu lieu précisément une semaine après le coup de téléphone. C'était un jeudi et nous manquions l'après-midi d'école pour l'occasion. J'étais presque sûre que c'était la seule raison pour laquelle Greta avait accepté de venir. C'était aussi l'une des rares fois de ma vie où mes parents avaient posé un congé le même jour pendant la saison des impôts.

Ma mère avait apporté le portrait que Finn avait fait de nous deux, parce qu'elle pensait que ce serait bien de l'accrocher quelque part pour montrer le genre de personne qu'il était, mais, quand nous sommes arrivés sur le parking du funérarium, elle a changé d'avis.

– Il est là, a-t-elle dit. Sa voix était un drôle de mélange de colère et de panique que je ne lui connaissais pas.

Mon père a garé la voiture et a regardé par la vitre.

– Où ça ?

– Juste là, tu ne le vois pas ? Tout seul, là, sur le côté.

Mon père a acquiescé et j'ai regardé à mon tour. Un homme était assis sur un petit mur en briques, recroquevillé. Un type grand et mince qui me rappelait Ichabod Crane de *La Légende du cavalier sans tête.*

– C'est qui ? ai-je demandé, en le montrant du doigt.

Ma mère et mon père se sont tous deux tournés vers moi. Greta m'a donné un coup de coude dans les côtes et m'a dit « La ferme » de sa voix la plus méchante.

– C'est toi qui vas la fermer, ai-je répondu.

– C'est pas moi qui pose des questions débiles. Elle a ajusté ses lunettes et tourné la tête.

– Taisez-vous. Toutes les deux, a lancé mon père. C'est déjà assez dur comme ça pour votre mère.

C'est dur pour moi aussi, ai-je pensé, mais je ne l'ai pas dit. Je suis restée silencieuse, consciente que la douleur que je ressentais n'était pas très appropriée pour une nièce. Consciente que je n'avais pas vraiment le droit de ressentir cette tristesse pour Finn. Maintenant qu'il était mort, il appartenait à ma mère et à ma grand-mère. Elles étaient celles que les gens plaignaient, même si j'avais l'impression qu'aucune des deux n'était vraiment proche de lui. Pour tout le monde, à l'enterrement de Finn, je n'étais qu'une nièce. J'ai regardé par la vitre de la voiture et j'ai compris que personne ici ne savait ce que j'avais sur le cœur, ne serait-ce qu'un peu. Personne n'avait idée du nombre de minutes que je passais par jour à penser à Finn et, heureusement, personne n'avait idée du genre de pensées dont il s'agissait.

Ma mère s'était arrangée pour choisir un funérarium qui soit dans notre ville plutôt qu'à New York où habitaient tous les amis de Finn. Nous n'avions même pas eu voix au chapitre.

L'enterrement avait lieu quelques jours seulement après mes quatorze ans et ma mère ne pouvait pas s'empêcher de s'en excuser. Elle me promettait de se faire pardonner, comme si c'était possible. Comme si ça pouvait changer les choses.

Mon père a regardé ma mère.

– Alors, tu veux que je le laisse dans le coffre ?

Elle a acquiescé, les dents serrées.

– Laisse-le là.

Finalement, c'est mon père qui était allé récupérer le portrait à New York, le lendemain de la mort de Finn. Il y était allé très tard et aucune de nous n'avait proposé de l'accompagner. Ma mère avait un double de la clé de l'appartement que Finn avait attaché à un morceau de ruban de soie rouge. Nous avions cette clé depuis des années, mais je crois que personne ne l'avait jamais utilisée. Ma mère disait toujours que c'était « juste au cas où ». Quelque chose que Finn souhaitait que nous ayons.

Mon père est rentré tard ce soir-là. Il a claqué la porte de la maison et j'ai surpris sa conversation avec ma mère.

– Il était là ? a-t-elle demandé.

– Danni…

– Réponds-moi.

– Bien sûr qu'il était là.

J'avais l'impression que ma mère s'était remise à pleurer.

– Mon Dieu. Rien que de penser à lui… La vie est tellement injuste. Tellement.

– Chhhh. Danni, il faut que tu t'y fasses.

– Jamais. Je ne peux pas.

Après un moment de silence, elle a ajouté :

– Bon, il est où ce tableau ? Tu l'as rapporté, hein ?

J'imagine qu'il a hoché la tête car le portrait était là le lendemain matin, dans un sac-poubelle noir posé sur la table. J'étais la première levée et je l'ai trouvé là, l'air de rien. J'ai pris une chaise, je me suis assise et j'ai collé mon nez au sac, à la recherche d'une odeur de Finn, mais rien. J'ai ouvert le sac et j'y ai fourré la tête, respirant profondément, mais l'odeur chimique du plastique couvrait toute odeur susceptible d'être renfermée par la toile. J'ai fermé les yeux et j'ai respiré plus fort, plus lentement, en resserrant le sac autour de mon cou.

– Eh l'abrutie.

J'ai senti une grande tape dans mon dos. Greta. Je me suis libérée du sac.

– Si tu veux mettre fin à tes jours, je t'en empêcherai pas, mais laisse-nous le tableau, O.K. ? Il est déjà assez dégoûtant comme ça sans une autre histoire de cadavre.

Un cadavre. Finn était un cadavre.

– Les filles ?

Ma mère se tenait au milieu de l'escalier, enveloppée dans son peignoir matelassé rose. Elle nous a jeté un regard endormi.

– Vous ne faites pas de bêtises avec le tableau, hein ?

Nous avons toutes les deux secoué la tête. Puis Greta a souri.

– L'une de nous a juste essayé de se suicider avec le sac-poubelle.

– Quoi ?

– La ferme, Greta, ai-je dit, mais c'était plus fort qu'elle. Elle ne la fermait jamais.

– Je l'ai trouvée en bas avec la tête dans le sac.

Ma mère est descendue et m'a serrée dans ses bras si fort que j'ai cru qu'elle allait m'étouffer. Puis elle a relâché son étreinte.

– Je sais quel était ton rapport avec Finn et je veux que tu saches, Junie, si tu as besoin de parler…

– J'essayais pas de me suicider.

– Ne t'inquiète pas. Tu n'as pas besoin de te justifier. Nous sommes tous là. Moi, ton père, Greta. Nous t'aimons tous.

Derrière ma mère, Greta a levé les yeux au ciel et a fait mine de se pendre avec une corde.

Comme ça ne servait à rien de discuter, j'ai juste hoché la tête et je me suis rassise.

Ma mère s'est emparée du sac en plastique pour le monter à l'étage. Elle a dit que nous avions besoin de prendre nos distances par rapport au tableau pendant quelque temps et qu'elle allait le mettre en lieu sûr. C'est la dernière fois que je l'ai vu jusqu'au jour de l'enterrement.

À présent, nous nous dirigions vers l'entrée principale, Greta et moi à la traîne derrière nos parents. Mon père s'est arrêté et a posé sa main sur le bras de ma mère.

– Vas-y, a-t-il dit, en désignant les marches de l'entrée du doigt. Va trouver ta mère. Va voir comment elle va.

Ma mère a hoché la tête. Elle portait une jupe noire étroite avec un chemisier gris foncé et, sur la tête, un petit chapeau noir avec une voilette. Elle était jolie, comme toujours. Il neigeait très légèrement et les flocons atterrissaient sur le haut de son chapeau, y restaient quelques secondes, puis fondaient sur le feutre noir.

Ma grand-mère était dans le hall d'entrée à parler à quelqu'un que je ne connaissais pas. Elle ne ressemblait en rien à ma mère, mais c'était l'histoire du côté Weiss de la famille. C'était comme si Finn et ma mère avaient regardé leurs parents et décidé que, quoi qu'il arrive, ils ne voulaient pas devenir comme eux. Grand-papa Weiss avait fait toute sa carrière dans l'armée, et Finn avait toujours voulu être un artiste. Grand-maman Weiss avait passé sa vie à préparer de bons petits plats, à repasser des vêtements et à aller chez le coiffeur pour Grand-papa Weiss, alors que ma mère aurait donné n'importe quoi pour ne pas avoir à repasser ou à cuisiner et portait ses cheveux courts pour ne pas avoir à s'en préoccuper. Si la tendance se confirme avec Greta et moi, aucune de nous ne voudra jamais travailler dans un bureau, ce qui est pour l'instant mon cas. Si les choses se passaient à mon idée, je me verrais bien fauconnière dans des festivals Renaissance. Je n'aurais pas à me soucier d'évolution professionnelle, de progression de carrière ni de promotions, parce que la fauconnerie n'est pas comme ça. On est fauconnier, ou on ne l'est pas. Les oiseaux reviennent vers vous, ou ne reviennent pas.

Mon père a attendu que ma mère entre dans le funérarium. Puis il s'est tourné vers nous. J'ai remarqué qu'il avait oublié de se raser une petite bande de poils le long de la mâchoire et que, ce jour-là, il avait eu les sourcils froncés en permanence. Comme un jongleur qui devait se concentrer de toutes ses forces pour maintenir toutes les balles en l'air. La mort de Finn ne semblait pas l'attrister. J'avais même presque l'impression que c'était un soulagement.

– Je veux que vous me disiez si vous voyez cet homme entrer, d'accord ?

Nous avons hoché la tête.

– Pour votre mère et votre grand-mère, compris ?

Nous avons hoché la tête de nouveau.

– Merci les filles. Je sais que c'est dur et vous êtes toutes les deux formidables.

Il a serré mon épaule, puis celle de Greta.

– Les choses vont se calmer après ça, d'accord ?

Nous avons fait un signe de tête. Il nous a regardées une seconde de plus, puis s'est retourné pour courir vers la porte d'entrée.

Greta et moi étions là, debout dans l'allée verglacée. Parfois, il paraissait vraiment évident que j'étais plus grande que Greta, même si elle était plus âgée. Je me suis penchée vers elle et lui ai montré l'homme de la tête.

– C'est qui en fait ? ai-je murmuré. J'étais presque certaine qu'elle ne me le dirait pas et j'avais raison. Elle n'a rien répondu, elle m'a juste fait signe de descendre l'allée dans sa direction. J'ai levé les yeux et j'ai vu qu'il me dévisageait. Pas Greta. Moi uniquement. Il s'est penché en avant comme s'il allait se lever, comme s'il pensait que je m'approchais pour le saluer. J'étais sur le point de faire demi-tour, mais Greta m'a pris le bras et m'a tirée en avant. Nous avons marché jusqu'à nous retrouver à une dizaine de mètres de l'homme. Puis Greta s'est arrêtée, a attendu une seconde, et s'est raclé la gorge.

– C'est l'un de ces individus qui n'ont pas été invités à cet enterrement, a-t-elle dit, assez fort pour qu'il entende.

J'ai regardé l'homme qui un instant plus tôt semblait vouloir croiser mon regard, mais il nous tournait à présent le dos. Il avait mis ses mains dans ses poches et considérait le trottoir.

– Qu'est-ce qui t'a pris ?

– Mystère et boule de gomme, a-t-elle répondu.

La raison pour laquelle Greta sait des choses que j'ignore, c'est qu'elle espionne. Il y a des endroits dans notre maison d'où l'on peut tout entendre. Je déteste ces endroits, mais

Greta les adore. Son préféré, c'est la salle de bains du rez-de-chaussée parce qu'on ne l'utilise presque jamais et donc personne ne se rappelle que quelqu'un s'y trouve. Même si on se fait remarquer, on peut toujours crier « Une minute » avant d'ouvrir la porte pour laisser quelqu'un entrer. Entre-temps, on a tout entendu.

Je n'aime pas surprendre des conversations parce que, à ma connaissance, ce que nos parents nous cachent sont des choses qu'il vaut mieux ne pas savoir. C'est désagréable d'apprendre que nos grands-parents se séparent parce que notre grand-père s'est mis en colère et a giflé notre grand-mère après cinquante-deux ans de mariage sans nuages. C'est désagréable de savoir à l'avance ce qu'on aura pour Noël ou pour notre anniversaire et de devoir faire semblant d'être surpris alors qu'on ment très mal. C'est désagréable d'apprendre que notre professeur a dit à notre mère lors d'une réunion de parents qu'on était une élève moyenne en maths et en anglais et qu'il fallait s'estimer heureuse.

Greta a tourné les talons et s'est précipitée vers l'entrée du funérarium. Une fois à la porte, elle s'est arrêtée et a fait volte-face.

– Tout compte fait, a-t-elle dit d'une voix forte et distincte, tout compte fait, je vais te le dire.

De la neige était venue fondre sur son visage et elle s'est essuyé la joue du revers de la main. J'avais froid et je ne me sentais pas bien. C'était toujours la même chose avec les informations de Greta. Je voulais savoir, mais j'avais peur de savoir. Je lui ai fait un tout petit signe de tête.

Elle a montré l'homme du doigt et m'a dit :

– C'est le type qui a tué oncle Finn.

J'ai tourné la tête pour le regarder, mais il semblait sur le point de s'en aller. Je n'ai aperçu qu'un homme grand et mince qui se recroquevillait pour entrer dans sa petite voiture bleue.

Pendant le service funèbre, j'étais assise au premier rang et j'essayais d'écouter toutes les gentilles choses qu'on racontait sur Finn. Il faisait très chaud dans cette pièce, et sombre, et les chaises nous obligeaient à nous tenir bien plus droits que d'habitude. Greta ne s'est pas assise devant avec nous. Elle a dit qu'elle voulait s'installer au dernier rang et, quand j'ai tourné la tête pour la regarder, j'ai vu qu'elle avait la tête baissée, les mains sur les oreilles et les yeux fermés. Pas juste clos, fermés de toutes ses forces, comme si elle essayait d'empêcher la cérémonie de l'atteindre. Pendant une seconde, j'ai même cru qu'elle pleurait, mais ça me paraissait peu probable.

Ma mère a fait un bref discours sur Finn et elle quand ils étaient enfants, en soulignant à quel point il avait été un frère formidable. Tout ce qu'elle a dit était vague, comme si les détails pouvaient la tuer s'ils devenaient trop poignants. Après ma mère, un cousin de Pennsylvanie a prononcé quelques mots. Puis l'entrepreneur des pompes funèbres a débité des banalités. J'essayais d'écouter, mais je n'arrêtais pas de penser à l'homme qu'on avait vu dehors.

Je ne voulais pas vraiment réfléchir à la façon dont Finn avait attrapé le sida. Ce n'était pas mon rôle. Si ce type était vraiment celui qui avait tué Finn, alors il avait dû être son petit copain, et si c'était le cas, pourquoi est-ce que je ne savais rien de lui ? Et comment Greta était-elle au courant ? Si elle avait su que Finn avait un petit copain secret, elle m'aurait torturée avec ça. Elle ne ratait jamais une occasion de me faire remarquer que j'en savais moins qu'elle. Il y avait donc deux possibilités. Soit elle venait d'apprendre l'existence de ce type, soit rien de tout ça n'était vrai.

J'ai décidé de croire la deuxième hypothèse. C'est quelque chose de difficile que de *décider* de croire une chose plutôt qu'une autre. En général, notre esprit se forge une opinion par lui-même. Mais je m'y suis astreinte, parce que l'idée que Finn aurait pu me cacher un secret aussi énorme me donnait envie de vomir.

À la fin du service, tout le monde a quitté le bâtiment de façon bien ordonnée. Quelques personnes se sont arrêtées pour discuter dans le hall, mais je suis sortie directement pour essayer de trouver la petite voiture bleue. Plus aucune trace du véhicule. Ni du conducteur. La neige avait commencé à tomber à flocons plus épais et transformait rues et pelouses en étendues blanches et immaculées. J'ai refermé mon manteau jusqu'en haut et j'ai regardé la route dans les deux directions, mais il n'y avait rien à voir. Il avait disparu.

7

Se rendre dans les bois juste après une tempête de neige est un des meilleurs moments, parce que toutes les canettes de soda, toutes les bouteilles de bière et tous les papiers de bonbons disparaissent, et il ne faut plus faire autant d'efforts pour s'imaginer à une autre époque. En plus, il y a quelque chose de magique à marcher sur de la neige vierge de toute trace de pas. Ça nous donne l'impression d'être exceptionnel, même si on sait qu'on ne l'est pas.

Je portais cette paire de mitaines orange que Greta m'avait tricotées quand elle faisait partie du club de tricot en CM2. Elles étaient énormes et les finitions étaient peu soignées le pouce se trouvait au milieu, au lieu d'être sur le côté. Je n'avais pas pris la peine d'enfiler la robe en dentelle, mais j'avais tout de même chaussé mes bottes médiévales. Il ne faisait en fait pas aussi froid qu'on l'aurait cru et j'ai marché plus loin que d'habitude, traversant le petit ruisseau qui court au pied de la colline, puis gravissant celle-ci. J'essayais de ne pas penser à Finn et à tous les secrets qu'il ne m'avait peut-être pas révélés. J'essayais de me concentrer sur l'histoire que je me racontais, comme quoi j'étais la seule personne assez forte pour aller chasser pour mon village et que je devais entreprendre un périple dans la neige pour suivre la trace d'un cerf. Les filles n'étaient pas censées chasser, alors je devais m'attacher les cheveux et passer pour un garçon. Voilà le genre d'histoires que je m'inventais.

Il y avait une couche de verglas sous la poudreuse et, à chaque pas que je faisais pour gravir la colline, je glissais un peu. Quand je suis finalement parvenue au sommet, je me suis assise, éreintée. Tout était calme et j'ai laissé mes yeux se fermer. L'espace d'un instant, j'ai vu le visage de Finn et j'ai souri, en fermant les yeux encore plus fort pour essayer de garder son image. Mais il a disparu. Je me suis laissée tomber en arrière et, allongée dans la neige, je me suis mise à contempler les motifs tordus formés par les branches d'arbre nues sur le ciel gris. Une fois le sol stabilisé sous mon poids, plus rien ne bougeait, et même si j'essayais de maintenir mon esprit au Moyen Âge, l'image de Finn revenait sans cesse. J'aurais voulu qu'il fût enterré plutôt qu'incinéré, parce que alors j'aurais pu enlever mes gants, appuyer mes paumes sur le sol et savoir qu'il était là, quelque part. Sentir qu'à travers toutes ces molécules de terre gelée, il y avait toujours un lien entre nous. Puis le type qui était à l'extérieur du funérarium est à son tour apparu dans mes pensées et je me suis sentie idiote. Bien sûr que quelqu'un d'aussi formidable que Finn avait un petit ami. Pourquoi n'en aurait-il pas eu ? C'était sans doute le type qui avait appelé ce jour-là. L'Anglais qui connaissait mon prénom. Le type qui appelait de l'appartement de Finn. Il était *dans* l'appartement de Finn. Avec *mon* oncle Finn. Une grosse larme a coulé le long de ma joue.

Ensuite, brisant le silence, au-dessus de tout, un long hurlement de tristesse a retenti. Pendant une seconde, j'ai cru que le son sortait du plus profond de moi. Comme si le monde s'était emparé de tout ce que je ressentais pour le transformer en son.

Au moment où je me suis redressée, j'ai entendu deux hurlements. Peut-être des chiens. Des coyotes ou des loups. Les hurlements n'étaient pas réguliers. Tous deux avaient un genre de voix cassée et le son était saccadé. L'un commençait, suivi quelques secondes plus tard par le deuxième. Puis par davantage. Trois ou quatre. J'écoutais attentivement, essayant d'évaluer la distance, mais j'avais l'impression que le son était partout. Proche et lointain. Enveloppant les arbres et les nuages. Les hurlements se sont intensifiés et l'image d'un grand loup gris affamé à la fourrure sanguinolente a jailli dans mon esprit, au point que, abasourdie pendant un moment, je me suis vraiment crue dans les bois au Moyen Âge, quand les loups emportaient des nouveau-nés et dévoraient des innocents.

– Je n'ai pas peur, ai-je crié à travers les collines.

Et je me suis mise à courir, en trébuchant. J'ai mal évalué le saut au-dessus du ruisseau et je me suis retrouvée avec une botte dans l'eau, puis je me suis hissée sur l'autre rive, m'accrochant aux arbustes, me raisonnant tant bien que mal, et j'ai finalement atteint le parking de l'école. Il n'y avait presque plus aucune voiture et je suis restée là une minute, pliée en deux, à reprendre mon souffle.

– Mince, me suis-je exclamée en regardant ma main droite.

J'ai donné un coup de pied dans le gros tas de neige sur le bord du parking. Dans ma course, j'avais perdu l'une des mitaines tricotées par Greta.

8

– Tu veux aller à une soirée ?

Greta ne souriait pas quand elle me l'a demandé. Elle ne me regardait même pas. Elle farfouillait dans sa commode tandis que je passais devant la porte de sa chambre pour aller prendre mon petit déjeuner.

J'étais certaine d'avoir mal entendu, alors je me suis arrêtée et j'ai attendu qu'elle dise quelque chose d'autre. J'avais probablement l'air stupide, debout là dans le couloir, la bouche ouverte.

Greta m'a considérée de la tête aux pieds.

– Soi-rée, a-t-elle dit, en prononçant chaque syllabe et en exagérant ses mouvements de lèvres. Est-ce. Que. Tu. Veux. Y. Al-ler.

Je suis entrée dans sa chambre, qui avait toujours les mêmes meubles blancs que quand elle avait sept ans, et les mêmes murs roses avec cette frise Charlotte aux fraises délimitant le plafond. À voir la façon dont sa chambre était décorée, quelqu'un qui ne connaissait pas du tout Greta aurait pensé que c'était une charmante petite fille. Je me suis assise sur le bord de son lit.

– Quel genre de soirée ?

– Le genre sympa.

– C'est ça oui.

Greta savait que pour moi les soirées sympas n'existaient pas. Je suis à l'aise avec une ou deux personnes, mais au-delà, je me transforme en rat-taupe nu. C'est ce qu'on ressent quand on est timide. Comme si ma peau était trop fine, la lumière trop éblouissante. Comme si le seul endroit où je pourrais me sentir bien était un tunnel sombre et frais, profondément creusé sous terre. Quelqu'un me pose une question et je me tourne vers la personne, le regard vide, le cerveau bouillonnant tellement je fais d'efforts pour essayer de trouver quelque chose d'intéressant à dire. Et finalement, tout ce que j'arrive à faire, c'est à hocher la tête ou à hausser les épaules parce que la lumière de ces yeux qui me fixent, qui attendent une réponse, est plus que je ne peux supporter. Et puis c'est fini et une personne de plus dans le monde pense que je suis complètement nulle.

Le pire, c'est que je suis toujours pleine d'espoir. À chaque nouvelle soirée, à chaque nouvelle situation de groupe, je me mets à penser que cette fois, c'est peut-être la bonne. Que cette fois, je vais être normale. Un nouveau souffle. Un nouveau départ. Mais ensuite, à la soirée, je me retrouve à penser : *Et voilà. Ça recommence.*

Alors je reste à l'écart à croiser les doigts, à prier pour que personne n'essaie de me fixer dans les yeux. Et, heureusement, j'arrive en général à éviter ce genre de situation.

– Je pense pas, ai-je dit.

– Oh allez, June. Je te promets que ce sera pas si terrible.

Je l'ai observée, dubitative. Tout avait l'air trop sincère. Ça ne ressemblait pas du tout à Greta.

– Je te jure. Croix de bois, croix de fer.

Elle a mis les deux mains sur sa poitrine. J'ai fait tout mon possible pour ne pas sourire, mais je sentais mon visage me trahir.

– Bon, et c'est où ? ai-je demandé au bout d'un moment.

– Je sais pas encore, mais c'est Jillian Lampton qui l'organise. Tu connais Jillian Lampton, hein ?

Je la connaissais en effet. Elle était dans l'équipe régie de *South Pacific*. Elle s'était teint les cheveux en noir et les portait au carré. J'avais toujours pensé qu'elle ressemblait à celle que j'aurais aimé être un jour. Jillian était en première, une classe en dessous de Greta, mais elle était en fait sans doute plus âgée.

Peu de gens sont au courant. Greta est en terminale, mais elle n'a que quinze ans. Aucun de ses amis ne sait quel âge elle a vraiment. Pas un seul. Nous avons déménagé du Queens quand j'avais cinq ans et Greta sept. Elle était censée entrer en CE1, mais on l'a mise en CE2 à la place. C'est ce qu'avait recommandé son institutrice, l'année précédente. Elle avait dit à mes parents que le CE1 serait trop facile pour Greta et qu'elle se débrouillerait très bien si elle sautait une classe. Apparemment mon père n'était pas convaincu, mais ma mère a trouvé que c'était une idée formidable. « Il faut savoir saisir sa chance quand elle se présente, ne pas la laisser filer. » C'était sa grande devise. Surtout pour Greta. Comme si les opportunités étaient des petits poissons qui risquaient de nous glisser entre les doigts. À Greta, ça lui était égal. Alors ils ont suivi les conseils de l'institutrice. Greta a sauté une classe, alors même qu'elle était déjà une des plus jeunes de sa division. À présent, elle a minimum un an de moins que tous ses camarades de classe, et presque deux ans de moins que la plupart d'entre eux. Mais elle ne s'en vante pas. À ses goûters d'anniversaire, ma mère mettait une bougie de plus sur son gâteau, pour les apparences. La tradition voulait que chaque année Greta choisisse la « bougie menteuse » et ne la souffle pas, dans la mesure du possible. Elle avait peur qu'en l'éteignant, tous ses vœux ne s'inversent. Son âge est inscrit dans son dossier scolaire mais, à part ça, j'ai l'impression que tout le monde l'a oublié. Cela dit, parfois ça se voit. Je ne le dirai jamais à Greta, mais parfois je trouve qu'elle fait beaucoup plus gamine que ses amis.

– Je sais pas, Greta. Je pense pas que maman…

– T'inquiète pas pour maman. Je m'en occupe. On est en pleine saison des impôts. Elle a d'autres chats à fouetter.

Greta a mis les mains sur ses hanches et a penché la tête sur le côté.

– Alors, tu viens ?

– Je… Pourquoi est-ce que tu veux que je vienne ?

Il y a eu une drôle de lueur dans les yeux de Greta – je ne savais pas très bien s'il s'agissait d'une lueur de tendresse, de regret ou de méchanceté –, puis elle m'a dit :

– Pourquoi est-ce que je voudrais *pas* que tu viennes ?

Parce que tu me détestes, ai-je pensé, mais je suis restée silencieuse.

Il y a trois ans, Keri Westerveldt a arrêté de venir nous garder pendant la saison des impôts. Greta est devenue responsable. Mes parents lui faisaient confiance. « Vous êtes toutes les deux des filles raisonnables », avait dit ma mère. Cette première année sans baby-sitter, Greta suivait tout ce que je faisais. Elle m'aidait à faire mes devoirs et s'asseyait à côté de moi dans le bus pour revenir à la maison. Elle nous préparait des petits sandwiches fromage-mayonnaise pour le goûter et nous allions les manger dans sa chambre, en jouant aux orphelines seules au monde. Parfois, la maison était tellement calme, tellement silencieuse et vide, que c'était facile à croire. Si elle m'avait proposé de l'accompagner à une soirée à ce moment-là, je n'aurais pas hésité une seconde. Même si je déteste les fêtes, j'aurais dit oui. J'avais en elle une confiance aveugle.

C'est difficile de dire précisément quand elle a cessé d'être ma meilleure amie, quand nous avons même arrêté de ressembler à deux sœurs. Greta est entrée au lycée et moi j'étais encore au collège. Greta s'est fait de nouveaux amis et je me suis rapprochée de Finn. Greta est devenue plus jolie et moi plus… bizarre. Je ne sais pas. Toutes ces choses n'auraient rien dû changer, mais apparemment, ça a été le cas. Elles ont été comme les eaux d'une rivière. Douces et inoffensives jusqu'à ce que suffisamment de temps ne s'écoule. Alors, soudain, nous nous sommes retrouvées comme deux étendues du Grand Canyon.

– Allez, June, s'il te plaît !

– Je sais pas, peut-être, ai-je grommelé.

Je voulais croire que ça partait d'un bon sentiment. Je l'ai fixée, attentivement, pour trouver d'où tout ça venait tout à coup. Mais je ne voyais rien. Puis j'ai pensé que c'était peut-être Finn, je ne sais comment. Peut-être qu'une fois mort, on peut se glisser dans la peau des autres pour les rendre plus gentils qu'avant. Je ne crois pas vraiment à ce genre de choses, mais je lui ai souri quand même. Juste au cas où. Pour si jamais c'était Finn qui me regardait à travers les yeux de Greta.

– Alors tu vas venir ? a-t-elle demandé.

J'ai examiné sa chambre, tout autour de moi. Il y avait des vêtements chiffonnés et entassés dans tous les coins. Des rouges à lèvres et des eye-liners avaient roulé sur le bureau bancal de Greta pour finir leur course entre les pages d'un script de *South Pacific*. Une vieille canette de 7 Up trônait sur un Rubik's Cube non résolu. En haut à droite de son miroir, elle avait accroché des photos d'elle avec ses copines prises au photomaton, et j'ai vu que mes pieds dépassaient. Une vieille photo de moi, de nous, dont on n'apercevait que mes sandales blanches toutes sales et le bas de ma robe d'été jaune à pois.

C'était peut-être parce que Greta avait gardé cette photo à portée de main, ou peut-être parce que c'était étonnamment agréable que Greta me demande de faire quelque chose avec elle, ou peut-être parce que j'avais conscience que c'était notre dernière année ensemble. Elle savait déjà qu'elle était admise à Dartmouth à la rentrée. Ça me paraissait invraisemblable, mais dans six mois, elle aurait quitté la maison. C'était peut-être toutes ces raisons à la fois, ou peut-être simplement parce que la soirée semblait loin. Je savais que j'aurais assez de temps pour me défiler par la suite. Pourquoi gâcher ce moment ? Quoi qu'il en soit, j'ai hoché la tête.

– D'accord, ai-je dit, en souriant à moitié. J'imagine que j'irai.

Greta a tapé dans ses mains en sautillant. Puis elle s'est approchée de moi et m'a ébouriffé les cheveux.

– Je vais arranger tout ça. Il me reste du spray éclaircissant et, selon Megan, ça marche même sans soleil, si tu te places tout près d'une ampoule. Et je peux te maquiller.

Elle s'est arrêtée un instant et a laissé mes cheveux retomber sur mes épaules. Elle a récupéré ses lunettes sur la commode et les a chaussées. Puis elle m'a regardée droit dans les yeux.

– On s'est retrouvées, hein ? Ça va être comme avant ? Je vais t'aider à oublier oncle Finn. Maintenant qu'il est parti, toi et moi…

Greta souriait, tout excitée.

J'ai fait un pas en arrière et je l'ai fixée à mon tour.

– Je veux pas oublier Finn.

Voilà ce que j'ai dit. Ça m'est sorti droit du cœur, et même si c'est la stricte vérité, ce sont des mots que je regrette amèrement. J'aurais voulu dire à Greta qu'on s'était retrouvées, qu'on serait de nouveau les meilleures amies du monde. Que tout pouvait redevenir comme avant.

Elle s'est détournée aussi vite que possible, mais j'ai bien vu la déception sur son visage. Elle a tripoté quelque chose sur son bureau, me tournant toujours le dos. Quand elle m'a regardée de nouveau, la déception avait disparu, remplacée par son expression habituelle de répulsion condescendante.

– Putain, June. T'es toujours obligée d'être aussi débile ?

– Je…

– Va-t'en. Allez.

En arrivant à la porte, je me suis retournée.

– Greta ?

Elle a poussé un soupir exaspéré.

– Quoi ?

– Je voulais pas…

Elle m'a fait signe de partir.

– Je veux pas l'entendre. Sors d'ici. Fiche le camp.

9

Oncle Finn n'était pas juste mon oncle, c'était aussi mon parrain. Greta avait les Ingram comme parrain et marraine, Fred Ingram, qui travaillait chez Pillsbury au contrôle de qualité, et Becca Ingram, sa femme. Ils ont un fils, Mikey, qui doit avoir deux ans de moins que moi. Greta et moi connaissons Mikey depuis le jour où il est né avec cette drôle de tache de vin sur l'épaule. L'été, les Ingram venaient souvent à la maison pour des barbecues, et Mr Ingram apportait toujours sa propre viande. Si nous allions à la piscine municipale ou si nous nous rafraîchissions avec des tuyaux d'arrosage, Mikey gardait toujours son tee-shirt sur son maillot de bain à cause de cette tache de naissance. Même devant Greta et moi qui l'avions vue mille fois.

Les Ingram n'étaient pas méchants, mais on n'aurait jamais pensé qu'ils étaient parrain et marraine de Greta. Finn avait pris très au sérieux son rôle de parrain. Une fois, j'ai demandé à ma mère pourquoi Finn n'était pas aussi le parrain de Greta, et elle m'a répondu que c'était parce qu'il n'était pas très stable au moment de sa naissance. Il partait en voyage sur un coup de tête, toujours par monts et par vaux. Ça ne me semblait pas être un problème mais, selon ma mère, ça n'aurait pas été très approprié.

Elle m'a dit que même si Greta était née après moi, elle n'aurait pas redemandé à Finn d'être le parrain car il prenait la chose beaucoup trop à cœur. Elle ne s'attendait pas à ce qu'il s'implique autant et, à présent que j'étais plus grande, elle trouvait que c'était vraiment exagéré. Un jour, avant sa mort, elle m'a dit que ce serait une bonne chose que j'arrête de compter autant sur lui.

Je détestais ça. Et je détestais quand elle commençait ses phrases par « Une fille de ton âge... »

Je sais que Greta était furieuse que ce soit moi qui aie eu oncle Finn alors qu'on lui avait flanqué les Ingram. Mais c'était pas comme si Finn avait dit que Greta ne pouvait pas nous accompagner. Il ne l'a jamais exclue de quoi que ce soit. Elle s'est exclue toute seule. Parfois elle disait : « Je ne veux pas m'incruster dans ces moments si particuliers avec ton parrain », en prenant son air snob. Et je n'ai jamais insisté parce que c'est vrai que je voulais avoir Finn pour moi toute seule.

L'été dernier, Mikey a essayé d'embrasser Greta. Elle lui a dit que c'était dégoûtant parce qu'elle était la filleule de ses parents et que c'était comme un inceste.

– Mais tu peux embrasser June, a-t-elle ajouté.

Mikey est devenu tout rouge, ne sachant plus où se mettre. Personne ne voulait m'embrasser, même pas Mikey, et Greta voulait s'assurer que j'en avais bien conscience une fois de plus. Mais ça prouvait aussi que Greta gardait toujours à l'esprit cette histoire de parrain. C'était toujours là, dans un coin. J'avais eu plus de chance qu'elle avec Finn et elle s'en rendait bien compte.

10

Le portrait a fini par quitter cet horrible sac-poubelle noir un mardi matin vers la fin février, deux mois après le début de la saison des impôts, presque un mois après la mort d'oncle Finn. Le bus n'était censé n'avoir que deux heures de retard ce matin-là, mais il a continué à beaucoup neiger et l'école a finalement été annulée pour toute la journée. J'aime les jours de neige. Surtout quand le sol est déjà recouvert d'une épaisse couche de neige et qu'on peut marcher à plus de cinquante centimètres au-dessus de l'herbe, en imaginant que l'on se promène sur un nuage.

Quand nous étions petites, avant que Greta ne devienne méchante, nous aimions disparaître ensemble dans le jardin avec nos grosses combinaisons de ski. Nous nous allongions sur le dos, en essayant toutes deux de ne pas cligner des yeux quand les flocons atterrissaient sur notre visage. Greta disait qu'un jour, elle avait reçu un flocon pile sur son œil et qu'elle avait pu voir chacun de ses détails avec une grande précision. Chaque cristal. Pendant un court instant. Comme si le flocon était gravé dans son œil. C'était un flocon de neige encore plus beau que tout ce qu'elle avait imaginé. Encore plus beau que les anges. Puis elle était rentrée à la maison en courant.

Elle s'était agrippée à la jupe de ma mère, en larmes, parce qu'elle savait que je ne pourrais jamais voir ce flocon. Elle savait qu'elle ne pourrait jamais me montrer cette chose merveilleuse. C'est une histoire que ma mère raconte parfois pour prouver à quel point Greta et moi étions proches. Parfois je la crois. Et parfois non.

– Il faut le faire encadrer, a déclaré ma mère.

Mon père avait réussi à atteindre son bureau, mais ma mère était restée avec nous à la maison ce jour-là. Elle tournait en rond dans la cuisine, serrant le tableau enveloppé contre sa poitrine. Une odeur de café et d'œufs brouillés flottait dans la pièce, et la neige tombait à si gros flocons que je ne voyais même plus la voiture dans la cour.

– On n'est pas obligés, a répondu Greta. Qui a dit qu'on devait le faire ?

– C'est ce qu'on fait en général avec un tableau, a dit ma mère. Que l'une de vous le sorte. Regardons ce qu'il en est.

Il n'y avait aucune raison d'avoir peur. C'est ce que je me suis dit. J'ai tendu la main vers le sac. Ma mère me l'a donné et a reculé d'un pas. Greta s'est approchée tout près tandis que je posais l'ensemble sur la table et que j'ouvrais sur le sac.

Et nous voilà, Greta et moi, à nous regarder sur la table de la cuisine. Mes cheveux étaient coiffés comme ils l'étaient toujours – deux fines tresses, une de chaque côté, tirées en arrière – et Greta portait ses lunettes parce que Finn lui avait dit que nous devions apparaître au naturel. Qu'il fallait que le portrait soit vrai. La façon dont Finn m'avait peinte donnait l'impression que je connaissais un grand secret, mais que je ne le révélerais jamais à personne. C'est Greta qu'il aurait dû représenter de cette manière, parce que ça lui ressemble davantage. Au lieu de quoi, on avait l'impression qu'elle venait de raconter un secret à quelqu'un et qu'elle attendait une réaction. En regardant le portrait, on se rend compte de l'incroyable talent de Finn. Je ne comprends pas du tout comment il faisait pour saisir les pensées des gens et les coucher sur la toile. Comment peut-on transformer des pensées invisibles en traits rouges, jaunes et blancs ?

Aucune de nous n'arrivait à quitter le portrait des yeux. Ma mère s'est glissée entre nous et nous a prises par la taille. Je m'imprégnais de chaque coup de pinceau, chaque nuance de couleur, chaque ligne et chaque angle de ce tableau. Je sentais que ma mère faisait pareil, et même Greta. Je sentais leur envie de plonger dans la toile. L'étreinte de ma mère s'est renforcée davantage jusqu'à ce que je sente son poing se serrer fortement sur ma chemise. Elle a détourné la tête et s'est essuyé la joue avec la manche de son pull.

– Ça va ? ai-je demandé.

Ma mère a rapidement acquiescé, les yeux rivés sur le tableau.

– C'est un tel gâchis. Regardez ça. Regardez ce dont il était capable. Toutes les portes lui étaient ouvertes…

J'ai cru qu'elle allait se mettre à pleurer, mais au lieu de ça, elle a frappé dans ses mains pour changer de sujet. Puis, d'un ton trop enjoué pour être vrai, elle s'est exclamée :

– Bon. Revenons au cadre. Des idées ?

J'ai penché la tête sur le côté.

– Est-ce que je suis la seule à penser qu'il a l'air… comment dire… différent ?

– Je sais pas, a répondu Greta en se frottant le menton, comme si elle réfléchissait profondément, je trouve toujours que tu ressembles à rien.

– Greta, ça suffit, a dit ma mère en poussant un long soupir.

Mais le portrait avait bel et bien changé. La dernière fois que je l'avais vu, c'était la dernière fois que j'étais allée chez Finn. La peinture n'était pas encore sèche et Finn semblait plus menu que jamais. Sa vue baissait et il nous disait qu'il ne réussirait pas à finir le tableau comme il l'aurait souhaité. Il avait mis la main sur mon épaule et m'avait dit :

« Désolé, June. Désolé, c'est pas terrible. »

Il avait dit que nous continuerions à y travailler.

Nous. C'est ce qu'il avait dit. Comme si j'avais un rôle à jouer.

– Tout le monde a fini de regarder ? a demandé ma mère, en tendant la main vers le portrait.

– Attends une seconde.

Je scrutais le tableau à la recherche de ce qui avait changé. J'ai regardé attentivement mes yeux, puis ceux de Greta. Non. Rien de différent de ce côté-là. Puis j'ai remarqué les boutons. Il y avait cinq boutons sur mon tee-shirt. J'étais étonnée de ne pas les avoir vus dès le premier coup d'œil, car ils ne ressemblaient même pas à quelque chose qu'aurait peint Finn. On aurait plutôt dit l'œuvre d'un enfant. Chacun était noir avec une petite touche de blanc pour suggérer le reflet de la lumière. Pourquoi diable Finn avait-il mis des boutons sur un tee-shirt ? Du bout du doigt, j'ai touché le bouton du haut. La peinture y était plus épaisse que partout ailleurs sur le tableau et, je ne sais pourquoi, ça m'a rendue triste.

J'ai considéré Greta et ma mère et j'ai décidé de ne pas mentionner les boutons.

– C'est bon, ai-je dit. J'ai fini. Tu peux le ranger.

Vendredi, après l'école, nous sommes allées chez l'encadreur. Mr Trusky, un petit homme joufflu, nous a dit qu'il comprenait à quel point il était important que nous soyons toutes d'accord sur le choix du cadre, et il nous a autorisées à rester une demi-heure après avoir accroché la pancarte « Fermé » sur la porte. Ma mère a demandé à Mr Trusky d'essayer d'autres cadres, encore et encore et, chaque fois, l'une de nous trouvait que quelque chose n'allait pas. À la fin de la journée, nous sommes reparties avec le portrait non encadré, de nouveau recouvert du sac-poubelle noir.

– On réessaiera demain, a soupiré ma mère sur le parking. Il a dit qu'il en avait d'autres.

– Pourquoi est-ce que t'y vas pas toute seule ? a demandé Greta.

– Sûrement pas. C'est quelque chose que Finn a fait pour vous deux. Vous en êtes responsables.

– Bon ben, dans ce cas, on a qu'à prendre le cadre en bois noir tout simple.

Je détestais le cadre en bois noir tout simple. Il nous donnait un air sarcastique.

Chaque cadre que Mr Trusky plaçait autour du tableau semblait le transformer. Celui qu'aimait ma mère s'appelait « Valencia » et était en bois sombre avec, aux quatre coins, des petits motifs gravés qui ressemblaient à des grains de café. Je trouvais qu'il rendait l'ensemble du portrait terriblement ennuyeux.

– Moi j'aime le doré. Celui qui fait un peu démodé.

– Sans blague ! a ironisé Greta.

Il s'appelait « Or de Toscane » et je le trouvais très chic. Avec ce cadre, le tableau aurait pu être exposé dans un musée sans problème.

– Celui-là plairait à Finn, ai-je déclaré.

– Qu'est-ce que t'en sais ? a demandé Greta d'un ton sec. Mademoiselle a réussi à atteindre le pays des morts avec sa corde à sauter ?

Parfois, j'étais stupéfaite de la mémoire de Greta. À l'âge de neuf ans, j'avais ma théorie sur le voyage dans le temps. Je pensais que je pourrais peut-être remonter dans le temps si je faisais de la corde à sauter en arrière aussi vite que possible. Si j'arrivais à fouetter l'air autour de moi assez fort, je pourrais former une petite bulle qui partirait dans le passé. J'avais cessé d'y croire. Personne ne pouvait avoir ce genre de pouvoir.

Ma mère semblait être au bord des larmes, alors j'ai donné un coup de coude à Greta.

– Demain. Peut-être que tout sera plus clair demain, a-t-elle dit.

Et ça a été le cas. Nous avons choisi le premier que nous a montré Mr Trusky le lendemain matin. Peut-être la décision a-t-elle été rapide parce que Greta avait trouvé une bonne excuse pour ne pas nous accompagner et qu'il n'y avait donc que ma mère et moi. Ou peut-être simplement parce que nous étions épuisées, ou bien parce que c'était vraiment le plus beau cadre. Il était marron avec des coins biseautés et il semblait presque disparaître autour du tableau, le laissant intact.

– Laissez-le-moi deux ou trois jours. L'encadrement sera prêt, disons, mardi matin.

Mr Trusky a gribouillé quelques mots dans un carnet.

– Laisser le portrait ? me suis-je exclamée.

Ma mère a mis une main sur mon épaule.

– Il ne peut pas le faire tout de suite, chérie. Ça prend un peu de temps.

– Mais j'aime pas l'idée de le laisser ici. Loin de nous.

– Allez, sois polie avec Mr Trusky. Il fait de son mieux.

Ma mère a souri à l'encadreur, mais il avait toujours le nez dans son carnet.

– Écoutez. Je vais venir travailler demain après-midi spécialement pour vous et je vous le rapporterai chez vous dès que j'aurai terminé. D'accord ?

J'ai hoché la tête. Il passerait quand même une nuit loin de nous, mais il ne me semblait pas possible d'obtenir mieux.

– Dis merci à Mr Trusky s'il te plaît, June. C'est incroyablement gentil de sa part.

Je l'ai remercié et nous sommes parties. Mr Trusky a tenu sa promesse et nous a rapporté le portrait le lendemain. Il l'a posé contre le comptoir de la cuisine pour que nous puissions l'admirer.

– En voilà une belle œuvre d'art, a dit mon père, les mains sur les hanches.

– Et le cadre est parfait. Nous vous sommes reconnaissants de tous vos efforts, a ajouté ma mère.

– L'encadrement fait toute la différence, vous savez, a répondu Mr Trusky.

Mes parents ont tous deux acquiescé, même si je ne suis pas certaine qu'ils aient écouté.

– Et toi, June, tu es contente ? a demandé Mr Trusky.

C'était le genre de questions auxquelles il fallait répondre par oui. Mais, pour être honnête, je ne l'étais pas. Tout ce que je voyais, c'était Greta et moi enfoncées ensemble dans ce cadre. Quoi qu'il arrive, nous serions collées à cette toile pour toujours.

11

– Tu peux signer…

Le facteur montrait une ligne au milieu d'une feuille de son bloc-notes. Sa casquette était enfoncée sur sa tête et l'on distinguait à peine ses yeux. Il a regardé la liste des noms.

– … June. June Elbus.

C'était un après-midi environ deux semaines après l'enterrement de Finn, et j'étais toute seule à la maison. J'ai hoché la tête et pris le stylo qu'il me tendait d'une main un peu tremblante. Pendant que je signais, je voyais du coin de l'œil que le facteur lorgnait à l'intérieur. Après que j'ai signé, il m'a remis un petit colis.

– Merci, ai-je dit, en levant les yeux vers lui.

Il m'a regardée et, l'espace d'une seconde, j'ai cru qu'il voulait me dire quelque chose. Puis il a souri et m'a répondu :

– Bon. Voilà. Je t'en prie… June.

Il a tourné les talons, puis il est resté là sans bouger, ne me montrant que son dos. J'ai commencé à refermer la porte sur lui, mais il ne bougeait pas. Pendant un instant j'ai cru qu'il allait se retourner. Il a fait un geste de la main, comme s'il venait de prendre une décision, et puis rien. Il a baissé la main et s'est éloigné.

Je suis montée directement dans ma chambre et me suis précipitée sur mon lit. Je me suis assise en tailleur avec le paquet sur les genoux. Il était entièrement recouvert de scotch. C'était comme si on avait pris un rouleau de gros scotch marron et qu'on avait enveloppé la boîte dans tous les sens jusqu'à la faire disparaître complètement. J'ai essayé de trouver une extrémité sur laquelle tirer, mais c'était impossible, alors j'ai pris des ciseaux pour fendre le haut. Ce n'était plus mon anniversaire et Noël était passé depuis des semaines. Il n'y avait pas d'adresse d'expéditeur sur cette boîte. Rien d'écrit, à part mon nom et mon adresse, inscrits au marqueur noir sur le scotch.

À l'intérieur, il y avait deux autres paquets emballés grossièrement, l'un plus petit que l'autre. J'ai d'abord ouvert le plus petit. En arrivant aux dernières épaisseurs de papier bulle et de papier journal, je commençais à sentir ce que c'était. Puis j'ai vu un éclat de bleu vif, avec du rouge et du doré, et j'ai eu la confirmation qu'il s'agissait du couvercle de la théière russe de Finn. J'ai failli le faire tomber. Après tous ces efforts d'emballage, il a failli me glisser entre les doigts. Je me suis vite attaquée au plus gros paquet. Déchirant toutes les épaisseurs. Folle d'impatience de retrouver la théière.

La dernière fois que je l'avais vue, c'était ce dernier dimanche où nous étions allés chez Finn. Ce dimanche où Greta n'avait pas voulu venir avec nous. Ce jour-là, ma mère et Finn s'étaient disputés à propos de la théière. Il voulait qu'elle la prenne, il disait qu'il voulait que je l'aie, mais elle n'était pas du même avis. Il la lui a présentée à deux mains et elle l'a repoussé.

– Arrête de faire l'imbécile. On se reverra.

Finn m'a regardée, se demandant s'il pouvait dire la vérité. J'ai détourné les yeux. Je voulais aller dans une autre pièce, mais l'appartement de Finn était tout petit et je ne pouvais aller nulle part sauf dans la minuscule cuisine qui se trouvait derrière des portes battantes, comme dans les westerns.

– Danni, prends-la. Pour June. Écoute-moi pour une fois.

– Ah. « Pour une fois ». Elle est bien bonne celle-là, a répondu ma mère d'une voix stridente. On ne veut pas de ta théière, un point, c'est tout.

– Alors accepte que June la prenne.

Il a alors traversé la pièce en portant délicatement la théière dans ses mains.

Ma mère m'a considérée.

– N'y pense même pas, Junie.

J'étais assise, incapable de faire un geste. Ma mère s'est interposée et a tenté de lui prendre la théière des mains. Finn l'a brandie au-dessus de sa tête et a essayé de me la passer.

À ce moment-là, j'ai cru distinguer le sort réservé à la pauvre théière. Je l'imaginais déjà se fracassant sur le parquet du salon de Finn. Je voyais tous ces morceaux brillants et colorés refléter la lumière du coucher de soleil à travers les grandes fenêtres de Finn. Je voyais une moitié d'ours dansant, un ours sans tête, juste des jambes, se projeter vers le plafond.

– Ma pauvre vieille, a dit Finn. Il appelait toujours ma mère « ma vieille ». Depuis leur enfance, m'avait-elle confié un jour. Et ils partageaient d'autres plaisanteries. Finn l'appelait « vieille bique déguisée en biquette » (ce qui n'était pas vraiment le cas) et elle l'appelait « bouquetin déguisé en vieux bouc », ce qui lui correspondait parfaitement. Finn s'habillait effectivement comme un vieil homme avec des gilets en grosse maille et à boutons marron et de godillots, et il avait toujours des mouchoirs dans ses poches. Mais sur lui, c'était assez chic. Ça lui allait bien.

« Ma pauvre, pauvre vieille.

Ma mère a renoncé à attraper la théière. Elle a esquissé un très léger sourire.

– Peut-être, a-t-elle dit en laissant son corps s'affaisser. Peut-être que c'est ce que je suis.

Finn a cessé de brandir la théière et l'a rapportée à la cuisine. Il était si pâle que les couleurs de la théière paraissaient criardes en comparaison. J'aurais voulu la prendre. Ça ne devait pas forcément avoir de signification. Ça ne voulait pas forcément dire que nous ne le reverrions plus.

– June, a appelé Finn de la cuisine, de sa voix faible et enrouée. Tu peux venir une seconde ?

Quand je suis arrivée, il m'a serrée dans ses bras. Puis il m'a murmuré à l'oreille :

– Tu sais qu'elle est pour toi cette théière. Quoi qu'il arrive, hein ?

– D'accord.

– Et promets-moi que tu ne l'utiliseras que pour servir du thé à des gens formidables.

Sa voix se brisait peu à peu.

– Rien que des gens super, d'accord ?

Je sentais sa joue humide contre la mienne et j'ai acquiescé sans le regarder. Je le lui ai promis. Il m'a lâché la main et s'est écarté en souriant.

– C'est ce que je veux pour toi, je veux que tu ne rencontres que les gens les plus formidables.

C'est là que j'ai craqué et que je me suis mise à pleurer, parce que je connaissais déjà les gens les plus formidables. Finn était la personne la plus merveilleuse du monde.

C'était la dernière fois que j'avais vu la théière chez Finn. Et je pensais que c'était la dernière fois de ma vie. Jusqu'à ce qu'elle se retrouve devant ma porte.

J'ai déchiré le reste de l'emballage et j'ai posé la théière sur ma commode. Elle n'avait pas changé. J'ai pris le couvercle sur mon lit pour le remettre à sa place. C'est là que j'ai remarqué qu'il y avait quelque chose à l'intérieur de la théière. J'ai d'abord pensé qu'il s'agissait d'un morceau d'emballage, mais c'était trop bien plié. Puis j'ai lu mon nom. *Pour June.* Un petit mot ? Peut-être de Finn ? Un sentiment de joie mêlée de peur m'a envahie et j'ai replacé le couvercle aussi vite que possible.

J'ai remballé le tout dans le papier bulle, mais j'ai conservé le petit mot. J'ai remis la théière dans la boîte et l'ai regardée de nouveau. Pas d'adresse d'expéditeur et pas de timbre. Comment se faisait-il qu'il n'y ait pas de timbre ? Une idée stupide m'a traversé l'esprit : c'était le fantôme de Finn qui m'avait apporté la théière. Mais je me suis ensuite souvenue du facteur. En y repensant, j'ai été frappée par le fait que sa tenue n'avait rien de professionnel. Une casquette de base-ball bleu marine et un blouson. Mes parents me tueraient s'ils apprenaient que j'avais ouvert la porte. Mais il y avait autre chose. Il m'avait fixée de façon étrange. Son visage me disait quelque chose. Mais pourquoi ? Et puis ça a fait tilt. C'était le type de l'enterrement. Le type que Greta avait traité de meurtrier. Un frisson m'a parcouru le dos. Il était venu jusqu'à ma porte.

J'ai pris le mot sur mon lit et j'ai rangé le paquet tout au fond de mon armoire. J'ai dévalé les escaliers et attrapé mon manteau. J'ai fourré le mot dans ma poche et, même s'il commençait à faire nuit, je suis partie en direction des bois.

12

Le 26 février 1987

Chère June,

Je m'appelle Toby. J'étais un ami très proche de ton oncle Finn et je me demandais si ce serait possible de te rencontrer. Je pense que tu te doutes de qui je suis parce que nous avons parlé une fois au téléphone. Je suis sincèrement désolé si je t'ai effrayée ce jour-là. Je sais aussi que tu m'as aperçu à l'enterrement. J'étais l'homme que personne ne voulait voir.

S'il te plaît ne le prends pas mal, et ne t'en affole pas, mais je crois qu'il serait plus prudent que tu ne parles pas de cette lettre à tes parents, ni même à ta sœur, parce que je pense que tu sais comment ils risquent de réagir. Tu es sans doute la seule personne à qui Finn manque autant qu'à moi, et je pense que ça nous ferait du bien de nous rencontrer, ne serait-ce qu'une fois.

Voici ce que je propose : je serai à ton arrêt de train à 15 h 30 le vendredi 6 mars. Si tu m'y retrouves, nous pourrons prendre le train pour aller quelque part. Discuter tranquillement. Est-ce que ça te conviendrait ?

Je ne sais pas ce qu'on t'a dit sur moi, mais c'est probablement des bêtises.

J'espère vraiment te voir bientôt,
Toby

Voilà ce que contenait la lettre. J'ai dû la lire assise sur le trottoir sous un réverbère sur le parking de l'école parce que, le temps que j'arrive, il faisait déjà trop sombre dans les bois. Quelques acteurs de la pièce attendaient que leurs mères viennent leur apporter de quoi dîner. Je m'étais faite aussi discrète que possible, ma capuche sur la tête, espérant que personne ne me verrait.

Après avoir lu la lettre, je l'ai remise dans ma poche et me suis dirigée dans ces bois noirs. Les sentiers étaient humides et souvent verglacés, mais ça m'était égal. J'ai marché et marché jusqu'au ruisseau. Des deux côtés, l'eau était recouverte d'une fine couche de glace mêlée de feuilles mortes. Mais au milieu, elle coulait toujours, rapide et sinueuse, comme si elle craignait de se faire emprisonner. J'ai franchi le ruisseau d'un bond et j'ai encore marché quelques mètres avant de m'asseoir sur une grosse pierre mouillée. J'avais dû arriver plus loin que je ne pensais car j'entendais les mêmes hurlements déchirants que le lendemain de l'enterrement. Ou peut-être que je n'étais pas allée plus loin, mais que c'étaient ces loups, ou ces créatures étranges, qui s'étaient rapprochés. J'ai déplié la lettre pour la relire. Je plissais les yeux pour essayer de revoir ces mots, en vain. Même privés de feuilles, les arbres masquaient le peu de lumière qui restait.

Cela n'avait pourtant pas d'importance. Je n'avais pas besoin de lumière. Les mots de cette lettre étaient déjà gravés dans ma mémoire. *Tu es sans doute la seule personne à qui Finn manque autant qu'à moi.* Qu'est-ce que ça voulait dire ? Qu'est-ce que ça voulait dire qu'un homme, qui pensait que c'était une bonne idée de se faire passer pour un facteur et de se pointer à la porte de la nièce de son copain, pense que Finn, *mon* oncle Finn, lui manquait autant qu'à moi ? Cet homme qui l'avait tué. J'aurais pu hurler à l'unisson avec ces loups. J'aurais pu crier et laisser mon haleine chaude se transformer en fantôme dans ces bois glacés. Mais je ne l'ai pas fait. Je suis restée assise en silence.

J'ai hésité à déchirer cette lettre en mille petits morceaux que j'aurais ensuite jetés dans le ruisseau gelé et regardés dériver au loin. Mais, une fois encore, je ne l'ai pas fait. Je l'ai repliée en un petit carré épais, remise dans ma poche, et je suis rentrée à la maison.

13

– Maman ?

– Oui ?

– Il va devenir quoi l'appartement de Finn ?

C'était plus tard ce soir-là. J'avais attendu que Greta aille se coucher. Mon père regardait les informations et ma mère nettoyait la mijoteuse dans la cuisine. Elle portait ses gants en caoutchouc jaune et ses épaules tremblaient à force de frotter. On se rendait compte de l'avancement de la saison des impôts en voyant ce que ma mère préparait le soir. En ce moment, elle faisait encore la vaisselle avant d'aller se coucher. À la mi-mars, la mijoteuse resterait à tremper dans l'évier et ma mère serait sur le canapé avec mon père, tous deux avec des piles de dossiers sur les genoux, luttant pour ne pas s'endormir.

En entendant ma question, elle a arrêté de frotter et a jeté un coup d'œil quelques secondes par la fenêtre de la cuisine. Puis elle a retiré ses gants l'un après l'autre et les a jetés dans l'évier. Quand elle s'est retournée, elle fronçait un peu les sourcils, mais je voyais qu'elle essayait de s'en empêcher.

– Va t'asseoir, m'a-t-elle dit en montrant le salon du doigt. Je te rejoins dans une minute.

J'avais toujours la lettre pliée dans ma poche et je l'ai caressée du bout des doigts. J'ai observé ma mère, en me disant qu'elle n'avait aucune idée de ce que je tenais dans la main, en me disant que je lui en parlerais le moment venu.

Dans le salon, les yeux du portrait me fixaient. Nous avions fini par l'accrocher le week-end d'avant. Au départ, ma mère voulait qu'on le mette dans nos chambres. Dans celle de Greta pendant un mois, puis dans la mienne, et ainsi de suite. Elle disait que Finn l'avait peint pour nous. Greta avait tout de suite protesté en disant qu'elle n'en voulait pas dans sa chambre. Il lui donnait la chair de poule et elle n'aimait pas la façon dont Finn l'avait représentée. Elle disait qu'il lui avait volontairement donné l'air idiot. Et, ajoutait-elle, elle n'aimait pas non plus la façon dont il m'avait peinte, moi.

– Et pourquoi ? avais-je demandé. Je trouve ça pas mal.

– Évidemment que tu trouves ça bien. Il t'a rendue plus jolie que tu l'as jamais été de toute ta vie. Bien sûr que ça te plaît, à *toi*.

Elle n'avait pas tort. J'aimais mon image sur ce portrait. Il y avait une sorte d'intelligence dans mes yeux qui n'existait sûrement pas dans la réalité, et j'avais l'air plus mince. Greta, ma mère et Finn avaient tous les mêmes os fins. Mon père et moi étions les gros de la famille, les ours difformes. Mais, sur le portrait, Greta et moi avions presque l'air aussi minces l'une que l'autre.

Mais quand même, si on regardait Greta et le tableau, on voyait bien que Greta était plus jolie dans la vraie vie et plus jolie sur la toile. C'est ce que je lui avais dit.

– Je suis pas plus jolie, cruche. Je suis juste plus vieille. Tu vois pas la différence ?

C'était gentil de sa part. À sa façon. Avec Greta, il faut chercher les gentilles choses enfouies sous le reste de ses méchancetés. Les paroles de Greta sont comme une géode. Moche comme tout à l'extérieur et en majorité à l'intérieur, mais de temps en temps, quelque chose de brillant s'en échappe.

– Dans ce cas, je vais faire mon égoïste, avait dit ma mère. Je trouve ça un peu injuste que le portrait reste enfermé dans la chambre d'une seule personne en permanence, donc je propose qu'on l'accroche au-dessus de la cheminée. Ça vous va ?

Greta avait grogné.

– C'est encore pire. Ça va tous nous faire flipper. Et en plus tous les gens qui viendront ici le verront.

– J'ai peur que tu n'aies pas le choix, Greta. June, ça te pose un problème ?

– Non, ça me va.

– Adjugé. On va demander à votre père de s'en occuper.

Depuis qu'il est au mur, j'ai surpris ma mère en train de le regarder. Pas juste une fois, mais à plusieurs reprises. Pendant tout ce temps, chez Finn, elle n'avait absolument pas l'air intéressée par le portrait, elle semblait presque dégoûtée, mais depuis qu'il se trouve à la maison, c'est devenu son obsession. Je l'ai vue le contempler de haut en bas à la manière de Finn. La tête penchée. Lui marmonnant des choses entre ses dents. L'observant de près, puis de loin. Elle le faisait en général le soir, quand j'étais censée être couchée et, quand elle me surprenait, elle me souriait d'un air embarrassé. Puis elle quittait la pièce, comme si de rien n'était.

Avant de parler de l'appartement, je m'étais assurée que Greta n'était pas dans les parages. Je me disais qu'elle savait probablement ce qui allait se passer, et cela dans les détails les plus scabreux. Elle savait probablement qu'il allait être décapé à l'eau de Javel jusqu'à faire disparaître la moindre odeur d'orange ou de lavande. Elle savait sans doute très bien qui seraient les nouveaux propriétaires et à quel point c'étaient des gens horribles qui transformeraient l'appartement en un endroit monstrueux rempli de télévisions, de chaînes stéréo et de câbles dans tous les sens. Finn avait horreur des câbles. Il détestait avoir des choses branchées partout.

Au départ, en arrivant dans le salon, ma mère n'a rien dit. Elle a considéré le portrait, puis moi. Elle s'est assise à mon côté sur le canapé, tout près, et elle a passé son bras autour de mes épaules. Elle sentait le liquide vaisselle au citron.

– Junie chérie, il faut que tu comprennes certaines choses au sujet de Finn.

Elle a détourné les yeux puis m'a regardée de nouveau.

– Je sais à quel point tu aimais ton oncle. Moi aussi je l'aimais. C'était mon petit frère, mon bébé. Je l'adorais.

– Adore.

– Pardon ?

– Adore, pas adorais. On peut encore l'adorer.

Ma mère a relevé la tête.

– Bien sûr. Tu as raison. Mais ce qui se passe avec Finn, c'est qu'il ne faisait pas toujours les bons choix. Il faisait ce qu'il voulait, quand il voulait. Souvent il ne…

– … faisait pas ce que les autres voulaient qu'il fasse ?

– Oui.

– Il faisait pas ce que *toi* tu voulais qu'il fasse.

– C'était pas ça le problème. Le problème, c'est que Finn était un esprit libre et un homme formidable, mais parfois il était peut-être un peu trop naïf.

Ma mère disait souvent ça de Finn. Qu'il n'avait jamais grandi. Elle en parlait comme si c'était une mauvaise chose, mais moi c'était une des caractéristiques que j'aimais le plus chez lui.

– Mais quel est le rapport avec son appartement ?

– Aucun. C'est juste que, disons, Finn avait un mode de vie… différent. Tu vois ce que je veux dire ?

– Je sais que Finn était gay, maman. Tout le monde le sait.

– Bien sûr que tu es au courant. Bien sûr. Alors n'en parlons plus. D'accord ? Nous n'avons plus à nous soucier de l'appartement.

Ma mère m'a frictionné le dos et a souri. Elle a fait mine de se lever, mais je ne voulais pas en rester là.

– Alors, si moi je veux y aller ?

Ma mère a secoué la tête, puis a longuement regardé le portrait. Quand elle s'est retournée vers moi, elle avait l'air grave.

– Écoute, June, il y a un homme qui y habite. D'accord ? C'était le… l'ami particulier de Finn. Tu vois ce que je veux dire ?

Ma mère a esquissé une légère grimace, même si je voyais bien qu'elle essayait de la retenir.

– Je ne voulais pas me lancer dans cette…

Ami particulier ? J'ai eu du mal à ne pas exploser de rire. L'appellation « ami particulier » me rappelait les sorties de classe au primaire. Ça me faisait penser à quand je donnais la main à Donna Folger et que je regardais des deux côtés de la rue avant de traverser.

– Qu'est-ce que t'entends par là ? ai-je demandé.

– Je crois que tu le sais très bien. On peut changer de sujet maintenant ?

Je riais toujours sous cape, mais après m'être rendu compte de la portée de la nouvelle, mon sourire a disparu. Finn ne m'avait jamais dit que quelqu'un s'installerait dans son appartement à sa mort. Pourquoi m'avoir caché quelque chose d'aussi important ?

J'ai serré la lettre de nouveau. *La seule personne à qui Finn manque autant qu'à moi.* C'est ce qu'il avait écrit. Toby. Je connaissais le nom de l'*ami particulier*. Et je savais qu'il m'avait appelée de l'appartement de Finn, mais j'imaginais qu'il trouverait un autre logement.

À ce moment précis, je mourais d'envie de demander à ma mère pourquoi personne ne m'avait jamais parlé de cet *ami particulier*, de ce Toby, mais je n'en avais pas le courage. De me ridiculiser comme ça. De montrer à quel point ça me faisait de la peine. Ces dernières années, j'avais considéré Finn comme mon meilleur ami. Le meilleur que j'aie jamais eu. Peut-être que j'avais eu tort.

J'ai hoché la tête sans regarder ma mère dans les yeux. Soudain, l'idée de lui dire que l'*ami particulier* de Finn était venu jusqu'à notre porte, que l'*ami particulier* de Finn savait que j'étais la seule à qui Finn manquait autant qu'à lui, et que l'*ami particulier* de Finn m'avait demandé de le rencontrer semblait impossible.

– Bon, d'accord. J'arrête, ai-je dit, et même si chaque muscle de mon corps s'employait à m'en empêcher, je n'avais qu'une envie, c'était de pleurer. Pas seulement parce que Finn ne m'avait jamais parlé de ce type, mais surtout parce que je n'avais plus aucun moyen de lui poser la question. Et je crois que, jusqu'à ce moment-là, je n'avais pas compris qu'il m'avait vraiment quittée.

14

– Tu te souviens de la fête ? m'a chuchoté Greta à l'oreille en m'attrapant à ma sortie de la salle de bains du haut. J'avais encore les mains mouillées et je me les suis essuyées sur mon pull.

– Hum ?

Greta a poussé un soupir d'exaspération.

– Mais si, tu sais bien. Je t'avais demandé si tu voulais aller à une soirée. Jillian Lampton, tu te rappelles ?

Je n'avais pas vraiment oublié. J'avais juste rangé l'information quelque part dans mon cerveau. Ou je pensais peut-être que ce n'était qu'une blague. Quelque chose que Greta m'avait dit pour voir ma réaction, par simple cruauté. Quoi qu'il en soit, j'ai hoché la tête.

– Bon, eh ben, elle était toujours remise à plus tard, mais finalement, c'est ce soir.

– Ce soir ? Mais…

– J'ai dit à maman qu'on avait besoin d'aide pour la pièce.

– Je fais pas partie de la pièce.

Greta a levé les yeux au ciel et a inspiré profondément.

– Oui, je sais. On sera à la fête.

– Oh.

Je n'avais jamais menti à mes parents sur l'endroit où j'allais. C'était la première fois que j'avais quelque part où me rendre.

– Tu peux venir avec Beans. Si tu veux.

Je n'étais plus amie avec Beans depuis des années. Ou du moins plus vraiment. Quand elle avait quitté l'Ohio pour venir ici, en CE2, avec sa coupe au bol et ses pin's scouts sur son cartable, elle n'avait personne. Elle était devenue ma meilleure amie. Pendant longtemps, jusqu'à la fin de l'école primaire, Beans était ma seule amie. Parce que j'ai toujours été comme ça. Je n'ai besoin que d'une personne sur qui compter. Ce n'est pas le cas de la plupart des gens. En général, on est continuellement à la recherche de nouveaux amis. Beans a fini par faire comme tout le monde. Au bout d'un moment, elle avait des dizaines d'amis et, en CM2, il était devenu clair que même si elle était *ma* meilleure amie, je n'étais plus la sienne.

Apparemment, toute ma famille a raté l'étape où Beans et moi avons cessé d'être des amies proches. Si je l'appelais, elle était très gentille et tout, mais c'était bizarre. J'avais beau dire à ma mère qu'elle avait des tas d'autres amis, elle pensait que rien n'avait changé entre Beans et moi. Peut-être que ça valait mieux car je ne voulais pas qu'elle se mette à me harceler pour que je me fasse de nouveaux amis. Je ne voulais pas lui expliquer ce qu'on pensait de moi à l'école. Que j'étais la drôle de fille qui se promenait avec un livre d'histoire médiévale usagé dans son sac à dos, la fille qui ne portait que des jupes, en général avec des bottes qu'on aurait dit venues du Moyen Âge, la fille que l'on surprenait en train d'observer les autres. Je n'avais pas envie de lui dire que les gens ne se battaient pas spécialement pour passer du temps avec moi.

Et puis, quand on avait un ami comme Finn, c'était presque impossible de rencontrer quelqu'un d'aussi génial au lycée.

Parfois je me demandais même si je réussissais un jour à trouver quelqu'un qui lui arrive ne serait-ce qu'à la cheville.

Greta a ouvert son sac à main.

– Maman était super contente qu'on fasse un truc ensemble. Tu sais ce qu'elle a fait ?

J'ai secoué la tête.

– Elle m'a donné dix dollars.

Greta a souri de toutes ses dents et a sorti le billet de son sac pour le brandir devant moi.

– Elle m'a dit que je pourrais t'emmener prendre une glace à la fin de la répèt. On a tout ce qu'il nous faut. T'es toujours partante ?

– Mouais.

– Cool. Prends des bottes. Et couvre-toi bien. C'est dans les bois.

– Greta ?

– Oui ?

– Tu te souviens de ce type à l'enterrement ?

– Ouais.

– C'était le petit ami de Finn, pas vrai ?

Depuis ce jour où j'avais récupéré la théière, je croyais voir Toby à tous les coins de rue. Je ne me rappelais pas exactement à quoi il ressemblait, juste son gabarit, ce qui n'était pas d'un grand secours. Il y avait partout des hommes grands et dégingandés et, au premier coup d'œil, n'importe lequel d'entre eux pouvait être Toby.

Ces derniers jours, j'avais attendu le bon moment pour surprendre Greta. Je pensais que si je lui posais une question au moment où elle s'y attendait le moins, elle m'en dirait peut-être plus qu'elle n'en avait l'intention. Ce que j'avais appris au fil des ans, c'est que jouer à l'imbécile était le meilleur moyen d'obtenir un maximum d'informations. Dès qu'elle avait l'impression que je n'étais pas au courant de quelque chose, elle était ravie d'étaler tout ce qu'elle savait sur le sujet.

– Félicitations, Sherlock Holmes. Il ne t'aura fallu que quelques siècles pour parvenir à cette conclusion.

– C'est pas tout.

– Bon, alors quoi d'autre ?

– Donc maintenant il habite dans l'appartement de Finn ?

– Tout à fait. La vie est injuste. On tue un homme et on se retrouve avec un super appartement dans les beaux quartiers de New York.

– Tu crois donc vraiment que c'est lui qui a transmis le sida à Finn. Tu en es sûre.

– Non seulement j'en suis sûre, mais je sais aussi qu'il l'a fait exprès. Ce type savait qu'il avait le sida quand il a rencontré Finn. Il le savait.

– Comment tu peux affirmer une chose pareille ?

– Je le sais, c'est tout. De source sûre.

– Donc c'est vraiment un genre de meurtrier ?

– Exactement.

Elle avait changé de ton. Elle semblait soudain ravie que je m'intéresse à ce qu'elle savait. J'ai hésité à lui parler de la théière et de la lettre, et puis du rendez-vous le 6 mars. Peut-être qu'elle m'écouterait et qu'elle serait impressionnée que, pour une fois, j'aie mes propres informations. Mais les mots ne sortaient pas. La lettre disait de n'en parler à personne et Toby avait peut-être raison. Même un meurtrier peut parfois avoir raison.

– D'accord.

– D'accord sur quoi ?

– C'est tout. Je voulais juste en être sûre.

– Arrête tes enfantillages, June. Tout est fini maintenant.

– Ouais. Je sais bien.

J'ai appelé Beans. Je me suis dit qu'il fallait que je fasse un effort, mais elle m'a dit qu'elle avait déjà quelque chose de prévu. Donc je serais toute seule. Seule au milieu des amis de Greta.

Plus tard, tandis que nous descendions l'escalier pour aller dîner, Greta m'a tapoté l'épaule et a glissé un petit mot dans la poche arrière de mon jean. *Soirée annulée.* Apparemment, il y a beaucoup de gens que ça n'arrangeait pas. Mais Greta avait déjà menti à nos parents donc je devais quand même l'accompagner à sa répétition. J'allais devoir rester au fond de la salle, sur l'un de ces sièges en velours rouge, à la regarder se transformer en Bloody Mary encore et encore.

Bien sûr, j'étais soulagée que la fête soit annulée. Et pas uniquement parce que j'étais timide et complètement attardée socialement. C'était plus que ça. Ça ne m'intéressait pas de boire de la bière et de la vodka, de fumer des cigarettes ou de faire toutes ces autres choses que « je peux même pas imaginer », comme dit Greta. Je ne veux pas imaginer ces choses. N'importe qui peut le faire. Moi j'aime imaginer des voyages dans le temps, des forêts grouillantes de loups, des paysages nocturnes désolés. Je rêve de gens qui n'ont pas besoin de coucher ensemble pour se prouver qu'ils s'aiment. Je rêve de gens qui se contentent d'un doux baiser sur la joue.

Ce soir-là, je me suis donc installée dans la salle de spectacle du lycée et j'ai regardé Ryan Cooke chanter les nuits enchantées avec tout son charisme doré. Mr Nebowitz, le metteur en scène, n'arrêtait pas d'interrompre Ryan, lui faisant reprendre certains passages de la chanson encore et encore, lui recommandant de laisser les mots s'exprimer sur son visage.

– Nous devrions pouvoir lire ton visage comme un poème. Même s'ils étaient sourds, tous les membres de ce public devraient savoir avec exactitude ce que tu ressens.

Mr Nebowitz était jeune, avec une abondante chevelure brune et bouclée. Il insistait surtout pour que Ryan interprète bien la fin. Ce passage : *Once you have found her, never let her go. Once you have found her, nevvvverrrr let herrrrr goooooooo*[1].

Ryan l'a repris des dizaines de fois. Je ne voyais pas une grande différence, mais Mr Nebowitz lui a dit :

– C'est mieux. C'est beaucoup mieux.

Il a laissé Ryan tranquille et a appelé Greta sur scène.

– « Happy Talk », d'accord ?

Greta a hoché la tête, avant de monter sur scène, sans costume ni maquillage. Juste elle, en jean et tee-shirt. Elle n'a même pas ôté ses lunettes. Elle a tiré ses cheveux en arrière d'une main et a fermé les yeux un instant. Mr Nebowitz s'est mis au piano.

– On la file, a-t-il dit à Greta.

Elle l'a chantée du début à la fin et je n'ai noté aucune erreur. À la fin de la chanson, Mr Nebowitz a applaudi, puis s'est tourné vers le reste de la troupe, assis dans la salle, et a déclaré :

– Voilà ce que j'attends de vous.

Puis il a regardé Greta de nouveau et l'a remerciée de tout le mal qu'elle se donnait. À sa place, j'aurais été cramoisie d'embarras, mais Greta a simplement salué comme un clown, en touchant presque le plancher avec sa tête. Tout le monde a éclaté de rire. J'ai ri aussi parce que c'était la première fois depuis une éternité que je la voyais si détendue, si rigolote.

1. « Une fois que tu l'as trouvée, ne la laisse jamais filer. » *(N.d.T.)*

Rien que pour ça, j'étais finalement contente d'avoir été obligée d'assister à cette répétition.

Greta a quitté la scène et j'ai repensé à Toby. Je me suis dit qu'*ami particulier* pouvait vouloir dire tout et n'importe quoi. Il n'était peut-être pas si important que ça. Peut-être que Finn ne l'avait jamais mentionné parce qu'il n'était personne. C'est ma mère qui utilisait l'adjectif « particulier ». Finn n'appellerait jamais quelqu'un de cette façon. Ou en tout cas pas sérieusement. Peut-être que ce type s'était simplement retrouvé dans l'appartement de Finn parce qu'il avait eu beaucoup de chance. Peut-être que Finn avait eu pitié de lui.

La répétition s'est terminée vers vingt heures trente. Je n'ai pas bougé de mon siège et j'ai regardé Greta, Ryan et les autres jeunes acteurs qui riaient, assis sur le bord de la scène, les jambes pendantes. C'était la bande avec qui traînait Greta. La bande des cools. Ceux qui étaient à la fois malins et populaires. Ceux qui pouvaient tout faire. Ryan Cooke, Megan Donegan, Julie Contolli et les autres. Greta avait l'air heureuse, perchée là-haut. Tranquille. Comme s'il s'agissait vraiment d'une île dans le Pacifique Sud. Mais elle semblait aussi plus jeune que ses amis. Quand on les voyait alignés comme ça, la différence d'âge sautait aux yeux et je m'étonnais que personne ne la remarque. Ryan avait un peu de moustache. Megan et Julie avaient des jambes de femme. Rondes et bien galbées. Les jambes frêles de Greta pendaient de la scène et la faisaient ressembler à une petite fille sur une balançoire.

Mr Nebowitz a dit bonsoir à tout le monde et a demandé à Greta si elle avait une minute. Un à un, les adolescents ont sauté à terre et ont attrapé leurs manteaux et leurs sacs. Greta a suivi Mr Nebowitz. Je suis restée à attendre au dernier rang, pensant que je ne devais pas partir sans Greta.

– Eh, toi là. Je vais éteindre les lumières.

Je reconnaissais Ben Dellahunt, assistant régie pour la pièce. J'ai acquiescé dans l'ombre.

– J'attends juste ma sœur, je m'en vais dans une minute.

Ben était un de ces ados dont on savait qu'ils allaient devenir riches en grandissant. Non pas parce qu'il était particulièrement exceptionnel, mais plutôt parce qu'on avait toujours l'impression qu'il avait des tas de projets. Il s'attachait les cheveux en catogan et j'avais entendu dire qu'il avait inventé un nouveau langage informatique, même si c'était probablement exagéré. Il n'était pas le meilleur de sa classe, mais il était très futé. Assez intelligent pour toujours s'en sortir. Il a mis sa main en visière et a plissé les yeux en direction du dernier rang, comme s'il scrutait l'océan. Puis il a gravi les marches de l'allée centrale. En se rapprochant, il m'a observée, en fixant son attention sur mes pieds.

– Eh, c'est toi la fille aux bottes.

Il a souri et a hoché la tête comme s'il avait résolu une sorte d'énigme. Il s'apprêtait à s'asseoir à mon côté quand Greta est réapparue sur la scène, côté jardin. Elle a parcouru les rangs des yeux.

– Tu viens ou quoi ? a-t-elle crié, tournant déjà les talons, prête à partir.

– Oui, j'arrive, lui ai-je répondu.

J'ai dit au revoir à Ben, puis je me suis mise à courir pour rattraper Greta. Elle allait à toute allure, me laissant plusieurs mètres derrière elle sur tout le trajet du retour. Quand nous sommes arrivées, elle n'a pas dit un mot. Elle a grimpé les marches à toute vitesse et s'est précipitée dans sa chambre en claquant la porte derrière elle.

15

Depuis la mort de Finn, je passais tous mes dimanches dans les bois. Mes parents se rendaient au bureau pour s'avancer un peu dans leur travail, Greta assistait à ses répétitions, et moi je partais marcher dans les bois. Parfois, j'enlevais mon manteau et je le mettais derrière le mur de pierre pour sentir le froid douloureux me traverser le corps. Parfois, j'aimais me sentir comme une pauvre fille, trop misérable pour se procurer des vêtements adaptés à la saison, condamnée à souffrir du froid.

Je ne veux pas dire qu'avant je voyais Finn tous les dimanches, mais j'avais toujours cette possibilité. Le téléphone pouvait sonner tôt le matin et Finn, à l'autre bout du fil, demandait si quelqu'un voulait aller se promener quelque part. C'était toujours comme ça, il demandait si *quelqu'un* voulait venir, mais je savais que c'était à moi qu'il pensait.

– T'es amoureuse d'oncle Finn, avait dit Greta un dimanche après son appel.

Elle m'avait observée de l'autre côté de la cuisine. Elle avait vu mon visage s'éclairer en entendant Finn dire que c'était une journée idéale pour aller aux Cloisters. Après que j'ai raccroché, Greta m'a regardée quelques secondes en souriant. Puis elle m'a dit ça, que j'étais amoureuse de Finn, et j'étais à deux doigts de lui mettre mon poing dans la figure. Je me suis retenue avec peine et j'ai enfoncé mes mains dans mes poches. Je suis sortie de la cuisine, mais elle m'a suivie.

– Tout le monde le sait.

Je me suis arrêtée et j'ai fermé les yeux, tournant toujours le dos à Greta.

– Tu sais ce que j'ai entendu Mrs Alphonse dire ? a-t-elle ajouté.

Mrs Alphonse était une amie de ma mère du club de jardinage. Ma mère n'aimait même pas jardiner, mais elle allait quand même aux réunions du club un jeudi soir par mois boire du café et discuter avec d'autres mères de famille qui ne jardinaient sans doute pas beaucoup non plus.

Je sentais mes poings se serrer de plus en plus au fond de mes poches.

– Je l'ai entendue interroger maman sur Finn et toi. « C'est un peu étrange pour une jeune fille de passer autant de temps toute seule avec son oncle, vous ne trouvez pas ? Bien sûr je ne sous-entends pas qu'il se passe quoi que ce soit de malsain. Ce n'est pas du tout ce que je veux dire. » C'est ce qu'elle a dit, mais je sentais qu'elle trouvait ça super bizarre. Et je voyais bien qu'elle en avait parlé avec d'autres dames. Pauvre maman, elle ne savait pas quoi répondre…

Mes poings avaient commencé à se détendre parce que toute mon attention était concentrée sur les paroles de Greta. Mais ensuite j'ai pensé à Mrs Alphonse et à ses stupides cheveux permanentés. Et puis d'abord en quoi est-ce que ma relation avec Finn concernait Mrs Alphonse ?

– Je fais que te prévenir que tout le monde est au courant et que tu mets maman dans une situation embarrassante, c'est tout.

– C'est qui « tout le monde » ? ai-je demandé, alors que je n'avais pas l'intention d'ouvrir la bouche.

– Disons que si tu penses que Mrs Alphonse ne va pas en parler à Celia, tu te trompes. Et si tu crois que Celia ne va pas s'empresser de tout répéter à tous les gens qu'elle connaît, tu te mets le doigt dans l'œil.

Celia Alphonse était une fille de ma classe assez banale. Je n'avais même encore jamais pensé à elle.

– Alors va retrouver ton cher, ton incroyable oncle Finn. Amuse-toi bien.

Je ne voulais pas laisser Greta s'en tirer comme ça. La laisser démolir mon bonheur du dimanche sans rien dire.

– Il n'y a rien de choquant parce que Finn est gay et ce n'est un secret pour personne.

Je me suis retournée pour voir si j'avais eu Greta, si son sourire avait disparu. Mais non. Il était encore plus large.

Elle a attendu un instant avant de lancer :

– J'ai dit que *toi* tu étais amoureuse de Finn. Je n'ai pas dit que Finn était amoureux de toi, si ?

Et qu'est-ce que je pouvais répondre à ça ? Rien. Comme d'habitude.

J'ai quand même rencontré Finn ce jour-là. J'ai pris le train et je l'ai retrouvé à la gare de Grand Station, puis nous sommes allés aux Cloisters, notre endroit préféré. De très loin. En général, nous y allions quand c'était presque désert – très tôt ou en toute fin de journée, peu avant la fermeture. À ces heures-là, les Cloisters étaient encore mieux que les galeries d'art ou que ce cinéma du Village qui passe tous ces vieux films. Encore mieux que la cafétéria *Horn and Hardart*, où l'on peut mettre un peu d'argent dans une machine et obtenir une véritable assiette remplie de victuailles comme dans le dessin animé des Jetson.

Les Cloisters sont le meilleur endroit parce que c'est comme un vestige d'une autre époque au nord de Manhattan. Et ce ne sont pas des paroles en l'air. Ils sont constitués d'énormes morceaux de monastères français du Moyen Âge qui ont été transportés à New York et assemblés harmonieusement. Même la vue est parfaite, quand on se promène aux Cloisters, parce que Rockefeller a acheté la totalité des terrains de l'autre côté du fleuve, au New Jersey, pour y empêcher toute construction. Peut-être que même Rockefeller avait besoin de fuir son époque de temps en temps.

J'ai fait de gros efforts pour essayer de ne pas penser à tout ce que m'avait dit Greta, mais je n'y suis pas vraiment arrivée et ça m'a pollué l'esprit toute la journée. J'essayais de ne pas m'approcher trop près de Finn, de ne pas trop sourire. Mais je n'y arrivais pas. Peut-être que Greta avait raison. Peut-être que j'étais répugnante.

Nous n'avons pas dit grand-chose ce jour-là. Ni moi, ni Finn. Nous avons marché à travers les ruelles en pierres sans vraiment y prêter attention. Je me disais que ça devait être agréable d'être un moine. Un moine qui n'a pas le droit de parler. Je m'imaginais assise dans une grande pièce aux murs de pierre, entourée de nombreux autres moines, tous silencieux, tous occupés à enluminer des manuscrits à l'aide de tout petits flocons de feuille d'or. Je croiserais le regard de Finn, à l'autre bout de la pièce et, sans dire un mot, nous nous comprendrions l'un l'autre. Voilà le genre d'amour que j'imaginais avec Finn. C'est ce que je me disais pour me rassurer. Le genre d'amour qui n'a rien de répugnant parce que tout se passe à une autre époque et que je ne suis pas vraiment moi-même.

Mais devenir moine est aussi impossible que voyager dans le passé ou avoir Finn avec moi pour toujours car, pour être moine, il faut être un homme et il faut aussi croire en Dieu, et je ne réponds à aucun de ces deux critères. Je ne pense pas que Dieu créerait une maladie uniquement pour tuer les gens comme Finn, et si c'était le cas, il serait hors de question que j'envisage de l'adorer.

Ce jour-là, aux Cloisters, nous nous sommes assis sur un banc dans un coin sombre et Finn m'a demandé ce qui advenait des gens après leur mort, selon moi. J'ai secoué la tête en faisant semblant de ne pas l'entendre. Ça m'arrivait parfois avec Finn de faire semblant d'être un peu dure d'oreille pour qu'il se rapproche de moi. C'est ce qu'il a fait. Ce jour-là, il s'est glissé tout près de moi sur le banc, a mis son bras autour de mes épaules, et m'a reposé la question.

– Qu'est-ce qui arrive à tout ça ? m'a-t-il demandé, en me regardant droit dans les yeux.

J'ai haussé les épaules et je lui ai dit qu'à mon avis, il ne se passait rien du tout. Je pensais simplement que tout se terminait et devenait noir.

Finn a acquiescé en disant : « Moi aussi. »

Si j'avais su qu'il parlait de lui, j'aurais inventé quelque chose. J'aurais imaginé un paradis parfait pour Finn en un rien de temps.

Ce dimanche-là, j'ai emporté la lettre de Toby dans les bois. De la vieille neige se cramponnait à chaque branche d'arbre, donnant aux bois dans leur ensemble une allure instable, comme si tout pouvait basculer d'une seconde à l'autre. J'ai suivi le mince ruisseau gelé en essayant d'entendre les loups.

J'ai tendu l'oreille, fermé les yeux, écouté attentivement, mais rien. Rien du tout.

J'ai relu la lettre encore et encore. Il était devenu impossible d'échapper au présent. Même avec les bottes de Finn aux pieds. Même en imaginant les faucons. Il suffisait que Toby me traverse l'esprit pour que mes pensées se retrouvent prisonnières du présent.

Je m'étais convaincue que je n'irais pas à sa rencontre, j'en étais sûre et certaine, mais je commençais à reconsidérer la question. Et s'il savait des choses que j'ignorais ? Si moi aussi j'étais un secret ? Et si je pouvais aller à la gare et m'inventer un personnage ?

16

Section D, page 26 !

Voilà ce qu'avait écrit Mrs Jansky sur l'enveloppe qu'elle avait glissée dans notre boîte aux lettres ce samedi matin. À l'intérieur se trouvait le *New York Times* de la veille. Mes parents ne lisent pas ce journal. Ils achètent le *New York Post*, le dimanche uniquement, donc sans cette fouine de Mrs Jansky, l'article sur le portrait serait passé complètement inaperçu auprès de la famille Elbus. Le tableau serait resté au-dessus de la cheminée, là où était sa place.

C'est Greta qui a trouvé l'enveloppe et qui a lu l'article à la famille rassemblée. Elle nous a tous réunis dans le salon. J'étais à l'étage en train de m'habiller, parce que Beans et un groupe de ses amis allaient au centre commercial et elle avait téléphoné pour me proposer de les accompagner. J'étais certaine que ma mère avait parlé de moi à la sienne. Je n'avais bien sûr aucune envie d'y aller, mais ma mère n'arrêtait pas de m'en parler, en me rabâchant que ça me ferait du bien de sortir un peu plus et que je n'aurais plus aucun ami si je refusais toujours tout. J'ai donc rappelé Beans pour l'avertir que je viendrais, en pensant que sinon ma mère me harcèlerait avec ça pendant des semaines.

Greta était encore plus secrète que d'habitude depuis la répétition où je l'avais accompagnée. Je voulais lui demander ce que lui avait dit Mr Nebowitz dans son bureau, mais je savais que ça ne servait à rien. Si elle souhaitait en parler, elle le ferait quand elle serait prête, c'est-à-dire sans doute jamais. Ou du moins pas à moi.

Ce matin-là, elle se tenait debout devant le portrait face à nous trois, assis sur le canapé. Il se trouve qu'elle avait raison. Le portrait donnait vraiment un air lugubre au salon. En général, nous y passions aussi peu de temps que possible. Personne ne voulait s'asseoir près de ce tableau. Nous nous installions dans la cuisine, ou bien Greta et moi montions dans notre chambre. Mon père avait pris l'habitude de se mettre dans le petit bureau à côté de la cuisine. Quant à ma mère, elle ne s'asseyait pas beaucoup, que ce soit avant ou après l'arrivée du portrait.

Mais ce samedi-là, Greta nous a appelés et nous nous sommes retrouvés assis face au tableau. Elle était debout, tout le poids de son corps reposait sur sa jambe gauche, une main sur la hanche. De l'autre, elle tenait le journal.

– Ça y est, Greta, on est tous là. Tu peux y aller. J'ai un énorme tas de paperasse à trier, a déclaré mon père.

– D'accord. Installez-vous, a lancé Greta d'une voix exaspérée. C'est pas très important. On est juste… célèbres.

– Allez Greta, montre-nous ce que tu as là qu'on puisse passer à autre chose.

Ma mère avait les jambes croisées et commençait à s'impatienter.

– On y va.

Greta a retourné le journal pour que nous puissions tous voir. Il était là. Le portrait de Finn. Notre portrait. Nous. Il était en couleurs et occupait la moitié de la page. Puis Greta s'est mise à lire.

– *Quand on n'a pas exposé un seul tableau en dix ans et qu'on s'appelle Finn Weiss, il est normal que le public soit un peu curieux d'entrapercevoir notre dernière œuvre. Weiss, qui est décédé cette année, sans doute du sida…*

La voix de Greta a un peu buté sur le mot « sida », mais elle a repris sa lecture.

– *… avait apparemment développé un goût pour le portrait, si l'on en croit cette récente découverte. Le tableau, intitulé* Dites aux loups que je suis chez moi, *représente deux adolescentes, l'une claire, l'autre sombre, avec des expressions si saisissantes d'intimité que l'on a l'impression qu'elles peuvent lire dans notre cœur. Comme si elles connaissaient nos secrets les plus inavouables.*

« Selon Harriet Barr, rédactrice en chef du magazine Art, *Weiss était connu pour la diversité de ses œuvres :* "Finn Weiss s'adaptait brillamment à tout type de support. C'était un véritable artiste Renaissance dans le sens où il effectuait un travail original remarquable non seulement avec de l'acrylique et de la peinture à l'huile, mais aussi sur de la pierre, du bois et d'autres matériaux plus conceptuels."

« Ce qui déconcerte à la fois artistes et critiques, c'est de comprendre pourquoi, il y a dix ans, Weiss a choisi la réclusion, devenant si discret que seuls ses amis les plus proches et sa famille savaient où il habitait. Certains ont salué ce retrait des feux de la rampe, le considérant comme une forme de bravoure. L'opinion la plus cynique soutient que la vie d'ermite de Weiss n'est rien d'autre qu'une stratégie pour donner encore plus de valeur à ses propres œuvres. Preuve en est que plusieurs

anciennes œuvres de la collection privée de l'artiste ont atteint des prix vertigineux lors de leur vente aux enchères.

– C'est bon, Greta, ça suffit.

Ma mère s'est levée pour lui prendre le journal. Greta l'a vite caché derrière son dos.

Je me tenais aussi près du bord du canapé que possible, pendue aux lèvres de Greta, avide d'entendre le reste de l'histoire.

– Laisse-la terminer, ai-je dit. Je veux savoir la fin.

– Allez Danielle, tout va bien.

Mon père a posé une main sur le genou de ma mère.

– Bien sûr que non, a-t-elle répondu, en dégageant sa jambe.

Elle s'est levée et a quitté la pièce. Après quelques secondes, mon père a regardé Greta et lui a fait signe de continuer sa lecture. Elle a toussé pour s'éclaircir la voix, en se tapotant la poitrine. Puis elle a repris.

– *Malgré le désaccord sur les raisons de son retrait, tout le monde reconnaît que l'apparition de ce récent portrait offre un aperçu du genre d'œuvres qu'a pu produire Finn toutes ces années « manquantes ». En effet, Barr considère ce tableau comme étant le plus grand chef-d'œuvre de sa carrière.*

« Une telle œuvre révèle un artiste totalement impliqué intellectuellement et, ce qui est peut-être plus important encore, émotionnellement, avec son sujet. En observant ce tableau, on a l'impression qu'en toucher la surface nous brûlerait les doigts. Que ces adolescentes sont vivantes. Qu'elles pourraient très bien nous arracher la main avec les dents si l'on s'approchait trop près.

La porte de la cuisine a claqué, signe que ma mère était sortie. Greta a levé les yeux, et du coup a perdu sa ligne. Elle a promené son doigt sur la page jusqu'à ce qu'elle retrouve l'endroit où elle s'était arrêtée.

– *À l'heure qu'il est, personne ne sait où se trouve la toile. L'image a été transmise anonymement au* Times *sans autre information que le nom de l'artiste et le titre du portrait...*

Greta a relâché le bras, le journal pendant sur le côté.

– J'aime pas ça, a-t-elle dit.

– Quoi ? lui ai-je demandé.

– Tout ça. Nous, moi dans un article sur quelqu'un qui meurt du sida.

– Quelqu'un ? C'est oncle Finn, Greta, lui ai-je répondu, furieuse.

– Je me fiche de qui c'est. Je veux pas d'une grande image de moi flottant au-dessus du mot « sida », O.K. ? Toi, ça te pose pas de problème ?

Elle a jeté le journal sur la table basse.

– D'ailleurs j'ai jamais rien voulu avoir à faire avec ce portrait, mais tout le monde était là à dire « Ton oncle Finn par-ci, ton oncle Finn par-là »... Pouah. Je le tuerais s'il était pas déjà mort. Et il est célèbre ? Genre super connu ? Il a jamais pris la peine de nous le dire.

– Calme-toi. C'est juste un article.

Mon père a pris le journal et l'a replié en petit format.

– Même pas un vrai article. C'est tout à la fin de la rubrique « Arts » du *New York Times*. Qui lit ça, hein ? Les gens se rappellent pas ce genre de trucs.

– C'est juste le journal le plus lu du pays.

– C'est pas comme si l'article disait que *toi* t'as le sida, ai-je lancé.

– Allez. Ça commence à bien faire.

Mon père a jeté le journal dans la cheminée et a sorti un briquet de sa poche.

– Ce truc énerve tout le monde dans cette maison, et donc…

Il s'est penché et a allumé le briquet. Il a mis le feu au coin du journal.

– … on va s'en débarrasser.

Au-dessus du petit feu se trouvait le vrai portrait. La version peinte de Greta et moi qui observait Greta et moi en chair et en os regarder une autre copie de nous-mêmes flamber dans la cheminée.

Je ne pouvais rien faire. Je n'en avais pas fini avec cet article. Je ne l'avais même pas encore entendu en entier. Je voulais lire davantage de choses sur Finn. Sur son talent. Sur les raisons pour lesquelles il avait arrêté de faire de l'art. Je savais que Finn était assez connu. À la façon dont les gens nous lorgnaient quand nous allions dans une galerie d'art. Au sourire qu'ils lui adressaient et à la main qu'ils tendaient pour serrer la sienne. Je comprenais bien tout ça, mais pour moi, ça n'avait pas tellement d'importance. Il ne se vantait jamais quand il était avec moi et je crois que je ne m'étais jamais rendu compte à quel point il était célèbre.

Beans et sa mère sont venues me chercher pour m'emmener au centre commercial juste après le déjeuner. J'ai dit à Beans que ça ne me dérangeait pas de m'asseoir à l'avant avec sa mère. Je n'avais pas envie de me retrouver écrasée sur la banquette arrière au milieu d'une bande de filles que je connaissais à peine. Quand nous sommes arrivées, j'ai informé Beans que je les rejoindrais plus tard au café. J'ai menti en lui racontant que je devais aller chercher quelque chose chez *Sears* pour mon père. Mais en fait, je suis allée directement au cinéma, au niveau du sous-sol, pour voir le film *Amadeus* toute seule. Je vais au cinéma chaque fois que j'en ai l'occasion, car pour moi, c'est comme les bois. C'est un autre endroit où l'on peut remonter le temps. Beans avait l'air de s'en ficher.

– Fais ce que tu veux. De toute façon, je sais que tu es venue juste parce que ta mère t'a forcée.

– Non… je…

– T'inquiète. Je comprends. Retrouve-nous au café à trois heures.

J'ai adoré *Amadeus*, c'était sans doute l'un des meilleurs films de tous les temps. Finn aurait aimé aussi, mais il aurait dit que l'histoire du *Requiem* était complètement travestie : Salieri qui commande le *Requiem* et empoisonne Mozart, personne n'y croit ! Néanmoins, si Finn était toujours là, nous serions probablement allés le voir deux ou trois fois, rien que pour la musique et pour le plaisir de se fondre dans une autre époque, et parce que nous étions tous deux des fanatiques de films à la fin tragique.

Ma mère est rentrée à la maison juste après mon retour du centre commercial. Juste à temps pour préparer le dîner. Des spaghettis bolognaise et du pain à l'ail. Le principal sujet de conversation du dîner consistait à deviner qui avait pu envoyer le portrait au *Times*. Chaque fois que Toby était mentionné, je dressais l'oreille, à l'affût de toute nouvelle information. Au bout du compte, nous sommes tomblés d'accord sur le fait que c'était sans doute lui qui était à l'origine de tout ça. Ma mère n'a pas dit un mot. Elle ne voulait toujours pas parler de l'article, ni de Toby, mais elle semblait avoir renoncé à nous en empêcher.

– C'est peut-être Mr Trusky, ai-je suggéré. Il a eu le tableau toute une journée.

– Sûrement pas. Pourquoi est-ce que Mr Trusky s'embêterait à faire un truc pareil ?

– Peut-être simplement que c'est un amateur d'art. Peut-être qu'il voulait s'assurer que tout le monde ait la possibilité d'admirer l'œuvre de Finn.

– C'est ça oui.

J'ai haussé les épaules, mais je savais que Greta avait sans doute raison. Ça ne pouvait être que Toby. À cause du titre. Aucun de nous ne se doutait que le tableau s'appelait *Dites aux loups que je suis chez moi*. Seul Toby aurait pu le savoir.

– Qu'est-ce que ça veut dire d'abord, « Dites aux loups que je suis chez moi » ? a demandé Greta.

Personne n'a rien répondu car nous n'en avions pas la moindre idée. Encore un mystère laissé par Finn. Encore une question que je ne pourrais jamais lui poser.

17

Le lendemain, je suis allée à la bibliothèque, mais en fait ce n'était pas une très bonne idée. J'avais l'intention de trouver l'article et d'en faire une photocopie que je pourrais garder pour moi. Puis j'irais dans les bois pour le lire, peut-être deux fois, peut-être cent fois, peut-être plus. Mais j'ignorais que la photocopieuse du premier étage de la bibliothèque était en panne et que je serais obligée de demander à quelqu'un de l'accueil de faire la photocopie pour moi. Si j'avais apporté l'article au bibliothécaire du premier étage, qui ne me connaît pas vraiment, je n'aurais sans doute pas eu de problèmes, mais j'ai été assez stupide pour aller au rez-de-chaussée, au rayon enfants. J'adorais toujours ce rayon, plein de couleurs vives et de livres qui racontent de vraies histoires. Mais c'était idiot parce que Mrs Lester, la bibliothécaire des enfants, me connaît depuis que j'ai quatre ans et m'a tout de suite reconnue sur l'article.

– Oooh, Junie. Voilà un charmant tableau de vous deux, s'est-elle exclamée, aux anges.

J'ai hoché la tête.

– Vous avez toutes les deux l'air si… grandes. Si matures.

J'ai de nouveau hoché la tête.

– Et ravissantes. Belles comme, eh bien, comme un tableau, a gloussé Mrs Lester. La grande photocopieuse est au rez-de-chaussée à présent. Je peux caser presque toute cette page sur une seule feuille de papier.

– Génial, ai-je répondu.

Je devais avoir l'air impatiente parce que Mrs Lester s'est précipitée derrière le comptoir à toute vitesse. À son retour, elle tenait dans sa main deux copies de l'article.

– Oh, une seule m'aurait suffi.

– Je sais, ma choupette, mais il nous en faut une pour le tableau.

– Le tableau ?

– Oui, le tableau d'affichage. Vous êtes célèbres à présent, Greta et toi. Vous êtes une œuvre d'art. C'est bien d'être un peu connues dans les environs. Si l'on expose…

– Non. Vraiment. On préfère ne pas trop se faire remarquer.

– J'insiste. June, tu as été révélée par ce portrait. Pourquoi cacher aux autres ta lumière ?

Je savais que le seul moyen d'empêcher Mrs Lester d'accrocher cet article serait de lui dire que le tableau était l'œuvre de mon oncle Finn qui venait de mourir du sida, et que toute ma famille en était un peu perturbée. Entendre le mot « sida » suffirait sans doute à dissuader Mrs Lester, mais je n'avais pas le cœur de le prononcer. L'idée de faire semblant d'être gênée par Finn m'était insupportable.

J'ai pris mon exemplaire, en le pliant pour cacher l'image à l'intérieur, et je suis retournée à l'étage, au milieu des tons gris et marron de la bibliothèque principale. Je me suis dirigée vers le tableau d'affichage pour voir s'il y aurait un moyen de retirer l'article une fois qu'elle l'y aurait placé. Quand personne ne regarderait. Mais c'était impossible. Toutes les annonces se trouvaient derrière une porte coulissante en verre, fermée à clé.

Comme prévu, j'ai emporté l'article dans les bois. Je l'ai plié en un tout petit carré pour le faire rentrer dans la poche de mon manteau, et j'ai marché jusqu'à entendre les loups. Il n'y avait pas grand-chose de plus sur Finn, juste ça :

Ce vieil homme, *le dernier tableau vendu par Finn et peut-être son plus connu, est un autoportrait de l'artiste, portant une large veste en laine sur son torse nu. Il tend un énorme cœur humain au-dessus d'une mare pleine de crocodiles. Sur la poitrine de l'artiste, on voit une grande cicatrice encore fraîche qui forme le mot « vide ». C'est la sincérité du geste qui émeut le spectateur. Il n'y a aucune ironie, juste le sentiment d'assister au dernier instant avant qu'il ne lâche cette chose humide et frémissante et la certitude d'avoir reçu tout ce que l'artiste avait à offrir. Le tableau a été vendu aux enchères en 1979 pour la somme de 200 000 dollars. Selon Sotheby's,* Dites aux loups que je suis chez moi *pourrait atteindre 700 000 dollars.*

J'aurais dû être impressionnée par une telle somme, mais ce n'était pas le cas. De toute façon nous ne le vendrions jamais, donc ça n'avait pas vraiment d'importance. Mais un élément a attiré mon attention : il n'y avait pas de boutons. Dans le journal, mon tee-shirt était banal, un simple tee-shirt noir sans aucun bouton.

Quand je suis rentrée à la maison, le portrait n'était plus au-dessus de la cheminée. Mes parents l'avaient remis dans un sac-poubelle noir et l'avaient emporté à la banque de New York pour qu'on le place dans une chambre forte, quelque part au sous-sol. J'ai pensé à nos visages, celui de Greta et le mien, en train de scruter l'intérieur du coffre sombre. Et je me suis dit qu'au moins je n'y étais pas toute seule. Être avec Greta était quand même mieux qu'être enfermée toute seule dans cet endroit lugubre.

18

Mes parents se sont spécialisés dans la comptabilité des restaurants. C'est pour ça que la famille Elbus a le droit de dîner gratuitement un peu partout dans Westchester. On nous trouve une table, même quand la file d'attente s'étire sur le trottoir. Je suppose que ça devrait me plaire d'avoir l'impression d'être une star, mais c'est tout le contraire. Comme nous ressemblons à n'importe quelle autre famille, nous donnons juste l'air d'être hyper mal élevés en passant devant tout le monde. Même Greta trouve ça gênant. Mon père aussi. En fait, il n'y a que ma mère qui apprécie ce petit moment de célébrité de temps en temps.

Avec l'enterrement, la saison des impôts et les répétitions de Greta, un mois s'était écoulé entre mon anniversaire et le jour où nous sommes allés le fêter ensemble chez *Gasho*, un restaurant japonais. Ma mère a fini par taper du poing sur la table en disant que ce n'était pas grave si c'était un mardi soir en pleine saison des impôts. Nous avions déjà assez repoussé mon dîner de quatorze ans et ça suffisait comme ça.

J'ai choisi *Gasho* parce que mes parents ne s'occupent pas de sa comptabilité et aussi parce que si l'on est de bonne humeur, c'est un restaurant très chouette. Le fondateur a démantelé une ferme japonaise du XVIe siècle et en a rapporté tous les morceaux aux États-Unis où il l'a reconstruite pour la transformer en restaurant. Les cuisiniers préparent les plats sur des grils installés au milieu des tables et, derrière le bâtiment, se trouve un jardin japonais avec un petit cours d'eau surmonté de ponts à arches et des bancs nichés dans des recoins paisibles.

Donc, comme je disais, si l'on est de bonne humeur, c'est un chouette endroit pour dîner. Mais personne n'avait vraiment le cœur à rire.

En fait, Finn venait toujours dîner avec nous pour notre anniversaire. Chaque fois. Parfois nous allions à New York et Finn s'occupait de tout. Parfois c'était lui qui venait ici. C'était le premier anniversaire sans lui. Ma mère avait suggéré d'inviter les Ingram à la place, mais personne ne trouvait que c'était une bonne idée. Pas même Greta.

– Vous êtes drôlement en beauté, les filles, a déclaré mon père tandis que nous montions dans le van. Greta et moi nous sommes regardées un instant, interdites.

Greta s'est assise sur la banquette devant moi. Elle portait un jean à fines rayures artistiquement troué au niveau des genoux, et moi une jupe noire et un gros pull. Je n'avais pas mis les bottes de Finn. Je n'aurais pas supporté de les porter ce soir-là.

Le trajet jusqu'à *Gasho* s'est fait dans le plus grand silence, brisé seulement par *Les Plus Grands Hits* de Simon et Garfunkel de mon père. Tous les albums de mes parents étaient des compilations des plus grands hits. On aurait dit qu'ils étaient terrifiés à l'idée de tomber sur une mauvaise chanson. Tandis que nous roulions sur l'autoroute, je me remémorais tous les anniversaires que nous avions fêtés ensemble. Les trente-cinq ans de mon père dans ce restaurant marocain sombre que connaissait Finn dans le Village. Les dix ans de Greta pour lesquels nous avions demandé au restaurant italien *Il Vecchio* d'écrire « Joyeux anniversaire Greta » avec des poivrons sur toutes les pizzas. Mes douze ans où Finn avait réservé la salle à manger d'un vieil hôtel et nous avait initiés à des jeux de l'époque victorienne qu'il avait découverts au cours de ses lectures. Il était apparu avec un haut-de-forme et une queue-de-pie et, toute la soirée, il avait parlé avec un accent britannique. À la fin, nous parlions tous de la même façon. Même Greta. Les « plaît-il », les « à merveille » et les « me feriez-vous la grâce d'accepter » fusaient et tout était prétexte à nous traiter les uns les autres de goujats et de malotrus.

Puis il y avait eu les quarante ans de ma mère, et je me souviens de moi assise à côté de Finn dans ce restaurant chic doté d'un pianiste de jazz dans un coin et de bougies sur les tables, enfoncées dans ces gros bougeoirs carrés en verre. J'avais dix ans, Greta douze, et je regardais la lueur de la bougie danser sur la joue de ma mère tandis qu'elle retirait soigneusement l'emballage du cadeau de Finn. C'était l'usage quand on recevait un présent de la part de Finn. On gardait toujours le papier cadeau car il était systématiquement plus beau que tous ceux qu'on avait vus jusqu'alors. Ce papier cadeau-là était d'un rouge si sombre et profond qu'on aurait dit du velours. Ma mère l'avait ouvert avec précaution, en faisant bien attention à ne pas déchirer le papier puis, après avoir découvert un côté, elle avait doucement sorti un carnet à dessins noir.

Ce carnet à dessins s'est retrouvé sur une étagère dans la chambre de Greta. À l'intérieur, Finn avait écrit une petite dédicace : *Tu sais que tu as envie de…* à côté d'un tout petit croquis de ma mère un crayon à la main. Ce qui est incroyable, c'est que même si le dessin mesurait à peine deux centimètres de haut, on reconnaissait ma mère au premier coup d'œil. Finn était doué à ce point.

Ce soir-là tout le monde était bavard. Mon père grondait discrètement Greta qui refusait de mettre sa serviette sur ses genoux. Pendant ce temps-là Finn, assis à côté de moi, pliait et tordait sa serviette jusqu'à ce que, soudain, il la brandisse de sous la table pour nous montrer le papillon qu'il avait créé. Nous l'avons regardé le faire voler jusqu'à Greta.

– Tiens, j'ai quelqu'un qui a besoin de genoux pour se poser.

Greta a gloussé et a pris le papillon des mains de Finn pour le placer directement sur ses genoux. Mon père a considéré Finn et lui a souri. Je me souviens d'avoir été jalouse parce que moi aussi je voulais une serviette papillon. Je voulais que Finn plie quelque chose pour moi. J'étais sur le point de lui demander mais, quand j'ai tourné la tête vers lui, j'ai vu qu'il observait ma mère à l'autre bout de la table. Elle avait le carnet à dessins ouvert à la première page et contemplait le petit croquis d'elle-même. Au bout d'un moment, elle a levé les yeux vers Finn. Elle ne lui a pas souri, elle ne l'a même pas remercié comme ça se fait en général quand on nous offre un cadeau. Rien. Elle est juste restée là à le regarder tristement, avec insistance, puis elle a secoué la tête, les lèvres pincées. Elle a ensuite remis le carnet dans le papier cadeau et l'a fait disparaître sous la table. C'est un de ces moments qui nous reviennent comme des photos. Je ne sais pas pourquoi certains souvenirs sont ainsi, parfaitement préservés dans leurs moindres détails. Figés. Mais ce souvenir – Finn qui scrute ma mère intensément, elle qui secoue doucement la tête – est exactement l'un de ceux-là.

Quand nous sommes arrivés chez *Gasho*, nous avons suivi la serveuse jusqu'à l'une des tables surélevées et nous nous sommes hissés sur nos tabourets. Chaque table pouvait accueillir environ douze convives autour d'un grand gril derrière lequel un cuisinier découpait de la viande à l'aide d'une petite hachette. Mon père a commandé deux verres de bière japonaise. Puis il s'est tourné vers Greta et moi et nous a demandé si nous voulions un diabolo grenadine.

– Tu sais, papa, j'ai plus trois ans, a répondu Greta. Je vais prendre un Coca light.

– Bon, ben, moi aussi je vais prendre un Coca, ai-je dit à mon tour, même si en réalité j'aurais préféré un diabolo grenadine.

Et je crois que ça a été notre plus longue conversation de la soirée. À mon avis, personne dans le restaurant n'aurait pu deviner que nous étions là pour fêter un anniversaire. Mon père a demandé à Greta comment avançait la pièce et tout ce qu'elle a trouvé à répondre c'est : « Pas mal. » Ma mère a fait remarquer une modification sur la carte, mais ce n'est pas allé plus loin. Aucun de nous n'était du genre de Finn. J'ai essayé de me rappeler un des jeux victoriens, mais rien ne m'est revenu. Peut-être que d'autres mots ont été échangés, peut-être que certains ont été happés par le crépitement des oignons et des poivrons, mais en tout cas, je n'en ai gardé aucun souvenir. J'étais là à regarder le cuisinier japonais et sa grande toque blanche préparer notre dîner, en me demandant ce que j'allais devenir sans Finn. Est-ce que j'allais rester stupide le reste de ma vie ? Qui me dirait la vérité, qui me révélerait la réelle signification de ce que tout le monde peut voir ? Comment apprendre toutes ces choses ? Comment parvenir à voir avec des rayons X ? Comment devenir comme Finn ?

Sur le chemin du retour, j'ai repensé à la lettre de Toby. Je me disais que dans trois jours seulement nous serions le 6 mars et que ce serait vraiment stupide de ma part de me rendre au rendez-vous. De nouveau, j'ai pensé que la meilleure chose à faire serait de tout raconter à mes parents. Les prévenir que ce type était venu jusqu'à notre porte. Qu'il voulait me rencontrer. Qu'il m'avait demandé de n'en parler à personne. Il n'était pas trop tard pour tout leur dire.

Mes parents avaient confiance en moi. Je le savais. Et ils avaient raison. J'étais raisonnable et je faisais toujours ce qu'il fallait. Mais cette fois, c'était différent. Je savais que Toby était une mine d'anecdotes. Il possédait des petits morceaux de Finn que je n'avais jamais vus. Plus l'appartement. Peut-être y aurait-il une chance de revoir l'appartement. Ma mère appellerait ça tirer sur la corde. Chercher les toutes dernières miettes. Elle me traiterait de goinfre, mais ça m'était égal. Si l'on considère qu'une anecdote peut être comme un genre de ciment, celui qu'on met entre les briques, celui qui ressemble à un glaçage de gâteau pas encore durci, alors je me disais que je pourrais utiliser les histoires de Toby pour maintenir Finn en place, pour le garder avec moi un peu plus longtemps.

19

– Soirée. Demain soir. 100 % sûr. Pas d'annulation.

Greta était entrée dans la salle de bains pendant que j'étais sous la douche et m'avait murmuré ces mots à travers le rideau rose corail.

– Hein ?

Greta a répété, plus lentement, aussi fort qu'elle le pouvait sans risquer d'être entendue par nos parents. Je ne comprenais toujours pas bien ce qu'elle disait, alors j'ai fermé le robinet et je me suis frotté les oreilles pour en laisser couler l'eau. J'ai passé une tête par le rideau.

– Quoi ?

Elle a poussé un soupir avant de répéter de nouveau. Cette fois, c'était la bonne.

Puis elle a ajouté :

– Papa et maman seront au bureau jusqu'à sept heures, et ensuite on peut tout simplement leur dire que tu nous aides encore une fois avec la pièce. O.K. ?

J'ai hoché la tête, mais mes pensées bouillonnaient. La fête coïncidait avec le rendez-vous avec Toby.

– O.K. ? a insisté Greta.

J'ai relevé la tête.

– Ouais… je pense. O.K.

– C'est dans les bois derrière l'école.

Mes bois. La soirée allait avoir lieu dans mes bois. J'ai souri intérieurement. Pour une fois, j'en saurais plus que Greta. Je serais la seule de la bande à connaître l'endroit.

Greta m'a regardée comme si elle attendait que je dise quelque chose.

– Tu vois de quoi je parle, hein ?

– Je… ouais. Les bois qu'on aperçoit derrière la cafèt'.

Elle a attendu quelques secondes avant d'acquiescer.

J'ai rouvert le robinet à pleine puissance, laissant l'eau me masser la nuque.

Je voyais la silhouette de Greta à travers le rideau de douche et je lui ai donné une petite tape. Elle a riposté en essayant de me pincer l'épaule. Nous nous sommes toutes deux mises à rire, nous tapant l'une l'autre à l'aveuglette à travers le plastique rose.

– Arrête, a dit Greta, mais elle-même ne cessait pas.

J'ai sorti un bras mouillé sur le côté du rideau et j'ai chatouillé Greta sous l'aisselle. Nous étions mortes de rire.

– Les filles ? a retenti la voix de mon père d'en bas.

J'ai retiré mon bras.

– Tout va bien, a hurlé Greta.

C'était comme ça avec Greta et moi de temps en temps. Juste pendant une minute ou deux. Juste un aperçu de ce que nous étions autrefois.

Elle a passé la tête dans la douche, en détournant le regard pour ne pas me voir toute nue.

– Alors tu es toujours partante ?

– Oui, je vous retrouverai dans les bois.

20

J'ai fait une liste des quelques raisons que j'avais de détester Toby. Je voulais être prête. Je ne voulais pas arriver là muette et larmoyante. Je voulais être ferme. Je voulais pouvoir lui dire ce que je pensais de lui.

1) Souviens-toi que c'est lui qui a tué Finn. Peut-être exprès.
2) Souviens-toi que c'est lui qui a envoyé le portrait, NOTRE portrait, au journal sans rien nous demander, alors qu'il est à nous et que ça ne le regarde absolument pas.
3) Souviens-toi que seul quelqu'un de très louche enverrait des lettres à une fille de quatorze ans en lui demandant de ne pas en parler à ses parents.

J'ai regardé la liste, mais ça ne marchait pas. Je n'arrivais pas à détester ce type. Finn ne détestait pas Toby. Peut-être même que Finn était amoureux de Toby. Et Toby était sans doute la dernière personne au monde à avoir parlé à Finn, à l'avoir vu en vie. J'ai donc ajouté ça :

4) Toby est le dernier à avoir parlé à Finn. Toby est le dernier à avoir tenu la main de Finn et à avoir essuyé la sueur de son front. Pas moi. Toby.

C'est là que la liste a commencé à fonctionner. *Je* voulais être la dernière. Pas une espèce d'Anglais dégingandé à la voix larmoyante.

21

Si l'on se trouve sur Sumac Avenue à l'endroit où la rue surplombe les voies de chemin de fer et que l'on regarde au-dessus de la balustrade, on peut observer tout le quai de la gare. Je suis arrivée tard et j'étais frigorifiée parce que j'avais fourré ma doudoune bleu ciel dans mon sac à dos. J'avais pris le chemin le plus long, en passant devant le magasin de vélos et la station-service, puis dans les champs envahis de mauvaises herbes près de l'église luthérienne. Tandis que je m'approchais du lieu de rendez-vous, j'ai commencé à me dire que Toby lui-même ne viendrait peut-être pas. Peut-être qu'il se cacherait simplement quelque part pour guetter mon arrivée, tout comme moi j'avais décidé de le faire.

Je me suis donc postée près de la balustrade en faisant en sorte de pouvoir voir sans être vue. Je n'étais même pas sûre de le reconnaître mais, en fin de compte, je l'ai tout de suite repéré. Il était assis sur un banc à l'extrémité du quai, les genoux remontés contre sa poitrine, ses doigts jouant nerveusement avec ses lacets. Je voyais qu'il était très mince, mais pas vraiment à la façon d'un malade du sida. Si l'on ne savait pas qu'il avait le sida, on ne pouvait pas le deviner. Il n'était pas maigre comme Finn à la fin de sa vie. On avait l'impression qu'il avait toujours été comme ça.

Je suis restée là un moment, rien qu'à l'observer. De temps à autre, il levait brusquement la tête et regardait tout autour de lui. Presque comme s'il sentait une présence. Comme s'il savait que j'étais là quelque part. Chaque fois je reculais d'un bond, hors de son champ de vision.

Toby avait l'air plus jeune que Finn. Plus jeune que ma mère ou que mon père. Si j'avais dû deviner son âge, j'aurais dit qu'il avait la trentaine, mais je ne suis pas très douée pour ce genre de choses. De là où j'étais, j'apercevais son cou tout maigre avec son énorme pomme d'Adam qui ressortait, et puis ses cheveux qui semblaient tout doux, comme des plumes d'oisillon tapissant son crâne. Il s'est levé et s'est dirigé vers l'autre bout du quai. Il avait un petit sac à dos bleu et portait un jean, des baskets et un gros pull gris avec une écharpe en laine rouge, mais pas de manteau. Il n'avait rien d'extraordinaire et je me demandais ce que quelqu'un comme Finn pouvait bien lui trouver. Il a jeté un coup d'œil à la voie, puis à sa montre. J'ai entendu le bruit du train qui entrait en gare.

Toby a de nouveau consulté sa montre puis, sans crier gare, il a regardé l'endroit précis où je me trouvais. J'ai vite reculé avant qu'il ne m'aperçoive et c'est là que j'ai décidé que je ne descendrais pas. Je ne rencontrerais pas Toby après tout. Je ne pouvais m'y résoudre. Qu'est-ce que je lui raconterais ? Non. Je ne descendrais pas. J'observerais de là-haut. J'attendrais que le train l'emmène au loin. Il comprendrait le message.

J'ai reculé à petits pas et j'ai regardé en bas. Et j'ai aperçu Toby, qui scrutait lui aussi dans ma direction, les yeux fixés sur ma cachette. Il avait une main en visière et, en m'apercevant, il a ouvert la deuxième et l'a levée pour me faire un tout petit signe. Avant de pouvoir m'en empêcher, j'ai fait la même chose. J'ai passé une main au-dessus de la balustrade et je l'ai agitée, de façon presque imperceptible.

Puis j'ai souri. C'était un sourire tout ce qu'il y a de plus basique, et il est apparu tout seul. Je ne sais pas comment j'ai pu sourire à l'homme qui avait tué Finn, mais c'est pourtant ce que j'ai fait et c'est comme si ça scellait quelque chose. J'avais l'impression que ce sourire m'enfermait, comme si c'était un genre de promesse qui faisait que je n'avais pas d'autre choix que de descendre les quelques marches menant au quai.

Toby continuait de me regarder, l'air un peu inquiet, et à la façon dont la lumière lui inondait le visage, à la façon dont sa main était levée, on eût dit qu'il sortait tout droit d'un tableau médiéval où il se serait protégé les yeux de quelque chose de plus grand que lui. Il a montré le quai du doigt et a hoché la tête. Et avant de pouvoir m'en empêcher, je me suis retrouvée à hocher la tête à mon tour et à me diriger vers l'escalier. J'avais l'impression d'avancer au ralenti. Comme si les marches continuaient de descendre encore et encore.

Mais, quand je suis arrivée sur le quai, il faisait clair et bon et le train venait de s'arrêter. Toby marchait vers moi avec un sourire qui n'était pas un sourire forcé d'adulte. C'était un vrai sourire. Comme s'il était si content de me voir qu'il avait presque du mal à le croire.

– Allons-y, m'a-t-il dit, comme si nous nous connaissions déjà.

C'était un drôle de moment de la journée. La plupart des gens étaient encore au bureau et, dans le cas contraire, ils se dirigeaient en majorité vers le nord, quittant New York et retournant chez eux. J'ai hoché la tête et je suis montée dans le train en direction du sud, en essayant de ne pas trop penser à ce que j'étais en train de faire.

La voiture que nous avions choisie était presque vide. Toby a montré du doigt un carré avec quatre sièges se faisant face deux à deux.

– On se met là ?

J'ai de nouveau hoché la tête et je me suis assise. Toby s'est mis côté couloir, en diagonale par rapport à moi. Ses genoux empiétaient sur mon espace, me forçant à me pencher vers la fenêtre pour éviter de le toucher.

– Merci d'être venue, m'a-t-il dit.

Je voyais qu'il essayait d'instaurer un contact visuel, mais je n'en avais pas envie. J'avais la tête tournée vers la fenêtre et je regardais une grande affiche d'Absolut Vodka sur le quai. Au bas de la publicité, quelqu'un avait écrit *Def Leppard Rokz*, mais quelqu'un d'autre avait barré *Rokz* pour écrire *Sukz* à la place.

– Pas de problème, lui ai-je répondu, sans quitter l'affiche des yeux.

– Tu n'as pas peur ou quoi que ce soit du genre, n'est-ce pas ? Parce que je sais comment tu as dû me trouver au téléphone, je sais ce que ta famille pense de moi et je me suis vraiment donné du mal pour trouver un moyen de te parler.

Le train s'est mis en marche, se balançant lentement d'un côté à l'autre.

– Non. Vous me faites pas peur.

– Bon. Tant mieux.

Il a jeté un regard vers les sièges vides de l'autre côté du couloir puis s'est lentement retourné vers moi.

– Tu as dit à tes parents que tu venais ?

D'abord je n'ai pas répondu. Puis j'ai tourné la tête et je l'ai fixé droit dans les yeux.

– C'est une question un peu flippante, non ?

Pendant une seconde, Toby a eu l'air inquiet. Il a fait une légère grimace, comme s'il se rendait compte qu'il avait dit une bêtise. Mais ensuite il s'est mis à rire.

– T'as raison. C'est flippant. Carrément flippant. C'est pas ce que je voulais dire.

Il a ouvert de grands yeux. Ils étaient marron foncé et doux, comme ceux d'un animal. Comme les grands yeux marron d'un cheval.

– Finn disait que…

Je me suis redressée sur mon siège quand il a prononcé le nom de Finn. Tout mon corps s'est crispé et j'imagine que Toby s'en est rendu compte car il a froncé les sourcils et m'a considérée d'un air désolé.

– Oh, peu importe, a-t-il dit, en agitant sa longue main.

Il a penché la tête, essayant de nouveau d'accrocher mon regard. Essayant de voir si je lui faisais confiance.

– Bref, la réponse est non. J'en ai parlé à personne, lui ai-je répondu.

J'avais un couteau suisse dans ma poche avec le tire-bouchon déjà sorti. Au cas où.

Toby a fouillé dans son sac à dos et en a sorti un sac de donuts Dunkin tout écrasés. Il a pris un grand beignet torsadé et m'en a découpé un morceau. Le glaçage au sucre avait un peu fondu, ce qui rendait la torsade collante et peu appétissante. Je ne voulais rien accepter de lui, mais je sortais de classe et je mourais de faim.

– Merci, lui ai-je dit.

Je me suis mise à désentortiller les deux brins du donut et, quand j'ai levé les yeux, j'ai vu que Toby faisait la même chose. Nous avons tous les deux souri, gênés, ne sachant pas quoi dire. J'ai vite regretté d'avoir souri car je ne voulais pas qu'il pense qu'on était amis ou quelque chose du style.

Le train a ralenti. Puis les portes se sont ouvertes et un courant d'air froid s'est engouffré. Toby n'a même pas eu l'air de remarquer qu'on s'était arrêtés. Je me suis dit qu'il devait être presque quatre heures depuis le temps, mais j'ai gardé le silence. J'avais déjà dit que je n'avais pas peur et c'était le cas. Les portes se sont refermées et le train s'est ébranlé.

– Ça ressemble à de l'ADN, tu ne trouves pas ?

Toby brandissait sa moitié de beignet désentortillé.

– Tu sais, la double hélice.

C'était le genre de choses que Finn aurait pu me dire, et je n'ai pas pu retenir un sourire. Ce Toby avait quelque chose de familier et j'ai enchaîné, c'était plus fort que moi :

– ADN Dunkin, globules Dunkin, un paquet de vingt-quatre globes oculaires Dunkin…

Toby a mis la main devant sa bouche pour éviter de recracher son donut. Il avait les lèvres recouvertes de glaçage gluant.

– Bactéries Dunkin, virus Dunkin…

Je me suis rendu compte qu'il n'avait pas voulu prononcer ce mot. « Virus ». J'ai détourné les yeux. Toby a baissé la tête et, quand il l'a relevée, il avait l'air grave.

– Eh, il me manque, tu sais.

J'ai avalé la dernière bouchée de mon beignet en regardant les jardins des maisons qui longeaient les rails, tous soigneusement entourés de barrières. Le ciel était maintenant rose et, à travers certaines fenêtres, on apercevait des gens dans leur cuisine en train de préparer le dîner. J'ai essuyé mes doigts tout collants sur mon siège.

– À moi aussi, ai-je répondu au bout d'un moment.

– Il parlait de toi sans arrêt. Tu le sais, n'est-ce pas ?

Je sentais que je commençais à sourire et à rougir et je me suis vite détournée. Puis j'ai compris ce que ça signifiait. Je n'avais jamais été un secret. Toby connaissait mon existence.

– C'est ça oui, ai-je dit en haussant les épaules comme si je n'en avais rien à faire.

– C'est la vérité.

Nous sommes restés assis là en silence. Toby n'arrêtait pas de tripoter son billet, le pliant et le dépliant encore et encore.

– Alors… vous aussi vous êtes un genre d'artiste ? lui ai-je demandé.

– Oh non. Non, je suis nul. D'une nullité totale et absolue, a lancé Toby en riant. Un jour Finn a voulu me montrer un peu comment sculpter, mais…

Il m'a regardée. J'imagine que je faisais une drôle de tête car il a soudain changé de ton.

– Je sais pas. Je n'arrivais pas à grand-chose.

– Moi non plus.

– Pourquoi tu dis ça ?

– Parce que je suis pas douée. Je fais même pas partie des meilleurs de ma classe en arts plastiques.

Je n'avais absolument pas l'intention de parler de moi, mais c'est sorti tout seul.

– En tout cas, Finn trouvait que tu avais du talent. Beaucoup de talent.

Toby a décroisé les jambes et s'est penché vers moi.

– Finn disait que l'art, ce n'est pas savoir peindre ou dessiner à la perfection un compotier. C'est une question d'idées. Et toi, il disait que tu avais assez de bonnes idées pour toute une vie.

– Il disait ça ?

– Mmh mmh.

Je me suis de nouveau mise à rougir et j'ai tourné la tête vers la fenêtre. Pendant un instant, j'ai eu l'impression que Finn était dans le train avec nous. Comme si Toby avait eu sur l'épaule un petit fantôme de Finn qui lui soufflait exactement ce qu'il devait dire.

Je ne voulais pas me laisser attendrir par tous ces compliments, mais ce n'était pas facile. Ce n'était pas facile de refuser d'entendre toutes les gentilles choses que Finn disait de moi. J'ai jeté un coup d'œil à Toby. Sans doute avait-il tout inventé. C'était lui l'ami particulier après tout. Je n'étais que la stupide nièce et, tout à coup, ça m'a semblé absurde que ce type, cet étranger, ait parlé de moi avec Finn. Qu'il sache toutes sortes de choses sur moi, alors que je ne savais rien de lui.

– Alors comme ça, c'est vous qui vous êtes installé dans l'appartement de Finn ?

J'ai bien senti la touche de méchanceté dans ma voix – j'ai eu l'impression de parler plus comme Greta que comme moi-même –, mais ça m'était égal.

Toby a baissé la tête.

– Je…

– Peu importe. Je veux pas le savoir.

Nouveau silence.

– Tu sais que tu peux venir quand tu veux. N'importe quand. Et je pèse mes mots. À n'importe quelle heure du jour ou de la nuit.

J'ai haussé les épaules. Puis, d'un coup, mes yeux se sont mis à me picoter. Je les sentais se remplir de larmes et plus j'essayais de les retenir, plus elles voulaient sortir. J'ai tourné la tête, mais j'ai senti la main de Toby dans mon dos. Je l'ai repoussée d'un haussement d'épaules. J'ai inspiré et expiré aussi lentement que possible jusqu'à retrouver mon état normal.

– Eh, ça va aller, m'a-t-il dit.

Puis il a enlevé son pull du siège à côté de lui pour le mettre sur ses genoux. Tout simplement. Juste pour dire que je pouvais m'y asseoir si j'en avais envie. J'ai regardé le siège vide pour qu'il voie que j'avais remarqué son geste, ce qu'il voulait dire, mais que je n'avais pas l'intention de bouger. Je n'avais pas besoin de son aide.

Mais il n'a pas remis son pull à son emplacement d'origine. Il l'a coincé entre ses genoux, gardant cette place vide entre nous. Le train a marqué quatre nouveaux arrêts et je restais assise là, le laissant m'entraîner de plus en plus loin de la maison. Hors des bois. Hors de la banlieue, pour s'engouffrer dans l'air glacial de New York.

Quand le train est entré en gare de Grand Central, nous sommes tous les deux sortis.

Il m'a encore remerciée une vingtaine de fois d'être venue et m'a dit qu'il espérait qu'on pourrait se revoir. Il a ouvert son sac à dos et m'a donné un sac en papier marron.

– De la part de Finn, a-t-il dit, en s'approchant tout près de moi avant de vite reculer. Et il y en a d'autres.

J'ai pris le sac sans le regarder, comme s'il n'avait aucune espèce d'importance.

– Dans ce cas-là, pourquoi est-ce que vous n'avez pas simplement tout apporté ? S'il y en a d'autres.

Toby a eu l'air gêné. Il a tordu ses mains derrière son dos et a baissé les yeux vers le sol tout sale de la gare.

– Parce que je pensais que tu ne reviendrais pas une fois que tu aurais tout. Et j'ai besoin… J'ai *envie* que tu reviennes. Vraiment.

Puis il a mis la main dans sa poche et en a sorti toute une liasse de dollars pour me les donner. Les billets n'étaient pas bien empilés ni rien, c'était comme s'il avait pris une poignée d'argent d'un gros tas quelque part et qu'il l'avait fourrée dans sa poche.

– Voilà pour toi. Tu sais, au cas où tu aurais besoin de quelque chose.

Je n'ai pas regardé de près, mais je voyais bien qu'il s'agissait d'une grosse somme. Il y a quelques années, notre voisine, Mrs Kepfler, essayait parfois de nous donner à Greta et à moi un dollar chacune. Simplement parce qu'on avait l'air de gentilles petites filles sages, disait-elle. Mais ma mère ne nous laissait jamais prendre les dollars. « On n'accepte pas d'argent sauf si ça vient de la famille. » C'est ce qu'elle nous disait toujours avant de nous demander de rendre les billets.

– Je peux pas accepter, ai-je dit à Toby en lui rendant l'argent.

– Mais si, bien sûr que tu peux. Ça vient de Finn. Ce n'est pas comme si tu me le prenais à moi. Et il en reste encore plein. T'inquiète pas.

– Le genre de choses dont j'ai envie s'achètent pas, lui ai-je répondu en remettant fermement la liasse dans ses mains.

Je ne savais pas s'il comprenait ce que j'entendais par là. Que ce que je voulais, c'était remonter le temps et faire en sorte que Finn ne rencontre jamais Toby et ne soit jamais contaminé par le sida, pour qu'il puisse encore être là avec moi. Juste tous les deux, sans personne d'autre. Ainsi que je l'avais toujours pensé.

– Oh, a soupiré Toby, se sentant soudain bête.

Je me demandais de quoi nous avions l'air, lui et moi, en plein milieu de la gare bondée de Grand Central, Toby avec les poings débordants de billets comme s'il attendait qu'on vienne les lui arracher. Il a essayé de remettre l'argent dans ses poches, mais ça ne rentrait pas et, à cet instant précis, juste une seconde, j'ai eu pitié de lui.

– O.K., c'est bon.

J'ai ouvert mon sac à dos.

– Mais dépêchez-vous.

Il a souri avant d'y entasser l'argent.

– C'est ce que Finn aurait voulu, d'accord ?

J'étais sur le point de lui répondre que personne ne pouvait savoir ce que Finn aurait voulu, mais j'ai eu soudain l'affreuse pensée que Toby, lui, le savait peut-être. J'étais peut-être la seule à n'en avoir aucune idée.

– On pourrait peut-être, je sais pas, aller prendre un café ? Une glace ? Un verre ?

Toby a montré le bar de la gare d'un signe de tête.

J'ai regardé la grande horloge. 16 h 50. Même si j'avais voulu aller quelque part avec Toby, il aurait été trop tard. Il fallait que je rentre pour la fête.

J'ai secoué la tête.

– J'ai un truc à faire.

– Bien sûr. Une autre fois, d'accord ? On va se revoir ?

J'ai examiné Toby de haut en bas. Il était là, les épaules voûtées. Les doigts tripotant un fil qui dépassait de la manche de son pull, ses grands yeux marron me fixant comme si ma réponse était vraiment importante pour lui.

– Je… Je vous appellerai peut-être. Un jour. Si j'ai rien de mieux à faire.

Le visage de Toby s'est éclairé. Il a hoché la tête et m'a tendu la main, comme s'il voulait me la serrer, mais je ne l'ai pas prise.

– Génial. Quand tu veux, d'accord ? N'importe quand. Je suis toujours dans les parages. Et si jamais tu as besoin de quelque chose… quoi que ce soit. Vraiment.

Voilà où nous en sommes restés. Toby m'a demandé cinq ou six fois si j'arriverais à rentrer chez moi sans problème et, quand il a fini par me croire, nous nous sommes dit au revoir. Il s'est dirigé vers la sortie et, une fois sous la voûte, il s'est arrêté puis s'est tourné vers moi. Il m'a souri, m'a adressé un salut de la main et a fait mine de pianoter sur un téléphone invisible. Puis il m'a montrée du doigt. J'ai hoché la tête pour qu'il s'en aille, puis j'ai acheté un billet pour rentrer à la maison. J'ai utilisé l'argent que j'avais apporté. Le mien, pas celui que Toby venait de me donner. Je n'ai plus regardé dans la direction de Toby. J'étais là sur le quai, à observer les rails crasseux en attendant mon train, en me disant que je ne le reverrais sans doute jamais.

22

Voici ce que j'ai entendu en premier. La voix de Greta qui roucoulait au-dessus des arbres. *Most people live on a lonely island, Lost in the middle of a foggy sea. Most people long for another island, One where they know they will like to beeeeeee*[1]*... South Pacific*, le début de « Bali Hai », le tube de Bloody Mary.

Presque toute la troupe de *South Pacific* était dans les bois derrière l'école. Ryan Cooke, Julie Contolli, Barb Weintraub. Et quelques membres de l'équipe. Les responsables des décors et de l'éclairage. Les gens habillés tout en noir qui rôdaient entre les scènes. Si j'avais participé à la pièce, j'aurais été membre de l'équipe. À cet instant précis, c'était l'impression que j'avais, cachée derrière un arbre, observant tous ces gens groupés autour d'un feu. J'ai vu Greta porter une bouteille à ses lèvres. Une boisson brune, du whisky ou du brandy. Je ne savais même pas que Greta buvait. Je ne voulais pas le savoir.

Une fois arrivée à la gare, j'avais traversé la ville en courant, et j'avais eu l'impression de courir derrière ma dernière

1. « La plupart des gens vivent sur une île déserte / Perdus au milieu d'une mer brumeuse. / La plupart des gens rêvent d'une autre île, / une île où ils savent qu'ils seront heureux... » *(N.d.T.)*

chance d'être normale. Fendant l'air froid, écrasant les petites plaques de neige sous mes pas, fuyant l'étrangeté de tout cet après-midi avec Toby. Je ne me sentais pas moi-même. C'était comme si j'avais été l'actrice d'un spectacle sur quelqu'un de presque exactement comme moi, mais pas tout à fait.

J'attendais le bon moment pour émerger de derrière mon arbre et rejoindre la fête, mais il ne semblait pas vouloir venir. J'avais de plus en plus froid et j'ai finalement décidé de sortir mon manteau de mon sac à dos. Je n'en avais plus rien à faire de mon apparence. J'ai fait un pas en arrière et j'ai trébuché, et quelques ados de la bande m'ont vue. Notamment Greta, qui a brièvement souri avant de se retourner pour dire quelque chose au garçon à côté d'elle. Et aussi Ben Dellahunt. Il a jeté un coup d'œil à mes pieds puis s'est avancé.

– Alors comme ça, on se retrouve. T'es la petite Elbus.

Je suis devenue rouge comme une pivoine.

– Ouais. June.

– J'ai remarqué tes bottes.

J'ai mis un pied derrière l'autre, essayant de rapetisser mes bottes. Je ne voulais pas que Ben Dellahunt les regarde. J'avais eu une longue journée et je ne pensais pas avoir la force de défendre le plus beau cadeau de Finn.

– Ouais. Tu l'as déjà dit la dernière fois. Qu'est-ce qu'elles ont mes bottes ?

Cette dernière phrase est sortie plus précipitamment que j'en avais l'intention.

– Holà.

Ben a levé les mains devant son visage comme pour se protéger.

– Rien. Elles sont juste… chouettes. C'est tout. Ça me plairait d'en avoir des comme ça.

– Eh bien, elles sont pas à vendre.

– Ouais, je sais bien, a-t-il répondu en riant. Ne t'inquiète pas.

Je me demandais si Greta avait suggéré à Ben de venir me parler. Si c'est pour ça qu'elle voulait que j'aille à cette soirée. Peut-être qu'elle nous avait vus ensemble dans le théâtre cet autre soir.

Ben s'est dirigé vers une glacière et en a sorti une bouteille. Il me l'a passée.

– Tu veux une bière ?

Il l'avait déjà ouverte, donc je pouvais difficilement refuser. Je me suis dit que j'en boirais une gorgée et que je verserais discrètement le reste quelque part.

– Merci.

Ben m'a observée.

– T'es genre beaucoup plus grande que ta sœur.

– Ouais. Je sais.

Nous sommes restés là un moment, un peu gênés.

– Ça te dirait d'aller faire un tour ou un truc dans le genre ? m'a demandé Ben.

J'y ai réfléchi quelques secondes. Peut-être quelques secondes de trop car Ben a continué :

– C'est juste un petit tour, tu sais. Rien de bien méchant.

J'ai donc dit oui. Pas parce que j'avais vraiment envie d'aller me promener avec Ben Dellahunt, mais parce que ça voulait dire quitter la fête. Je ne voulais pas rester près de ce feu. À côté de Greta en train de boire avec tous ces gens que je ne connaissais pas. Si nous nous éloignions dans les bois, je n'aurais plus vraiment l'impression d'être à une fête. Et si jamais quelque chose se passait mal, j'avais toujours mon couteau suisse dans ma poche. J'avais replié le tire-bouchon pendant mon trajet en train avec Toby, mais je l'avais gardé, prête à le dégainer si nécessaire. J'avais aussi une lampe de poche qui, j'en étais quasiment certaine, ne me servirait à rien, mais que Greta m'avait poussée à emporter.

Tandis que nous nous enfoncions dans les bois, j'ai entendu l'un des garçons crier : « Vas-y Benno ! »

– Fais pas attention à lui, m'a dit Ben en se rapprochant de moi.

Nous nous dirigions vers le ruisseau quand il s'est arrêté.

– T'entends ça ? On dirait des, je sais pas… des chiens ou un truc du genre.

– C'est peut-être des loups, ai-je dit, pour le regretter juste après.

Il s'est mis à rire.

– C'est ça ouais. Tous les loups des environs ont été tués il y a genre cent ans. Il faut aller vachement plus au nord pour trouver des loups.

– On sait pas tout. Peut-être que les loups du nord pourraient venir jusqu'ici, à Westchester. Comment on le saurait ?

J'ai bu une autre gorgée de bière, me sentant soudain audacieuse.

– Chut, m'a-t-il murmuré. Pourquoi ne pas juste écouter ?

Il a mis un doigt devant sa bouche.

– De toutes les façons, a-t-il chuchoté, tous les loups ne sont pas méchants.

J'ai regardé par terre.

– Non. Pas tous. Pas méchants. Juste… juste égoïstes. Voilà ce qu'ils sont. Juste affamés et égoïstes.

Il ne savait pas quoi répondre à ça.

– Ouais, enfin bref, c'est sans doute juste des coyotes ou des chiens. Sans doute juste des chiens errants.

Il a regardé autour de lui, puis s'est de nouveau tourné vers moi et m'a pris la main.

– On peut aller voir. Si tu veux. On peut essayer de les trouver.

Derrière nous le feu brûlait toujours ardemment. Les gens étaient regroupés tout autour et buvaient bière sur bière. Plus loin dans les bois, on apercevait des petits points lumineux, les bougies ou les lampes de poche de ceux qui s'étaient éloignés du feu.

– Je suis pas sûre de vouloir savoir.

Je ne voulais pas lui dire que ça me plaisait de croire aux loups.

– Et pourquoi pas ?

Il a fouillé dans la poche de son manteau et m'a tendu la paume de sa main.

– T'as déjà joué à *Donjons & Dragons* ?

J'ai secoué la tête.

– Aah, alors…

Ben a bombé le torse et a commencé à m'expliquer les pourcentages, le positionnement des personnages et les points de vie. Puis il m'a donné un dé d'une drôle de forme et m'a dit de le lancer.

– Vas-y, ici.

Il m'a tendu ses deux paumes ouvertes. Il avait des mains de la taille de celles de mon père et une voix grave et posée. Il avait un peu de poil au menton. Nous étions seuls tous les deux et, bizarrement, la différence d'âge de deux ans avec Ben Dellahunt me semblait plus grande et plus étrange qu'elle ne m'avait paru avec Toby – pourtant de quinze ou vingt ans mon aîné – quelques heures plus tôt seulement. Je ne comprenais pas vraiment ce que j'étais censée essayer de faire, mais j'ai laissé le dé quitter mes doigts pour atterrir dans ses mains.

– Génial, a dit Ben.

– Qu'est-ce qui est génial ?

– Je t'ai convaincue de partir à la recherche des loups.

– Ah oui ?

– Bien sûr. T'as genre aucun point de vie.

Je suis restée là quelques secondes, me demandant si je devais faire demi-tour. En fait je n'avais qu'une envie, c'était de m'en aller. Mais je ne voyais plus Greta près du feu et si je partais, si je rentrais toute seule à la maison, Greta aurait des ennuis. Je ne voulais pas lui faire ça.

– Bon, d'accord. Allons-y.

J'ai montré la mauvaise direction du doigt, loin de là où je savais que se trouvaient les loups, et nous nous sommes mis en route. Ben était intarissable sur *Donjons & Dragons*, sur ses différentes quêtes et sur ses passages préférés de *H2G2, Le Guide du voyageur galactique*. Nous nous arrêtions de temps en temps pour nous asseoir et Ben sortait une canette de bière de sa poche. Je n'aurais pas dit exactement que je passais un bon moment, mais c'était plutôt sympa. Simple. Grâce à ça, la fête me semblait pas mal.

J'ai fait tourner Ben en rond et nous avons donc fini par nous retrouver sur la colline au-dessus du feu.

– Bon, pas de loups, a-t-il dit.

Il m'a posé la main sur le dos.

C'était la deuxième personne en une journée – en dehors de la famille – à me toucher volontairement et j'ai ressenti quelque chose de bizarre. Comme s'il était fait d'une autre matière que moi.

– Eh non.

J'ai fait un pas en avant pour me débarrasser de sa main. J'ai souri et j'ai ajouté :

– Ça veut pas dire qu'ils existent pas, hein ?

Il a commencé à me contredire, mais j'étais déjà à descendre la colline en courant vers le feu. Il rougeoyait encore quand je suis arrivée en bas, tout fumant des feuilles qu'on y entassait. Il y avait une espèce d'odeur de moisi qui venait des canettes de bière à moitié vides et, même s'il semblait encore assez tôt, les gens commençaient à s'en aller. Ils avaient cours le lendemain et aucun ne voulait risquer de se faire gronder une fois chez lui. J'ai regardé les visages un à un. Je ne savais pas combien de temps j'étais partie, mais assez longtemps pour que je m'attende à voir Greta de retour. Mais elle n'était pas là. J'ai vu ses amis, sauf qu'elle n'était nulle part.

Je ne savais absolument pas quoi faire. Le poids de mon sac à dos me faisait mal aux épaules et tout ce que je souhaitais, c'était rentrer à la maison le plus vite possible. Je voulais compter l'argent que m'avait donné Toby. Je voulais vider tout le contenu de ce sac en papier froissé sur le sol de ma chambre. Je voulais dormir. Et pour ça j'avais seulement besoin de Greta.

J'ai demandé autour de moi si quelqu'un l'avait vue, mais je n'ai reçu que des réponses négatives. Une fille m'a dit qu'elle pensait qu'elle était partie avec Rob Jordan, mais qu'elle n'en était pas sûre.

Je ne pensais pas qu'elle me laisserait en plan. Pas cette fois. Cette fois elle aurait de gros ennuis si elle revenait à la maison sans moi.

Un groupe partait en direction de l'école. Ben en faisait partie et il a crié :

– Tout va bien ?

J'ai hoché la tête et lui ai fait un signe de la main.

– Oui, oui.

Il m'a rendu mon salut et a disparu au milieu des arbres.

Il ne restait plus grand monde autour du feu. Mes yeux me brûlaient à cause de la fumée et j'avais faim et soif. J'ai reculé de quelques pas dans l'obscurité et, sans même le vouloir, j'ai eu l'impression d'être une pauvre paysanne du Moyen Âge. Une fille perdue dans les bois, prête à tout pour retrouver son unique sœur.

– Greta, ai-je murmuré sous les branches sombres. Allez Greta, dis-moi juste où tu es.

J'ai continué à descendre la colline, loin de l'école et du feu, jusqu'au ruisseau. J'appelais Greta, encore et encore. D'abord doucement, puis plus fort, aux aguets de tout type de réponse, mais les seuls bruits que j'entendais étaient au-dessus de moi. Le hululement d'une chouette dans un arbre ou le craquement de brindilles qui tombent. J'ai suivi le cours du ruisseau plus profondément dans la forêt, comme j'en avais l'habitude quand je venais toute seule. Il n'y avait qu'un infime croissant de lune cette nuit-là, mais je n'avais pas peur. Je me persuadais que je n'avais pas peur du tout.

Je me suis souvenue de la lampe de poche et je l'ai allumée, tout en criant le nom de Greta.

– Sors de ta cachette. C'est pas drôle.

Au début, j'étais inquiète de la trouver avec un garçon. En train de faire des choses que j'étais censée ne même pas pouvoir imaginer. Je pensais à quel point ce serait embarrassant pour nous deux, ou plutôt pour nous trois, mais au point où j'en étais, je m'en fichais. Mes orteils étaient en train de s'engourdir sous l'effet du froid et il fallait à tout prix que je rentre à la maison.

Je continuais à suivre le ruisseau car je ne savais pas quoi faire d'autre. Souvent j'étais sur le point de rebrousser chemin, mais chaque fois je me disais « Rien que quelques pas de plus » en pensant que c'était peut-être tout ce dont j'aurais besoin. Tout en marchant, j'examinais le sol avec ma lampe. J'ai trouvé une canette de bière, puis un trousseau de clés que j'ai mis dans ma poche. Et j'appelais Greta encore et toujours, chaque fois plus fort. Peut-être qu'elle était partie. Peut-être qu'elle m'avait tout simplement oubliée.

C'est à ce moment-là que ma lampe de poche a fait miroiter quelque chose au pied d'un gros arbre. J'ai regardé autour de moi. C'était *mon* arbre. L'érable. Avec le vieux mur de pierre. J'étais arrivée à mon endroit préféré. Ça m'a réconfortée un instant, mais très vite, ce doux sentiment s'est évaporé car, la nuit, ce lieu n'avait rien d'extraordinaire. Rien de médiéval. Ce n'était que froid et obscurité.

J'ai orienté la lumière vers l'objet réfléchissant sur le sol et je m'y suis dirigée, pensant que ce n'était sans doute qu'une bouteille de bière brisée, mais en m'approchant, je me suis rendu compte que la lumière faisait briller une paire de lunettes. Et ces lunettes ornaient un visage. Le visage de Greta, couvert de boue. Rien que son visage, par terre, dans la forêt, ses cheveux noirs et brillants attachés en queue-de-cheval, et ses lunettes rondes à monture argentée. Elle avait les yeux fermés et j'ai senti mon corps se pétrifier car, pendant un moment, j'ai vraiment cru qu'il n'y avait que sa tête posée sur ce lit de feuilles.

– Greta !

Je me suis précipitée vers elle et j'ai tout de suite senti son corps, enterré sous un épais tas de feuilles froides et humides mêlées de neige. On aurait dit que la terre lui servait de lit et qu'elle s'était enfouie sous l'humus de la forêt comme sous une couette. Elle avait l'air paisible, comme si sa place était parmi les feuilles. Si je n'avais pas été sa sœur et que je n'avais pas eu aussi froid, je l'aurais probablement laissée là, en me disant qu'elle savait exactement ce qu'elle faisait. Je l'ai secouée et elle s'est recroquevillée sur elle-même.

– Allez Greta. Lève-toi !

Je l'ai assise en la faisant s'appuyer sur mon bras. Je l'ai débarrassée des feuilles trempées et j'ai essayé de la réveiller en la secouant plus fort.

Elle a émis une sorte de grognement et a entrepris de se rallonger, mais je la tenais fermement.

J'ai regardé derrière moi : on ne distinguait plus la moindre lueur de feu. Quelqu'un avait dû l'éteindre. Tout le monde avait dû partir. Il ne restait plus que Greta et moi.

J'ai fourré dans ma poche la lampe et les lunettes sales de Greta et j'ai de nouveau tenté de la réveiller. Je l'ai secouée de toutes mes forces en criant :

– Greta. Michelle. Elbus. RÉVEILLE-TOI !

Elle a cligné des yeux et a haussé les épaules pour repousser mes mains.

D'habitude, je donnerais n'importe quoi pour mincir, pour être gracieuse et menue comme Greta mais, ce soir-là, sous ce ciel sans lune, j'étais contente d'être grande et forte. Je l'ai redressée et je l'ai adossée en équilibre contre le tronc. J'ai jeté mon sac à dos sur une épaule. Puis je me suis accroupie devant elle, mon dos contre son ventre, et j'ai enroulé ses bras autour de mon cou.

J'ai compté « Une… deux… trois » et je me suis levée en essayant de ne pas basculer. Elle avait les doigts faibles et engourdis par l'alcool, je suis donc restée penchée en avant pour l'empêcher de tomber. J'ai repensé à toutes les fois où ça avait été l'inverse, quand nous étions petites et que c'était Greta qui me portait sur son dos dans le jardin.

Je ne savais pas ce que je ferais une fois à la maison, je savais seulement que je devais nous y ramener. J'ai pris un chewing-gum et je l'ai mâché jusqu'à ce qu'il soit mou pour le mettre ensuite dans la bouche de Greta. C'est dégoûtant, je sais, mais c'était ma seule idée pour masquer l'haleine de Greta. Puis nous nous sommes mises en route, moi courant avec ma sœur sur le dos, poursuivies par les loups. C'était comme une histoire. Une histoire vraie, pas une née de mon imagination.

Je suis restée dans les bois aussi longtemps que possible avant de sortir au niveau d'Evergreen Circle où je savais que je pourrais couper entre la maison des Morelli et celle des Klein pour arriver sur Young Street qui donne dans notre rue. À cet endroit précis, sur cette bande de mauvaises herbes entre les deux maisons, Greta m'a chuchoté à l'oreille :

– Tu te souviens des sirènes invisibles ?

Elle avait la voix rauque et fatiguée. On aurait dit quelqu'un d'autre, pas Greta. J'étais essoufflée. Je me suis arrêtée pour reprendre ma respiration.

J'ai hoché la tête. Je m'en souvenais très bien. Il y avait ce repaire de poissons tropicaux dans le Queens. *La Grotte de Neptune*. Une immense pièce sombre, comme un entrepôt. Des piles d'aquariums d'au moins deux mètres de haut, touchant presque le plafond, surplombant nos têtes à Greta et à moi. Des poissons arc-en-ciel, des chirurgiens jaunes, des mollys voiles, des gouramis embrasseurs.

Greta m'attrapait la main et nous courions dans les allées. On disait que tous les poissons avaient été capturés et que nous étions restées libres parce que nous étions des sirènes invisibles. Nous nous cachions, même si personne ne nous cherchait. Le propriétaire était un ami de mon grand-père et par conséquent, même si nous n'habitions pas du tout près du Queens, mon père était resté le comptable de cet endroit.

– Tu te rappelles l'espace bleu ? Cette petite pièce bleue, a marmonné Greta.

J'ai hoché la tête. C'était la pouponnière où ils gardaient les bébés poissons tout juste sortis de l'œuf.

J'avais mal au dos et je mourais d'envie de poser Greta. Elle était réveillée. Elle tenait debout. Je pourrais la faire descendre sur le trottoir et nous discuterions des sirènes invisibles. Mais je savais que si je la posais, tout ça prendrait fin. Dès qu'elle verrait mon visage, elle serait de nouveau méchante. Elle se rappellerait qui elle était.

– Qu'est-ce qu'il a l'espace bleu ? lui ai-je demandé.

– Je sais pas, c'est juste que parfois… parfois je pense à ce genre de choses. À comment c'était avant.

J'ai failli lui dire que tout pouvait redevenir comme avant. Qu'il suffisait qu'elle arrête d'être aussi méchante pour que nous redevenions les meilleures amies du monde. Mais je ne lui ai pas dit. Je n'étais pas sûre que ce soit le cas.

J'ai donc préféré lui répondre :

– Peut-être qu'on pourrait y retourner un de ces jours.

– Oh oui, ce serait cool !

Alors j'ai eu un pincement au cœur. Comme elle me manquait ! La vraie Greta. L'ancienne Greta.

– Greta ?

J'ai senti qu'elle hochait la tête.

– Qu'est-ce qu'il voulait Mr Nebowitz l'autre soir ?

Je savais que c'était risqué de le lui demander. Elle s'est dégagée de mon dos pour atterrir maladroitement. Elle a resserré son manteau et a baissé la tête.

– Rien, a-t-elle marmonné. Il voulait rien du tout.

– Est-ce qu'il a, genre... ?

Je lui ai lancé un regard évocateur. Cette simple idée a semblé la réveiller, la ramener à son état normal.

– Pouah, June. Sois pas aussi dégueu.

Elle a agité le revers de sa main vers moi comme un ivrogne.

– Quoi alors ?

Elle m'a dévisagée et soudain sa grimace s'est transformée en un grand sourire satisfait.

– Des opportunités, June. Des opportunités à gogo.

Puis elle a pivoté et s'est mise à descendre la rue vers la maison. Quelques secondes plus tard, elle s'est arrêtée et s'est tournée vers moi. Elle avait dû faire volte-face trop vite parce qu'elle s'est retrouvée à chercher son équilibre, agrippée à une boîte aux lettres. Une fois stabilisée, elle m'a regardée d'un air grave.

– Tu sais ce que m'a dit Megan quand je lui ai raconté que mon oncle venait de mourir du sida ? Devine. À ton avis.

– Allez Greta. Il faut qu'on rentre.

– Non, c'est la meilleure, June. Tu vas adorer. Megan m'a fixée des yeux et m'a dit très sérieusement : « Waouh, ce serait un super sujet pour une rédac à la fac. Tu ferais un tabac avec un truc pareil ! »

Greta a éclaté de rire. Elle s'est assise sur le bord de la route, pliée en deux, jusqu'à ce qu'elle commence à s'étouffer.

– Allez, lui ai-je dit.

– Mais c'est drôle, non ? Hein ?

– Ouais, Greta, c'est hyper drôle. À mourir de rire.

Je lui ai tendu la main pour l'aider à se relever, mais elle l'a repoussée. Elle a arrêté de rire et son visage s'est soudain fermé.

– Tu crois que je voulais pas continuer d'aller chez Finn parce que j'en avais rien à faire ? Tu crois ça ? Vraiment ? Que je me foutais que cette personne que je connais depuis toujours soit en train de mourir ?

Puis, avant que j'aie le temps de dire quoi que ce soit, elle s'est remise debout en s'appuyant sur la boîte aux lettres. Elle m'a regardée avec mépris et s'est mise à courir. Je la suivais des yeux tandis qu'elle titubait et trébuchait tous les deux pas sur le chemin de la maison.

L'air nocturne avait assez requinqué Greta pour qu'elle arrive à monter dans sa chambre sans tomber, à se mettre en pyjama et à se coucher.

Je me suis moi aussi changée, me débarrassant de mes vêtements imprégnés de fumée, puis je suis descendue dire à mes parents que tout allait bien.

– Tu sais, June, m'a dit ma mère, tu peux pas savoir à quel point ça me fait plaisir que Greta et toi fassiez de nouveau des choses ensemble.

J'ai eu l'impression que même hocher la tête aurait été une sorte de mensonge.

23

Voici ce que contenait le sac en papier marron de Toby : quatre cassettes audio du *Requiem* de Mozart ; une lettre.

J'ai sauté sur mon lit et j'ai collé mon oreille contre le mur. Quand nous sommes dans notre lit, la tête de Greta et la mienne sont juste à côté l'une de l'autre. Sans le mur, nous serions côte à côte. J'ai écouté pendant une minute pour m'assurer qu'elle dormait et, n'entendant rien, j'ai ouvert mon sac à dos et j'ai mis les cassettes sur ma couette. Je les ai tout de suite reconnues.

Un dimanche, Finn m'avait emmenée au rayon musique classique de *Tower Records*, sur la 4e Rue et avait acheté quatre versions différentes du *Requiem* de Mozart pour que nous décidions laquelle était la meilleure. Je ne savais même pas qu'il en existait plusieurs versions jusqu'à ce que Finn me les montre.

Il disait que ce serait comme le défi Pepsi, quand on doit deviner à l'aveuglette de quelle boisson il s'agit. J'avais peur de toutes les trouver identiques et de passer pour une imbécile auprès de Finn, mais ça ne s'est pas passé comme ça.

– Elles sont toutes très différentes, tu vas être étonnée, m'a-t-il dit.

Il avait un petit sourire en coin et je voyais qu'il avait deviné ce que je pensais.

Nous avons pris le taxi pour rentrer chez Finn et, en arrivant, il a préparé du thé dans la théière russe et a rempli un grand bol de pistaches. Puis il a poussé la table basse pour que nous puissions nous allonger sur son magnifique tapis turc. Et ensuite nous avons écouté.

Deux des versions étaient si différentes que ça m'a mise en colère. La fin, tout bonnement, n'était pas la même. Finn m'a expliqué plus tard que c'est parce que Mozart n'avait pas eu le temps de finir son *Requiem* avant sa mort, et que même aujourd'hui les avis étaient partagés sur les parties qui n'avaient pas été composées par lui et comment elles devaient être agencées. Mais ça m'était égal. Ça ne me plaisait pas du tout. Même les deux autres n'avaient rien à voir avec notre bonne vieille version, celle que nous écoutions d'habitude, et je l'ai dit à Finn.

Il a eu l'air un peu triste. Il m'a donné une petite tape sur l'épaule et m'a dit qu'il comprenait ce que je ressentais. Qu'en général la première version qu'on entendait était celle que l'on aimerait pour toujours.

Il y avait aussi une lettre dans le sac :

Chère June,

Si tu lis cette lettre, ça veut dire que l'on s'est aperçus à la gare et je veux te remercier d'être venue. Alors… merci !

Je dois avouer que j'ai jeté un œil dans le sac et que j'ai vu ces cassettes, et ça m'a fait penser qu'il y a sans doute tellement de choses que tu sais de Finn et que j'ignore, et tellement de choses que moi je sais et que tu ignores. Il y a probablement un tas d'histoires qu'on pourrait se raconter. Mais ensuite je me suis dit que ça n'arriverait sans doute pas.

Cela dit, si ça t'intéresse, rien n'a changé. Même adresse, même numéro de téléphone. Les mêmes que Finn. Je ne sors pas beaucoup. Je suis là en général.

Affectueusement,
Toby

Après avoir lu la lettre, j'ai renversé tout l'argent que m'avait donné Toby. Il y avait toutes sortes de billets : des billets d'un dollar, de cinq, de vingt et même de cinquante. Le total s'élevait à 763 dollars, plus que tout ce que j'avais jamais eu. Avec tout cet argent, j'avais un peu l'impression d'être une voleuse. Enfin une voleuse malgré moi, parce que quand même, c'était Toby le vrai voleur.

J'ai tout rangé au fond de mon armoire, avec la théière et la première lettre de Toby, et je me suis endormie. Mon lit était chaud, ordinaire, parfait. La journée avait été si longue… Sans doute la plus longue de ma vie. J'avais l'impression d'avoir la preuve que tous les jours n'ont pas la même longueur, ni le même poids. La preuve qu'il existe des mondes et des mondes et des mondes au-dessus des mondes, si l'on y croit.

24

– Regarde-moi ça.

Mon père a tendu à ma mère un article du dernier *New York Post* qu'il avait découpé et plié en deux. Elle était dans la cuisine, en train d'émincer des champignons pour faire des omelettes.

– Qu'est-ce que c'est ?

– Regarde.

Elle s'est essuyé les mains sur un torchon et s'est penchée au-dessus de l'épaule de mon père. Il a hissé l'article. Au fur et à mesure qu'elle lisait, les rides de son front se creusaient. Elle s'est écartée.

– Non merci, a-t-elle déclaré.

– Je pense qu'il faudrait quand même y réfléchir, a répondu mon père.

Greta dormait encore, il n'y avait donc autour de la table que mon père et moi qui attendions notre omelette. Nous aimions tous les deux le gruyère et les champignons. Je sirotais mon jus d'orange dans un vieux pot de confiture gallois, rayé de partout, où l'on voyait encore quelques restes du costume d'homme des cavernes de Fred Pierrafeu.

– Qu'est-ce qui se passe ? ai-je demandé.

– Rien, a répondu ma mère. Range-moi ça.

Mon père m'a jeté un regard impuissant, l'air de dire que j'aurais pu voir l'article si ça ne dépendait que de lui. Il l'a gardé dans la main un instant.

– Danni, elle a quatorze ans.

– Je m'en moque.

Ma mère lui a arraché la page des mains.

– Un point, c'est tout.

J'ai bu la dernière gorgée de mon jus d'orange.

– Je suis plus un bébé, ai-je dit pour venir en renfort à mon père.

Ma mère a poussé un soupir et a posé son couteau. Elle m'a détaillée de haut en bas et a soupiré de nouveau.

– Je sais, Junie. Je sais.

Elle a considéré l'article, puis moi.

– Tiens, m'a-t-elle dit en me le mettant dans la main.

Je m'attendais à un autre article sur le portrait. Ce à quoi je ne m'attendais pas du tout, c'était à voir un gros titre sur un soldat qui l'avait fait avec *et* un homme *et* une femme, alors même qu'il savait qu'il avait le sida. À présent, ils étaient tous les trois contaminés et le soldat allait probablement être envoyé en prison.

– Alors ? m'a demandé mon père.

– J'en sais rien.

– Cet homme… ce Toby. Ça fait réfléchir.

Mon père ne me regardait pas dans les yeux.

– Tu penses qu'on devrait le mettre en prison ?

J'ai repensé au train, au fait qu'il était venu exprès de New York pour m'apporter ces cassettes. Il n'avait pas l'air si méchant.

– Oui, bien sûr qu'il faut le mettre en prison. C'est un assassin.

La voix venait de la porte. Greta se tenait là sur le seuil, appuyée au chambranle. Il y avait eu une répétition la veille au soir et il lui restait des traces de maquillage autour des yeux : on aurait dit une goule. Elle m'a fixée des yeux.

– Pas vrai ?

– J'imagine.

– T'imagines ?

Je ne savais pas quoi dire. Greta ne m'avait pas adressé la parole depuis la fête. Elle s'était rendue à l'école à pied le lendemain matin, au lieu d'attendre le bus avec moi, et elle était rentrée tard à cause d'une répétition. À présent, elle était là, une tasse de café à la main, et se la jouait. Elle n'avait commencé à prendre du café que deux semaines plus tôt, mais elle faisait genre elle en buvait depuis toujours.

– Pourquoi est-ce que tout doit toujours se transformer en dispute avec vous deux ? a demandé ma mère.

Greta lui a juste souri d'un air satisfait.

Plus tard ce dimanche-là, Greta et moi finissions nos devoirs, assises à la table de la cuisine. Il neigeait, juste légèrement, et ma mère venait de nous préparer un bol de chocolat chaud à chacune. Elle traînait dans la cuisine, comme si elle attendait que quelque chose se produise. Ça lui arrivait souvent depuis la mort de Finn. Un jour, quand elle ne savait pas que je l'observais, je l'avais vue décrocher le téléphone, le porter à son oreille et attendre là sans rien faire. Elle n'avait jamais composé de numéro. Elle était juste là, à regarder le grille-pain.

– Les filles, a-t-elle dit au bout d'un moment.

Nous avons levé les yeux.

– Voici pour vous.

Elle nous a tendu deux petites enveloppes marron, l'une avec mon nom et l'autre avec celui de Greta.

– Qu'est-ce qu'il y a dedans ? a demandé Greta.

– Des clés.

Ma mère nous a remis à chacune notre enveloppe.

– Si vous allez à la banque de New York, sur North Street, vous pourrez voir le portrait quand vous voulez. L'une comme l'autre.

J'ai ouvert mon enveloppe et j'ai fait glisser la clé dans la paume de ma main.

– Coffre n° 2963. C'est tout ce que vous avez besoin de dire. Puis quelqu'un ira le chercher et l'installera dans une petite pièce privée où vous pourrez rester autant de temps qu'il vous plaira.

– Comme si j'allais m'amuser à faire ça, a déclaré Greta.

– Personne n'a dit que c'était une obligation, Greta, mais c'est votre tableau, à toi et à June, et il est normal de vous offrir la possibilité de le voir quand vous en avez envie. C'est tout.

J'ai remis la clé dans l'enveloppe. Je me suis dit que je la rangerais au fond de mon armoire avec les lettres de Toby, la théière, et les cassettes du *Requiem*. Je pensais que je n'irais peut-être jamais voir le portrait, mais je n'en étais pas certaine.

Greta a avalé la dernière gorgée de son chocolat chaud, a lancé un « peu importe », a pris sa clé et a quitté la cuisine sans m'adresser le moindre regard.

Après le dîner, quand tout le monde avait oublié l'histoire du journal, j'ai ressorti l'article sur le soldat. Je l'ai relu et j'ai ressenti une profonde haine pour cet individu. Comment pouvait-on être aussi égoïste ? Je ne monterais jamais dans un train avec un type pareil. Je n'accepterais jamais un beignet de lui.

J'ai plié l'article soigneusement, je l'ai glissé dans une enveloppe et j'y ai inscrit le nom de Toby et l'adresse de Finn. J'ai pris un timbre dans le tiroir de la table du salon, je l'ai léché et je l'ai collé. J'ai regardé mon œuvre. J'aurais pu l'envoyer telle quelle, mais je ne l'ai pas fait. J'ai écrit mon nom et mon adresse en haut à gauche. Je voulais que Toby sache que ça venait de moi.

J'ai reçu sa réponse deux jours plus tard. En général, je rentrais à la maison avant les autres et je voyais donc le courrier la première, mais Toby ne pouvait pas le savoir et, par conséquent, il s'était donné beaucoup de mal pour la camoufler. L'enveloppe était grande et marron et, sur le devant, il avait tapé à la machine l'adresse et le nom de l'expéditeur : La Ligue des jeunes fauconniers. Ça m'a fait sourire, mais pas longtemps car presque immédiatement, je me suis rendu compte que Finn avait dû lui raconter que j'adorais la fauconnerie, et ça m'a énervée. Au début, j'ai même failli croire que c'étaient des prospectus, mais mon nom et mon adresse étaient écrits à la main. À l'intérieur, il y avait quelques feuilles de papier blanc pliées en deux pour remplir toute l'enveloppe et donner à ce courrier l'air réel, ainsi qu'une feuille avec quelques mots :

Chère June,

Ce n'est pas comme ça que ça s'est passé. Je te le promets.
En espérant que ça changera quelque chose,

Toby

25

Il y a cette petite statue aux Cloisters que m'avait montrée Finn la première fois qu'il m'avait emmenée là. C'est une Sainte Vierge en bouleau, pas plus grande qu'une main d'homme, avec un visage très simple. Elle n'a pas vraiment l'air triste, mais elle ne sourit pas pour autant. Elle est forte, robuste et porte sur les genoux ce qui ressemble à une petite poupée d'elle-même. Mais ce n'est pas ça. C'est l'Enfant Jésus, et Marie le tient à deux mains, comme elle le ferait d'un livre. La principale chose que l'on remarque sur cette statue, c'est que le petit Jésus n'a pas de tête. En guise de tête, il a comme une grosse écharde enfoncée dans le cou. Il porte une bible et Marie vous regarde comme si elle n'avait même pas remarqué que son bébé n'avait plus de tête. Ou peut-être qu'elle en est parfaitement consciente, mais qu'elle défie quiconque de le mentionner. Ou peut-être ni l'un, ni l'autre. Peut-être qu'elle a cet air absent parce qu'elle sait déjà tout ce qui va arriver à son unique petit garçon.

Finn et moi étions ensemble à regarder cette statue, sans doute pour la quatre-vingt-dix-septième fois, écoutant la pluie lécher la cour en vieilles pierres.

– J'aimerais faire un portrait, avait-il soudain dit. De toi. Toi avec Greta.

– Pourquoi ?

– Juste comme ça. Parce que tu as le bon âge pour un portrait et que ça fait très longtemps que je n'en ai pas peint.

Finn avait incliné la tête et louché vers la petite statue.

– Treize ans, c'est le bon âge pour un portrait ?

– Bien sûr, avait-il répondu en louchant à présent vers moi. C'est le moment juste avant la bascule dans le reste de ta vie.

– Et Greta alors ?

Finn avait ri.

– Eh bien, il faudra que j'essaie de la capturer avant qu'elle ne bascule complètement.

Je n'avais pas très envie de me retrouver sur un portrait. Même sur un de Finn, qui, je le savais, serait superbe. Mais j'avais quand même hoché la tête.

– Ça prendrait combien de temps ?

– Oh, ça dépend.

– Ça dépend de quoi ?

Finn s'était de nouveau tourné vers la statue de Marie. Puis il l'avait montrée du doigt.

– Combien de temps ça a pris pour elle, à ton avis ?

Je n'en savais rien. Ce n'était pas une sculpture très sophistiquée. Pas beaucoup de traits. La statue n'était pas compliquée, mais dégageait une certaine émotion. On avait envie de continuer de contempler le visage de la Vierge. Ça aurait pu prendre un jour, comme ça aurait pu prendre un an.

J'avais haussé les épaules.

– Exactement, a dit Finn. On ne peut pas savoir à l'avance.

– Ouais mais bon, je sais toujours pas si je suis très chaude.

– Allez Crocodile. Laisse-moi faire ça pour toi. Pour Greta et toi.

Finn m'avait alors lancé un de ces regards tristes dont il avait le secret. Et il m'avait appelée Crocodile, ce qui m'avait fait sourire intérieurement.

– Allons nous asseoir dans la cour, m'avait-il dit. J'ai apporté deux canettes de thé glacé. Tu peux y réfléchir.

Finn avait l'air de si bonne humeur ce jour-là. Ça me rappelait le sentiment qu'on éprouve juste après avoir fini l'un de ces immenses puzzles, ceux qui ont des milliers de toutes petites pièces presque identiques les unes aux autres. J'avais l'impression que c'était son cas.

– D'accord, avais-je répondu. Je te rejoins dans une minute.

J'étais restée encore quelques instants en compagnie de la statue, observant surtout le Jésus décapité et me demandant si, quelque part dans le monde, quelqu'un avait sa tête. Me demandant si Jésus et Marie avaient envie d'être de l'art. Je me disais que ça ne leur procurait sans doute aucun plaisir. Devenir une œuvre d'art, c'est comme attraper une maladie. Tout à coup, vous devenez une espèce de spécimen dont on discute, qu'on analyse et au sujet duquel on fait toutes sortes de suppositions. Je n'avais pas besoin que des gens m'examinent, en essayant de trouver ce à quoi je pensais. *Regardez la plus forte des deux, celle avec les tresses. Regardez comme il est évident qu'elle est amoureuse de l'artiste. Comme c'est triste. Comme c'est pathétique.* Je n'avais pas besoin de tout ça.

26

Quand la fois suivante j'ai vu Toby, il m'attendait à la sortie de l'école. Il était assis sur le capot de la même petite voiture bleue dans laquelle je l'avais vu entrer lors de l'enterrement, et j'ai soudain compris que c'était la même voiture que je trouvais garée devant l'immeuble de Finn. J'avais toujours cru que c'était celle de Finn parce que parfois il descendait prendre des affaires dans le coffre, comme des toiles ou un imperméable vert.

Quand Toby m'a aperçue, il s'est levé et a commencé à me faire de grands gestes en agitant ses longs bras comme un fou. Comme s'il avait fait naufrage ou un truc du genre. J'ai senti plein de piqûres d'aiguille dans le dos parce que même si je savais que c'était très mal, j'étais ravie de voir que Toby était venu me chercher.

C'était une journée douce et claire. La cloche avait sonné et des flots d'élèves se précipitaient hors du bâtiment. Pendant un instant, j'ai pensé partir dans la direction opposée, mais je savais qu'il fallait que je me débrouille pour que Toby arrête de me faire signe. Je ne voulais même pas imaginer ce qui se passerait si Greta le voyait là en train de m'attendre, l'air surexcité, comme si nous étions super copains. J'ai vite regardé ce que je portais : les bottes de Finn (parfait), une longue jupe noire en velours côtelé (pas terrible) et un pull prune qui, selon ma mère, était trois fois trop grand pour moi (pas mal). J'ai de nouveau regardé autour de moi, puis je me suis dirigée vers la voiture d'un pas décidé, la tête baissée, essayant de paraître aussi détendue que possible.

Quand je suis arrivée près de lui, Toby a saisi mes deux mains dans les siennes comme si nous étions des cousins qui ne s'étaient pas vus depuis une éternité.

– June, formidable. Je ne m'étais pas rendu compte que ce serait peut-être difficile de te trouver. Allez, monte.

Je suis restée debout à côté de la voiture pendant quelques secondes, à la regarder de haut en bas. Ma tête pensait que je ne devais pas entrer dans une voiture avec ce type que je connaissais à peine, mais mon cœur se disait : *Et s'il y a un crayon par terre ou une boîte égarée de Good & Plenty ou une mèche de cheveux blonds sales ou une trace à l'endroit où s'asseyait Finn ? Et s'il y avait ne serait-ce qu'un atome de l'air que Finn respirait là-dedans ?*

Je contemplais toujours la voiture quand Toby s'y est installé. Il a tendu la main pour déverrouiller la portière du passager et l'a poussée pour me l'ouvrir. J'ai jeté un œil derrière mon épaule. Des élèves arrivaient de partout, mais je n'ai vu personne qui aurait pu s'intéresser à ce que je faisais. J'ai donc jeté mon sac à dos sur le plancher de la voiture, et je suis montée.

L'habitacle avait une odeur de fumée de cigarette et de fruits rouges. Des fraises artificielles. J'ai vu que c'était parce que Toby mâchait un gros chewing-gum. Il portait une veste en tweed trop petite pour lui sous laquelle il avait un tee-shirt vert avec plein de gros cactus. Je voyais bien que c'était Finn qui avait fait ce tee-shirt, et j'ai dû le fixer un peu trop longtemps parce que Toby a fermé sa veste.

Il m'a adressé un sourire complice.

– Je savais que t'appellerais pas.

– C'est-à-dire que…

– Non non, t'inquiète pas. Je comprends très bien. Pour toi, je ne suis qu'un étranger. C'est ma faute.

– Ben… je suis qu'une étrangère pour vous aussi, non ? Alors peu importe.

– Bien sûr.

Il m'a considérée quelques secondes, comme s'il voulait m'en dire plus. Puis il a souri et a agité la main dans l'air.

– T'as raison. Comme tu dis, « peu importe ».

Toby a fouillé dans la poche de sa veste et en a sorti un chewing-gum qu'il m'a proposé.

– Merci, lui ai-je dit.

Il a regardé par la vitre.

– Je suppose que c'était une mauvaise idée. Que je vienne ici.

J'ai haussé les épaules.

– Vous êtes une grande personne. Vous pouvez aller où vous voulez.

J'ai tout de suite regretté d'avoir dit ça. C'était vraiment puéril comme remarque. Je m'attendais à ce que Toby se moque de moi, mais il a juste souri. Puis il s'est tourné vers moi.

– Et toi alors ?

– Comment ça ?

– Eh bien… Est-ce que *toi* tu peux aller où tu veux ?

J'ai regardé mon sac à dos. Mon cœur battait à toute vitesse. Toute cette histoire dépassait largement les limites de ma vie normale. Je me trouvais dans l'ancienne voiture de Finn avec son petit ami que toute ma famille semblait détester. J'étais en train de faire une bêtise, une grosse bêtise. Mais quand j'ai levé les yeux, j'ai vu le sourire chaleureux de Toby, ses yeux marron, et un regard qui semblait signifier que si je disais oui, tout irait bien. Mais tout ça n'avait pas de sens ! J'ai inspecté la voiture et, dans un premier temps, je n'ai remarqué aucun signe de Finn. J'ai scruté le tableau de bord, le volant, et le plancher. Puis le levier de vitesse a attiré mon attention et m'a mis du baume au cœur. Collée juste là, juste au sommet, il y avait une toute petite main bleue. La main minuscule d'un Schtroumpf. J'ai tendu la main et l'ai touchée de mon doigt. C'était un tout nouveau détail de Finn que je n'avais jamais vu. J'ai jeté un œil en direction de Toby en me disant que ce n'était sans doute qu'un début. Il devait y avoir des centaines de petites choses comme celle-là, peut-être même des milliers, et c'était grâce à Toby que je pourrais les découvrir. Alors, j'ai acquiescé.

– Bien sûr que oui. Pourquoi est-ce que je pourrais pas aller où je veux ?

Toby a souri jusqu'aux oreilles et a joyeusement tapoté le volant comme si c'était la meilleure nouvelle qu'il entendait depuis des années. Et c'était agréable de faire plaisir à quelqu'un. Il y a peu de gens qui tressaillent de joie quand je hoche la tête.

Par la vitre, j'ai aperçu Diane Tentolli, qui est avec moi en maths, venir dans notre direction. Je me suis ratatinée sur mon siège.

– Dites, on peut aller ailleurs ?

– Oh oui, aucun problème.

Toby a tout de suite démarré la voiture. Les pneus ont grincé en s'écartant du trottoir, et je me suis faite encore plus petite sur mon siège. Il a ri :

– Oups.

Nous avons traversé le centre-ville, en passant devant l'église luthérienne et le *7-Eleven*, puis nous avons emprunté la Youngstown Road pour rejoindre la Taconic Parkway vers le sud.

– Alors… bon… j'avais pensé… qu'est-ce que tu dirais de *Playland* ?

– *Playland* ? Avec les attractions ?

– Oui. Mais pas les attractions. Il y a autre chose là-bas.

– Genre quoi ?

– Tu verras bien.

La Taconic est une autoroute étroite et Toby ne conduisait pas très bien. Il a foncé tout du long, en conduisant si près de la glissière de sécurité que je devais parfois fermer les yeux. Je me cramponnais à mon siège. Je n'avais avec moi ni montre, ni argent. Tout ce que j'avais, c'était mon sac à dos avec mon livre de trigonométrie et une courte fiche de lecture sur *Ne tirez pas sur l'oiseau moqueur* pour laquelle j'avais eu B+.

Les questions que je voulais poser à Toby commençaient à s'accumuler dans ma tête, mais quand je me suis tournée vers lui, prête à les lui poser, je me suis rendu compte que j'aurais l'air stupide. J'aurais déjà dû connaître les réponses. Si on se souciait de moi un minimum, on m'aurait dit ces choses. Puis je me suis souvenue de cet article que j'avais envoyé à Toby et, assise là avec lui dans cette toute petite voiture, j'ai soudain eu honte d'avoir fait une chose pareille.

– Je suis désolée pour l'article. C'était méchant.

Les longs doigts de Toby se sont resserrés sur le volant.

– Ça ne s'est pas passé comme ça. Je veux juste que tu le saches.

J'ai failli lui demander comment ça s'était passé. Exactement. Mais je ne pensais pas vouloir entendre la réponse. Alors j'ai changé de sujet.

– C'était la voiture de Finn ?

Je pensais que c'était une question plutôt facile, mais Toby n'a pas tout de suite répondu.

– Eh bien, je suppose que c'est Finn qui l'a achetée, a-t-il fini par dire. Mais c'était surtout la mienne. Finn ne savait pas conduire. Tu n'étais pas au courant ?

J'ai essayé d'ignorer le *tu n'étais pas au courant*, même si j'avais l'impression d'avoir reçu un coup de poing dans la figure.

– Alors, c'est vous qui conduisiez quand vous alliez ensemble quelque part ?

Toby a acquiescé.

– Oui. Enfin… Bon, en fait je n'ai pas mon permis américain, mais je sais conduire. Tu n'as pas à t'inquiéter.

– Je suis pas inquiète. Je pose juste une question.

J'ai glissé la main sur le siège, sous mes jambes. Finn s'était assis juste là. Les doigts de Finn s'étaient peut-être agrippés au siège précisément là où étaient les miens. Je voulais ouvrir la boîte à gants pour regarder à l'intérieur, mais ça ne semblait pas être la meilleure chose à faire, alors j'ai juste baissé ma vitre. Le ciel était si dégagé et j'étais là, sur l'autoroute avec Toby, personne au monde ne sachant où je me trouvais. Je voulais toucher le vent.

– Vous êtes anglais, hein ?

J'ai vu que Toby répondait, mais avec tout ce vent je n'entendais rien, j'ai donc remonté ma vitre.

– Quoi ?

– À moitié.

– Et c'est quoi la deuxième moitié ?

– Ma mère, elle était espagnole.

– C'est logique.

– Ah oui ?

– Vos yeux. Ils sont hyper foncés.

– Des yeux de chien errant.

– Non.

J'ai regardé quelques secondes par la vitre puis, sans me retourner, j'ai ajouté :

– Je les aime bien.

Je ne savais pas pourquoi j'avais dit ça. Je ne disais jamais des choses pareilles. J'ai caché mes genoux sous mon pull. J'ai jeté un coup d'œil à Toby et j'ai surpris un sourire, même si je voyais bien qu'il essayait de le camoufler.

Nous sommes passés sur la 287, qui est large et beaucoup moins effrayante que la Taconic. J'ai desserré mon étreinte sur le bord du siège. Toby a accéléré et s'est placé dans la file de gauche, sans mettre son clignotant, pour dépasser un gros camion de supermarché.

– Au fait, je t'ai apporté quelque chose. Regarde sur la banquette arrière.

J'ai tourné la tête et j'ai vu un classeur noir.

– Ça ?

– Oui, a-t-il dit en quittant la route des yeux.

– Qu'est-ce que c'est ?

– Ouvre-le.

Je l'ai pris et j'ai délicatement soulevé la couverture, me préparant à ce que j'allais peut-être y trouver. J'ai tout de suite vu que c'étaient des croquis. Des croquis de Finn. J'ai jeté un coup d'œil à Toby. Il a souri et a montré le classeur de la tête.

– Continue.

La première page était remplie de petits dessins au crayon représentant des genoux. Des genoux avec seulement un petit bout de jambe au-dessus et en dessous, chacun tourné dans une direction légèrement différente. Chaque croquis n'était composé que de quelques traits, mais ils étaient bien meilleurs que tout ce que j'aurais pu dessiner. La page suivante était couverte de coudes. Certains tendus, d'autres pliés. Puis une bouche. *Ma* bouche. C'est ce dont je me suis rendu compte au bout de quelques secondes. Je suis revenue aux coudes et aux genoux et, en y regardant de plus près, il était évident que c'étaient aussi les miens. Les miens et ceux de Greta. J'ai tourné les pages plus rapidement. Il y avait l'ourlet de la jupe de Greta, un petit bout de mon oreille qui dépassait de mes cheveux, un des yeux foncés de Greta, avec au-dessus la courbe de son sourcil. Ce n'était que nous. Chaque feuille de papier contenait un petit détail du portrait de Finn. Greta et moi coupées en morceaux et fourrées dans un classeur.

J'ai continué à tourner les pages. Je suis arrivée à un croquis où l'espace entre mon bras et celui de Greta, la forme de l'espace entre nous, avait été noirci. L'espace négatif. C'est ainsi que l'appelait Finn. Il essayait toujours de me faire comprendre l'espace négatif. Et j'y parvenais. Je comprenais de quoi il parlait, mais ça ne me venait pas naturellement. Il fallait qu'on me rappelle que je devais le chercher. De voir les éléments qui sont présents mais absents. Sur ce croquis, Finn avait colorié l'espace négatif et j'ai vu qu'il formait une sorte de tête de chien. Ou plutôt non, évidemment, c'était une tête de loup, tournée vers le ciel, la gueule ouverte, en train de hurler. Ce n'était pas visible immédiatement. L'espace négatif était un peu comme les constellations. Le genre de choses sur lesquelles on doit attirer notre attention. Mais Finn l'avait créé avec beaucoup de talent. Tout était dans la façon dont la manche de Greta tombait et celle dont mon épaule était orientée. Absolument parfait. C'était presque douloureux de regarder cet espace négatif tellement il était intelligent. Exactement le genre de choses auxquelles pensait Finn. J'ai passé un doigt sur les traits de crayon en regrettant de ne pas pouvoir dire à Finn que j'avais vu ce qu'il avait fait. Que je savais qu'il avait placé cet animal secret juste entre Greta et moi.

J'ai regardé Toby. Il avait mis une cassette de Johnny Cash dans le lecteur et chantait les deux voix de « Jackson ». L'espace d'un instant, j'ai pensé lui faire voir le loup, puis j'y ai renoncé. Finn lui avait probablement déjà montré. Ce serait juste une autre vieille information.

Nous n'avons pas beaucoup parlé pendant le reste du trajet. La voiture a dépassé les sorties qui menaient à Tarrytown et Valhalla et, même si j'étais passée à côté de ces endroits des centaines de fois, ils paraissaient étranges et différents cet après-midi-là. Une minute, c'était un jour de classe comme les autres et je m'apprêtais à prendre le bus pour rentrer à la maison, et la suivante, j'étais là sur le parking de *Playland* avec un type dans une veste en tweed qui mâchait un chewing-gum à la fraise.

Il n'y avait que quelques voitures et nous avons trouvé une place juste à côté de l'entrée. La veste de Toby était toute chiffonnée par le trajet et il l'a lissée des deux mains. En l'observant dans la lumière, je me suis dit qu'il n'avait quasiment pas changé depuis la dernière fois, à part peut-être ses yeux. Peut-être qu'ils avaient l'air un peu plus grands.

Toby a payé pour nous deux, ce qui était une bonne chose parce que je n'avais pas d'argent sur moi. À côté du guichet se trouvait une grande fontaine qui faisait énormément de bruit. Toby l'a regardée puis s'est approché de moi et s'est penché pour me dire :

– Cette chose que je veux te montrer, c'est tout au fond. Promets-moi que ça te plaira, d'accord ?

– Je peux pas promettre ça.

Il a souri.

– Bien sûr que non. Bonne réponse.

Nous avons descendu l'allée principale, celle qui s'appelle Knickerbocker Avenue. Nous sommes passés devant toutes les attractions où j'étais allée avec Greta. Les balançoires, les montagnes russes du vieux dragon, les chaises volantes, l'Araignée. Greta était toujours celle qui voulait essayer les trucs les plus effrayants et les plus rapides possible. Et c'était toujours moi qui me retrouvais à l'accompagner, alors même que ça me rendait malade comme un chien.

Nous avons continué à marcher, et même s'il n'y avait presque personne à *Playland* ce jour-là, tout le parc sentait le pop-corn et la barbe à papa. Comme si quelqu'un en préparait rien que pour l'odeur. Pour que les gens sachent qu'ils étaient censés s'amuser. Nous sommes passés devant une rangée de *Skeeball machines* et devant le stand de tir où d'affreux personnages surgissaient de tonneaux. Toby a montré du doigt un petit chemin à droite.

– On y arrive. Finn disait que tu aimais l'histoire, le passé et tout ça, alors…

Je me suis de nouveau rendu compte que Toby savait plein de choses sur moi, alors que je ne savais presque rien de lui, et c'était très bizarre comme sensation. Ça ne me semblait pas juste. Pas juste du tout. Chaque fois que je pensais à Finn et à Toby en train de parler dans mon dos, je sentais un petit sursaut de colère dans ma poitrine.

Toby s'est arrêté devant un stand qui portait une pancarte « Images d'antan ». Tout autour du stand étaient disposés des tableaux d'affichage couverts de photos sépia de gens en costumes d'époque. On y trouvait des photos de famille, ou parfois juste les enfants, ou de temps en temps juste un homme ou une femme. Certains portaient des vêtements style Far West. Un type revêtu d'un uniforme de la guerre de Sécession était assis, l'air hargneux, avec sur ses genoux un fusil et un drapeau de la Confédération. Une femme se tenait derrière sa fille, toutes deux étouffant dans des robes victoriennes ultra serrées. Certaines photos faisaient vraiment illusion parce qu'on ne pouvait pas deviner que les gens n'avaient rien à voir avec le passé. Pour d'autres, on le devinait tout de suite. Pas à cause de la coiffure ou d'un détail du genre, parfois, c'était juste un air gêné qui dévoilait l'imposture.

– Alors ? Qu'est-ce que t'en dis ?

Toby paraissait nerveux. Comme s'il venait de se rendre compte que c'était bizarre de m'avoir amenée là.

J'étais déjà passée devant des stands de photos comme celui-là, de nombreuses fois, mais personne de ma famille ne voulait jamais poser avec moi.

– Je suis pas photogénique, lui ai-je dit.

– Bien sûr que si. J'ai vu ce portrait.

– C'est très différent.

Et c'était le cas. Un portrait est une photo où quelqu'un choisit à quoi l'on va ressembler. Comment cette personne veut nous représenter. Un appareil photo capture ce qui est en train de se passer au moment où l'on appuie sur le bouton.

– Ce ne sera pas si différent, m'a-t-il répondu.

Il est passé de l'autre côté du tableau d'affichage pour que je ne le voie pas.

– Si tu veux, on pourrait y aller ensemble.

J'ai secoué la tête. Mais ensuite j'ai réfléchi à la proposition. Ç'aurait été beaucoup moins gênant s'il n'y avait pas eu que moi à être assise là comme une abrutie. Je ne savais même pas l'heure qu'il était, et je ne savais pas du tout si quelqu'un à la maison avait remarqué mon absence mais, tout à coup, j'ai vraiment eu très envie de le faire.

– Bon ben d'accord. Si vous y tenez.

– Pardon ?

– D'accord. Allons-y tous les deux.

La tête de Toby est réapparue au-dessus du tableau.

– Génial, a-t-il dit, souriant de toutes ses dents.

Une dame qui devait avoir la cinquantaine, avec du fard à paupières de trois bleus différents, était assise sur un tabouret derrière le stand. Elle lisait un exemplaire de *People Magazine* avec une photo de Paul Hogan dans *Crocodile Dundee* en couverture. En entendant Toby, elle a posé son magazine après avoir soigneusement corné la page qu'elle était en train de lire.

– Deux s'il vous plaît, a dit Toby.

– Deux ?

– Oui, nous sommes deux à vouloir nous faire prendre en photo.

Toby lui a souri comme il venait de me sourire à moi. Comme un enfant. C'est ainsi que je le décrirais. La dame a dévisagé Toby, puis moi. Puis elle a observé Toby plus en détail, comme si elle essayait de déceler quelque chose en particulier. Après quelques secondes de réflexion, elle a semblé prendre une décision. Elle a ouvert un tiroir et en a sorti la liste des prix.

– D'accord, bon, ce que je vous suggère, c'est de regarder les costumes que nous avons. N'hésitez pas à en essayer plusieurs et ensuite vous me direz celui que vous choisissez. D'accord ? Il y a beaucoup de costumes pour « elle et lui ».

Nous avons tous deux hoché la tête. La dame a levé la clenche d'une porte battante qui menait à l'arrière du stand.

– T'as vu ça ? m'a chuchoté Toby.

– Vu quoi ?

– Je crois que cette femme pense qu'on est en couple.

– Pouah !

Je ne sais pas combien de temps nous avons passé à examiner les costumes. J'ai essayé une robe victorienne et une robe médiévale. Elles n'étaient pas mal, mais je me suis finalement décidée pour une robe élisabéthaine. Elle avait un grand décolleté, mais comme je n'avais pas de poitrine, ce n'était pas très gênant. Toby a choisi un uniforme de soldat de la guerre d'Indépendance. Il était bleu, et quand j'ai dit à Toby que le bleu était la couleur des Américains, il m'a dit que ça lui était égal. En plus, a-t-il ajouté, la photo serait en noir et blanc donc personne n'en saurait rien. Je me disais qu'il ressemblait à un vrai soldat dans cet uniforme. À quelqu'un qui avait assisté à toutes sortes d'horreurs. Il était adossé au mur, son faux fusil sur l'épaule.

Nous nous sommes assis pendant que la dame préparait son équipement. Elle a installé un trépied puis nous a regardés de plus près.

– Je ne pense pas que vous ayez compris, nous a-t-elle dit.

– Comment ça ?

– Eh bien, vous devez vous en tenir à une période de l'histoire. Vous ne pouvez pas combiner deux époques différentes. Vous comprenez ?

– Ce n'est pas un problème, a répondu Toby, d'une voix calme et convaincante. On sait ce qu'on fait.

– Monsieur, vous n'avez pas l'air de comprendre. On ne le permet pas. Vous n'avez pas le droit de mélanger différentes époques, un point c'est tout.

La dame a croisé les bras d'un air ferme.

– Comme je vous l'ai déjà dit, il y a beaucoup de costumes pour « elle et lui ».

J'ai regardé mes pieds. Les chaussures élisabéthaines du stand étaient trop petites pour moi, alors je ne les avais enfilées qu'à moitié, laissant les talons dépasser de l'estrade. J'ai senti que Toby me posait la main sur l'épaule et ça m'a donné l'impression que nous étions embarqués ensemble dans une aventure. Je n'étais pas sûre de vouloir ressentir ça avec lui mais, à ce moment-là, face à cette imbécile de dame, c'était le cas.

– Je suis désolé. Enfin, excusez-moi, mais puisqu'on paye pour la photo, on devrait quand même pouvoir choisir les costumes qu'on veut !

– Je ne veux pas entrer dans les détails techniques, mais il y a d'abord le problème du fond…

– C'est pas grave si le fond ne correspond pas parfaitement. Choisissez quelque chose à mi-chemin entre nous deux. Le fond n'a pas grande importance.

La voix de Toby avait perdu sa douceur. Je voyais que la dame n'allait pas changer d'avis aussi facilement.

– Écoutez, monsieur, regardez toutes les photos qui sont exposées, d'accord ? Dites-moi, y en a-t-il une seule qui mélange les époques ? Hein ? Maintenant, j'entends bien à votre accent que vous êtes étranger et j'ignore comment ils font les choses chez vous…

Toby ne savait pas quoi répondre. Il y a eu un silence. Nous attendions tous que quelqu'un change d'avis.

– Je vais aller choisir un autre costume, ai-je dit d'une voix à peine audible.

– Qu'est-ce que tu dis, ma puce ? a demandé la dame.

– J'ai dit que j'allais me changer. Je vais aller chercher quelque chose de l'époque coloniale.

– Non, June. C'est pour toi qu'on fait ça. On va trouver un autre endroit. Il doit bien y avoir un endroit où ils nous laissent faire ce qu'on veut !

Mais il n'y avait rien du genre dans le coin. J'ai regardé Toby et j'ai paniqué en me disant que je ne trouverais peut-être plus jamais personne qui accepterait de faire cette idiotie avec moi. Jamais. Ce serait trop bête de rater cette occasion.

– Non, ai-je dit. Je veux le faire.

Nous nous sommes regardés un instant, puis Toby a baissé la tête.

– Pourquoi faut-il toujours que tout soit comme ça ? J'y vais alors. Donne-moi juste une minute pour me changer.

J'ai hoché la tête et Toby a disparu. Le costume élisabéthain ne lui allait pas du tout. Il était trop court et, avec les collants, je réalisais pour la première fois à quel point ses jambes étaient maigres, à quel point il avait peu de muscles. J'imagine que j'avais essayé de ne pas penser que Toby était malade. C'était quelque chose d'abstrait. Comme un raisonnement logique. Finn était mort du sida. Toby avait transmis le sida à Finn. Par conséquent, Toby avait le sida. Ou peut-être que, quelque part dans mon esprit, j'avais un tout petit espoir que rien de cela ne soit vrai. Que peut-être Toby n'était qu'un ami de Finn – pas un ami particulier – et qu'il n'avait pas du tout le sida. Mais il n'y avait rien d'abstrait avec Toby dans ce costume. N'importe qui aurait pu voir que quelque chose clochait et il m'a fait de la peine. Je me suis placée devant Toby de façon à le cacher en partie de la dame qui le dévisageait.

J'ai croisé les bras sur ma poitrine et la dame a vite détourné les yeux. Elle s'est excusée pour toutes ces complications et nous a dit d'essayer différentes poses pendant qu'elle prendrait les photos. Je me demandais ce que la plupart des poses donneraient. Il y en a une où Toby met son bras osseux sur mes épaules et me murmure à l'oreille : « N'aie pas peur, June. » De temps à autre, Toby me regardait du coin de l'œil et c'était comme s'il me connaissait depuis toujours, ce qui était bizarre, mais en même temps, il était difficile de ne pas apprécier, et tout à coup, toute cette mascarade m'a semblé si ridicule que j'ai cru que j'allais exploser de rire.

– C'est dans la boîte, s'est exclamée la dame.

Elle nous a annoncé que nous aurions les photos dans une petite semaine.

– Après tout le mal qu'on s'est donné, on peut pas les avoir maintenant ? s'est indigné Toby.

– Bien sûr que non. Ça demande un certain travail derrière.

Toby avait l'air d'un enfant à qui l'on vient de dire qu'il ne peut pas porter ses nouvelles chaussures pour sortir du magasin.

– D'accord, mais il nous faut deux exemplaires.

La dame l'a noté dans un carnet.

– Aucun problème. Mais au final, d'où est-ce que vous venez ?

D'abord Toby n'a rien répondu. Il m'a regardée. Puis il s'est tourné vers la dame, l'air mystérieux :

– D'une contrée lointaine. Tous les deux nous venons de très, très loin.

Sur le chemin du retour, nous nous sommes mis d'accord pour relater chacun une de nos anecdotes avec Finn. Toby m'a raconté la fois où Finn l'avait persuadé d'aller sur une plage du cap Cod où ma mère et lui passaient leurs vacances étant enfants. Toby racontait très mal les histoires. Il divaguait, revenant sans cesse en arrière pour ajouter des détails, butant sur les mots et faisant de longues pauses pour essayer de se souvenir exactement de comment ça s'était passé. C'était quand même sympa, parce que c'étaient des trucs sur Finn que je n'avais jamais entendus. L'anecdote n'avait pas grand intérêt mais, au bout du compte, Finn et Toby se retrouvaient frigorifiés parce que Finn avait convaincu Toby de dormir sur la plage. À la fin du récit, je me suis sentie un peu triste parce que j'aurais bien aimé avoir été là moi aussi.

Quasiment tout le trajet en voiture a été consacré à cette histoire et je n'avais donc plus le temps de raconter la mienne, ce qui était une bonne chose. J'avais récolté une toute nouvelle anecdote sur Finn sans rien avoir à donner en échange.

Je ne savais pas quelle heure il était, mais j'ai demandé à Toby de me déposer à la bibliothèque. Je pourrais ensuite rentrer à pied à la maison. Nous sommes restés assis quelques secondes sans rien dire. Il n'y avait ni montre ni horloge dans cette voiture, et je me suis dit que j'avais trouvé ma bulle. Une petite bulle bleue où le temps n'existait pas et où Finn était peut-être caché dans la boîte à gants. J'avais l'impression que tout exploserait si j'ouvrais la porte.

– T'en veux un autre ?

Toby m'a tendu un de ses chewing-gums à la fraise et je l'ai pris.

– Il doit être super tard. Je vais sûrement avoir de gros ennuis.

– Tiens alors.

Toby a baissé sa vitre. Il a sorti un penny de la poche de sa veste. Il l'a pincé entre le pouce et l'index. Puis il l'a fait tomber dans sa main et l'a lancé de toutes ses forces à l'autre bout du parking.

– Pour nous porter chance, a-t-il dit. Va voir si c'est face.

Je ne voulais pas lui dire que ça ne marchait pas comme ça. Qu'on ne pouvait trouver un penny de la chance que par hasard. J'ai rangé le classeur de croquis dans mon sac à dos et j'ai ouvert la porte.

– Bon eh ben… au revoir et merci. C'était assez marrant au fond.

– Viens me voir, d'accord ? Chez Finn. Et si tu as besoin de quoi que ce soit…

– T'as déjà dit ça la dernière fois.

Toby a levé la tête et a souri.

– Parce que je le pense. Vraiment.

J'ai refermé la portière et je me suis dirigée vers l'endroit où avait atterri le penny. Je savais bien qu'on ne pouvait pas provoquer la chance comme ça, mais j'espérais malgré tout que ce serait face. Je me suis mise à courir pour vérifier, mais à quelques mètres, je voyais déjà que c'était pile. Je me suis tout de même penchée pour ramasser la petite pièce. Puis je me suis tournée vers Toby et je lui ai souri en levant le pouce. C'était inutile qu'il sache.

27

Greta était seule à la maison quand je suis rentrée. La saison des impôts battait son plein. C'était la « période de crise », comme l'appelaient mes parents, ce qui signifiait qu'ils rentraient rarement avant huit heures du soir. Greta était affalée sur le canapé en train de regarder un épisode de *Fame* qu'elle avait enregistré. Leroy était debout, les mains sur les hanches, à répondre avec insolence au professeur de danse, comme d'habitude.

Une semaine s'était écoulée depuis la fête et nous n'avions toujours pas parlé de ce qui s'était passé dans les bois. Je me demandais toujours comment Greta avait fait pour se retrouver précisément à mon endroit préféré, mais il n'y avait aucun moyen de lui demander sans qu'elle découvre tout ce que je faisais dans les bois. Parfois je la regardais, quand nous attendions le bus ou que nous étions en train de dîner, pour essayer de déceler si elle se souvenait de ce qu'elle avait dit, mais elle n'en montrait aucun signe. Quand elle m'a entendue rentrer ce soir-là, elle a souri d'un air mauvais.

– Tu vas avoir de gros ennuis.

– Comment ça ?

– Eh ben, où est-ce que t'étais ?

– Qu'est-ce que ça peut te faire ?

D'une certaine manière, je me sentais puissante d'avoir passé l'après-midi avec Toby, si loin de la maison et sans que personne ne le sache. Je dominais Greta de toute ma hauteur et elle m'a soudain semblé petite et triste. Puis elle a éteint la télévision, s'est redressée et alors, comme toujours, c'est elle qui avait de nouveau le pouvoir.

– Alors ?

– J'étais à la bibli, O.K. ? Avec Beans. C'est assez croustillant pour toi ?

Greta a souri de plus belle et elle s'est mise à me dévisager comme si elle attendait que je comprenne quelque chose.

– Quoi ? lui ai-je demandé.

– Alors comme ça ils organisaient une journée « Comment ressembler à une prostituée » à la bibliothèque ?

– De quoi tu me parles ?

Elle a rallumé la télévision et m'a tourné le dos. Puis elle a dit : « Sympa ton maquillage » et j'ai soudain eu envie de disparaître sous terre. Je portais encore des tonnes de fond de teint du stand de photos. Aucun de nous deux n'avait voulu en mettre, mais la dame de *Playland* avait insisté. Toby s'était tout de suite débarrassé du sien une fois les photos prises, mais pas moi. Pas vraiment parce que j'aimais bien. Plutôt parce que c'était agréable d'avoir l'air un peu différente de d'habitude. Et, O.K., peut-être plus jolie.

Il se trouve que mes parents dînaient avec un client ce soir-là, du coup j'ai pris une louche pour me servir un bol de soupe de riz et de poulet dans la mijoteuse, et je me suis assise à la table de la cuisine. Je mourais d'envie de retourner en trombe dans le salon pour raconter à Greta tout ce qui s'était passé avec Toby parce que je savais qu'elle en resterait bouche bée. J'aurais adoré lui dire qu'il avait insisté pour me voir. Qu'il était venu exprès à ma rencontre. Je voulais ouvrir le classeur de croquis, lui mettre sous le nez et lui dire : « Écoute. Regarde. Je sais plein de trucs dont t'as pas idée. » Mais, bien sûr, ça aurait été de la folie.

La soupe était chaude et salée et je l'ai avalée en quatrième vitesse. Puis je suis allée directement dans ma chambre et j'ai allumé toutes mes bougies. J'avais ce lot de six bougies électriques que *Woolworths* bradées l'année dernière après Noël. La flamme était beaucoup trop orange, mais c'était tout ce que j'avais. Ma chambre avait deux fenêtres et j'ai mis une bougie devant chacune d'elles. J'ai regroupé les autres sur mon bureau. Quand j'aurai ma propre maison, j'aurai de vraies bougies partout. Des candélabres sur les cheminées et de grands chandeliers suspendus au plafond. Même si je me retrouve dans un appartement riquiqui quelque part, je me débrouillerai pour en faire un logement d'une toute autre époque. Les gens sonneront à ma porte et n'en croiront pas leurs yeux quand je leur ouvrirai.

Un jour, j'ai dit ça à Finn. Nous étions à une exposition de céramiques turques du XVIe siècle au Met. Nous regardions ces bougeoirs recouverts de motifs complexes peints en bleu et blanc, et je lui avais décrit précisément comment serait ma maison un jour. Finn s'était tourné vers moi en souriant, ses yeux plus bleus que jamais, et il m'avait dit : « Tu es une romantique, June. »

Je me tenais tout près de Finn afin de ne rien rater de ses précieuses explications sur l'exposition. À ces mots, je m'étais écartée et j'avais rougi au point d'avoir du mal à respirer. J'avais eu l'impression que tout le sang de mon corps avait afflué à mon visage, laissant la peau autour de mon cœur complètement transparente.

– Pas du tout, avais-je répondu aussi vite que possible. J'avais détourné la tête, craignant que Finn ne voie à quel point j'étais gênée. Terrifiée à l'idée qu'il arrive à lire toutes les pensées étranges qui m'avaient un jour traversé l'esprit.

Quand je lui avais finalement fait face, j'avais vu qu'il me regardait d'un drôle d'air. Rien qu'une seconde. Un petit éclair d'inquiétude sur son visage. Puis il avait souri, comme s'il essayait de le masquer.

– *Une* romantique, espèce de reptile, pas romantique à l'eau de rose.

Il s'était penché comme pour me donner un coup de coude, et puis finalement pas.

– C'est quoi la différence ? avais-je demandé prudemment.

– Être *un* romantique, ça veut dire toujours voir la beauté des choses. Ce qui est bon. Ne pas voir leur côté terre à terre. Croire que tout va finir par s'arranger.

Je m'étais remise à respirer normalement. C'était pas si terrible. Le sang avait peu à peu quitté mon visage.

– Et toi alors ? lui avais-je demandé, osant le regarder dans les yeux. T'es un romantique ?

Finn avait réfléchi. Il m'avait dévisagée, l'œil perçant, comme s'il essayait de lire mon avenir. Ou du moins c'est ainsi que je l'avais perçu. Puis il avait dit :

– Parfois. Parfois oui, et parfois non.

J'ai sorti le classeur de croquis et je suis allée directement à la page du loup. La faible lumière de ma chambre semblait encore mieux le révéler. Ou peut-être était-ce simplement que je l'avais déjà vu et que mes yeux savaient où chercher l'espace négatif. J'ai suivi les contours du doigt, sentant mes paupières s'alourdir peu à peu.

Cette nuit-là, je me suis endormie avec le classeur sous mon oreiller et mes bougies électriques allumées, perçant l'obscurité de leur petite flamme vacillante. J'ai rêvé des loups dans les bois. J'ai rêvé qu'ils surgissaient par l'espace entre Greta et moi. Je les voyais grimper gracieusement et sortir du portrait pour se retrouver dans le monde réel. L'un après l'autre, ils se débarrassaient de leur peinture en secouant la tête et prenaient vie, jusqu'à ce qu'il y en ait toute une meute. Toute une meute affamée courant dans les bois et fendant la neige. Je rêvais que j'y étais. Que je comprenais leur langage.

« Tu prends son cœur, a murmuré l'un d'entre eux. Je prendrai les yeux. »

Et dans mon rêve, je n'essayais même pas de m'enfuir. Je restais exactement où j'étais, attendant que les loups me mettent en pièces.

28

Il y a deux histoires principales dans *South Pacific*. L'une se termine bien, l'autre non. L'histoire avec Bloody Mary est celle qui se termine mal. Bloody Mary présente sa fille au lieutenant Cable en mission secrète dans la région. La fille est jeune et belle et ils tombent amoureux, mais le lieutenant Cable ne veut pas l'épouser parce qu'elle est polynésienne et qu'au fond, il est un peu raciste.

Dans l'autre histoire principale, il y a Nellie, cette infirmière du Midwest américain, agaçante de bonne humeur, qui tombe amoureuse d'Émile, un Français d'âge mûr propriétaire de plantations. Émile a l'air assez sympa et, chaque fois que je vois la pièce, je me demande vraiment ce qu'il trouve à Nellie, mais j'imagine qu'on est censé croire que c'est comme ça l'amour. On apprend plus tard qu'Émile est un meurtrier, mais ça ne semble pas poser de problème à Nellie. Ce qui l'ennuie, en revanche, c'est qu'il a été marié à une Polynésienne, désormais morte, et qu'il a deux enfants à moitié polynésiens. Et, comme le lieutenant Cable, elle est raciste.

Pour moi, la vraie question, c'est pourquoi le lieutenant Cable et Nellie ne se mettent pas tout simplement ensemble. Ils formeraient le couple parfait. J'imagine que l'idée c'est que les contraires s'attirent, mais je ne crois pas que ça se passe comme ça dans la vraie vie. Dans la vraie vie, on cherche quelqu'un qui nous ressemble autant que possible. Quelqu'un qui puisse comprendre exactement notre façon de penser.

Selon Greta, Bloody Mary est le seul personnage de toute la pièce à avoir deux sous de jugeote. Elle sait tout ce qui se passe sur ces îles.

– Mais elle est méchante, lui ai-je dit.

Nous attendions le bus le matin et c'était agréable parce que toute la boue du printemps avait séché sur ce petit carré d'herbe à côté de la boîte aux lettres. Le soleil était éblouissant et je devais plisser les yeux et mettre ma main en visière pour regarder Greta.

– Pas du tout, a-t-elle répondu.

– Mais si. Enfin, en tout cas elle force la main des gens pour qu'ils fassent ce qui l'arrange.

– C'est pas vrai. C'est juste qu'elle est plus intelligente que les autres.

– Peu importe, ai-je dit, mais j'étais presque sûre que la plupart des gens trouvaient Bloody Mary mauvaise comme tout.

– Bref, a dit Greta, c'est pas de ça que je veux te parler. Je veux que tu me dises où tu étais hier.

– Je te l'ai déjà dit. J'étais à la bibliothèque avec Beans, et de toute façon, ça te concerne pas.

Greta a souri.

– O.K., je demanderai à Beans.

Je ne pensais pas réellement qu'elle le ferait, mais je ne pouvais pas en être certaine.

– Qu'est-ce que t'en as à faire d'abord ?

Et je voulais vraiment le savoir. Je voulais vraiment comprendre pourquoi quelqu'un qui me haïssait tellement s'intéressait à ce que je faisais après les cours.

Le sourire de Greta a disparu et elle m'a tourné le dos. Le bus est apparu au coin de la rue et nous avons toutes deux regardé sa grande carcasse jaune venir vers nous. Greta m'a alors fait face et a levé le menton.

– Je m'en fous, a-t-elle lâché.

Ce jour-là, j'avais mis la clé de la banque dans l'une des poches à gousset de mon jean. Je voulais aller voir le portrait après mes cours. Je voulais voir à quoi je ressemblais avant la mort de Finn. En plus, un caveau, c'est comme une crypte, et une crypte c'est un peu comme un donjon, et j'avais envie de découvrir comment ça pouvait bien être.

Le jour où ma mère nous avait donné les clés, elle nous avait aussi fait signer un formulaire pour que la banque ait nos signatures. Pour entrer, nous devions montrer notre clé et signer quelque chose pour que la banque s'assure que nous étions les bonnes personnes. J'étais inquiète que ma signature soit différente. Je ne savais pas exactement à quel moment se passait cette chose qui faisait qu'à partir de là on signait toujours de la même façon, mais ça ne m'était pas encore arrivé. Jusqu'à présent, je n'avais eu à signer que trois fois. Une fois pour un code de conduite pour ma sortie de classe à Philadelphie, quand j'étais en 4e, une fois pour un pacte que j'avais fait avec Beans et Frances Wykoski, en CM2, selon lequel nous n'aurions pas de petit ami avant le lycée. (De nous trois, j'étais la seule à l'avoir respecté.) Et enfin le formulaire pour la banque. Je ne sais pas à quoi ressemblait ma signature les deux premières fois, mais j'étais persuadée qu'elle n'avait rien à voir avec celle que j'avais fournie à la banque.

Je n'avais finalement aucune raison de m'inquiéter parce que l'homme qui s'occupait des coffres de la banque n'était autre que le père de Dennis Zimmer qui me connaît depuis la maternelle.

– La petite Junie Elbus…

Mr Zimmer m'a souri. Il ressemblait à une tortue. C'était à cause de sa lèvre supérieure. Je ne savais pas s'il rigolait en m'appelant « petite », parce qu'il se trouve que je mesurais au moins cinq centimètres de plus que lui. Mr Zimmer était plus âgé que la plupart des parents d'élèves et je me disais qu'il faisait sans doute une blague pour paraître plus jeune. Il m'a tenu la porte des escaliers.

– Merci, ai-je dit.

J'aimais l'odeur de la banque – comme de la poussière propre – et j'ai inspiré profondément. Mr Zimmer est passé devant moi pour me conduire au sous-sol. Au milieu des escaliers, il s'est arrêté et s'est tourné vers moi, l'air grave. Comme il se tenait deux ou trois marches devant moi, il paraissait encore plus petit.

– Je t'ai vue à la bibliothèque avec Greta.

– Ah oui ?

– Le journal… l'article sur le portrait.

– Ah… ça.

Mr Zimmer a froncé les sourcils.

– Votre oncle… Il avait le sida ?

J'ai baissé les yeux et j'ai acquiescé sans les lever.

– Je… C'est juste que… J'ai découvert qu'un de mes amis de fac avait ça.

Il tapotait nerveusement la rampe avec son index.

– Je suis désolée, lui ai-je dit, en évitant toujours son regard.

– C'était horrible ? Est-ce que c'était…

Sa voix trahissait un étrange désespoir. Je n'avais pas envie d'être dans les escaliers menant à la salle des coffres de la banque de New York à parler du sida avec le père de Dennis Zimmer. Je n'avais aucune réponse pour lui.

– Plutôt, lui ai-je répondu.

Mais en vrai, je ne savais pas. C'est pas moi qui étais là à la fin. C'est pas moi qui avais eu le droit d'être là.

– Je suis désolé. Désolé de t'embêter avec ça… désolé pour votre oncle. C'est un très beau tableau.

Au bout des escaliers, il a montré un hall du doigt et j'ai vu l'épaisse porte du caveau. Ça ne ressemblait pas vraiment à un donjon. Pas aussi mystérieux que j'avais espéré. On se serait plutôt cru dans *James Bond.*

– Bon, eh bien nous y voilà. J'ai besoin de ta clé s'il te plaît.

Je l'ai tendue à Mr Zimmer qui a lui aussi sorti une clé de sa poche et, ensemble, les deux clés ont ouvert la voie vers un long coffre tout fin.

– Je vais te donner la pièce numéro trois, qu'est-ce que t'en dis ?

– Parfait.

Mr Zimmer a allumé la lumière.

– Prends ton temps, m'a-t-il dit avant de fermer la porte derrière lui.

La pièce était assez classe, avec du papier peint rouge sombre qui ne montait que jusqu'à mi-hauteur, et de grandes moulures de type ancien délimitant le plafond. On aurait dit que la banque souhaitait que vos biens de valeur se sentent chez eux dans cette belle petite pièce, loin de leur vraie maison.

Je suis restée assise au moins une minute sans ouvrir le coffre. C'était agréable d'être dans ce petit espace privé sous terre. J'ai fermé les yeux et j'ai imaginé que j'étais sous les verrous. Une rebelle retenue prisonnière par un roi. Je me demandais si la pièce était insonorisée. Si quelqu'un m'entendrait si je chantais le *Requiem*.

Quand j'ai sorti le portrait et que je l'ai posé sur la table, mon attention a tout de suite été captée par ces cinq boutons noirs. Toujours là, comme des rouleaux de réglisse oubliés par un enfant.

Ensuite, j'ai cherché le loup. Il n'était pas si facile à remarquer sur le vrai tableau. J'ai dû le redresser et aller me poster à l'autre bout de la petite pièce pour le distinguer, et même comme ça je devais plisser les yeux pour bien le voir. Sur le vrai tableau, il y a toutes sortes de choses dans le fond. Une fenêtre. Un rideau en mouvement. Des bibelots sur le rebord de la fenêtre et des cadres accrochés au mur derrière nous. L'espace négatif était haché et il était presque impossible de capturer le loup, il s'échappait tout de suite. J'y suis parvenue une seconde. Puis il s'est volatilisé.

Mon visage n'avait pas beaucoup changé, mais je me rendais bien compte que je paraissais un peu plus jeune sur le portrait qu'aujourd'hui et que le tableau serait toujours une sorte de miroir magique qui me montrerait la June d'autrefois. L'autre chose qui me faisait regarder le tableau différemment, c'est que à présent, après avoir lu l'article, je voulais connaître le secret que Finn avait peint dans ma tête. J'aurais voulu pouvoir le lui demander.

J'ai scruté Greta de près. D'abord je me suis dit qu'elle n'avait absolument pas changé, mais en fait si. Sur le dos de sa main, on apercevait les contours d'un crâne noir. Il avait peut-être la taille d'une capsule de bouteille et avait dû être peint avec le plus fin pinceau qui soit, du genre de ceux que j'avais aperçus chez Finn, ceux qui ne comptaient qu'un seul poil. Je n'arrivais pas à le quitter des yeux car il me semblait impossible que personne ne l'ait remarqué jusque-là, ni moi, ni ma mère, mais il me semblait tout aussi impossible que quelqu'un l'ait peint depuis. Qui aurait fait une chose pareille ?

J'ai approché ma tête, mon nez touchant au ras de la toile. Je me disais que si je regardais d'assez près, je découvrirais d'où venait la magie. Comment un crâne si délicat avait pu soudain atterrir sur la main gauche de ma sœur. Mais non. Rien.

J'ai remballé le portrait. Quand j'ai ouvert la porte, Mr Zimmer m'attendait.

– Tout va bien ?

– Je me demandais, lui ai-je dit, je me demandais juste si quelqu'un d'autre était venu ici voir le tableau.

– Oh, eh bien, je n'en sais trop rien. Tu sais, avec cette histoire de discrétion.

Il pianotait sur le coffre en métal.

– Mais si j'ai bien compris, pour l'instant, ta sœur et toi êtes les seules à avoir la clé. C'est ce que votre mère nous a dit. Elle a ajouté que c'est ce qu'elle souhaitait.

C'est bien ce que je pensais. Mais alors Greta avait dû venir. Greta avait dû venir avant moi et peindre ce crâne sur sa propre main.

29

Tout semblait sur le point de dégeler définitivement. Nous étions samedi et Greta avait sorti un transat du garage pour s'installer dans le jardin. Mon père lui a demandé de le ranger, mais elle lui a opposé sa moue boudeuse et lui a expliqué qu'elle allait lire un livre pour l'école, alors il s'est laissé attendrir. Elle s'est donc retrouvée là, en short et pull XXL, les yeux fermés, *L'Odyssée* posé sur la poitrine.

Ma mère s'était rendue à Grand Central pour faire quelques courses matinales et, en rentrant, elle portait une liasse de courrier.

– Il y a quelque chose pour toi, Junie chérie.

– Pour moi ?

Elle m'a tendu une grosse enveloppe marron.

– Jeunes fromagers des États-Unis ?

Toby. Je savais que c'était Toby. J'ai essayé de ne pas paniquer.

– Ah oui… Je… C'est un truc d'économie domestique.

– Bon, eh bien voilà pour toi, a-t-elle dit en souriant. Je prendrai un bon camembert bien fait. Si c'est toi qui régales.

– D'accord… ouais. Un camembert.

J'ai laissé tomber l'enveloppe sur la table comme si ça ne m'intéressait pas plus que ça mais, dès que j'ai pu, je l'ai prise et j'ai filé dans ma chambre.

Toby avait envoyé les photos vieillottes de nous deux à *Playland*. Ça m'a fait sourire parce que ce truc secret était passé sous le nez de ma mère sans qu'elle ne se doute de rien.

La photo était couleur sépia et, si je croyais encore aux contes de fées, je dirais que Toby avait presque l'air d'un ange. Il avait les mains jointes derrière le dos et la tête penchée sur le côté, mais ses yeux regardaient en l'air comme s'il venait d'entendre sonner une cloche au-dessus de lui. Il était sur le côté gauche et moi j'étais assise dans un fauteuil au centre de la photo. Je ne souriais pas, ce qui donnait un air plus authentique à l'ensemble, sachant que personne ne souriait jamais sur les photos à l'époque. J'avais les mains croisées sur les genoux et je regardais droit dans l'objectif. Nous portions tous les deux ces grandes fraises bouffantes, ce qui donnait l'impression que nos têtes étaient posées sur un plateau. La photo était pas mal, mais quelque chose clochait.

Après avoir étudié le cliché quelques minutes, je me suis rendu compte que ce qui n'allait pas, c'est tout simplement que c'était une photo, et que bien sûr les photos n'existaient pas à l'époque élisabéthaine, donc même si nous portions tous les deux plutôt bien notre costume, il y avait quelque chose de stupide dans ce cliché. Un côté ridicule. Si j'avais été avec Finn, il s'en serait tout de suite aperçu et nous aurions choisi une époque postérieure à l'invention de l'appareil photo. En une seconde, il m'aurait convaincue de me déguiser en Annie Oakley ou quelqu'un comme ça.

J'ai retourné la photo et j'ai vu que Toby avait écrit un petit mot. *Tu peux me couper si tu veux !* C'était tout. Au début je n'ai pas compris ce qu'il essayait de me dire, mais ensuite j'ai compris qu'il m'autorisait à couper la photo en deux. Que, si je voulais, je pouvais jeter à la poubelle la partie où il était.

Le lendemain matin, dimanche, j'étais assise dans la cuisine avec mes parents, en train de lire les pages comiques du journal. C'était un matin comme les autres, jusqu'à ce que Greta descende. Elle a traversé la cuisine en pyjama en direction de la cafetière.

– La voilà. Notre starlette en herbe, s'est exclamé mon père.

Tous deux l'observaient, rayonnants. Comme s'ils étaient véritablement en admiration devant Greta.

Je les ai considérés tour à tour, pensant qu'ils avaient perdu la tête. Puis j'ai observé Greta pour voir si elle laissait paraître quelque chose. Ses yeux semblaient des fentes.

– Qu'est-ce qui se passe ? ai-je demandé.

– Apparemment Greta ne t'a pas annoncé la grande nouvelle à toi non plus.

J'ai secoué la tête.

– Vas-y, chérie, l'a encouragée mon père, raconte à ta sœur.

– Il y a rien à raconter, a répondu Greta. Je sais même pas si j'ai envie de le faire.

– Bien sûr que si, a dit ma mère. Il faut savoir saisir sa chance…

– Ça va, maman. On sait.

Je les ai regardés un à un.

– Bon alors ? C'est quoi cette grande nouvelle ?

– Mr Nebowitz a appelé hier soir et… a commencé mon père.

– Et, a continué ma mère en lui coupant la parole, il a un ami impliqué dans la production d'*Annie*, à Broadway, et cet ami a demandé à Mr Nebowitz s'il avait une élève qui serait assez douée pour remplacer cet été l'actrice qui joue le rôle de Pepper. Eh bien, celui-ci a répondu qu'il avait une élève très talentueuse qu'il pouvait lui recommander… ta sœur ! Tu te rends compte ?

Greta serrait les dents et tapait du pied sur le sol de la cuisine.

– Maman, je vais sans doute pas le faire, O.K. ? Peut-être l'année prochaine ou je sais pas quand.

Le sourire de ma mère a disparu et elle a mis les mains sur ses hanches.

– Il n'y aura pas d'année prochaine. Tu crois qu'ils vont s'amuser à t'attendre un an ? Même s'ils le faisaient, ce qui m'étonnerait fort, tu serais trop vieille à ce moment-là. Tu ne comprends pas que c'est ta chance, là, maintenant ?

– Peut-être que je m'en fiche, a répondu Greta.

Ma mère a ouvert des yeux ronds.

– Eh bien pas moi. Pour moi, c'est important. C'est le genre de choses dont les gens rêvent. Si tu laisses cette opportunité filer, tu vivras ta vie et, à mon âge, tu seras là dans ta cuisine à te dire que tu as été une parfaite idiote.

Elle devenait de plus en plus rouge.

– Tu crois qu'on nous donne une seconde chance ? Hein ? Eh bien non. La chance fonce comme une flèche et avant que tu ne t'en rendes compte… avant même que tu ne te rendes compte de ce qui s'est passé, elle n'est plus qu'un petit point à l'horizon. Et ensuite ? Ensuite qu'est-ce que tu peux faire ? Rien ! Tu m'appelleras en me disant que tu aurais dû m'écouter. Que tu aurais dû saisir ta chance. Que…

Nous étions tous les trois abasourdis.

– Maman, tu pleures ? ai-je demandé.

Elle a secoué la tête, mais tout le monde voyait bien qu'elle avait les larmes aux yeux.

Finalement, Greta a accepté de jouer dans *Annie*. Il fallait encore que les gens de Broadway viennent la voir sur scène pour être sûrs, mais nous savions tous qu'elle aurait le rôle. Elle irait sur scène et elle jouerait le rôle d'une vraie orpheline. Quand Greta a dit oui, ma mère lui a demandé trente-six fois si elle en était certaine en lui disant qu'il n'y avait pas de pression. Aucune pression d'aucun genre.

30

Nous étions tous à regarder *Sacrée Famille*. Toute la famille ensemble, même Greta qui était plus renfrognée que d'habitude depuis cette histoire d'*Annie*. C'était vraiment sympa et ça ne se produisait que le mardi soir quand *Sacrée Famille* et *Cosby Show* passaient à la télé. J'étais persuadée que Greta ne regardait que parce qu'elle trouvait Alex Keaton, joué par Michael J. Fox, mignon. Je l'ai entendue le dire au téléphone un jour.

– Un peu de pop-corn ? a demandé ma mère à la fin de l'épisode.

– Ouais, ai-je dit.

– Moi aussi.

Mon père avait acheté la machine à pop-corn pour Noël et nous en étions tous ravis. Regarder les grains de maïs être projetés en l'air, éclater puis se frayer un chemin pour atterrir dans le bol, c'était un spectacle en soi.

Les informations ont commencé et l'odeur chaude de beurre fondu s'est mêlée au jugement des crimes de guerre de Klaus Barbie et à la première transplantation cœur-poumon à Baltimore.

– Alors, comment avance ce bon vieux *South Pacific* ? a demandé mon père.

Greta a haussé les épaules.

– Pas trop mal, j'imagine. Peu importe.

Mon père semblait attendre plus de détails, mais Greta a vite saisi le magazine télé et a commencé à le feuilleter.

Ma mère est revenue de la cuisine avec un énorme bol en métal débordant de pop-corn.

– Deux fournées, a-t-elle déclaré. Et plus de beurre que je n'oserais vous dire.

Elle a posé le bol en souriant. Nous nous sommes jetés dessus, saisissant le pop-corn à pleines mains.

Les informations régionales ont pris le relais, en commençant par un incendie à Mount Kisco qui avait détruit tout un immeuble. Puis ça a été l'histoire d'un juge à Yonkers qui avait déplacé tout son tribunal dehors sur le parking parce que le prévenu avait le sida. « Un peu de soleil et d'air frais », commentait le juge, expliquant qu'il pensait que c'était plus prudent pour les participants au procès de ne pas rester dans un petit tribunal exigu en présence de microbes pareils. Les journalistes interrogeaient des passants pour voir s'ils trouvaient le juge raisonnable. Une dame a dit qu'elle n'en était pas certaine, mais qu'il valait mieux prévenir que guérir. Puis un homme s'est exclamé : « C'est pas le juge qui est fou, c'est le sida qui est fou. »

Puis ils ont enchaîné avec un reportage plus général sur le sida. Comme toujours, ils ont commencé avec des images tournées dans une espèce de boîte de nuit glauque à New York, filmant quelques gays, vêtus de tenues en cuir grotesques, en train de se déhancher. Je n'arrivais même pas à m'imaginer Finn dansant toute la nuit comme une sorte de cow-boy à moitié nu. Ça aurait été bien que, pour une fois, ils montrent des types simplement assis dans leur salon en train de boire du thé et de parler art ou cinéma. S'ils diffusaient des scènes de ce genre, peut-être qu'alors les gens diraient : « Oh, d'accord, ils ne sont pas si étranges. »

J'étais sur le point de monter dans ma chambre quand le présentateur a introduit un reportage sur l'AZT, un médicament qui, apparemment, aidait les gens à survivre, malgré le sida. Je me suis rassise, attendant de voir ce qu'il allait en dire et je n'ai pas pu me relever. La FDA, l'agence qui contrôle tous les médicaments aux États-Unis, venait d'autoriser sa commercialisation. Il serait accessible au public d'ici à six mois.

Aucun de nous n'a rien dit. L'injustice de ce que nous venions d'entendre nous avait tous rendus muets. Mes poings se sont serrés sur le tissu du canapé. Finn l'avait raté. Quelques mois de plus et…

Ma mère s'est levée et a quitté la pièce sans se retourner, mais j'étais incapable de bouger d'un pouce. Un journaliste scientifique a pris la parole pour donner plus de détails sur l'action de l'AZT, mais je n'entendais plus rien. Mon père, qui est en général le plus calme d'entre nous, a hurlé « Assez » à l'écran. Puis il a traversé la pièce en trombe, a frappé le bouton off avec sa paume et il est sorti.

31

Nous étions le 18 mars, trente-sept jours après la mort de Finn. Mr Zerbiak parlait des trous noirs en cours de géologie. Les trous noirs ne sont pas vraiment une question de géologie, mais Mr Zerbiak est comme ça. Adam Bell avait posé une question sur une météorite trouvée dans son jardin et, l'instant d'après, Mr Zerbiak avait dit qu'il « allait faire une petite digression mais... » et, évidemment, tout le monde s'est soudain mis à écouter avec attention. Si les professeurs faisaient croire à leurs élèves que tout ce qu'ils disent est « une petite digression », tout le monde à l'école n'aurait que des A. C'est en tout cas ce que je ferais si je devenais professeur un jour, ce que j'envisagerais très sérieusement si la fauconnerie ne marchait pas. On voyait une certaine lueur dans les yeux de Mr Zerbiak quand il faisait une digression, comme s'il avait toujours rêvé d'être astronome plutôt que professeur de géologie. Ses mains s'agitaient dans tous les sens tandis qu'il expliquait, intarissable, les secrets de la gravité et des vitesses de libération.

Tout le monde levait la main, essayant d'empêcher Mr Zerbiak de revenir au contenu du cours aussi longtemps que possible. J'ai moi aussi levé la main pour demander si c'était vrai que les trous noirs étaient peut-être des passages secrets vers d'autres époques. J'avais lu ça un jour, que certains trous noirs pourraient fonctionner comme des machines à remonter le temps.

– Ça m'étonnerait. Ça nous emmènerait dans le domaine de la science-fiction, mademoiselle Elbus, m'a-t-il répondu avant de dire que nous nous étions beaucoup trop éloignés du sujet et que nous devions y revenir.

Toute la classe a grogné. J'ai vu que Jenny Halpern me regardait d'un air mauvais. Ça n'avait pas grande importance, cela dit, parce que je ne verrais pas Jenny Halpern ni aucun autre pendant quelques jours. Le lendemain était une journée pédagogique. Pas cours.

J'avais appelé Toby quelques jours plus tôt pour lui dire que j'allais lui rendre visite. Au téléphone, il semblait ne pas en croire ses oreilles. Moi je me disais : *T'excite pas trop coco*, parce que pour moi tout ça n'était qu'une mission. Une mission pour récolter tout ce qu'il pouvait m'apprendre de Finn.

Greta prenait le train pour aller au centre commercial de White Plains avec Julie et Megan. J'ai dit à ma mère que j'allais peut-être aller à la bibliothèque, ce qui d'une certaine manière ne me semblait pas être un trop gros mensonge. Elle m'a demandé si j'allais retrouver Beans et j'ai répondu que c'était possible, ce qui pour le coup était un mensonge éhonté, mais ça l'a fait sourire. Tout ça pour dire que j'allais pouvoir passer toute la journée à New York sans que personne ne s'en préoccupe.

J'ai pris le train suivant, pour ne pas me retrouver avec Greta, et tout le long du trajet j'ai eu l'impression que le monde entier voyait que je n'étais pas censée être là. J'avais chaussé mes bottes médiévales et, juste avant de partir, je m'étais faufilée dans la chambre de Greta pour lui piquer un peu de son parfum *Jean Naté*. C'était comme si je me déguisais, comme si je me camouflais sous l'odeur de Greta. Dans ce train vers New York, j'avais l'impression d'être quelqu'un d'autre, quelqu'un qui sentait le citron et le talc au lieu de sentir la bonne vieille June.

Toby m'avait dit de prendre un taxi entre Grand Central et l'appartement. J'ai regardé par la fenêtre tout du long parce qu'il pleuvait et que c'est comme ça que je préfère New York. On a l'impression que la ville vient d'être astiquée. Toutes les rues luisent et, partout, les lumières contrastent avec l'obscurité. C'est comme si tout avait été trempé dans du sucre liquide. Comme si New York était une sorte de grosse pomme d'amour.

Toby m'avait dit qu'il attendrait dehors pour payer le taxi à mon arrivée. L'immeuble de Finn n'a pas de gardien. Il faut sonner pour entrer et, quand nous nous sommes arrêtés, j'ai aperçu Toby, debout dans l'espace étroit entre la porte qui donne sur la rue et une autre porte qui mène à l'immeuble. Il a quitté son refuge en souriant, et j'ai vu qu'il portait l'un des gilets de Finn. Sur Finn il était grand et ample, mais sur Toby il était trop court et un peu moulant. Ça ne lui allait pas du tout. C'en était presque gênant. J'ai dû froncer les sourcils car, quand Toby s'est précipité sous la pluie pour m'ouvrir la portière, la première chose qu'il m'a dite c'est :

– Tout va bien ?

J'ai dit que oui. J'essayais de m'empêcher de regarder le pull marron de Finn, si doux, mais c'était plus fort que moi. Toby l'a remarqué et n'a pas su quoi dire.

– Ouais, bon, a-t-il dit en se voûtant un peu et en baissant la tête.

Puis il a payé le chauffeur de taxi et lui a fait signe de s'en aller, sans même attendre qu'il lui rende la monnaie.

– Après toi.

Il avait bloqué la porte de l'immeuble avec un gros annuaire de Manhattan qu'il a ramassé quand nous sommes entrés. Il a tendu son long bras au-dessus de mon épaule pour appeler l'ascenseur. La porte était en acier et, dans le reflet, j'ai aperçu Toby qui me regardait.

– Merci, m'a-t-il dit. Merci, June, d'être venue.

– C'est pas grand-chose, ai-je répondu, même si, pour moi, c'était fou d'aller à New York sans que personne de ma famille ne le sache.

L'ascenseur de l'immeuble de Finn était vieux et lent et j'avais toujours l'impression qu'il mettait une éternité pour arriver au douzième étage.

– C'est ouvert, a dit Toby quand nous sommes arrivés devant la porte.

J'ai mis la main sur la poignée puis je me suis ravisée et je me suis tournée vers Toby.

– Ça a changé ?

Je ne voulais pas avoir l'air inquiète, mais c'est comme ça que c'est sorti.

Toby n'a pas répondu, il a juste passé le bras au-dessus de ma tête pour pousser la porte et nous y étions. L'appartement de Finn. Fidèle à lui-même. Le tapis turc. L'éléphant en papier mâché sur ce vieux coffre sculpté. Ces photos en noir et blanc des mains de mon grand-père qu'il avait prises de si près qu'on aurait dit le paysage d'une autre planète. Il y avait une photo de chaque main, droite et gauche, encadrées et accrochées de part et d'autre de l'immense fenêtre qui donnait sur la 83e Rue. La seule différence, c'est que l'appartement ne sentait plus l'orange et la lavande. À présent, ça sentait plutôt le tabac froid.

Toby a soulevé un tas de papiers, de livres et de vêtements du canapé et a empilé le tout sur l'une des chaises.

– Aaaaah, c'est déjà mieux, s'est-il exclamé. Viens, assieds-toi.

Il avait l'air nerveux, souriant trop et se faisant du souci pour un rien, comme pour un coussin un peu chiffonné ou un tableau pas très droit. Il avait enlevé le gilet de Finn en entrant dans l'appartement, dévoilant un tee-shirt noir miteux qui venait du Musée d'histoire naturelle, recouvert d'os de dinosaures qui brillaient dans le noir. Au bout d'un moment, il s'est assis sur le canapé en face de moi.

– Alors, qu'est-ce que tu as pensé de la photo ?

Il semblait plein d'espoir.

– J'aime bien.

– Formidable, m'a-t-il répondu, l'air un peu surpris. Je me disais qu'il y avait quelque chose d'un peu, comment dire, bizarre. Mais je suis content qu'elle te plaise.

– Ben… c'est vrai qu'elle est un peu bizarre.

– Oh.

– Mais dans le bon sens. Comme de l'art.

Toby, qui avait paru inquiet quelques secondes plus tôt, souriait à présent jusqu'aux oreilles.

– Oui. Comme de l'art. Exactement comme de l'art.

Il m'a regardée comme s'il pensait que j'étais la personne la plus intelligente qu'il ait jamais rencontrée.

– Comme je te l'ai déjà dit, tu peux me couper si tu veux. Il y a un grand vide entre nous deux. Ça ne me pose vraiment aucun problème.

– Non, non. Je ferais pas une chose pareille.

– Elle est à toi maintenant de toute façon, donc si tu changes d'avis…

– J'ai pas envie de te couper, je t'assure.

Après cet échange nous ne savions plus très bien quoi nous dire. Au bout de quelques minutes, Toby s'est levé.

– Un peu de thé ?

Pendant qu'il était à la cuisine, j'ai observé l'appartement sans être vue. Le vieux fauteuil en velours bleu de Finn était toujours là. Le siège était tout usé, mais le dossier était impeccable parce que Finn se penchait toujours en avant quand il y était assis, en direction du chevalet devant lui.

Sur la cheminée était posée une lampe que Finn avait fabriquée en plongeant une ampoule dans un bocal rempli de morceaux de verre poli. Certains avaient toutes les nuances de vert possibles et imaginables et, quand on allumait la lumière, on aurait dit un objet venu tout droit du futur. À côté de la lampe se trouvait un échiquier que Finn avait créé quand il étudiait à l'école d'art. Il disait qu'il le gardait pour se rappeler de ne jamais, au grand jamais, devenir un idiot prétentieux. Toutes les cases étaient noires et il était donc difficile de savoir si nous étions placés au bon endroit. Les pièces étaient ces espèces de minuscules crânes de rats qu'il avait vernis. Chacune portait un signe distinctif permettant de les identifier. Les fous avaient une petite croix au sommet et les cavaliers une petite tête de cheval. Mais, à part ça, elles étaient toutes pareilles. Presque identiques, à moins de regarder de très près pour distinguer les différences. Par exemple, l'un des crânes avait peut-être une dent cassée. Je n'ai jamais compris ce que cet échiquier avait de prétentieux. Il était glauque, mais je l'aimais bien.

Je tenais l'un des crânes dans ma main quand Toby est réapparu avec le thé.

– Ça te dit de faire une partie ?

J'ai haussé les épaules.

– Si tu veux.

Je ne savais pas vraiment jouer aux échecs, mais je ne voulais pas l'avouer à Toby. J'ai apporté l'échiquier et l'ai placé sur la table basse entre nous.

Il avait préparé le thé dans une théière blanche banale qui gouttait quand il servait. Rien à voir avec la théière russe. Je voyais bien qu'il pensait la même chose, mais aucun de nous n'a fait de réflexion.

– Tu veux du sucre ? m'a demandé Toby en brandissant une cuillère au-dessus d'un paquet de sucre à moitié entamé.

Finn mettait des morceaux de sucre dans une petite soucoupe, avec une pincette qui ressemblait aux serres d'un petit oiseau. Toby n'était probablement pas au courant car il a juste apporté le paquet de sucre tout froissé.

– Deux, ai-je dit.

– Parfait. J'aime les femmes qui savent apprécier le sucre.

Je me suis détournée et j'ai souri, fière qu'il m'ait désignée comme une « femme ». Toby a versé deux cuillerées de sucre dans ma tasse, puis au moins quatre dans la sienne.

Il a sorti un paquet de cigarettes de sa poche et en a pris une. Puis il m'a regardée, ne sachant pas très bien ce qu'il était censé faire.

– Est-ce que tu…

Il m'a montré le paquet en fronçant les sourcils. C'était la première fois que quelqu'un me proposait une cigarette et je me suis demandé si Toby connaissait mon âge.

J'en ai pris une et je l'ai remercié, comme si je faisais ça tout le temps. À la manière de Greta, sans rien laisser paraître.

Toby les a allumées toutes les deux avec un briquet orange fluo.

– Aaah, voilà qui est plus civilisé, a-t-il déclaré en inhalant profondément, semblant soudain se détendre un peu.

J'ai pris une toute petite bouffée et je me suis mise à tousser. J'ai posé la cigarette dans le cendrier, m'attendant à ce que Toby se moque de moi, mais il n'en a rien fait.

– Toi ou moi ? a-t-il demandé en désignant l'échiquier de la tête.

– T'as qu'à commencer. Ça m'est égal.

Toby a installé toutes les pièces puis a bougé l'une des siennes.

J'ai observé ce qu'il faisait, puis j'ai fait presque la même chose de mon côté.

– Elles sont où toutes tes affaires *à toi* ? ai-je demandé en scrutant l'appartement.

Il a hésité, croisant ses jambes dégingandées. Il a examiné l'échiquier puis il a avancé l'un de ses pions.

– Eh bien, tu sais, certaines de ces choses m'appartiennent.

J'ai de nouveau balayé l'appartement du regard. Je ne voyais que les affaires de Finn. Les mêmes choses qui étaient là depuis toujours. J'ai bougé un de mes pions, prêtant à peine attention le jeu.

– Comment ça ?

Toby ne m'a pas regardée dans les yeux. Il avait le doigt sur un de ses cavaliers, mais il l'a retiré et a bu une gorgée de thé. Puis il a pris une grande bouffée de cigarette avant de poser celle-ci sur le bord du cendrier. Il ne me regardait toujours pas et j'ai soudain commencé à comprendre ce qu'il voulait dire. J'ai encore tout balayé des yeux, cette fois-ci avec méfiance.

– Eh bien… a-t-il commencé en avançant son cavalier jusqu'au milieu de l'échiquier.

– Alors, quelles sont les choses qui t'appartiennent ?

J'ai tracé un cercle dans l'air pour désigner l'ensemble de la pièce.

– Ça fait presque huit ans que j'habite ici, June. C'est difficile de te dire *précisément* ce qui est à moi.

Huit ans. Huit *ans* ? Il y a huit ans, j'en avais six. Il mentait forcément.

– Je veux savoir quand même. Je veux savoir ce qui est à toi.

Toby m'a scrutée comme s'il commençait vraiment à avoir de la peine pour moi. Il a jeté un coup d'œil autour de la pièce, puis a montré la grande étagère en bois près de la porte.

– Ce bocal. Ces médiators. Ils sont à moi, par exemple.

Les cornichons de guitare de Finn. Ces médiators, ou ces plectres comme Finn me demandait de les appeler si je voulais donner l'impression de m'y connaître. Quand j'étais enfant, je passais des heures et des heures à jouer avec. À les renverser sur le tapis pour voir toutes les belles couleurs qui faisaient penser à des bonbons. Des heures et des heures à les trier, à les empiler et à en faire des grandes lignes comme des routes qui traversaient l'appartement de Finn. Je faisais des concours avec Greta pour voir qui trouverait le plus joli parmi ce tourbillon de motifs dans le bocal. Ils étaient forcément à Finn !

– Tu en es sûr ?

– June, Finn ne savait pas jouer de la guitare. Tu le sais, n'est-ce pas ? Les instruments de musique, c'était pas trop son truc.

Je ne le savais pas. Bien sûr que je ne le savais pas, parce que je ne savais rien.

– Ouais, évidemment que je le sais. T'as rien à m'apprendre de Finn. C'était *mon* oncle.

J'ai saisi mon roi pour l'installer en plein milieu de l'échiquier. Toby a fait avancer un pion de trois cases en avant.

– Je voulais pas…

– Et pourquoi Finn m'a jamais parlé de toi, hein ?

J'essayais tant bien que mal de ne pas laisser transparaître ma colère dans ma voix.

Toby a haussé les épaules et a baissé la tête.

– Je sais pas. J'imagine que je suis pas très intéressant. Regarde-moi. Je ressemble à rien, je…

– C'est pas une excuse. Moi non plus je suis pas très intéressante, mais tu savais des choses sur moi, pas vrai ?

– June, écoute, j'étais jaloux de *toi*, tu sais.

Cette phrase m'a vraiment agacée parce que moi, je ne suis pas quelqu'un de jaloux. Pas du tout. Pourquoi est-ce que *moi* je serais jalouse ? De quoi est-ce que je devrais être jalouse ? J'ai dévisagé Toby, juché sur le bord du canapé, voûté, les jambes croisées, essayant de recroqueviller son grand corps tout maigre. Toby avec son accent stupide. Anglais, mais pas le vrai accent anglais. Pas l'accent de *Chambre avec vue* ou de *Lady Jane*, mais une espèce de grosse bouillie que je n'avais jamais entendue nulle part. Je l'observais, assis là avec les cartes qu'il avait à jouer. Des jeux entiers de cartes surprises qu'il pouvait sortir à tout moment. Des anecdotes de Finn et lui dont je n'avais pas idée. Pas comme moi. Mon jeu était mince. Presque épuisé à force d'avoir été battu dans ma tête encore et encore. Mes anecdotes sur Finn étaient banales et sans intérêt. Courtes et idiotes.

– Je suis pas jalouse.

– D'accord. Désolé. Bien sûr que non.

Toby a gratouillé le bras du fauteuil avec son doigt, puis m'a considérée.

– Mais moi si. J'étais jaloux de toi. Tous ces dimanches…

Il disait ça seulement pour que je me sente mieux. Je le voyais bien.

– Et t'es plus jaloux ?

– Non, plus vraiment.

– Parce que Finn est mort ?

Toby tripotait la manche de son pull. C'était un autre détail que j'avais remarqué. Il était toujours à tripoter quelque chose. Pourquoi Finn, qui aurait sans doute pu choisir n'importe qui comme petit ami, comme prétendu *ami particulier,* s'était-il entiché de Toby ?

– Ouais, sûrement, a-t-il répondu.

Il a baissé les yeux puis les a levés vers moi. La pluie martelait la fenêtre et nous sommes restés silencieux un long moment, à boire notre thé froid. Toby a allumé une autre cigarette.

Je regardais l'échiquier car je ne voulais pas que Toby voie l'expression de mon visage. J'ai fini par me lever en disant qu'il fallait que j'aille aux toilettes. J'ai pris le couloir et j'ai tout de suite remarqué que la porte de la chambre de Finn était ouverte – cette porte qui avait toujours été fermée, privée. Chaque fois que j'étais venue, elle était close. Je suis allée jusqu'à la porte de la salle de bains et je l'ai fermée, mais je ne suis pas entrée. Au lieu de ça, je suis revenue sur mes pas sur la pointe des pieds et je me suis arrêtée devant la chambre de Finn. La pièce était dans la pénombre, un filet de lumière perçait à travers un léger rideau blanc. J'ai observé quelques instants, sur le pas de la porte. Puis j'ai fait ce que je savais très bien ne pas devoir faire. Je suis entrée.

Il y avait une grande guitare rouge dans un coin. Deux paires de pantoufles, deux peignoirs sur le dossier sur une chaise. L'un était le peignoir jaune de Finn. L'autre était bleu.

Le lit était défait et j'ai essayé de deviner de quel côté Finn dormait. Ça m'est apparu comme une évidence. Sur l'une des tables de nuit étaient posés deux paquets de cigarettes vides, une bouteille de gin à moitié pleine et des papiers de chocolats. Sur l'autre, un réveil ancien et un cadre avec trois photos. Je me suis avancée et j'ai saisi le cadre. L'image du haut était une photo de Finn et Toby. Elle était en noir et blanc et semblait avoir été prise à Londres car il y avait un de ces gros taxis noirs dans le fond. Ils avaient tous deux l'air jeunes et si heureux. Toby était plus grand que Finn et il avait la joue posée sur le haut de sa tête. J'ai caché le visage de Toby avec mon pouce, pour ne plus voir que Finn. Juste Finn avec mon pouce en guise de chapeau. Sur la photo du milieu, c'était Greta et moi quand nous étions petites. Nous étions dans l'appartement de Finn, chacune à peindre sur un chevalet. La troisième était la plus ancienne. C'était Finn et ma mère. Une photo de vacances. Une plage quelque part.

J'ai tendu l'oreille une seconde pour m'assurer que Toby ne venait pas me chercher, puis j'ai grimpé sur le lit. Je me suis mise du côté de Finn et je me suis enveloppée dans les draps. C'est là que Finn et Toby faisaient l'amour. C'était peut-être le lieu du crime. C'était peut-être l'endroit précis où Toby avait transmis le sida à Finn. J'ai sorti mes mains de sous les draps et je me suis enfoui le visage dans l'oreiller de Finn. Privé. Voilà ce que privé signifait.

– C'est à qui de jouer ? ai-je demandé à Toby en revenant dans le salon. Je faisais de gros efforts pour que ma voix ne me trahisse pas.

– Écoute, je sais même pas vraiment jouer aux échecs, June. J'aurais dû te le dire.

J'ai regardé ces petits crânes de rats éparpillés sur la surface lisse de l'échiquier noir, nous deux en train de les pousser de tous les côtés, comme si ça avait un sens.

– Moi non plus.

– Dans ce cas, ça n'a pas d'importance. Avance où tu veux.

J'ai pris mon temps, observant mes pièces une à une. J'ai posé l'index sur un cavalier et je l'ai lentement fait glisser en ligne droite jusqu'au roi de Toby.

– Vas-y, a-t-il dit. Fais ce que tu dois faire.

Toby s'est levé du canapé et a traversé la pièce à grandes enjambées. Il me tournait le dos et, d'une pichenette, j'ai fait valser son roi, le faisant tomber de l'échiquier. Mais, avant qu'il ne se retourne et constate ce que j'avais fait, je l'ai vite ramassé et remis à sa place.

Toby m'a demandé si j'avais faim et, je n'ai pas eu le temps de lui répondre qu'il était déjà en train d'enfiler son manteau en se dirigeant vers la porte. Il s'est arrêté devant le bureau de Finn, a ouvert le troisième tiroir et en a sorti une poignée de billets qu'il a fourrés dans sa poche.

– Aah, avant que j'oublie.

Il a fait demi-tour et a couru dans la chambre. À son retour, il portait un petit paquet bleu.

– Pour toi, m'a-t-il dit.

Je l'ai pris et l'ai tourné dans tous les sens.

– De la part de Finn. C'était à lui. Il m'a dit de te le donner si un jour tu venais à l'appartement. Un cadeau d'anniversaire tardif en quelque sorte.

Je devinais que c'était sans doute un livre. Il était emballé dans une sorte de papier de soie chinois recouvert de papillons bleus. Je me suis dit que si je le gardais dans mes mains ou que je le regardais trop longuement, je risquais de fondre en larmes devant Toby, ce que je ne souhaitais pas particulièrement. Je me suis contentée d'un « merci » et je suis allée le ranger dans mon sac à dos. Puis nous sommes sortis.

À peine étions-nous dehors dans la rue que le vent et l'humidité m'ont pénétrée jusqu'aux os, me faisant claquer des dents comme une folle. Nous avons dépassé plusieurs rues, Toby nous abritant sous un grand parapluie noir. Nous avons marché jusqu'à Columbus Avenue puis, au bout d'un moment, Toby s'est arrêté et a montré un restaurant chinois du doigt, l'*Imperial Dragon*. C'était le genre d'endroit avec des lanternes laquées rouges et de grands aquariums où nagent des poissons scorpions au-dessus de petites pagodes posées sur des gravillons multicolores. Toby a commandé trois plats alors même que nous n'étions que tous les deux. Et des rouleaux de printemps. Et de la soupe won-ton. Et deux bols supplémentaires de nouilles sautées au canard. Nous avons tout dévoré comme des loups affamés, sans dire un mot.

Nous venions de terminer. J'étais en train de mettre un peu de sucre dans ma petite tasse de thé chinois.

– Eh, a dit Toby, voilà pour toi.

De sous la table, il a sorti une serviette dorée qu'il avait pliée en forme de papillon.

Je l'ai observé. C'était l'astuce de Finn. Toby était en train de voler l'astuce de Finn juste sous mes yeux.

– Non, merci, lui ai-je dit en le repoussant à l'autre bout de la table.

– Tu n'aimes pas les papillons ?

Il tenait le papillon doré dans le creux de sa main. Il le regardait comme un oiseau blessé.

– J'ai rien contre les papillons, lui ai-je répondu.

– Les serviettes alors ? Un de ces rares cas de serviettophobie dont j'ai entendu parler ?

J'ai levé les yeux au ciel.

– Comment est-ce que t'as appris ça d'abord ? Qui t'a appris à faire un papillon ?

J'attendais qu'il réponde « Finn » et j'aurais alors lancé : « Je m'en doutais. »

Toby a délicatement posé le papillon à côté de sa tasse.

– Ça vient d'un livre d'origami. Quand j'étais gamin. C'est une des petites choses que je sais faire avec mes mains. Les tours de cartes, le cirque à puces, la guitare, les origamis. Quand… Si tu apprends à me connaître, je te montrerai des trucs.

D'un coup, j'ai eu une vision de Toby en train d'apprendre à Finn à faire des papillons avec un carré de tissu. Sa main guidant celle de Finn. Tous deux riant quand Finn se trompait. *Tous les deux*, ai-je pensé, et j'ai senti une grande tristesse m'envahir.

– Oh, ai-je dit à Toby sans le regarder dans les yeux, c'est pas mon truc, c'est tout.

– Chacun ses goûts.

D'un geste brusque, il a lancé la serviette en l'air. J'ai observé tous les plis du tissu doré se défaire et le petit papillon disparaître, laissant Toby avec une vieille serviette banale entre les mains.

Mais la tristesse ne m'a pas quittée. Je n'étais pas seulement triste parce que je ne faisais pas partie du monde de Toby et Finn, mais parce qu'il y avait aussi des choses que j'aimais chez Finn qui ne venaient pas du tout de lui. À présent, mon souvenir de Finn en train de faire le papillon au restaurant était complètement faussé. Et si tout ce que j'aimais chez

Finn venait en réalité de Toby ? Peut-être que c'est pour ça que j'avais l'impression de connaître Toby depuis des années. Peut-être que, pendant tout ce temps, Toby brillait à travers Finn.

– Je suis désolé. Pour tout ça, a soupiré Toby au bout d'un moment. Si tu reviens, je te promets que ce sera plus sympa. Le pire est derrière nous, d'accord ?

Je ne le croyais pas. Pour moi, le pire ne serait jamais passé. Mais, comme à la gare, Toby m'a promis qu'il avait d'autres choses à me donner. Des choses que Finn voulait que je récupère.

– Je viendrai te chercher, d'accord ? Je te trouverai. Toi, tu n'as rien à faire.

J'ai haussé les épaules.

– Si ça vous fait plaisir.

– Oui, June.

– D'accord, mais il faut que ce soit un jeudi. C'est le seul jour possible pour moi.

– Va pour le jeudi.

– *Un* jeudi, pas le jeudi.

Toby a souri et a levé les mains en l'air comme pour se rendre.

– Très bien. Comme *vous* voudrez. Un jeudi. Commençons avec ça.

Toby a ouvert son parapluie et s'est mis à faire de grands signes aux taxis qui passaient devant l'*Imperial Dragon*. Quand l'un s'est arrêté, Toby a posé sa main sur mon épaule et m'a tirée en arrière pour que je ne me fasse pas éclabousser.

– Attention à toi.

C'était gentil. Ce petit geste. Mais au lieu de dire « merci », je me suis débarrassée de sa main en haussant les épaules et lui ai répondu :

– Je sais comment attendre un taxi.

– Je sais bien.

Il a penché la tête pour me forcer à le regarder.

– Tu sais, si tu as besoin de quelque chose… quoi que ce soit…

Puis il m'a ouvert la porte du taxi et je suis montée. Tandis que le taxi attendait pour démarrer, Toby a frappé à ma vitre. Je l'ai baissée.

– Quoi que ce soit. Vraiment…

Puis le taxi s'est éloigné, les pneus crissant sur l'asphalte trempée, laissant Toby là, au milieu d'une phrase. De toute façon, ça n'avait aucune importance. Je ne voyais absolument pas ce dont j'aurais pu avoir besoin de la part de Toby. Mais alors pas du tout.

32

Quand j'avais douze ans et demi, juste avant d'apprendre que Finn était malade, j'avais passé quatre jours entiers dans son appartement. C'était le week-end du 4 juillet et Greta était en colonie de vacances à Rhode Island tandis que mes parents avaient organisé un petit voyage dans le Maine avec les Ingram et un autre couple. Ils avaient essayé de trouver un autre endroit pour me loger, mais tout le monde était parti, du coup, j'avais eu de la chance. J'avais atterri chez Finn.

Chaque soir, Finn descendait *La Joie de cuisiner* de l'étagère de la cuisine. Il le tenait en l'air et disait : « Bon, qu'est-ce qu'on va donner à manger au Crocodile ce soir ? » Il pianotait sur le livre comme s'il était sur le point de chercher une recette. Mais je connaissais son astuce. Finn avait vidé ce livre et l'avait transformé en une boîte secrète où il gardait les menus de tous les meilleurs restaurants de la ville. Chaque soir le même rituel. Nous les épluchions jusqu'à trouver exactement ce dont nous avions envie. Chaque soir un pays différent. C'était comme ça chez Finn. Non que Finn ne sache pas cuisiner. Il disait qu'il ne voulait marcher sur les pieds de personne. « Les gens devraient faire ce qu'ils font le mieux. Nous, on fait que les aider, pas vrai Crocodile ? »

Le 4 juillet, qui tombait un samedi, j'ai demandé si nous pouvions aller assister aux feux d'artifice quelque part. Finn a haussé les épaules.

– Honnêtement, June, je suis pas un grand fan. Je vois pas l'intérêt.

– Ben, c'est la fête nationale, c'est le jour de l'Indépendance !

– L'indépendance de quoi d'abord ?

– Tu sais bien. Des Anglais.

– Bon, dis-moi alors, pourquoi on leur en veut autant à ces Anglais ?

– J'en sais rien. Ils nous faisaient payer des impôts et des trucs du style, non ? Ils nous inondaient avec leur thé et ensuite, ils nous faisaient payer plein d'impôts dessus.

– Les impôts, c'est pas la fin du monde.

– Va dire ça à papa et maman.

Nous avons tous deux éclaté de rire. Finn s'était laissé pousser les cheveux et il les mettait derrière ses oreilles mais, chaque fois qu'il riait, quelques mèches lui retombaient dans la figure. Je voulais m'approcher et les remettre en place, mais je savais que ce serait bizarre.

– J'ai beaucoup d'amis anglais, June.

Il a marqué une pause.

– Tu sais, un de mes meilleurs amis est anglais.

Il m'a regardée, comme s'il espérait que j'allais lui poser des questions sur son ami. Et j'avais failli le faire. C'est le seul moment dont je me souvienne où j'aurais pu découvrir l'existence de Toby. Des huit dernières années, c'est le seul moment comme ça. Si je lui avais demandé, peut-être que Finn aurait tout déballé. Mais ce jour-là ressemblait à tous les autres. Je ne voulais pas penser que Finn avait d'autres grands amis. J'avais envie de croire qu'il était comme moi. Que nous étions tout l'un pour l'autre. Je ne lui ai donc posé aucune question. J'ai laissé passer l'occasion. Au lieu d'embrayer, j'ai levé les yeux au ciel.

– Les Anglais ne sont plus diaboliques *aujourd'hui*. Évidemment que maintenant ils sont gentils et inoffensifs.

Finn m'a donné une petite tape dans le dos.

– Tu as raison. Va chercher ton manteau. Je connais un toit d'où on a une vue imprenable.

Cette nuit-là, Finn me tenait la main et ensemble nous avons traversé la ville. Je savais que ma paume était moite, mais Finn n'a rien dit. S'il y avait quelque chose ou quelqu'un que nous voulions que l'autre remarque, nous exercions une petite pression sur sa main. Pas trop forte, juste assez pour signifier qu'il y avait quelque chose à remarquer. Nous avions toujours fait ça. En général, c'était Finn qui pressait ma main, parce qu'il voyait toujours les choses le premier, et alors je devais vite observer tout autour de moi jusqu'à ce que je remarque ce à quoi il pensait. Mais, cette nuit-là, il y avait tellement de gens étranges dans tous les sens que nous n'arrêtions pas de presser en même temps nos mains serrées, paume contre paume. Parfois je pressais sa main même quand je n'avais rien remarqué de spécial, juste parce que c'était plus fort que moi. Je regardais Finn observer tout autour de lui jusqu'à ce qu'il abandonne et se tourne vers moi d'un air perplexe. Je me mettais alors à rire et il cognait son épaule contre la mienne. J'adorais ça.

Arrivée à Grand Central, j'ai pris le train de 15 h 37 pour rentrer à la maison. Il avait cette odeur de train de banlieue, mélange de parfum, de transpiration et de papier journal, et il était presque plein. J'ai eu de la chance et j'ai trouvé deux sièges vides au bout d'un rang. Je savais que ça ne se faisait pas, mais j'ai mis mon sac à dos sur le siège à côté de moi pour que personne ne vienne s'y asseoir.

J'avais le petit paquet sur les genoux, enveloppé dans le papier cadeau bleu à papillons. Je ne l'ai pas déballé tout de suite car j'avais peur d'ouvrir quelque chose venant d'un mort. Surtout d'un mort que j'aimais. Ouvrir un cadeau de la part d'un vivant était déjà assez effrayant. Il y avait toujours la possibilité que le cadeau soit complètement à côté de la plaque, pas du tout le genre de choses qui nous plaisent, et qu'on se rende compte qu'en fait la personne ne nous connaît pas du tout. Je savais que ce ne serait pas le cas avec ce cadeau de Finn. Ce qui me faisait peur, c'est que je savais qu'il serait parfait, absolument parfait. Et si jamais personne d'autre n'arrivait à me connaître comme ça ? Et si je passais le reste de ma vie à recevoir des cadeaux médiocres - des sels de bain, des boîtes de chocolats, des chaussettes pour la nuit - sans trouver personne qui me connaisse aussi bien que Finn ?

J'ai caressé le papier soyeux les yeux fermés, puis j'ai retiré le scotch aussi soigneusement que possible. Il était assez solide donc ce n'était pas difficile de le décoller sans tout déchirer. Le papier cadeau irait rejoindre tous mes objets secrets et précieux au fond de mon armoire.

J'ai sorti le livre et l'ai posé sur mes genoux.

Le *Calendrier de la femme médiévale.*

Le livre était bordeaux et la couverture une reproduction d'un tableau où des hommes et des femmes du Moyen Âge ramassaient des pommes et des poires. Une femme, au beau milieu, tenait un panier de pommes en équilibre sur sa tête. Elle avait une main sur son ventre, laissant penser qu'elle avait peut-être mangé trop de fruits.

J'ai serré le livre contre mes genoux, ayant peur de l'ouvrir car Finn était le genre de personne à toujours écrire un petit mot dans les livres et je ne voulais pas me retrouver en larmes dans le train. Alors, au lieu d'ouvrir à la première page, j'ai feuilleté quelques pages au hasard.

C'était un chouette livre. Il y avait à gauche des peintures et, en face, le calendrier de chaque semaine. Pour juillet, il y avait des sculptrices, une boulangère et deux apicultrices. Pour août, il y avait une femme qui vendait des poireaux, trois maçonnes construisant un mur autour d'une ville, et une chirurgienne en train de pratiquer une césarienne. Sur cette image, le bébé est à moitié sorti et ressemble étrangement à une petite fille de huit ans plutôt qu'à un nouveau-né, ce qui donne à l'ensemble un côté un peu dérangeant.

J'ai continué à feuilleter le livre parce qu'il me plaisait beaucoup. Je me disais que c'était sans doute le meilleur livre que j'aie jamais eu. Puis je suis tombée sur la semaine du 13 au 18 mars et c'était comme si j'avais surpris une araignée en train de grimper le long de ma manche : il y avait l'écriture de Finn, ses lignes fines escaladant la page. J'ai caché ses mots d'une main et j'ai refermé le livre brusquement.

Une dame assise de l'autre côté du couloir s'est tournée vers moi.

– Ça va ?

J'ai hoché la tête et elle s'est replongée dans son magazine.

J'ai rouvert le livre délicatement. L'écriture était brouillonne. Inégale et gribouillée.

Ma si chère June,

Il faut que je te dise.
Ça ne va pas du tout. Toby n'a personne.
Crois-moi Crocodile, s'il te plaît. Il est tellement gentil.
Occupe-toi de lui. Pour moi.
Mes mains sont dans un sale état. J'en ai besoin de nouvelles ! Tu arrives à me lire ?
J'irai hanter les Cloisters pour toi si je peux.

Tendrement,
Finn

Sur la page d'en face, il y avait un détail d'un tableau français du XVe siècle. Ça s'appelait *Infirmière donnant à manger à un malade*. L'homme était couché, emmitouflé dans une couverture bleu marine, dans une pièce remplie de lits. L'homme n'avait vraiment pas l'air bien – chauve et pâle, la main sur la poitrine comme s'il ne voulait surtout pas manquer le moment où son cœur cesserait de battre – mais l'infirmière, elle, était encore pire. Elle nourrissait l'homme à la cuillère d'un air très angoissé et son visage était encore plus pâle que celui de son patient.

J'ai refermé le livre et l'ai rangé dans mon sac à dos. Puis j'ai fait glisser ce dernier sous le siège en face de moi. J'ai regardé par la fenêtre tout le reste du trajet. Un immeuble, un arbre, une voiture, une autre voiture, un van, un mur, un parking vide, un van. Je me concentrais, essayant de trouver un motif qui se répétait. En me disant que si je scrutais avec assez d'insistance, les morceaux du monde se rassembleraient peut-être pour former quelque chose que j'arriverais à comprendre.

33

Parfois, je joue à faire semblant d'avoir atterri à une autre époque. Comme si j'étais vraiment une fille du Moyen Âge qui se promenait en 1987. Ça marche partout. À l'école. Au centre commercial. Plus l'endroit est moderne, mieux c'est. C'est une façon de considérer la réalité. La dernière fois que j'ai joué à ce jeu, j'étais à *Grand Union*, en train de faire les courses pour ma mère. C'était le lendemain du jour où j'avais été rendre visite à Toby, et j'essayais par tous les moyens de me sortir le mot de Finn de la tête.

Dès que j'étais rentrée à la maison, j'avais rangé mon livre dans mon armoire, le plus loin possible. Puis j'avais claqué la porte de l'armoire. J'avais décidé de l'ignorer. Si je faisais comme si je ne l'avais jamais lu, tout ça n'aurait pas d'importance. Qui le saurait ?

Mais évidemment ça n'a pas marché. Une fois qu'on sait une chose, il est impossible de la désapprendre, et le livre était là dans mon armoire, comme un feu. Comme quelque chose qu'il fallait que j'éteigne. Peut-être que ça n'aurait pas été si terrible si mes souvenirs de Finn n'avaient pas été mis en pièces quelques heures plus tôt. Ou si Finn m'avait demandé de m'occuper de quelqu'un d'autre, n'importe qui, mais pas du type qui venait de tout pulvériser.

J'ai quitté l'école avec la liste de courses de ma mère dans la poche. À *Grand Union*, j'ai observé le plafond en me disant que les néons ressemblaient énormément à des petits tas d'étoiles qu'on avait roulés et aplatis comme de la pâte à tarte. Que les caddies seraient parfaits pour transporter du bois s'ils avaient de plus grandes roues. Que les bananes, les mangues et les kiwis ne ressemblaient à rien que je connaisse. Je tenais une banane devant mon visage, observant attentivement sa peau cireuse, marmonnant dans ma barbe, quand soudain Ben Dellahunt est apparu à côté de moi, me regardant comme si j'étais complètement cinglée. J'ai eu une bouffée de chaleur et j'ai senti que je devenais rouge comme une pivoine.

– Quelle est cette chose que vous autres Terriens appelez « banane » ? a-t-il demandé d'une voix de Mr Spock.

Des milliers d'explications différentes m'ont traversé l'esprit. Je me suis tournée vers Ben, prête à lui raconter n'importe lequel de ces mensonges, et puis j'ai décidé de ne pas le faire. À quoi bon ? J'avais d'autres sujets de préoccupation. Ben pouvait penser ce qu'il voulait.

Je l'ai regardé droit dans les yeux et je lui ai dit :

– Je suis quelqu'un de bizarre.

Je voyais que ce n'était pas ce qu'il attendait, car il a eu un sourire étonné.

– Parfois, je me promène en faisant semblant d'être un enfant du Moyen Âge perdu à notre époque, ce qui fait que tout autour de moi me semble étrange, nouveau et ridicule. O.K. ? Maintenant que tu sais à quel point je suis tarée, libre à toi de te marrer ou d'aller le raconter à tes amis ou ce que tu voudras. Fais-toi plaisir. Je vais pas t'en empêcher.

Ben était abasourdi, toujours tout sourire. Il a hoché la tête lentement comme s'il essayait d'arrêter son choix.

– Ça me plaît, a-t-il déclaré au bout d'un moment.

La réponse de Ben m'a prise au dépourvu et mon instant de bravoure a cessé. Je me suis remise à rougir, tentant d'éviter son regard.

– Ben… t'es pas sensé.

– Ah, « sensé », le mot que j'aime le moins.

Ben était si bizarre lui aussi que je me suis sentie cool pendant quelques secondes. J'ai essayé de remettre discrètement la banane sur le tas, mais évidemment, j'en ai fait tomber deux autres au passage. Ben s'est baissé pour les ramasser. Puis il m'a dit :

– Je le raconterai à personne. Je suis pas comme ça.

– Merci.

– June ?

– Oui ?

– Ton oncle… J'ai vu cet article à la bibliothèque.

Ben a détourné les yeux.

– Il avait vraiment le sida ?

J'ai acquiescé. Quelques élèves étaient venus me voir à l'école après avoir lu l'article. J'imagine que nous étions les premières personnes à avoir un rapport avec ce truc énorme qui passait sans cesse aux informations. Les premiers que les gens connaissaient, en tout cas, et ça semblait les fasciner. Quand ils me posaient des questions, il y avait toujours un soupçon d'admiration dans leur voix. Comme si le fait que Finn soit mort du sida m'avait rendue plus cool à leurs yeux. Je n'ai jamais essayé d'en profiter. Quand les gens m'en parlaient, ils pensaient faire référence à un membre de la famille sans rien de particulier. Ils n'imaginaient pas un seul instant ma tendresse à l'égard de Finn. Ni que les entendre parler du sida, comme si c'était ça l'essentiel de l'histoire - plus important que Finn en lui-même, que l'intensité de mes sentiments pour lui, ou que la persistance de ma douleur à chaque heure de chaque jour -, me donnait envie de crier.

– Je suis désolé, a dit Ben.

C'est tout. Il ne m'a pas posé plus de questions et je lui en ai été très reconnaissante.

Le lendemain, à l'école, je portais tous mes vêtements démodés - ma robe en dentelle avec un gros pull par-dessus, un épais collant en laine et, bien sûr, mes bottes. J'avais mes tresses habituelles, mais ce jour-là, je les avais attachées en arrière avec un ruban rouge que j'avais coupé dans une encyclopédie. Je me moquais de ce que pouvaient dire les autres élèves. Où que j'aille, les mots de Finn me poursuivaient, tournant dans ma tête encore et encore et ces vêtements, cette autre moi, étaient comme un moyen de m'en cacher.

J'avais informatique comme dernier cours de la journée et je me suis affalée dans un de ces fauteuils pivotants. Certains de mes camarades de classe avaient le droit de passer à la programmation avec Fortan, mais moi j'en étais toujours à Basic. Semaine après semaine, j'essayais de concevoir un programme capable de calculer des pourcentages quand on tape des nombres normaux mais, je ne sais pas pourquoi, mon programme continuait à s'enrayer. Je ne me suis même pas donné la peine de travailler sur mon programme de pourcentages ce jour-là, car je n'arrivais à penser qu'à *Occupe-toi de Toby. Pour moi.* J'ai tapé dans le seul programme qui marchait à tous les coups :

10 = « Que dois-je faire ? »
20 goto 10
30 lancer

J'ai regardé l'écran, hypnotisée, tandis que les lignes s'y succédaient à n'en plus finir. J'ai attendu, dans l'espoir que l'ordinateur serait plus intelligent que moi. Qu'il finirait par arrêter cette cascade de mots que je l'avais forcé à ingérer et qu'il cracherait une réponse. Mais bien sûr, il n'en était pas capable. Il ne faisait que répéter ma question stupide, indéfiniment, jusqu'à ce que Mr Crowther vienne me demander de travailler plus sérieusement.

À mon retour à la maison, la petite lumière rouge du répondeur annonçait deux nouveaux messages. Je me suis débarrassée de mon sac à dos et je les ai écoutés. J'ai d'abord entendu la voix de ma mère.

O.K. les filles, j'appelle juste pour vous dire qu'on prendra une pizza sur le chemin. On sera là vers huit heures. Donc ne vous inquiétez pas pour le dîner. Faites vos devoirs. À tout à l'heure. Bisous.

Puis la voix de Greta.

Salut. Maman ? Bon, celui ou celle qui est là. Je vais aller dîner avec Megs au bar. D'accord ? La répétition va durer jusqu'à neuf heures... au moins. À plus.

Ce soir-là, mes parents ont rapporté une pizza aux champignons et une grande salade grecque, deux choses que j'adore d'habitude mais, au lieu de me jeter dessus, je leur ai dit que j'avais l'impression de couver quelque chose et, après m'avoir tour à tour mis la main sur le front, ils m'ont laissée monter me coucher.

J'ai passé l'heure suivante à tourner les pages du calendrier, lentement, trois fois, à la recherche d'un autre message. Quelque chose qui me dirait ce que j'étais censée faire exactement, mais il n'y avait rien.

J'ai entendu Greta rentrer vers vingt et une heures trente. J'ai collé mon oreille contre le mur et je l'ai entendue mettre U2. « New Year's Day ». Je l'ai entendue chanter *I... will be with you again. I... will be with you a-gain.* J'adorais entendre Greta chanter, surtout quand elle ne savait pas que je l'écoutais.

J'ai glissé *La Femme médiévale* sous mon oreiller et j'ai sorti les deux canettes de Yoo-hoo que j'avais achetées en sortant de l'école. Puis j'ai frappé à sa porte. Elle n'a pas répondu, mais je suis quand même entrée.

– Quoi ? a lancé Greta.

– Je sais pas, j'avais juste envie de discuter un peu.

– T'as du temps pour ça dans ton planning, hein ?

– Laisse tomber.

– Non, reste. Je plaisantais. Ferme la porte.

J'ai tiré la porte et j'ai posé les canettes de Yoo-hoo sur son bureau. J'ai déplacé quelques vêtements sur son lit et je me suis assise sur sa chaise. Greta me tournait le dos parce qu'elle était en train d'enfiler son pyjama, un ensemble en pilou à motifs écossais. Grand-maman Elbus nous envoyait toujours des pyjamas assortis pour Noël. Greta a dégrafé son soutien-gorge et l'a fait passer par une de ses manches. Quand elle s'est sentie décente, elle s'est retournée vers moi. En voyant que je portais le même pyjama qu'elle, elle a levé les yeux au ciel.

Greta était la seule à qui je pensais pouvoir parler du livre. De ce que Finn m'avait demandé. Elle se rongeait les ongles, ce que je ne l'avais pas vu faire depuis des années, et j'étais assise là à me demander si je pouvais avoir confiance en elle.

– Normalement le chorégraphe vient demain, a-t-elle dit, donc on va danser tout l'après-midi.

Elle s'est retournée et s'est mise à se brosser les cheveux.

– C'est une bonne ou une mauvaise chose ?

– Peu importe. Maintenant, je m'en fiche.

Elle m'a regardée et m'a dit :

– Tu pourrais venir. Si tu veux, tu pourrais asssister à cette séance.

– Je sais pas. Ce serait peut-être bizarre. Tu crois pas ? Moi qui me retrouve là tout à coup.

La conversation était fragile, comme toujours avec Greta.

– Non, pas du tout. Tu peux rejoindre la bande des intellos et t'occuper de l'éclairage. Faire les trucs qu'ils font là-haut.

– Greta ?

– Quoi ?

– Est-ce que tu t'es déjà retrouvée dans une situation où t'es pas sûre de vouloir faire quelque chose et où, même si tu décides de le faire, tu sais pas vraiment comment le faire de toute façon ?

Greta m'a observée, plissant les yeux comme si elle essayait de me soutirer la véritable histoire. Puis, petit à petit, un sourire s'est dessiné sur son visage. Elle est venue s'asseoir près de moi.

– Je le savais, a-t-elle dit en frappant le couvre-lit du plat de la main. Il y a quelqu'un. Toutes les fois où tu te tires en douce. Le maquillage. Oh là là, je me disais bien que tu avais une sorte de petit ami secret. T'es dans la mouise. Si maman l'apprend…

– Non. C'est pas ce que je dis…

– June, écoute-moi bien. Il faut surtout *pas* que tu couches avec lui tant que tu te sens pas prête à 100 %. Sérieusement. C'est arrivé à Hallie Westerveldt, la petite sœur de Keri, tu sais ? Eh ben, elle va le regretter toute sa vie…

– J'ai l'intention de coucher avec personne. Vraiment…

Et soudain j'ai éclaté de rire. Greta croyait que Toby était un genre de petit ami secret et c'était complètement absurde.

– Tu vois ? Je t'ai grillée. J'en étais sûre. Chaque éclat de rire en est la preuve.

– Mais, tais-toi donc !. Il n'y a aucun petit ami secret. Qui voudrait le faire avec moi de toute façon ? Réfléchis une seconde…

– Tu marques un point, mais il y a bien quelqu'un. Ben ? C'est Ben Dellahunt ? C'est Ben, hein ? Il m'a dit qu'il aimait tes bottes.

– Dans ce cas-là, il a qu'à le faire avec mes bottes.

Nous avons toutes les deux explosé de rire.

– C'est dégueulasse, June. T'es vraiment dégueu.

C'était tellement agréable d'être là dans la chambre de Greta, avec nos pyjamas assortis, pliées en deux.

J'étais encore en train de rire, mais Greta avait arrêté, l'air soudain sérieux.

– June, je suis sérieuse, d'accord ? Ne fais rien de stupide.

– O.K.

– Vraiment, June.

– D'accord.

– Et, je veux pas te vexer, mais je peux t'aider avec le maquillage si tu veux. T'as la main un peu lourde.

J'ai de nouveau ri.

– O.K.

– Bon, tu viens bien à la fête samedi prochain, hein ?

Je n'avais jamais entendu parler de cette fête et j'ai dû avoir l'air très étonnée.

– Encore dans les bois. Comme la dernière fois. Toute l'équipe, la régie et… Ben.

– Je sais pas.

– Mais si, m'a-t-elle répondu.

Et à ce moment précis, elle m'a rappelé la Greta d'autrefois. La Greta de neuf ans qui attendait le bus un bras autour de mes épaules. Les petites Elbus. C'est comme ça qu'on nous appelait. Comme si nous n'avions même pas besoin de prénoms séparés. Comme si nous formions un roc, solide et incassable.

J'étais contente de ne pas avoir apporté le livre. Greta voulait me parler de choses normales. Les petits amis, le sexe, les amourettes. Des choses qu'on avait peut-être en commun. Tout ce que j'avais, pour ma part, c'était un drôle de type à New York, des escapades secrètes à *Playland* et des demandes d'aide de l'au-delà.

34

Le foyer des comédiens faisait plutôt froid dans le dos. Des costumes abandonnés sur des portants. Une odeur humide de cave. Des vieilles chaises et de vieux canapés déchirés. Des ampoules nues pendant du plafond taché d'eau. Aussi sinistre que possible. Mais quand une pièce se jouait, il y avait des gens en permanence, en train de rire et de s'amuser et donc, au final, il régnait une très bonne ambiance dans cette salle à première vue déprimante.

J'étais venue parce que je voulais admirer Greta danser. Je voulais pouvoir lui dire que j'avais assisté à sa performance. Et puis elle me l'avait demandé, ce qui était sympa. J'ai descendu les marches étroites, à gauche de la scène, qui menaient au foyer. En regardant autour de moi, je ne voyais pas Greta, mais j'ai aperçu Ben Dellahunt de dos, penché au-dessus d'un pupitre. Il portait une longue cape en velours, qui semblait provenir d'un costume d'une vieille pièce de théâtre, et tenait des dés dans sa main. Il les a secoués avant de les faire rouler sur la table.

– Trois points de vie !

Deux autres membres de l'équipe, lui faisaient face l'air lugubre. J'espérais réussir à passer devant lui sans qu'il me remarque, mais ça n'a pas marché.

– Salut, m'a-t-il dit.

– Salut.

– Tu veux jouer ?

Il a montré une carte quadrillée sur le pupitre. J'étais presque sûre que ça avait un rapport avec *Donjons & Dragons*.

– Non, je cherche juste Greta. Tu sais où elle est ?

Ben a regardé autour de lui.

– Et non !

J'ai tourné les talons.

– Eh, attends une seconde.

Il a désigné le jeu d'un signe de tête.

– Réfléchis-y. Tu pourrais être n'importe qui. La Reine des loups des contrées éloignées ou…

– Non, merci. Il…

J'avais entendu la voix de Greta résonner dans les escaliers.

– Il faut que j'y aille.

Je suis effectivement tombée sur Greta dans les escaliers. Elle était accompagnée de trois ou quatre filles que je ne connaissais même pas. La rumeur du rôle de Greta dans *Annie* avait commencé à se propager et, même si rien n'était officiel, les gens s'étaient mis un peu à la traiter comme une star. Je la voyais au déjeuner à la cafétéria, entourée d'une ribambelle de garçons et de filles de sa classe, tous en admiration devant elle. Je ne savais pas très bien si ça lui plaisait ou non, mais là encore je me disais qu'elle faisait plus jeune. Beaucoup plus jeune que tous ceux qui se pressaient autour d'elle.

En la croisant dans les escaliers, j'ai fait en sorte qu'elle m'aperçoive. Je voulais qu'elle sache que j'étais venue la voir danser. On ne s'est rien dit du tout, mais elle m'a repérée et m'a légèrement bousculée quand je suis passée à côté d'elle.

Puis j'ai remarqué qu'elle jetait un œil en direction de Ben, et elle a esquissé un sourire.

Je suis restée debout au fond du théâtre pour assister à la répétition. Greta est entrée sur scène assez tard et avait l'air de s'en ficher. Elle dansait sans enthousiasme. J'avais l'impression qu'elle était loin de donner le meilleur d'elle-même. J'étais peut-être la seule à m'en rendre compte car elle était tout de même excellente. C'était plus fort qu'elle.

35

– J'ai pas besoin de jean. Je hais les jeans.

– Bien sûr que si, a dit ma mère. Tout le monde a besoin d'un jean.

C'était le week-end des grands soldes qu'organisait le *Macy's* de New York une fois par an. C'est quelque chose que nous faisions ensemble avant, Greta, ma mère et moi. À présent, Greta demandait juste à ma mère de lui donner de l'argent et y allait avec ses copines. Moi je ne voulais pas y aller. Mais alors pas du tout.

Ma mère s'est mise devant mon armoire. Elle en a sorti un cintre d'où pendaient tristement deux jupes marron en velours côtelé.

– Regarde-moi ça.

Elle a passé la main sur chacune d'elles.

– On dirait que tu t'amuses à aller sauter dans la boue. Qu'est-ce que tu fabriques pour les mettre dans cet état ?

J'étais encore en pyjama, me blottissant sous ma couette pour me cacher des rayons du soleil qui traversaient ma fenêtre.

– Je vois pas le problème, lui ai-je répondu. Moi je les aime bien.

Ma mère a commencé à fouiller plus profondément dans mon armoire et je me suis souvenue de la théière, des cassettes, des lettres et de toutes les autres choses qui étaient cachées là. Paniquée, je me suis redressée sur mon lit.

– D'accord, ai-je dit.

– Comment ?

– Je vais venir avec toi.

Je me suis assise sur un banc et ma mère est restée debout devant moi, les yeux rivés sur la voie ferrée. Elle portait les cheveux courts et, depuis qu'ils étaient tous devenus blancs alors qu'elle avait l'âge de vingt-trois ans, elle les teignait en une espèce de châtain foncé. Ils étaient uniformément de cette couleur, à part une très fine bande en haut de son crâne où le blanc apparaissait. Parfois j'avais envie de toucher cet endroit sur la tête de ma mère, cette petite imperfection où la véritable nature s'était frayé un chemin. À cet instant précis, dans la gare, sous le pâle soleil de mars, j'avais l'impression que si je mettais mon doigt juste à cet endroit-là, la vie normale allait peut-être reprendre. Il n'y aurait plus de rendez-vous secrets avec Toby. Pas de fantômes me disant de qui je dois m'occuper, me demandant de faire des choses que je ne sais même pas comment faire. Plus de portraits louches qui changent dans des coffres souterrains. Plus de sœurs qui disparaissent la nuit dans les bois sombres. Je pourrais tout oublier et redevenir une simple fille qui va chez *Macy's* avec sa mère et rêve de vivre dans le passé.

Je me suis levée et j'ai fait quelques pas en direction de ma mère.

Elle m'a souri, prenant mes mains nues dans ses mains gantées, les frottant pour les réchauffer.

– Ça va être comme au bon vieux temps, Junie.

Il n'y avait qu'une poignée de gens à monter dans le train ce matin-là. Quelques familles. Un groupe d'élèves de mon école quelques classes au-dessus de moi. Un homme en costume. Ma mère et moi qui nous sommes assises l'une en face de l'autre. Elle portait du rouge à lèvres, ce qui était extrêmement rare. Ma mère ne se maquillait même pas pour aller au bureau. Uniquement pour sortir le soir ou pour aller à New York. Elle me regardait comme si elle mûrissait un projet. Puis, finalement, elle me l'a exposé.

– Qu'est-ce que tu dirais d'aller déjeuner chez *Horn and Hardart* ?

J'ai secoué la tête.

– June.

Elle a poussé un long soupir.

– J'en ai pas envie.

– Chérie, je sais que t'en as pas envie. Et je sais aussi pourquoi.

Elle s'est penchée et a posé une main sur mon genou. J'avais l'impression que le train se rétrécissait autour de moi et je savais que j'étais prise au piège. Ma mère m'avait attirée ici pour parler de Finn et j'étais coincée.

– Puisque tu sais pourquoi, alors pourquoi est-ce que tu veux qu'on y aille ?

– Parce qu'un moyen d'apaiser la douleur est de recouvrir tes souvenirs avec d'autres. Si on va chez *Horn and Hardart*, ce sera comme jeter une fine couverture sur les autres fois où tu y es allée avec Finn. Chaque fois que tu y iras, un nouveau souvenir viendra se greffer, jusqu'à ce que les moments passés avec Finn se retrouvent ensevelis sous l'ensemble. Tu saisis ?

– Une autre fois.

– Et les Cloisters. Même chose avec les Cloisters…

C'est comme si elle ne m'entendait pas. Les Cloisters ? L'idée d'aller aux Cloisters avec ma mère n'avait pas de sens. Cette Vierge en bouleau me dévisageant, tous ces recoins de pierre qui pouvaient garder un secret pendant des siècles. Toutes les couvertures les plus épaisses, les plus laineuses du monde ne pourraient pas recouvrir les fantômes de Finn et moi dans ce lieu.

– Est-ce qu'on peut juste ne pas en parler ? ai-je demandé.

– June, ça fait plus d'un mois maintenant.

Je me suis recroquevillée sur mon siège. J'ai fermé les yeux, croisé les bras sur ma poitrine et respiré lentement. Quand j'ai rouvert les yeux, j'ai regardé ma mère.

– Raconte-moi une anecdote sur Finn et toi. Quand vous étiez petits. Une anecdote et j'irai chez *Horn and Hardart.*

– Oh, June…

Mais je sentais qu'elle était déjà en train de se remémorer ses souvenirs d'enfance et qu'elle ne pourrait pas s'empêcher d'en parler.

Ma mère a fini par me parler de la plage du cap Cod où Finn et elle passaient enfants leurs vacances. J'étais presque sûre qu'il s'agissait de la même plage que Toby avait mentionnée. La différence, c'est que ma mère, elle, savait raconter les histoires. Elle m'a dit que mes grands-parents faisaient la grasse matinée et qu'elle et Finn traversaient la rue en courant pour aller sur la plage dès le lever du soleil. Que le ciel de l'aube avait la couleur rosée de joues de bébé et qu'ils avaient toute la plage rien que pour eux. Comme si c'était une autre époque. Elle racontait qu'ils chamboulaient le monde. Disant que le sable était nuage et que la mer était ciel. Un jour, Finn avait trouvé une limule de la taille d'une pastèque et elle l'avait défié de la remettre à l'eau.

– C'était préhistorique, June. C'était comme dans un vieux film.

Je voyais qu'elle était repartie des décennies en arrière. Elle se trouvait sous ce ciel rose d'été avec Finn.

– Et ensuite, qu'est-ce qui s'est passé ?

Ma mère a souri.

– Ensuite Finn l'a retournée avec son pied pour la mettre sur le dos, il l'a soulevée comme une grosse casserole et il l'a portée jusqu'à la mer.

Le train a continué sa route, traversant White Plains et Yonkers, passant devant cette école sans fenêtres de Harlem et par la gare de la 125e Rue où je n'étais jamais descendue de ma vie. Ensuite, il s'est engouffré dans le labyrinthe de tunnels sombres qui serpentent dans les sous-sols de Manhattan jusqu'à la gare de Grand Central.

– Pourquoi Finn a arrêté de peindre ? lui ai-je demandé, sans la regarder.

Toutes les fenêtres s'étaient transformées en miroirs dans ces tunnels sombres et, quand j'ai levé la tête, j'ai vu le reflet de ma mère qui m'observait. Son visage s'était durci et la façon dont la lumière frappait la vitre lui donnait l'air d'un tableau. Sur le reflet de la fenêtre, elle n'était que lèvres éclatantes et regard noir, sa peau n'avait aucune texture.

– Toby, a-t-elle répondu.

– Toby ?

– Je tiens cet homme pour personnellement responsable de la destruction de la vie de Finn.

– Il peut pas être si horrible que ça. Finn était pas stupide. Il aurait pas laissé quelqu'un le forcer à arrêter de peindre.

Ma mère a croisé les bras sur sa poitrine. Elle est restée silencieuse un long moment.

– Il a un passé, June. Tu comprends ? Ce Toby, il n'est pas qu'innocence et clarté. Un jour tu comprendras mieux. L'amour triomphe de tout, c'est pas ce qu'on dit ? De la famille, de l'art, de tout ce qu'on voudra. Finn était amoureux de Toby et ça signifiait qu'à ses yeux plus rien d'autre n'avait d'importance.

« Rien d'autre n'avait d'importance ». Je n'avais pas d'importance.

– Alors comment ça se fait que j'aie jamais su qu'il existait ?

– Parce que je ne voulais pas que Greta ou toi ayez quoi que ce soit à voir avec cet homme. Finn savait que c'était la condition. S'il voulait connaître ses nièces, il devait tenir Toby en dehors de tout ça. On peut pas juste se mettre à fréquenter un paumé et s'attendre à ce que tout le monde soit content et vous félicite. On peut pas tout avoir. C'est une chose que Finn n'a jamais comprise.

Moi non plus je ne comprenais pas. Pourquoi ne pouvait-on pas tout avoir ?

– Tu lui as demandé de choisir ?

Elle a détourné les yeux. Je savais qu'elle ne me répondrait pas.

– Tu…

Je n'en revenais pas qu'elle ait pu faire une chose pareille. Ça ne lui ressemblait pas. Ce qui m'a fait de la peine pour Toby.

– Ça suffit. Cette conversation a assez duré.

– Mais…

– Vraiment, June. C'est moi qui devrais être triste. C'était mon petit frère. C'est moi qui prenais soin de lui quand nous étions enfants. Tu sais ce que c'est d'avoir un père dans l'armée ? Hein ? Changer sans cesse de base militaire. C'est moi qui étais chargée de m'assurer que Finn allait bien. On s'attendait à ce que ce soit moi qui m'occupe de lui. Moi, June. Je ne vais tout simplement pas te permettre de continuer à te morfondre comme tu le fais. Ça va trop loin. Cette envie de te faire plaindre. C'est moi qui devrais être dans tous mes états, June. C'est moi qui ai perdu un frère.

Elle a couvert ses yeux de ses mains.

– Tu crois que je sais pas ce que t'écoutes tous les soirs, là-haut dans ta chambre ? Tu crois que je sais pas que c'est le *Requiem* ? C'est qui, à ton avis qui a fait découvrir cette musique à Finn ? Il n'est pas le seul à connaître les belles choses.

Elle s'est tournée vers le couloir et son visage a disparu de la vitre. J'en ai rapproché le mien pour voir à l'extérieur. Les murs des tunnels étaient si crasseux qu'on aurait dit de la fourrure. Je me disais que ces tunnels étaient le genre d'endroit où les loups pourraient vivre. Je me disais aussi qu'ils ressemblaient aux vaisseaux du cœur humain.

Nous n'avons plus ouvert la bouche, ce qui a rendu interminable le trajet dans le noir, même s'il ne durait pas plus d'une dizaine de minutes. Nous ne sommes finalement pas allées chez *Horn and Hardart* pour le déjeuner. Nous avons acheté ce qu'il nous fallait chez *Macy's*, puis nous avons avalé une part de pizza à la gare avant de rentrer à la maison.

À notre retour, nous avons vu que même si Greta avait dépensé les soixante-quinze dollars que lui avait donnés ma mère, elle n'était revenue qu'avec un jean Guess qui n'était même pas soldé, et une vingtaine de ces bracelets noirs en caoutchouc qu'elle avait achetés à un vendeur sur la 34e Rue.

Ma mère avait l'air désespérée.

– C'est pas comme s'ils étaient tous pour moi, a dit Greta. Il y en a pour June.

Greta a retiré quelques-uns des bracelets de son poignet et me les a flanqués dans la main.

– Ah oui ? ai-je dit.

Ma mère nous a dévisagées à tour de rôle. Elle a poussé un grand soupir. Je voulais tellement dire quelque chose que ma mère avait envie d'entendre afin que peut-être, avec un peu de chance, elle redevienne la mère qui ne forcerait jamais quelqu'un à choisir entre sa sœur et son petit ami.

Avant de prendre le temps d'y réfléchir, j'ai lancé :

– Lundi, je vais aider pour la pièce.

Greta et ma mère se sont tournées vers moi d'un même mouvement.

– Greta m'a informée qu'ils auraient besoin d'un coup de main avec certains trucs en coulisses.

– C'est super, June.

Ma mère m'a fait un signe de tête. J'ai jeté un œil vers Greta et j'ai vu qu'elle souriait. Un vrai sourire, un sourire sincère.

– Et après on ira chez *Friendly's*. D'accord ? a demandé Greta de cette voix enjouée qui pour moi sonnait faux, mais semblait plaire à ma mère.

– C'est génial, les filles.

Ma mère nous a considérées et a esquissé un sourire. Puis elle m'a scrutée, moi.

– Voilà comment ça marche, Junie.

J'ai acquiescé et je l'ai fixée des yeux, peut-être un peu trop longtemps. Peut-être parce que j'avais besoin de m'accrocher à cette version-là de ma mère.

– Bon, montez donc un peu dans votre chambre. Je vais commander quelque chose pour le dîner.

Dans ma chambre, j'ai enfilé les bracelets élastiques. Sur Greta, ils étaient lâches et ils se balançaient. Sur moi ils étaient bien ajustés, comme l'appareil orthopédique que mon grand-père portait au poignet depuis qu'il était tombé de la tondeuse. Je les ai enlevés un à un et les ai étalés sur mon bureau. Puis je les ai rangés au fond de mon armoire avec la théière. Ces bracelets étaient la première chose que me donnait Greta depuis trois ans et, même si j'étais quasiment certaine qu'elle ne me les avait offerts que pour avoir moins d'ennuis, je tenais quand même à les garder précieusement.

36

Je tiens mes promesses. Si je dis que je ferai quelque chose, je ne me défile pas. J'avais dit à Toby que je reviendrais lui rendre visite, c'est donc ce que j'ai fait. Je n'avais pas besoin qu'il vienne me chercher. J'ai décidé d'y aller lundi parce que, ce jour-là, j'avais gym comme dernier cours. Alors même que je n'avais jamais séché un seul cours de ma vie, que ça ne m'avait même jamais traversé l'esprit, je suis allée voir Mr Bingman la bouche en cœur, je me suis mis la main sur le ventre et j'ai commencé à lui parler de mes problèmes de fille. Tout le monde connaissait cette astuce avec Mr Bingman et, avant même que j'aie fini de débiter mon petit baratin, il était déjà en train de me gribouiller une dispense.

J'ai gardé mon sérieux en sortant du gymnase. Je comptais les rebonds des ballons de basket sur le parquet, je respirais profondément l'air moite de la salle et je m'efforçais de paraître grave. Même en marchant très lentement, j'aurais toujours largement le temps de prendre le train de 14 h 27 pour New York.

– June, fantastique ! s'est exclamé Toby quand j'ai sonné à l'interphone, et il avait l'air sincère.

J'ai décidé de prendre l'escalier au lieu de l'ascenseur. Je voulais avoir le temps de me préparer psychologiquement avant de revoir l'appartement. *Toby n'a personne. Toby n'a personne.* C'est ce que je me répétais.

Dès que je suis entrée, j'ai remarqué que l'appartement avait commencé à changer. Privé de Finn. Trois ou quatre assiettes sales s'empilaient sur la table basse. Le cendrier, qui était en fait un bol que Finn avait façonné avec du bitume (du *macadam*, comme l'avait appelé Toby la dernière fois en souriant et en levant les yeux au ciel), était plein, et les stores des grandes fenêtres étaient baissés.

Toby se tenait là avec sa veste bordeaux en velours côtelé, toute chiffonnée, et ce même tee-shirt à motifs d'os de dinosaure. Il a vu que je regardais les fenêtres et il s'est précipité pour lever les stores.

– Voilà. C'est mieux comme ça, non ? Assieds-toi donc.

Toby a pris place sur le canapé bleu et je me suis installée en face sur le canapé marron. Il avait préparé du thé et nous avons tous deux pris une cigarette, que j'ai réussi à fumer sans tousser une seule fois. Toby avait une petite bouteille de cognac et en a versé un fond dans sa tasse. Il me l'a tendue, mais j'ai refusé. J'essayais de ne pas trop lorgner l'appartement. Je ne voulais pas que Toby croie que j'essayais de deviner ce qui appartenait à qui, mais je ne pouvais pas m'en empêcher. Ces derniers jours, je m'étais armée de courage. Je voulais pouvoir regarder autour de moi et me dire que ça n'avait pas d'importance si la moitié des choses n'appartenaient pas à Finn. *Toby n'a personne*, me suis-je répété.

– En voilà des chouettes bottes.

Toby a montré mes pieds d'un signe de tête.

– C'est un cadeau de Finn, ai-je dit un peu précipitamment.

Puis je me suis tournée pour que ma jupe recouvre mes pieds.

Il y a eu quelques secondes de silence gêné puis, à l'improviste, Toby s'est mis à parler d'une fausse voix de reporter. Utilisant un drôle d'accent et faisant semblant de tenir un micro devant moi.

– Alors dites-moi, mademoiselle Elbus, qu'est-ce qui vous fascine dans le Moyen Âge ?

J'ai croisé les bras et l'ai regardé, interdite.

– Non, sérieusement, a-t-il repris, cette fois de sa voix normale. J'ai envie de savoir.

C'était le genre de question qui me faisait perdre tous mes moyens. J'ai failli faire semblant de ne pas l'avoir entendue, mais je savais qu'il la répéterait. Mon cerveau a passé en revue toutes les réponses possibles. Les châteaux, les chevaliers, l'obscurité, les soirées éclairées à la bougie, les chants grégoriens et les robes qui tombaient jusqu'aux pieds. Les livres qui devaient être recopiés à la main par des moines et décorés avec les plus belles couleurs. Les livres enluminés qui brillaient.

– Peut-être… je sais pas… peut-être que c'est juste parce qu'on connaissait pas tout à cette époque. Il y avait des choses que les gens n'avaient jamais vues. Des endroits où personne n'était allé. On pouvait inventer une histoire et les gens nous croyaient. On pouvait croire aux saints et aux dragons. On pouvait regarder les plantes et nous dire qu'elles avaient le pouvoir de nous sauver la vie.

Pendant tout ce temps, je n'avais pas détourné les yeux du tapis parce que j'avais le sentiment que ce que je disais n'avait pas de sens et que j'avais peur que Toby ne se moque de moi. Mais quand j'ai levé la tête, je me suis rendu compte que ce n'était pas le cas. Il se contentait de hocher la tête.

– Ça me plaît.

– C'est vrai ?

J'ai regardé Toby pour voir s'il avait l'air sincère et quand j'ai été rassurée, j'ai poursuivi.

– Et puis, peut-être aussi parce qu'on a l'impression que ce n'était pas un problème de pas être parfait. Personne n'était parfait à cette époque. Presque tout le monde était déficient d'une façon ou d'une autre, et la majorité des gens n'avaient pas d'autre option que de s'y faire.

Toby continuait d'acquiescer. Il avait la main sur le genou et je mesurais à quel point ses doigts étaient calleux.

– Mais c'était aussi obscur et dégoûtant, et puis il y avait des rats et la peste… a-t-il lancé.

– J'imagine.

J'ai baissé les yeux pour réfléchir. Puis j'ai regardé Toby en souriant.

– Pas très différent de New York alors, en fin de compte.

Toby s'est mis à rire.

– Bonne remarque…

Il a de nouveau hoché la tête, comme s'il songeait à quelque chose.

– Sauf que… Eh bien, nous on a le sida au lieu de la peste.

C'était la première fois que j'entendais Toby prononcer ce mot. « Sida ». Il a détourné les yeux en le disant.

– C'est pas la même chose.

– Ben, pas exactement, mais…

– Pas du tout. On n'y pouvait rien si la peste nous frappait. C'était la faute de personne. Ça arrivait, c'est tout. Personne n'était responsable.

Les mots ont jailli de ma bouche avant que j'aie pu les retenir.

Toby s'est mis à tripoter un fil qui dépassait de la poche de sa veste. J'ai pensé m'excuser, et puis finalement non.

– June, personne ne savait rien sur le sida. Tu comprends ? Le mot n'existait même pas quand on s'est rencontrés Finn et moi.

– Alors pourquoi toute ma famille pense que c'est toi qui l'as contaminé ? Pourquoi ils diraient une chose pareille ?

Toby a baissé la tête et a fermé les yeux. Il a inspiré profondément avant de se tourner vers moi de nouveau.

– Parce que c'est ce qu'on a décidé de leur dire.

– Qui ?

– Finn et moi. Surtout moi. Ta mère était persuadée que c'était comme ça que ça s'était passé et on a décidé de ne pas la contredire. J'ai dit à Finn que ça ne me posait pas de problème. Que si ça l'aidait à se sentir mieux, on n'avait qu'à la laisser croire ça.

– Mais…

– N'y pense plus, June. Ça n'a plus d'importance.

Mais pour moi ça en avait. La vérité avait de l'importance. Ce n'était pas juste que Toby endosse toute la responsabilité alors que ça aurait pu être l'un comme l'autre. Alors que ce n'était la faute de personne.

– Pourquoi Finn…

– Chhh, a dit Toby en posant deux doigts secs sur mes lèvres.

Je me suis figée et il les a lentement éloignés.

– Je te dis tout ça parce que je veux que tu comprennes à quel point j'aimais ton oncle. Alors peut-être, peut-être que si tu comprends ça, tu… me détesteras un peu moins. Finn était comme toi, il voulait la vérité, il voulait que tout le monde sache que c'était la faute de personne. C'est moi qui l'ai poussé à se taire. Je l'aimais, June. Et si faire croire que j'étais coupable rendait les choses plus faciles pour Finn, alors c'est ce que je voulais. Maintenant n'y pensons plus, d'accord ? Tout ça c'est du passé très lointain. D'accord ?

Je n'ai rien dit.

– S'il te plaît… C'est ce que Finn aurait voulu. Je t'assure.

Comment tu sais ce que Finn aurait voulu ? me suis-je dit. Mais j'ai haussé les épaules.

– Sans doute.

– Ah, voilà !

Il a détourné son regard, vers la fenêtre.

J'étais assise là, au bord des larmes. Je ne savais pas pourquoi. Ce n'est pas parce que Toby avait été bon et noble. Ce n'est pas parce que sans doute personne au monde ne connaîtrait jamais la vérité, à part moi. Ce n'est pas parce que j'avais enfin des informations à raconter à Greta, mais que je ne pouvais les dévoiler à personne. J'ai laissé cette tristesse animale m'envelopper, attendant qu'elle me dise ce qu'elle faisait là. Et soudain, elle me l'a révélé. Elle a rampé tout près de mon oreille et a murmuré :

Il aimait Finn plus que tu ne l'aimais toi.

Voilà ce qu'elle m'a dit. Et je savais que c'était la vérité.

Je sentais un nœud dur et froid se former au milieu de ma poitrine. *Je suis pas quelqu'un de jaloux. Je suis pas quelqu'un de jaloux. Je suis pas quelqu'un de jaloux.* Je me le suis répété encore et encore, en essayant de calmer ma respiration. J'ai regardé Toby.

– D'abord… Est-ce que Finn a déjà peint un portrait de *toi* ?

Dès la fin de ma phrase, je me suis rendu compte à quel point j'étais pathétique. Triste et méchante. Mais c'est comme si Toby n'avait pas entendu la méchanceté dans ma voix. Il a levé son index, me disant de patienter une seconde. Puis il a bondi hors du canapé et a fouillé dans le tiroir secret du bureau jusqu'à ce qu'il trouve une petite clé. Il me l'a montrée en souriant.

– Tu n'as jamais été à la cave, si ?

Toby avait raison. Je n'étais jamais descendue dans la cave de l'immeuble de Finn. Mais ma mère oui. Parfois le dimanche, pendant que Finn faisait notre portrait, elle allait lancer une lessive pour lui. Elle revenait ensuite en secouant la tête et en répétant que c'était la dernière fois. Un jour, elle avait même dit : « Cette cave est tout droit tirée d'un film d'horreur. »

Toby a fourré la clé dans sa poche.

– Qu'est-ce qu'il y a d'intéressant à la cave ?

– Viens avec moi.

Il me faisait signe avec les deux mains, comme le personnage de l'échalas de Svengali.

– Je sais pas trop. Et si je veux pas ?

– Tu vas pas le regretter. Je te promets. Il y a un entrepôt. Chaque appartement en a un. Comme une grande cage de rangement. Viens avec moi. Allez.

J'ai eu soudain en tête une image de moi enfermée dans une cage au fond d'une espèce de cave sinistre. Je ne connaissais même pas Toby. Enfin, pas vraiment. Et lui-même avait dit qu'il était jaloux de moi. Peut-être qu'il m'enfermerait dans cette cave et que personne au monde ne devinerait jamais où j'étais ?

Les épaules de Toby se sont affaissées et il a penché la tête sur le côté en disant « S'il te plaît… » de la voix la plus pathétique qui soit. Puis il s'est redressé.

– Écoute, June. Je te jure. Tu seras pas déçue.

J'y ai réfléchi quelques secondes et je suis arrivée à la conclusion qu'un vrai psychopathe n'aurait pas mentionné la cage. Un vrai psychopathe m'aurait attirée là-dedans en me disant qu'il y avait un chiot ou un truc du genre.

– O.K., ai-je fini par dire. Mais tu passes en premier. Et je veux mon manteau.

Je voulais mon manteau parce que j'y avais ma plume d'oie et que, si le pire arrivait, je pourrais poignarder Toby avec.

Il a levé les mains en l'air.

– Aucun problème.

Toby a appuyé sur le bouton C et nous avons commencé notre descente. Dans le petit espace de l'ascenseur, je pouvais sentir une odeur de tabac froid, mais aussi, celle, douce et fraîche de savon.

– Tu vas pas le regretter, m'a répété Toby quand l'ascenseur s'est immobilisé et que la porte s'est ouverte en coulissant.

Il est sorti et je l'ai suivi. Dès que j'ai pu regarder autour de moi, je me suis rendu compte que ma mère avait raison. La cave avait en effet l'air tout droit tirée d'un film d'horreur. Le couloir qui partait de l'ascenseur était étroit et éclairé avec des ampoules nues pendant au plafond. L'endroit dans son ensemble sentait la poussière surchauffée et les murs jaunis s'effritaient. Tandis que nous marchions, j'ai noté que d'autres couloirs étaient desservis par le couloir principal, ainsi que des petites pièces sans issue. Dans certaines d'entre elles, il y avait de vieux matelas crasseux, comme si elles étaient habitées. Par-dessus mon épaule, j'ai vu la porte de l'ascenseur se fermer et je l'ai entendue claquer. L'ascenseur s'est mis à couiner et à grincer en entamant sa remontée.

J'ai regardé les épaules de Toby devant moi et je me suis dit qu'au fond, j'étais contente qu'il soit avec moi. Non pas qu'il serait d'une grande aide si un vrai psychopathe nous attendait dans la cave mais, au moins, c'était rassurant de savoir que je ne serais pas la seule à être taillée en pièces.

Nous avons traversé la salle des machines à laver. Un tas de vêtements dansait dans un tambour de sèche-linge, mais il n'y avait pas âme qui vive.

– Juste là, a dit Toby.

Nous avons tourné et sommes arrivés dans une grande salle où étaient alignées toute une série de cages cadenassées et entourées de chaînes, empilées jusqu'au plafond. Elles étaient toutes assez profondes et mesuraient à peu près trois mètres de large. En haut de chacune d'elles se balançait une ampoule. Je suivais Toby le long de cette succession de cages, jetant un œil à ce que les gens y entreposaient. La plupart des cages étaient remplies de vélos, de boîtes, de chaises. Dans l'une d'elles se trouvait un renard empaillé qui m'a fixée quand je suis passée devant. Une autre contenait une vingtaine de cages d'oiseaux. Dans une autre, il y avait trois rangées de boîtes de soupe à la tomate Campbell qui s'empilaient jusqu'au plafond.

Toby s'est arrêté devant la cage qui affichait le numéro 12H. Je me suis rapprochée de lui en plissant les yeux pour mieux voir. Un tissu en velours rouge, comme un long rideau, y avait été accroché et courait sur les quatre côtés intérieurs, on ne pouvait donc absolument rien y distinguer de son contenu. Toby a sorti la clé de sa poche.

– C'est parfois un peu… fastidieux, a-t-il dit en luttant pour ouvrir le cadenas.

– C'est quoi tout ça ? ai-je demandé en montrant le rideau.

– Ah, ça y est.

Toby a débarrassé la grille du cadenas et ouvert la porte. Il a regardé ce que je lui montrais.

– Juste pour ne pas être dérangés. Maintenant, j'ai besoin que tu attendes une petite minute.

Il est entré et je suis restée à l'extérieur. J'ai entendu craquer une allumette dans la cage, puis j'ai senti l'odeur de la fumée. Je me suis rapprochée de la porte. J'ai patienté encore quelques secondes, commençant à être un peu nerveuse, quand un bruit métallique, comme une grande porte qui coulisse, a résonné dans la cave. Puis un souffle et un grand fracas.

J'ai dû pousser un petit cri car Toby a sorti la tête.

– Incinérateur d'ordures. C'est tout. C'est à l'autre bout de l'immeuble. N'aie pas peur.

– J'ai pas peur du tout, ai-je dit, alors même que je tremblais comme une feuille.

J'ai fait un pas vers la porte de la cage et j'ai levé le rideau.

– Je peux ?

Il m'a tendu une main, que je n'ai pas prise, et je suis entrée.

– Oh, whaouh.

Je n'avais pas vraiment l'intention d'être impressionnée, mais le contraire aurait été impossible. À l'intérieur, la cage ne ressemblait à aucune autre. Elle ne ressemblait pas du tout à un garde-meuble. On avait l'impression d'entrer dans un boudoir victorien. Au lieu d'une ampoule, c'était un petit lustre en cristal qui pendait au plafond. Un vieux tapis oriental, dans les tons verts et bleus, était étendu sur le sol, et on y avait disposé deux vieux fauteuils rembourrés et une méridienne en velours vert. Une étagère en bois sombre, recouverte de petits livres reliés en cuir, était nichée dans un coin et portait une grosse bougie qui se consumait à petit feu. Il y avait aussi deux petites tables avec des pieds en forme de pattes de lion. Sur l'une d'elles était posée une coupe en verre bleu sombre remplie de barres chocolatées miniatures, et sur l'autre se trouvait un assortiment de bouteilles à liqueur en cristal comme celles que les vieilles personnes riches possédaient parfois. Il restait un fond d'alcool dans chacune des bouteilles et Toby en a versé un peu dans un petit verre en cristal.

– Assieds-toi, m'a-t-il dit en souriant.

Chaque fois que j'étais venue voir Finn je me demandais si cette pièce avait toujours existé. Un autre secret qu'il n'avait pas pris la peine de partager avec moi. Ou peut-être que Toby avait installé tout ça après la mort de Finn. C'est ce que j'espérais sans trop y croire.

– Qu'est-ce que c'est que cet endroit ? ai-je demandé.

– C'est Finn qui l'a aménagé. L'annexe, comme il l'appelait.

Je ne voulais pas que Toby remarque l'expression de mon visage, je me suis donc levée pour aller observer l'étagère de plus près. Je me suis accroupie et j'ai remarqué que chaque petit livre rouge était un ancien guide de quelque chose. La vie sous-marine, les fleurs sauvages, les arbres, les pierres précieuses. Ils étaient magnifiques. J'ai sorti celui sur les mammifères et j'ai tourné les pages à bord doré, sans vraiment regarder. Je tenais le petit volume dans ma paume, dos à Toby, et je me suis mise à gratter la reliure en cuir avec mon pouce. J'ai gratté et gratté pour rendre mon empreinte indélébile.

J'ai entendu Toby se lever ; je sentais qu'il était juste derrière moi.

– C'est ici que je venais quand tu rendais visite à Finn. Pas systématiquement, bien sûr, mais parfois quand je rentrais et que je n'étais pas sûr que tu sois partie. C'est pour ça qu'il a créé cette pièce.

Finn cachait son petit ami secret dans la cave ? J'aurais sans doute eu de la peine pour Toby si l'endroit n'avait pas été aussi beau. Si ça n'avait pas été évident que pareil endroit ne pourrait être créé que pour quelqu'un qu'on aimait vraiment. J'ai repensé à toutes les fois où j'étais là-haut dans l'appartement, et à présent, tous mes souvenirs se mélangeaient avec l'image de Toby tournant dans sa cage. Juste au-dessous de moi en permanence. J'ai pensé à toutes ces séances de peinture, tous ces après-midi après les Cloisters, ce long week-end du 4 juillet. Il n'avait quand même pas pu rester là durant tout ce temps, si ?

Puis je me suis rendu compte que tout était de la faute de ma mère. Sans elle, il n'y aurait pas eu d'annexe souterraine. J'aurais toujours su que Finn et Toby vivaient ensemble. Qu'est-ce qui se serait passé alors ? J'imagine que je n'aurais jamais été aussi proche de Finn. Je n'aurais jamais pensé que j'étais probablement la personne la plus importante dans sa vie. Je ne l'aurais jamais laissé prendre racine dans mon cœur comme il l'avait fait. Je ne serais jamais devenue cette fille pathétique qui aurait voulu qu'il crée cette pièce secrète pour elle.

– Enfin, a dit Toby, la question était : « Est-ce que Finn a déjà peint un portrait de moi ? » C'est pour ça qu'on est là, non ? Alors regarde au fond. Derrière la méri-machin-truc.

Je m'y suis glissée sans regarder Toby. Par terre, une palette en bois était recouverte d'un drap blanc. Je voyais bien ce qu'il y avait sur la palette, même sans soulever le drap. C'était une grosse pile de toiles de Finn. Je restais là sans bouger.

– Vas-y, a dit Toby.

Je me suis baissée pour soulever le drap, mais je n'ai pas pu. Je n'avais pas le courage d'être confrontée à d'autres facettes de Finn que je n'avais encore jamais vues.

J'ai secoué la tête.

– Peut-être une autre fois.

Toby a acquiescé, comme s'il comprenait.

– Très bien, m'a-t-il dit en mettant une main timide sur mon épaule. On reviendra quand tu seras prête.

Comme nous faisions demi-tour pour nous en aller, j'ai aperçu un genre de petite scène de théâtre avec un rideau en velours bleu. Elle était montée sur des pieds, ce qui fait qu'elle arrivait à hauteur de poitrine, et elle semblait très ancienne.

– Qu'est-ce que c'est ?

– Oh, c'est juste un vieux cirque à puces. Il faut bien gagner sa vie.

Pour la première fois de l'après-midi, j'ai éclaté de rire, parce que c'était ce qu'aurait pu dire un serveur ou un éboueur. Ça ne correspondait pas du tout à l'idée qu'on se faisait d'un dompteur de puces.

– Alors il est à toi ?

– Oui, autrefois je l'emmenais dans les parcs. Ou parfois aux fêtes foraines.

– Et les puces ?

Toby a souri.

– Bien sûr, les puces. Mes petites camarades.

– Alors… Elles sont où maintenant ?

– Qui ça ?

– Ben les puces.

Toby m'a regardée d'un drôle d'air. Comme s'il essayait de comprendre quelque chose.

– Assieds-toi.

Génial. Ça allait être une sorte de spectacle incroyablement ridicule tout au long duquel j'allais devoir essayer de sourire. Je me demandais si Toby descendait là pour nourrir les puces. S'il les gardait dans une petite cage spéciale, équipée d'un réservoir d'eau.

– Ne leur fais pas de mal pour moi, ai-je dit en essayant d'incliner la tête pour voir ce qu'installait Toby.

– Tu me prends pour qui ?

C'était bien ça le problème. Je ne savais pas quoi penser de Toby. Je n'en avais toujours aucune idée.

Il a tourné la scène face à moi. On aurait dit un cirque miniature. Il y avait de toutes petites échelles et une toute petite bicyclette. Il y avait un fil tendu entre deux tribunes et un trapèze chancelant s'y balançait. Je n'ai pu m'empêcher de sourire en assistant à la transformation de Toby en véritable show man. Le trapèze virevoltait et la bicyclette roulait doucement autour de la piste. Pendant tout ce processus, Toby donnait de gentils ordres aux puces et, quand elles obéissaient, il leur disait à quel point elles étaient merveilleuses, leur prodiguant des louanges à n'en plus finir. « Bellissimo ! Bravo ! » Au bout d'un moment, il leur a dit qu'elles pouvaient se reposer et m'a demandé de les applaudir comme elles le méritaient.

J'ai tapé dans mes mains sans grande conviction avant de croiser les bras.

– Il n'y a pas de puces, hein ?

Toby m'a regardée d'un air malicieux.

– Non, June. Pas de puces. C'est un tour de passe-passe. Pure dextérité.

– En gros tu es comme l'Homme aux mains d'or.

C'est sorti d'un ton plus moqueur que prévu mais, une fois de plus, Toby n'a pas semblé le remarquer. Ou, du moins, il n'a pas relevé.

– Non, pas vraiment, a-t-il répondu. Enfin, peut-être pour des choses minutieuses sans intérêt. Je sais pas écrire, ni peindre, et encore moins dessiner. Je sais rien faire d'utile.

Juste quelques trucs avec mes mains. Mais regarde le reste de ma personne. Je suis l'homme le plus maladroit du monde.

– Alors, disons, comme un super héros qui n'aurait qu'un seul pouvoir.

– Je n'irais pas jusque-là. Enfin. C'est quoi le tien ? Quel est le super pouvoir de June Elbus ?

J'ai réfléchi à tous les aspects de ma personne, de la tête aux pieds. C'était comme être forcée de lire les sections les plus ennuyeuses d'un catalogue de vente par correspondance. Comme feuilleter les pages d'accessoires pour salles de bains. Un esprit ennuyeux. Un visage banal. Aucun sex-appeal. Des mains malhabiles.

– Mon cœur. Un cœur dur, ai-je dit sans trop savoir d'où ça sortait. Le cœur le plus dur du monde.

– Hmmm, a répondu Toby en agitant un doigt dans l'air. Voilà un pouvoir utile, tu sais. Très pratique. La question c'est…

Toby a marqué une pause, comme s'il prenait cette conversation très au sérieux.

– C'est quoi la question ?

– La question c'est : pierre ou glace ? Un cœur qu'on fend, ou un cœur qui fond ?

Toby a pris son temps, remballant soigneusement toutes les petites pièces du cirque à puces. S'il laissait volontiers l'appartement en désordre, en revanche il semblait mettre un point d'honneur à ce que le petit cirque soit impeccablement plié et rangé. Je me demandais combien de fois il était descendu parler à ses puces invisibles pendant que j'étais là-haut avec Finn. Je me demandais si c'était Finn qui lui avait acheté ce petit cirque. Je me demandais si Toby me haïssait. S'il haïssait l'ensemble de la famille. J'aurais difficilement pu lui en vouloir. Il a fermé la boîte et poussé le loquet.

– Comment est-ce que tu as rencontré Finn ?

Toby a froncé les sourcils. Il a bu une gorgée de cognac, puis il a tapoté le bord de son verre en cristal.

– Oh, à un cours d'arts plastiques. L'histoire n'est pas très intéressante.

Il s'est levé et s'est dirigé vers l'étagère, me tournant le dos. De ses longs doigts, il a caressé la tranche des petits guides rouges.

– Finn disait que vous alliez souvent aux Cloisters tous les deux.

Je voyais bien qu'il essayait de changer de sujet, mais je n'avais pas l'intention de le laisser s'en tirer comme ça.

– Je croyais que les arts plastiques, c'était pas ton truc ?

– En effet, je suis très mauvais. C'était juste un cours. Rien de plus. Alors dis-moi, qu'est-ce qu'il y a aux Cloisters ?

– Tu y as jamais été ?

Il a secoué la tête.

Je me suis empressé de détourner mon visage car je ne voulais pas qu'il remarque mon sourire. Je ne voulais pas qu'il remarque à quel point ça me faisait plaisir de savoir que Finn me réservait ce lieu.

– Vas-y, dis-moi comment c'est. Je veux savoir.

– Vraiment ?

Toby a acquiescé et j'ai commencé à me représenter mentalement les Cloisters.

– Eh bien, l'endroit n'a rien de spécial vu de l'extérieur. Première chose. Mais une fois qu'on y est, on a l'impression d'avoir quitté New York. De ne même plus être aux États-Unis.

Je lui ai dit comment, à l'instant même où l'on franchissait les portes, on avait l'impression d'avoir été arraché de New York et transporté au Moyen Âge. Je lui ai parlé des larges marches courbées qui vous emmenaient vers les principaux cloîtres, puis des murs épais formés de gros blocs de pierre, comme dans un château. Toby s'est assis en tailleur sur le tapis pour écouter, et je lui ai parlé des parterres de plantes médicinales. Pulmonaire, bryone, consoude, achillée millefeuille...

Dans ma tête, je m'y promenais avec Finn. Lui, frottant une feuille entre ses doigts pour en révéler l'odeur. Me parlant de la théorie des signatures qui disait que Dieu avait signé chaque plante pour permettre aux hommes de savoir ce qu'elle soignait. Les rouges pour les troubles sanguins. Les jaunes pour la jaunisse. D'autres plantes dont je ne me rappelais même plus le nom, avec des racines en forme d'hémorroïde, de rein ou de cœur. Finn disait que c'était absurde, mais que c'était une belle idée. Que c'était sympa d'imaginer quelqu'un apposer sa signature pour le monde entier. Je n'ai pas parlé de ça à Toby. De Finn et moi là-bas. Je m'en suis tenue à la gracieuse courbe de la pierre formant les arcades, aux chemins pavés et aux infinis détails des tapisseries. Je n'ai pas mentionné Finn une seule fois mais, malgré ça, j'ai vu que le regard de Toby s'était embué de larmes.

– Qu'est-ce qu'il y a ?

Il s'est essuyé les yeux et a essayé de sourire.

– Je sais pas, a-t-il dit en riant un peu. Tout, j'imagine.

Et, à cet instant précis, j'ai senti mon cœur s'attendrir pour Toby, car je savais exactement ce qu'il voulait dire. Je savais à quel point n'importe quoi au monde avait le pouvoir de te rappeler Finn. Un train, New York, des plantes, des livres, des cookies moelleux, ou un type à Central Park en train de jouer une polka à l'harmonica et au violon en même temps. Même des choses que tu n'avais jamais vues avec Finn te faisaient penser à lui car tu aurais voulu pouvoir les lui montrer. « Regarde ça ! » aurais-tu voulu lui dire, parce que tu savais qu'il trouverait une façon de penser que c'était merveilleux. De donner l'impression que tu étais la personne la plus observatrice du monde pour l'avoir remarquée.

Je me suis assise par terre à côté de Toby, nos bras se touchant presque. Nous sommes restés là pendant ce qui m'a semblé être une éternité, sans dire un mot, jusqu'à ce que Toby finisse par briser le silence :

– Tu sais que si tu as besoin de quoi que ce soit tu peux m'appeler, hein ? N'importe quand.

J'ai hoché la tête.

– Tu dis toujours ça.

– Mais je veux que tu saches que je le pense. Je ne le dis pas juste pour être sympa. Tu peux m'appeler de la même façon que t'appelais Finn. Même juste pour discuter. Pour quoi que ce soit.

Je lui ai répondu que je savais qu'il le pensait, mais je sentais bien que le ton de ma voix laissait entendre qu'en fait je n'appellerais jamais. Qu'il n'était pas Finn. Et même s'il avait l'air de le penser, quelque part en moi, j'avais le sentiment qu'après tout, il le disait juste pour être sympa.

– Je devrais sans doute y aller, ai-je dit.

Toby a proposé de me raccompagner jusqu'à Grand Central. Le temps avait changé pendant que nous étions terrés dans la cave. Quand j'avais quitté l'école, il n'y avait que quelques nuages mais, quand nous sommes sortis de l'immeuble de Finn, le ciel était entièrement noir. Nous avions à peine commencé à marcher quand nous avons reçu les premières gouttes.

– Mince, s'est exclamé Toby. On a oublié le parapluie.

Nous sommes entrés dans une épicerie pour nous abriter, espérant que l'averse allait passer mais, après nous avoir vus faire trois fois le tour du magasin, le type derrière le comptoir est venu nous demander s'il pouvait nous aider. Toby lui a répondu que nous cherchions juste des bonbons à la menthe et, d'un air exaspéré, le vendeur nous a montré le présentoir devant la caisse.

Nous sommes repartis sous la pluie, suçant tous les deux ces bonbons à la menthe forte, horriblement piquants, que nous n'avions pas eu l'intention d'acheter. Quand j'ai senti que j'avais la langue en feu, j'ai failli recracher le mien, mais je me suis ravisée, me disant que c'était parfois bien de tester ses limites, de voir combien de temps on pouvait tenir.

Toby m'a demandé de lui raconter une de mes anecdotes avec Finn. J'ai hésité quelques secondes, le temps d'en choisir une, puis je lui ai raconté comment un jour, à Thanksgiving, quand tout le monde regardait le match de football américain, Finn et moi nous nous étions éclipsés de la maison pour aller marcher dans les bois jusqu'à nous y perdre.

– Juste nous deux, ai-je dit, parce que nous avions horreur du foot.

J'ai dit à Toby à quel point les bois sentaient bon et que Finn nous avait préparé un petit feu de camp en utilisant uniquement des brindilles. Ensuite nous nous étions blottis près du feu et Finn m'avait appris la signification des mots latins du *Lacrymosa*, mon passage préféré du *Requiem* de Mozart, et nous l'avions chanté encore et encore, de nos voix chevrotantes, jusqu'à ce que je le connaisse par cœur. J'ai dit que Finn m'avait confié qu'il voulait rester là pour toujours, qu'il ne voulait plus jamais retourner à New York, mais qu'il savait que c'était impossible. Ensuite, nous étions revenus sur nos pas jusqu'à la maison et avions vu que nous n'étions pas si perdus que ça. À notre retour, ma mère nous avait donné de la tarte à la citrouille avec de la chantilly. Elle avait gardé deux parts exprès et nous les avions mangées sans dire à personne où nous étions passés.

– Hmmm. C'est une sacrée histoire, June.

– Eh ouais.

Toby s'est mis à me raconter la fois où Finn s'était déguisé pour pouvoir aller à une de ses propres expositions et écouter ce qu'on en disait. Toby a commencé à s'emmêler les pinceaux, mais j'avais déjà décroché, quand soudain mon regard a été attiré par une bouche d'égout rendue brillante par la pluie et je me suis arrêtée au beau milieu du trottoir.

Toby continuait son chemin.

– Hé, ai-je appelé. Qu'est-ce que tu sais de ces boutons ? Ces boutons noirs sur le portrait ?

Toby était quelques mètres devant moi, mais il m'a entendue et s'est arrêté net. Il ne s'est pas tout de suite retourné. Pendant quelques secondes, il est resté immobile. Quand il s'est finalement tourné vers moi, il avait un regard implorant. Il semblait coupable et embarrassé et je voyais bien qu'il savait exactement de quoi je parlais.

Il m'a attirée sur le côté, m'abritant sous le petit auvent en toile d'un immeuble tandis qu'il restait sous la pluie. Puis il a commencé à s'excuser trente-six fois avant de me dire ce qui était arrivé.

– Bon, a-t-il dit, comme s'il venait de prendre une décision, en respirant profondément. Tu me poses une question drôlement difficile.

Il a esquissé quelques pas avant de faire volte-face.

– T'es pas obligé de me répondre, ai-je dit, même si je ne le pensais pas.

Il a semblé envisager cette possibilité un moment, avant de secouer la tête. Il a refait quelques pas avant de se lancer :

– Bon, disons… Le portrait est super, non ?

J'ai hoché la tête.

– Mais Finn n'était pas de cet avis. « Il doit être parfait. Plus de détails. Il lui faut plus de détails. » C'est ce qu'il disait sans arrêt. Il me demandait de le lui apporter. À côté du lit. Il était presque aveugle et pouvait à peine lever la tête. Si tu l'avais vu… Il ne parlait que de ça, June. Tu comprends ? Du coup, je lui ai fait une promesse. J'ai dit que je ferais de mon mieux. Que je le rendrais parfait.

Toby a baissé la tête.

– Voilà. D'accord ? Maintenant, tu sais.

J'ai repensé à ces gros boutons maladroits et je ne comprenais vraiment pas comment Toby avait pu penser qu'ils amélioreraient le tableau. Il a dû remarquer l'expression de mon visage parce qu'il a tout de suite ajouté :

– Ouais, je sais. J'ai fait une boulette. Mais tu peux pas savoir comment c'était. On n'était que tous les deux cet après-midi-là et ensuite… Et ensuite il n'y avait plus que moi.

J'ai regardé son visage et j'ai compris qu'il se remémorait cette triste journée.

– Tout était tellement calme et je me suis dit : *Si seulement je pouvais faire quelque chose de bien. Rien qu'une chose…* et j'ai même pas réussi. Même pas des boutons noirs.

Mon cœur battait la chamade car je ne pouvais pas m'empêcher d'imaginer l'appartement ce jour-là. Finn se figeant tout à coup. Toby désespéré et maladroit. Je me suis mordu la lèvre car je sentais le tremblement au coin de ma bouche qui annonçait les larmes, et je ne voulais pas pleurer devant Toby. De la pluie gouttait de mes cheveux trempés et me coulait sur le visage, et les yeux sombres de Toby étaient plongés dans les miens, attendant ma réponse. Je ne voulais pas pleurer. Je ne le voulais pas, mais d'un coup, les larmes sont arrivées, incontrôlables.

J'ai commencé à m'éloigner, mais ensuite, je suis revenue sur mes pas. J'ai décidé d'arrêter d'essayer de retenir mes larmes. J'ai décidé de rester là sous mon auvent de Lexington Avenue, permettant à Toby de me voir. Lui permettant de comprendre que Finn me manquait autant qu'à lui. Et une fois que j'avais commencé, rien ne pouvait m'arrêter. Tout ce qui avait été écrasé et compressé en une petite boule dure et compacte au centre de mon cœur était en train de se défaire. Je suis restée là, secouée de sanglots sur Lexington Avenue devant Toby, m'attendant à ce qu'il s'enfuie en courant ou à ce qu'il me jette dans un taxi, mais il n'a rien fait de cela. Il s'est approché, m'a entourée de ses longs bras et a posé sa tête sur mon épaule. Nous sommes restés sous cet auvent jusqu'à ce que je sente que lui aussi pleurait. Le cliquetis du bonbon de Toby contre ses dents, le crissement aigu des pneus et la pluie rebondissant sur la toile au-dessus de nos têtes se mêlaient à nos lourds sanglots pour créer une sorte de musique sinistre, transformant toute la ville en écho de notre tristesse. Au bout d'un moment, ça a presque cessé d'être pénible et ça s'est transformé en autre chose. En une sorte de soulagement.

Quand nous nous sommes séparés, je n'arrivais pas à regarder Toby dans les yeux.

Je l'ai entendu murmurer : « Désolé. » Puis :

– Je ne suis pas peintre, June. Je suis tellement désolé… pour tout.

J'ai haussé légèrement les épaules, puis j'ai craché mon bonbon dans ma main avant de le lancer sur le trottoir.

– Ces bonbons sont infects, ai-je dit.

Toby a souri.

– C'est clair.

Mais il n'a pas recraché le sien. Il l'a gardé dans sa bouche où il devait pourtant lui brûler la langue.

37

Il était tard le soir. Ce même jour. Tout le monde dormait profondément. J'étais assise dans la cuisine, par terre, avec le *Calendrier de la femme médiévale* ouvert sur mes genoux. J'ai entouré le combiné de ma main et j'ai murmuré :

– Je t'appelle juste pour te dire que j'ai tout inventé.

– Oh… O.K. Tu quoi ?

Toby avait la voix enrouée, comme si je l'avais réveillé au milieu d'un profond sommeil.

– L'anecdote. Avec Finn. C'était pas vrai.

– Ah, c'est toi June. Salut. Il est quelle heure ?

– Tard. Désolée de t'avoir réveillé.

– Je dormais pas. Je me reposais juste avec un verre de cognac.

J'ai ri en fermant la bouche, essayant de ne pas faire de bruit. J'ai tendu la main pour ouvrir le petit placard à côté du lave-vaisselle. Celui où mes parents gardent les bouteilles d'alcool. J'ai sorti la bouteille de cognac. Je l'ai posée sur le sol à côté de moi et j'ai tapoté le bouchon avec mon doigt.

– Bref, tout ça pour dire que je te dois toujours une anecdote.

– Tu es sûre que la tienne n'était pas vraie ? En ce qui me concerne, j'ai tout gobé.

J'ai souri, même si je pensais que Toby était peut-être en train de se moquer de moi.

– Mais voyons.

– Si, si, je t'assure. Très bonne utilisation des détails. Joliment tourné.

Toby chuchotait, alors même qu'il était tout seul de son côté.

Nous sommes tous deux restés silencieux quelques secondes, puis Toby m'a dit :

– Tu sais, c'est pas grave, June. T'es pas obligée de me raconter une de tes histoires si t'en as pas envie.

Je l'ai entendu boire une gorgée de cognac. J'ai débouché la bouteille et j'ai trempé un doigt dans l'alcool pour le goûter.

– Si. J'en ai envie. La prochaine fois.

Je pouvais presque entendre Toby sourire à l'autre bout du fil.

– Viens quand tu veux. Quand tu peux. Tu le sais, hein ? Si tu as besoin de quoi que ce soit…

Je me disais que si j'étais en train de me noyer dans l'océan, Finn serait comme un beau navire en bois très solide, avec des voiles toujours gonflées par le vent. Et Toby ? Eh bien, Toby ressemblerait plutôt à un gros bateau gonflable susceptible d'éclater à tout moment. Mais peut-être qu'il serait encore là. C'est ce que je commençais à penser.

J'ai acquiescé et porté la bouteille à mes lèvres. Le cognac s'est engouffré dans mon corps avec tant de chaleur que j'ai cru un instant que mes entrailles avaient été réduites en cendres.

– Je sais, ai-je murmuré.

Nouveau silence.

– Ben… Bonne nuit alors, ai-je dit.

– Fais de beaux rêves, June.

Je me suis étendue sur le lino froid de la cuisine en serrant le combiné sur ma poitrine. Le seul bruit perceptible était le tic-tac de l'horloge jaune, accrochée sur le mur au-dessus de l'évier. J'ai dû rester une ou deux minutes comme ça puis, dans le silence de cette sombre cuisine, j'ai entendu mon nom.

– June.

J'ai repris le téléphone.

– Oui ?

– Va te coucher.

– D'accord, ai-je murmuré. Toi aussi.

Puis j'ai raccroché, laissant Toby tout seul dans l'appartement de Finn.

Je ne savais pas comment sceller un pacte avec un mort. Avec quelqu'un de vivant, on peut prendre une paire de ciseaux et faire une toute petite encoche dans ses vêtements. Les vêtements en question ne doivent pas être vieux et moches. Il faut qu'ils soient neufs, le genre qu'on porte tout le temps et qu'on ne devrait surtout pas abîmer. L'encoche peut être faite n'importe où. À l'extrémité intérieure de la manche ou au niveau de l'aisselle, et elle peut être microscopique. C'est l'une des astuces. Apprendre à tailler des encoches vraiment minuscules. C'étaient les règles que nous utilisions Greta et moi pour sceller des pactes quand nous étions petites. Quand nous avions trop peur d'utiliser notre sang.

Je me suis levée et j'ai décroché une carte postale de Miami Beach du tableau d'affichage. J'ai saisi la punaise et je l'ai enfoncée dans mon index, en pressant jusqu'à ce qu'une goutte de sang jaillisse comme un petit rubis. J'ai relu le mot de Finn une fois de plus avant d'appuyer mon doigt en plein milieu.

Finn avait raison. Je le voyais bien. Toby n'avait personne. Mais ce n'était plus un problème. Tout était scellé. Maintenant, il m'avait moi.

38

Mars finissait tout doux, tout doux. Comme dans le proverbe[1]. Les arbres étaient encore nus mais, à part ça et les quelques tas de neige dans les coins des parkings, l'hiver semblait bel et bien fini.

Les affiches de *South Pacific* commençaient à se répandre partout en ville. On les collait en avance pour pouvoir programmer un ou deux spectacles supplémentaires en cas de grand succès. C'est Beans qui avait remporté le concours pour la conception de l'affiche. Elle avait transformé le S de *South* et le P de *Pacific* en palmiers, et l'affiche dans son ensemble avait la forme d'une hutte. C'était très réussi et je me disais qu'il faudrait absolument que je la félicite la prochaine fois que je la verrais.

Tout commençait à sentir le printemps, à l'exception de mes parents qui entraient dans la pire phase de la saison des impôts. La bande de cheveux blancs de ma mère s'étalait de plus en plus et je n'avais plus vu mon père bien rasé depuis des jours et des jours. Greta et moi étions sur le point de mourir

1. « Si mars commence en courroux, il finira tout doux, tout doux. » (Proverbe populaire) *(N.d.T.)*

empoisonnées à force d'avaler du ragoût. Bientôt, comme nous le disions autrefois, notre sang lui-même se transformerait en jus de viande.

Je suis sortie de l'école et me suis dirigée directement vers la banque.

La feuille d'or – la vraie feuille d'or – coûte une fortune, mais la peinture dorée peut parfois être aussi jolie et coûte le même prix que n'importe quelle autre couleur. J'en avais acheté un petit flacon chez *K-Mart*, ainsi qu'un pinceau tout fin. Je les gardais dans la poche avant de mon sac à dos, juste à côté de la clé du coffre.

Cette fois-ci, Mr Zimmer n'a pas parlé du sida. Il s'est comporté normalement et m'a conduite au sous-sol sans perdre de temps.

– On ferme dans une petite demi-heure, m'a-t-il dit en regardant sa montre. Je frapperai à la porte un peu avant pour que tu aies le temps de ranger tes affaires, d'accord ?

– Parfait, merci.

J'ai posé le tableau sur la table et j'ai caressé chaque bouton noir du bout des doigts. L'un après l'autre. Ils n'avaient plus l'air aussi laids. Maintenant que je connaissais leur histoire, ils me semblaient même presque beaux. Comme des perles noires et brillantes. Puis j'ai suivi le contour du crâne sur la main de Greta avec mon index.

J'ai adossé le portrait au mur et lui ai souri. Finn aimerait, non, *adorerait* ce que je m'apprêtais à faire. J'ai sorti le flacon de peinture et le petit pinceau de mon sac à dos et les ai posés sur la table. J'ai eu un peu de mal à retirer le bouchon, mais j'ai fini par y arriver. Une légère odeur de peinture a rempli la petite pièce et j'ai inspiré profondément ce parfum qui me rappelait tellement Finn. Puis j'ai trempé le pinceau dans le récipient et l'ai égoutté contre le bord. Je me suis arrêtée, ma main hésitant au-dessus de la toile, ayant soudain peur d'en toucher les fibres. Mais je connaissais Finn. Je n'étais pas comme les gens qui avaient essayé de terminer le *Requiem* pour Mozart. Je savais ce que Finn dirait.

Je me suis donc mise au travail, d'abord timidement, passant le pinceau sur une mèche de mes cheveux. Puis j'en ai repeint une de Greta. J'ai reculé pour jauger le résultat, comme font les vrais artistes. En penchant la tête comme j'avais toujours vu Finn le faire quand il essayait d'évaluer quelque chose. Je ne voulais pas exagérer. Je savais qu'il était très facile de se laisser emporter. J'ai replongé le pinceau dans le flacon et, dans cette petite salle souterraine, j'ai imaginé la main de Finn guidant la mienne, sa douce paume effleurant ma peau. Cette image en tête, j'ai laissé mon pinceau glisser délicatement le long de ma chevelure, cette même chevelure qu'il avait peinte. Son œuvre. Avec quel degré d'attention Finn devait-il m'observer pour créer cette autre moi ? Que distinguait-il ? Avait-il remarqué que je portais toujours un peu de brillant à lèvres Bonne Bell quand je lui rendais visite ? M'observait-il étudier ses pieds nus pendant qu'il travaillait sur la toile ? Pouvait-il lire dans mon cœur ? J'aimerais penser que non. J'aimerais penser que j'étais assez douée pour tout camoufler.

J'ai peint encore quelques mèches de mes cheveux, puis quelques-unes de ceux de Greta. J'ai reculé de nouveau. Je cherchais à faire quelque chose qui ressemble aux ailes des anges dans un des manuscrits enluminés des Cloisters. Quelque chose dans ce style-là, mais pas tout à fait, parce que nous n'avions pas d'ailes, rien que des cheveux bruns sans intérêt. Mais enluminés. Je voulais que ce portrait rayonne d'or. Je voulais qu'il chante Finn et mon amour pour lui. À la façon des boutons de Toby, si on connaissait leur histoire.

J'ai revissé le capuchon sur le flacon de peinture, enveloppé le pinceau dans une feuille arrachée à mon cahier, et je les ai tous deux rangés dans mon sac à dos. Nous étions à présent tous sur ce portrait. Tous les trois. Toby, Greta et moi.

Et le loup. En remettant le tableau dans sa boîte en métal, je l'ai aperçu. Toujours là, toujours caché dans l'ombre de l'espace négatif.

39

– C'est quoi ta tenue ?

J'ai regardé ce que je portais.

– Ma jupe bordeaux et un pull gris…

– Mais non, andouille. Pour la fête. Samedi.

– J'en sais rien. Pourquoi ?

– Ben m'a demandé si tu venais.

J'ai levé les yeux au ciel.

Nous étions dehors, à attendre le bus qui était encore plus en retard que d'habitude. Greta semblait fatiguée. Elle ne portait pas de maquillage et s'était attaché les cheveux n'importe comment. La bretelle de son sac à dos habituel s'était déchirée quand elle était rentrée de l'école quelques jours plus tôt, et elle avait donc ressorti son vieux cartable Snoopy, sur lequel Woodstock volette autour de la tête de Snoopy, prêt à se poser.

– Pourquoi est-ce que tu cherches toujours à faire en sorte que je m'intéresse à Ben Dellahunt ? Je le connais à peine !

Elle a poussé un soupir frustré.

– Ton cas est vraiment désespéré

– Non, sérieusement.

Elle a fait la moue en mettant les mains sur ses hanches.

– Peut-être que j'essaye juste de t'aider. T'as jamais pensé à ça ?

– Non.

Une drôle d'expression a alors traversé le visage de Greta. Comme si elle voulait dire quelque chose, mais ne le pouvait pas.

– Peu importe, June. Peu im-porte. Tu... Tu...

– Quoi ?

– Rien.

– Tu sais, c'est peut-être *toi* qui devrais réfléchir à ta tenue pour la fête. Toi non plus tu ressembles pas à grand-chose.

Greta a fait volte-face, les mains toujours sur les hanches. Son regard, neutre jusque-là, était à présent meurtrier.

– Je sais que t'étais pas à la répétition lundi. T'es qu'une sale menteuse, June. T'avais dit à maman et à moi que t'irais. Tu crois que personne va découvrir où tu vas comme ça ? Tu crois vraiment que tu peux garder ton grand secret éternellement ?

Elle hurlait. Là, en pleine rue. On aurait dit une bombe qui explosait et j'étais tétanisée. Puis, en un éclair, Greta m'a tourné le dos et a fait le tour du gros érable. Elle s'y est adossée, faisant disparaître tout son corps. Tout ce que je voyais était un de ses pieds qui marquait la cadence. Nous avons attendu le bus encore cinq minutes et, pendant tout ce temps, j'ai regardé le petit pied délicat de Greta taper, comme si elle envoyait une espèce de message codé en morse à un être enfoui sous terre.

Ce soir-là, mes parents sont rentrés à temps pour le dîner. Greta avait prévenu qu'elle n'avait pas de répétition et ils avaient donc décidé que ce serait bien de partager un vrai dîner de famille, tous ensemble. J'étais contente d'être là, de ne pas avoir prévu d'aller à New York. Parfois, je ne me souvenais même pas que mes parents me manquaient pendant la saison des impôts. C'était uniquement quand ils finissaient par passer plus de temps à la maison que je me rappelais combien leur présence était agréable. Quand je dînais toute seule, je versais juste un peu de ragoût dans un bol mais, quand ma mère était là, elle préparait du pain à l'ail et de la salade et ajoutait une bonne dose de crème fraîche dans notre ragoût à tous. Ça devenait un vrai repas et pas uniquement quelque chose qu'on mangeait par nécessité.

Quand ils sont rentrés ce soir-là, Greta et moi faisions nos devoirs chacune à une extrémité de la table de la cuisine. Greta avait construit un mur avec son livre de biologie et son livre de maths pour ne pas me voir. En entendant mon père arriver, elle les a remis à plat.

– Devinez ce que j'ai rapporté ! a lancé mon père en brandissant un sac *Caldor* au-dessus de sa tête.

Il souriait jusqu'aux oreilles.

– Qu'est-ce que c'est ? ai-je demandé.

– Devinez.

Greta a regardé le sac.

– *Trivial Pursuit*, a-t-elle déclaré.

– Oh, a répondu mon père, l'air déçu. Bon, d'accord. T'as gagné.

La déception s'est maintenue quelques instants sur son visage, mais dès qu'il a ouvert la boîte, il a retrouvé tout son enthousiasme. À mon avis, nous étions la seule famille aux États-Unis à ne pas avoir de *Trivial Pursuit*. Mon père s'abstenait toujours d'acheter les nouveautés. Il prétendait que les gens intelligents attendaient un peu, le temps que les prix baissent.

– Alors, qui veut jouer ? a-t-il demandé en distribuant les petits camemberts de couleur.

Même si c'était un soir de semaine, nous avons joué toute la soirée. Jusque tard. Tous les quatre. Ma mère a fait du pop-corn et du thé glacé instantané au citron.

Mes parents n'avaient pas brillé comme ça à un jeu depuis des années et, même si Greta ne m'a pas regardée de toute la soirée, je me suis bien amusée.

– « Qui jouait le chasseur de primes Josh Randall à la télévision ? » a lu Greta, et ma mère a tout de suite su.

– Steve McQueen, a-t-elle répondu sans hésiter une seconde.

J'ai su répondre à quelques questions scientifiques comme « Quel est l'élément chimique symbolisé par Pb ? » ou « Quelle substance Friedrich Sertürner a été le premier à extraire de l'opium afin de s'en servir comme anti-douleur ? », mais globalement elles étaient très difficiles. Les plus drôles étaient les questions de sport qui étaient en fait liées à l'alcool. Greta a eu « Qu'est-ce qui donne sa couleur noire à un Russe noir ? » et ça ne lui a posé aucun problème. La réponse était Tia Maria *ou* Kahlua et elle connaissait les deux.

À la fin, mon père a gagné avec une question d'histoire.

– « De quelle bataille un cheval du nom de Comanche était-il le dernier survivant ? »

– Hummm… Little Big Horn ?

Nous avons tous grogné et il s'est levé, stupéfait.

– J'ai gagné ? J'ai gagné à un jeu, moi ?

Ma mère est allée se coucher et Greta est partie appeler une amie, mais mon père et moi sommes restés là un moment, à nous poser d'autres questions du jeu et à siroter du thé glacé jusqu'à ce que nous ayons peine à garder les yeux ouverts.

De temps en temps, une question comme « Qu'est-ce qu'un prestidigitateur ? » sortait et me faisait penser à Toby.

– Papa ?

– Une seconde, laisse-moi en tirer une autre.

– Non, j'ai une vraie question.

Il a hoché la tête.

– D'accord, envoie.

– Tu connais l'ami d'oncle Finn, son… ami particulier ?

J'ai failli avoir un haut-le-cœur en prononçant cette expression stupide, mais je ne voulais pas éveiller les soupçons.

Il a regardé au-dessus de son épaule, dans l'entrée. J'imagine qu'il voulait s'assurer que ma mère était partie pour de bon. Puis il s'est retourné vers moi.

– Je l'ai vu deux ou trois fois. Quand ils se sont installés à New York. C'était il y a peut-être huit ou neuf ans. Qu'est-ce que tu veux savoir ?

– Juste… Maman, elle a l'air de le détester et, je sais pas, j'arrive pas à imaginer Finn avec quelqu'un d'aussi méchant.

Il s'est mis à jouer avec les parts de camembert, les sortant de leur support et les y remettant. Il a poussé un soupir.

– D'accord. Je vais te raconter une ou deux choses, mais tu dois me promettre de ne pas t'en attrister et, surtout, de ne pas les répéter à ta mère, d'accord ?

J'ai hoché la tête et il a continué.

– Je ne veux pas que tu penses que ta mère… Je veux que tu comprennes pourquoi elle réagit comme ça.

– O.K.

– Quand tu regardais Finn et ta mère, c'étaient deux adultes si différents qu'il était difficile de les imaginer frère et sœur, pas vrai ? Ta mère la comptable, Finn à New York avec sa peinture et tout le reste. Mais ça n'a pas toujours été comme ça. Quand ils étaient petits, et jusqu'à la fin de l'adolescence, ils passaient leur temps ensemble. Ils déménageaient de base militaire en base militaire, et ils se retrouvaient souvent seuls tous les deux. Bon, je ne m'y connais pas très bien en art mais, en ce qui concerne le dessin, il est clair que ta mère avait du talent. Elle en parle parfois. Comment elle et Finn partaient en vadrouille pendant des heures pour aller dessiner. Elle t'en a déjà parlé ?

J'ai secoué la tête.

– Je savais même pas qu'elle dessinait.

– Exactement.

J'ai repensé au carnet à dessins que Finn lui avait offert il y a des années. À l'expression de son visage dans ce restaurant.

– Tu sais, elle a toujours cette petite palette en métal qu'ils emportaient avec eux. Elle disait qu'ils avaient des projets. Qu'ils emménageraient ensemble à New York et deviendraient de grands artistes. Ils en parlaient très sérieusement. Comme si ça allait vraiment se passer un jour. Tu connais Finn. Quand il disait quelque chose, on ne pouvait pas s'empêcher d'y croire. Elle croyait dur comme fer qu'il trouverait un moyen de réaliser leur rêve. Et puis un jour, il a disparu. Bien sûr, il était jeune, il n'avait que dix-sept ans, mais elle en a été complètement effondrée. Il avait laissé une lettre pour dire qu'il serait bientôt de retour, qu'il la rejoindrait à New York, et ce n'était pas suffisant. Elle n'arrivait pas à s'en remettre. Il a fait le tour du monde. Paris, Londres, Berlin. Il lui envoyait des cartes postales des expositions où il allait, mais elle disait que c'était pire que de ne rien recevoir du tout. Et puis un jour, il est revenu. Et il s'est installé à New York. Mais, à ce moment-là, nous étions mariés et elle n'avait plus peint ni dessiné depuis des années. Nous sommes allés ensemble à New

York pour voir Finn et elle était tout excitée. Je me trompe peut-être, mais je crois qu'elle espérait secrètement qu'elle aurait enfin la possibilité de peindre comme professionnelle. Que nous pourrions nous aussi nous installer à New York et qu'elle travaillerait avec Finn.

Je n'en étais pas certaine, mais j'ai cru déceler un peu de peine se dessiner sur le visage de mon père. Il a arrêté de jouer avec les parts de camembert et les a posées sur la table.

– Ce jour-là, à New York, nous avons retrouvé Finn dans un café, mais il n'était pas seul. Toby était avec lui. Et tout l'enthousiasme de Danni s'est évaporé quand elle les a aperçus tous les deux. Je n'ai pas compris tout de suite. Je trouvais que Toby avait l'air plutôt sympa. Un type un peu étrange, mais assez gentil. En revanche ta mère, elle l'a détesté à l'instant même où elle l'a vu. Plus tard, elle m'a dit que Finn lui avait parlé de Toby dans ses lettres. Lui avait raconté son passé. Je ne connais pas toute l'histoire, mais apparemment il avait eu des ennuis avec la justice. C'était sa rengaine : il ne convenait pas à Finn, il se servait de lui… Et puis des années plus tard, quand Finn est tombé malade… Eh bien, Toby était sa réponse pour tout. Il rendait Finn paresseux, l'empêchait de peindre, l'éloignait de sa famille et, en plus de tout cela, il lui avait transmis le sida. Je pense qu'elle imaginait que sa relation avec Finn aurait été différente si Toby n'avait pas été là. Danni disait toujours que Finn méritait mieux que ça. Mais en fait, je crois que ça n'avait rien à voir avec le passé de Toby ou quoi que ce soit du genre. Même s'il avait reçu le prix Nobel de la paix, Danni aurait eu du mal à l'accepter. Je crois…

Mon père a baissé la tête et s'est remis à tripoter les petits camemberts.

– Je crois que ta mère avait honte de ce qu'elle était devenue. Honte de son métier de comptable. Honte d'avoir épousé un matheux comme moi et d'habiter – horreur ! – en banlieue. D'un côté, il y avait Finn, l'artiste new-yorkais avec son petit ami anglais cool et, de l'autre, la comptable, mère de deux enfants, vivant en banlieue, assise à côté de moi, le mec le moins cool du monde.

Cette fois-ci, j'étais sûre d'entendre de la peine dans sa voix.

– T'as déjà vu des dessins de maman ?

– Juste une fois. Grand-maman Weiss m'en a montré. Ta mère n'en a jamais rien su. Grand-maman Weiss disait qu'elle s'était toujours sentie coupable. Que Danni n'avait jamais eu la chance de faire ce qu'elle voulait. Je dirais qu'elle était aussi douée que Finn. Peut-être, je sais pas… peut-être encore meilleure.

Je me suis levée pour aller chercher une brique de lait dans le réfrigérateur. J'en ai servi un verre à mon père et un à moi.

– Je crois pas que maman soit gênée d'être avec toi.

Il a souri.

– Merci, Junie. Tu as peut-être raison.

J'ai bu mon lait, mon père a bu le sien, et nous sommes restés assis là, dans la cuisine silencieuse, tous deux perdus dans nos pensées.

– Papa ?

– Oui ?

– Mais alors, comment est-ce que Finn est devenu mon parrain ? Si maman était furieuse contre lui ?

– Oh, elle n'était pas en colère contre Finn. Personne ne pouvait être en colère contre Finn. C'était sur Toby qu'elle déchargeait sa rancœur. Tu n'avais même pas de parrain jusqu'à tes cinq ans. Tu savais ça ? Ta mère avait toujours pensé à Finn. Elle continuait d'espérer. Puis Finn a commencé à lui écrire qu'il pensait revenir et s'installer à New York. Il n'a jamais précisé que Toby viendrait avec lui. Il disait qu'il pensait quitter l'Angleterre et trouver un appartement quelque part à New York. C'est à ce moment-là qu'elle le lui a demandé, et il a eu l'air aux anges. Je me souviens qu'on a ri parce qu'il a dit qu'il rentrerait dès que possible. Comme si c'était une urgence.

Mon père s'est tu, semblant se remémorer la scène.

– À mon avis ta mère se disait que demander à Finn d'être ton parrain était un moyen de le garder. Un lien pour le retenir. Mais je pense que Finn ne l'envisageait pas de cette façon. Il se disait peut-être que Toby et lui seraient tes parrains ensemble. Un moyen de se poser. Un moyen d'avoir une sorte de famille à eux. Ou peut-être que je raconte n'importe quoi. Il commence à se faire tard.

Il a bâillé à s'en décrocher la mâchoire et s'est frotté les yeux. Puis il a pris les deux verres sur la table pour les mettre dans l'évier. Il m'a regardée, l'air pensif, et, au bout d'un moment, m'a demandé :

– Alors, est-ce que ça résout tous les mystères de l'univers ?

J'ai souri :

– Oui, peut-être quelques-uns.

40

Le lendemain matin, je me suis assise toute seule au fond du bus. J'ai cherché une page blanche dans mon cahier d'anglais, ce qui n'était pas difficile car je ne prends pas vraiment de notes en cours. Si vous lisez *Des souris et des hommes*, pourquoi vous embêter à écrire que l'amitié de George et Lennie est incroyable, ou bien que la mort de ce dernier est inévitable ? Ce sont des choses évidentes. Impossibles à oublier.

J'ai trouvé une page où j'avais écrit « Des souris et des hommes » en tête de page et puis rien en dessous, et voici ce que j'ai noté :

S'occuper de Toby...
1re étape : L'appeler et lui rendre visite
aussi souvent que possible.
2e étape : Quelque chose d'incroyable et de spectaculaire
(travail en cours).

Le lendemain, j'ai quitté l'école dès que j'ai pu. J'ai pris le risque de sécher l'étude pour pouvoir attraper le train de 13 h 43. Quand j'ai sonné, la porte s'est ouverte sur un Toby en pyjama sous un vieux peignoir bleu pelucheux qui m'a rappelé Macaron le glouton de *1, rue Sésame*. Ses yeux étaient gigantesques, plus grands que jamais.

– Il fait très froid ici, désolé, mais entre. C'est formidable. C'est formidable de te voir.

Je ne trouvais pas du tout qu'il faisait froid, mais je n'ai pas fait de réflexion. En revanche, il aurait pu être désolé du foutoir qui régnait dans l'appartement. Des verres et des assiettes sales, des disques traînaient par terre, hors de leur pochette, et au moins trois cendriers débordaient de sachets de thé et de mégots de cigarette. Ce genre de choses ne me dérangeait pas en général, mais l'appartement de Finn n'avait jamais été en désordre et j'avais ainsi presque l'impression d'être ailleurs.

J'ai ramassé quelques assiettes et je me suis dirigée vers la cuisine.

– Non, non, non, m'a dit Toby. Laisse ça.

Il me les a prises des mains et les a remises sur la table basse.

– Ça me dérange pas. Je peux aider.

– Je sais, mais c'est mon foutoir.

Il s'est immobilisé et a regardé autour de lui. En scrutant la pièce, il a eu l'air de comprendre quelque chose. Il s'est tourné vers moi, embarrassé.

– Ça te contrarie, hein ? a-t-il demandé d'une voix faible. De le voir comme ça.

J'ai haussé les épaules.

– T'as raison, c'est navrant.

Il m'a fait un petit sourire honteux.

– Finn me tuerait s'il découvrait ça.

Non, me suis-je dit.

– Allons-y alors, s'est exclamé Toby. Faisons un peu de ménage.

L'heure qui a suivi, j'ai arpenté la maison pour ramasser tasses et assiettes, et peut-être une dizaine de petits verres en cristal rouge rubis. Je les apportais à la cuisine et Toby les lavait dans l'évier. Après avoir ramassé toute la vaisselle qui traînait, je me suis assise en tailleur devant une pile de disques mélangés, essayant de retrouver la pochette correspondant à chacun.

– Pour *ça*, Finn te tuerait, ai-je dit à Toby quand il est entré dans la pièce.

Il s'essuyait les mains sur un torchon à carreaux verts.

– Je sais.

Il s'est assis par terre et m'a aidé à trier les disques. Je l'observais discrètement. Au début, ça m'avait énervée de savoir que certaines des choses que j'aimais chez Finn venaient de Toby mais, ces deux dernières semaines, j'avais commencé à penser que c'était peut-être une bonne chose. Que peut-être ça marcherait aussi dans l'autre sens. Si je regardais assez attentivement, je pourrais peut-être apercevoir des petites touches de Finn briller à travers Toby.

Il a fait glisser une pile de disques sur une étagère, puis m'a regardée. Il a souri de toutes ses dents et a inséré une cassette dans le lecteur. Il s'est assis dans le fauteuil bleu de Finn et, soudain, la pièce s'est emplie d'un son de guitare classique virtuose. Ça devait être Bach. Et ça me semblait familier. Je pensais avoir déjà entendu cette musique. Comme si Finn avait passé exactement la même cassette un jour où j'étais venue le voir.

– Qu'est-ce que c'est ? ai-je demandé.

– Tu aimes ?

Toby s'est penché pour ramasser un autre disque.

– Oui. C'est…

Je cherchais dans ma tête quelque chose d'intelligent à dire.

– … complexe.

– C'est quelque chose de positif ou de négatif ?

– De positif. « Compliqué », c'est négatif. « Complexe », c'est bien, non ? Alors, qu'est-ce que c'est ?

– Juste un truc que j'ai fait il y a longtemps.

– Toi ?

Il a acquiescé.

– Mais on dirait qu'il y a deux ou trois guitares !

– C'est ça le truc. C'est pour ça que c'est si difficile. Les mains d'or, tu te rappelles ?

J'ai regardé Toby. Son long corps qui tenait à peine dans le fauteuil. Cet homme que je connaissais sans le connaître du tout. Je commençais à comprendre pourquoi Finn l'avait choisi. Je voyais que, finalement, Toby avait quelque chose à offrir, mais moi, j'avais quoi ? Est-ce que j'aurais quelque chose un jour ? J'étais condamnée à la médiocrité. Comme Salieri dans *Amadeus*. Il est là, il sait qu'il ne sera jamais aussi doué que Mozart, et en plus de tout ça, c'est lui le méchant de l'histoire. C'est lui que tout le monde finit par détester.

J'ai détourné les yeux.

– Ouais, les mains d'or.

J'ai dit à Toby que je devais aller aux toilettes, mais au lieu de ça, je me suis engouffrée dans la chambre. J'ai regardé dans la commode et fouiné dans l'armoire. J'ai ouvert tous les tiroirs les uns après les autres, à la recherche de quelque chose, mais je ne savais même pas quoi. C'était peut-être quelque chose qui n'existait pas. Peut-être espérais-je trouver un petit objet qui aurait prouvé que toutes les heures que j'avais passées avec Finn étaient aussi importantes pour lui que pour moi. J'ai fini par sortir un caleçon du troisième tiroir en partant du bas. Je l'ai déplié et brandi devant moi, essayant de deviner à qui il appartenait.

– Tu peux prendre ce que tu veux.

J'ai pivoté sur moi-même. Toby était sur le seuil de la porte, une épaule appuyée contre le chambranle. J'étais face à lui, ce caleçon tendu entre mes deux mains comme une carte.

– Je ne conseillerais pas forcément mes sous-vêtements comme premier choix, mais bon, tu fais comme tu veux.

Mes épaules croulaient sous le poids de l'embarras. Je rougissais tellement fort que j'avais l'impression que ma tête allait s'enflammer. J'ai roulé le caleçon en boule et l'ai remis dans son tiroir.

– Je suis vraiment désolée, je…

Je sentais de grosses larmes se former et j'ai baissé la tête.

– Hé, a dit Toby, t'inquiète pas.

Il est entré dans la chambre et s'est assis sur le bord du lit, du côté de Finn. Il a donné une petite tape à côté de lui et, sans le regarder dans les yeux, je me suis approchée furtivement et me suis assise. Il a passé son long bras autour de mes épaules et j'ai posé ma tête contre sa poitrine. Nous sommes restés assis dans cette pièce sombre un long moment, sans dire un mot. Je voyais les photos sur la table de nuit de Finn. Toby, jeune et assez beau dans son drôle de genre, avec ses yeux profonds et ses cheveux en bataille. Je me suis blottie un peu plus et j'ai senti ses bras me serrer plus fort. C'était agréable. Toby était gentil et chaleureux et, bizarrement, j'avais l'impression de le connaître depuis toujours. Et il avait l'air triste. Tout comme moi.

– Hé, tu sais, j'ai réfléchi, a dit Toby. Tu sais que je vais bientôt mourir, n'est-ce pas ?

Toby n'avait jamais rien dit de la sorte. Je le savais depuis le début, dans un coin de mon esprit, mais c'était différent de l'entendre. Ça semblait plus réel.

– Je suppose.

– Tu sais ce que ça veut dire ?

– Je pense.

– Alors explique-moi.

– Ça veut dire que tu seras plus là pour très longtemps.

Toby a hoché la tête.

– Oui, il y a ça, mais aussi, tu vois, ça veut dire que je peux faire ce que je veux. *On* peut faire ce qu'on veut.

Pendant une étrange seconde, assise comme ça sur le lit, j'ai cru que Toby parlait de coucher ensemble. Je l'ai regardé, dégoûtée, et il s'est dégagé si vite que j'ai failli tomber du lit. Il a croisé les bras et s'est exclamé :

– Non, non, non. Rien de tel. Oh June, mon Dieu, tu crois quand même pas…

– Ugh, ai-je dit. Ne sois pas aussi répugnant.

C'était l'une des astuces de Greta. Faire croire à l'autre personne que l'idée dégoûtante vient d'elle, et comme ça on est tiré d'affaire.

Toby s'est peu à peu détendu.

– Bon. O.K. Sérieusement, June.

Je me suis levée pour faire quelques pas dans la chambre. J'ai soulevé un presse-papiers en verre et j'ai caressé sa surface lisse. Je pensais à ce que Toby avait dit, comme quoi nous pouvions faire ce qu'on voulait. Je ne comprenais pas très bien.

– Je veux pas te vexer, mais *moi* je suis pas en train de mourir.

– Non. Mais quelle est la pire chose qui pourrait t'arriver ? Moi, on pourrait m'envoyer en prison ou m'expulser du territoire, mais ça n'aurait plus d'importance. Je suis libre. Tu vois ?

– Oui, je crois.

– Dis-moi, alors. Si tu pouvais faire n'importe quoi, qu'est-ce que tu souhaiterais ? Quoi que ce soit, June.

C'était difficile de penser à quelque chose instantanément. Et puis, je ne crois pas que Toby comprenait que, même si je n'irais probablement pas en prison, je pourrais avoir toutes sortes d'ennuis à la maison.

– Bah, je sais pas trop. C'est une proposition sympa et tout. Je vais y penser, d'accord ?

– J'avais pas l'intention de te mettre dans l'embarras. Prends ton temps. Réfléchis à ce qui te plairait.

– Toby ? « Plus très longtemps », c'est combien de temps exactement ?

En temps normal, je n'aurais jamais demandé quelque chose de la sorte. D'habitude, je ne veux pas savoir. Greta, elle, veut toujours tout savoir. Chaque petit détail. Mais je comprenais. On peut gâcher n'importe quoi si l'on en sait trop. Mais à présent les choses étaient différentes. J'étais chargée de m'occuper de Toby. Il fallait que je sache.

Toby a haussé les épaules.

– J'aime pas trop aller chez le médecin.

Puis il a pris une voix légère et détachée pour dire :

– Un jour à la fois, June. Un jour à la fois.

Toby s'est penché vers sa table de nuit pour attraper deux cigarettes. J'ai souri parce que je m'étais entraînée dans le coin du jardin quand personne n'était à la maison. Je me suis rassise sur le lit et j'ai penché la tête en arrière pour prendre une grande bouffée. La fumée était chaude et douce, comme une couverture étendue à l'intérieur de mon corps.

– Finn avait l'air de se ficher du fait qu'il allait bientôt mourir, ai-je dit.

Et c'était la vérité. Finn était d'un calme olympien jusqu'au bout, jusqu'à cette dernière fois où je l'ai vu.

– Eh oui. C'est ça le secret. Si l'on s'assure d'être toujours exactement celui qu'on veut être, si l'on fait en sorte de ne connaître que les personnes les plus formidables, alors peu importe de mourir demain.

– Ça n'a pas de sens ! Si on était aussi heureux, on voudrait rester en vie, non ? On voudrait vivre pour toujours, pour continuer d'être heureux…

J'ai tendu la main pour faire tomber la cendre de ma cigarette dans une jolie petite assiette en poterie que Toby utilisait en guise de cendrier.

– Non, non. Ce sont les gens les plus malheureux qui veulent vivre éternellement parce qu'ils considèrent qu'ils n'ont pas fait tout ce qu'ils voulaient. Ils pensent qu'ils n'ont pas eu assez de temps. Ils ont l'impression d'avoir été arnaqués.

Toby a écarté les doigts et a fait mine d'appuyer ses grandes mains sur une vitre.

– Lustrer, frotter, a-t-il dit en bougeant une main après l'autre en arc de cercle. Avec toute cette conversation, j'ai l'impression de me transformer en Mr Miyagi. Je me croirais dans *Karaté Kid*.

J'ai éclaté de rire car j'avais vraiment du mal à imaginer Toby en train de regarder ce film. Ce qu'il avait dit continuait de ne pas me sembler très logique, même si un petit quelque chose avait fait tilt. Pendant une seconde, ça m'a paru évident, mais ensuite je suis retombée dans l'incompréhension.

– Et toi alors ? lui ai-je demandé.

– Moi ?

J'ai hoché la tête.

– Oui, est-ce que toi tu as été arnaqué ?

Toby a tiré une grande bouffée de sa cigarette et a tendu son bras en arrière sur le lit.

– Je suppose que je fais partie de ce tout petit groupe de personnes qui n'attendent pas de voir leur propre histoire défiler. Si ma vie était un film, j'aurais quitté la salle à l'heure qu'il est.

– Pas moi. Moi je resterais dans la salle.

– C'est parce que tu n'as pas regardé la première moitié.

– Raconte-moi le reste alors. Depuis le début.

Toby a passé une main dans ses cheveux en fronçant les sourcils.

– Une autre fois, d'accord ? Un autre jour. Regarde, il fait beau dehors. Pour une fois, tu n'as pas apporté la pluie avec toi.

Il a souri pour que je comprenne qu'il plaisantait.

– Allons nous promener quelque part.

J'ai compris alors que je ne connaîtrais jamais la vraie histoire de la vie de Toby. Il n'y aurait pas d'autre fois. Avec Toby et moi, tout se passait ici et maintenant. C'était tout. Ici, maintenant et Finn. Pas de passé, juste des fragments, et les quelques mois à venir. Et, en fait, ça m'allait parfaitement. Ça signifiait que tout pouvait s'arranger. Tout pouvait être nouveau et exactement comme il fallait.

– Tu vas sortir comme ça ? lui ai-je demandé en observant le peignoir bleu pelucheux.

– Seulement si tu m'en fais la demande expresse, a-t-il répondu d'un ton blagueur.

Je me suis levée et j'ai quitté la chambre, en fermant la porte derrière moi pour qu'il puisse se changer.

Quand j'étais à New York, j'avais toujours le sentiment que tout le monde me remarquait. Comme si tous les véritables New-Yorkais devinaient tout de suite que je venais de la banlieue. Quoi que je porte, aussi cool que j'essayais d'être, je me rendais bien compte que Westchester était inscrit partout sur moi, de la tête aux pieds. Mais pas quand j'étais avec Finn. Avec lui, j'avais l'impression de pouvoir passer pour une New-Yorkaise. Son aura me recouvrait d'une authentique lumière new-yorkaise. Je pensais que ce serait pareil avec Toby. Mais non. Avec Toby, j'avais l'impression que nous étions tous deux des intrus dans la ville. J'avais l'impression non pas simplement d'être une banlieusarde, mais de venir d'un tout autre monde. Comme si je n'avais rien à faire dans la ville et que je n'en avais même pas envie. Comme si je m'en fichais. Et, à bien des égards, c'était en fait aussi bien que de se fondre dans la masse. Voire encore mieux.

C'était un après-midi magnifique. Un ciel bleu dégagé, un climat doux et tout le monde paraissait de bonne humeur. Nous n'avons cessé de marcher, jusqu'à Riverside Park, qui est long et étroit et s'étend le long de l'Hudson jusqu'à la 158e Rue. C'était agréable d'avoir de nouveau quelqu'un avec qui bavarder et je m'en suis donné à cœur joie. J'ai parlé à Toby de Greta. De *South Pacific* et d'*Annie*. Du fait que Greta était sans doute en bonne voie pour devenir une star de Broadway.

Toby a ri.

– Broadway ? Oh June, Finn aurait adoré l'y voir.

Puis je lui ai dit que je l'avais découverte ensevelie sous les feuilles après la fête. Je lui ai dit qu'autrefois nous étions les meilleures amies du monde, mais que ce n'était plus le cas. Que Greta me haïssait.

– Elle te hait pas vraiment, a dit Toby.

Mais je lui ai répondu que si. Qu'elle me haïssait de toutes ses forces.

– Et il y a une autre fête demain soir. Elle m'a enrôlée pour une autre fête et j'ai même pas envie d'y aller.

– Tu vas peut-être t'y amuser ?

Je l'ai regardé d'un air de dire qu'il y avait peu de chances. Toby a semblé compatir.

– C'est pour ça que Finn a peint le portrait, tu sais, a-t-il déclaré au bout d'un moment. Il avait cette idée étrange que, s'il vous peignait ensemble, vous seriez liées pour toujours. Je ne sais pas exactement ce qu'il pensait. Il voulait faire quelque chose à cause de sa relation avec ta mère.

– Comment ça ?

Toby a plissé le front sans rien dire. Puis, comme s'il avait pris une décision.

– Je ne devrais pas te dire ça, c'est pas mon rôle. Mais peu importe. Maintenant ça n'a plus d'importance. C'est juste que Finn a toujours été triste de ne pas être plus lié avec Danielle. Du fait qu'elle se soit éloignée de lui. Autrefois, ils étaient très proches. À cause de tous ces déménagements. Pendant de nombreuses années, ils étaient tout l'un pour l'autre. C'est elle qui a fait en sorte que leur père ne se doute jamais que Finn était gay. Finn se fichait qu'il l'apprenne, mais elle comprenait ce que ça supposerait. Surtout sachant que ton grand-père était dans l'armée et très attaché aux valeurs militaires. Elle lui organisait des faux rendez-vous avec ses amies. Et, bien sûr, elles finissaient toutes par tomber amoureuses de lui, ce qui rendait la chose assez cruelle.

J'ai rougi.

– Il m'a dit qu'il n'avait jamais eu l'intention de partir si longtemps. Tu le sais ça, n'est-ce pas, comment Finn est parti ?

J'ai hoché la tête comme si j'étais au courant depuis des années. Comme si ce n'était pas encore une chose dont personne n'avait pris la peine de m'informer.

– Il m'a dit qu'il lui écrivait sans arrêt. Dès le jour de son départ. Dans le bus qui l'emmenait hors de la ville. Pendant des années, il n'a pas reçu de nouvelles. Pas une seule lettre. Et, tu sais, je peux comprendre. Mais Finn n'avait pas l'intention de faire de la peine à qui que ce soit. Il n'envisageait pas son départ comme un abandon. Il avait toujours pensé qu'il serait de retour au bout de quelques mois. Et comme elle ne répondait pas et que le monde lui tendait les bras… Il faut dire qu'il avait dix-sept ans. Tu peux imaginer.

Je ne pouvais pas. Je ne voulais pas.

– Il disait qu'il lui avait même envoyé de l'argent une fois. Pour qu'elle le rejoigne à Berlin. C'était peut-être sa chance d'agir différemment. J'en sais rien. Mais elle ne l'a pas saisie et ça a été la fin. Puis il est finalement rentré, mais il ne ressemblait plus du tout au petit frère qu'elle avait connu. Au petit garçon sur la plage. Et ensuite il tombe malade et Danni a l'impression de le perdre de nouveau. Tout ça est injuste. Tout. Danielle qui refuse que je fasse partie de ta relation avec Finn, qui lui dit qu'il ne peut pas tout avoir. Que lui aussi doit faire des sacrifices. Il a toujours eu l'impression qu'il devait quelque chose à Danielle… et je suppose que cette chose, c'était moi, finalement.

– Mais c'est complètement stupide ! Ça n'a rien arrangé du tout.

– Bien sûr que non.

J'ai repensé à l'anecdote que ma mère m'avait racontée. Celle où Finn porte cette énorme limule pour lui faire plaisir.

– Mais s'ils s'aimaient tant, ils ne pouvaient pas simplement discuter et se réconcilier ?

Toby a ri d'un air frustré.

– Tu prends des habitudes. Des façons d'agir avec certaines personnes.

Il contemplait un banc vide. Il le regardait comme s'il pouvait voir tous les gens qui s'y étaient assis dans le passé et tous ceux qui s'y assoiraient à l'avenir. Ou peut-être pensait-il simplement à Finn.

– C'est dur parfois, tu sais ? Dur d'arrêter. Finn ne voulait pas que ça vous arrive à Greta et à toi. Du coup, il vous a collées ensemble sur ce portrait.

Deux femmes en jupe de tennis sont passées devant nous en courant, puis un homme qui promenait deux bassets aux oreilles pendantes. Les chiens haletaient et leur langue rasait presque le sol.

Comment un portrait empêcherait-il Greta de me mépriser ? Et puis une pensée m'a traversé l'esprit. C'était peut-être Finn qui avait envoyé le portrait au journal. Peut-être que ça faisait partie de son plan. Nous projeter comme ça dans le monde. Nous deux sous les feux de la rampe, ensemble, visibles par tous. Mais en quoi est-ce que ça changerait la situation ?

Toby s'est arrêté à un stand de Slush Puppie et a acheté une barbotine à l'orange pour moi et une à la framboise pour lui. Nous nous sommes assis sur les marches du monument à la mémoire des soldats et des marins pour avaler nos barbotines à l'aide d'une grosse paille.

– Je suis désolée.

– De quoi ?

– Que t'aies dû te cacher quand je venais.

Il a haussé les épaules.

– C'est pas ta faute.

Je savais que je n'y étais pour rien mais, bizarrement, la pensée que c'était la faute de ma mère semblait pire que si ça avait été la mienne. C'était une exigence tellement puérile, un caprice, et je ne voulais pas voir ma mère comme ça. Ça me faisait de la peine pour elle.

– Hé, ai-je dit pour détendre l'atmosphère. « Qui a demandé à Matilda d'aller valser[1] ? »

– Pardon ?

– C'est une question du *Trivial Pursuit*. Je te teste.

– Oh non. Les tests, c'est pas mon fort. Voyons voir…

Il a commencé par fredonner la chanson, puis a haussé la voix. Il chantait tellement faux que j'ai dû mettre la main devant ma bouche pour m'empêcher de rire. Il était difficile de croire qu'une personne capable de produire une si belle musique avec une guitare puisse être un chanteur aussi exécrable.

– Un brave journalier. C'est ça, non ?

J'ai acquiescé, riant toujours sous cape.

– Mais c'est quoi un journalier d'abord ?

– J'imagine que c'est une sorte de travailleur errant. Un vagabond.

1. « Waltzing Matilda » est une chanson folklorique australienne très populaire. *(N.d.T.)*

Parfois, comme à l'instant, Toby parlait avec un accent encore plus fort que d'habitude. J'adorais ces moments-là. Je n'avais encore jamais entendu personne parler comme ça et j'aurais pu l'écouter pendant des heures.

– Et Matilda, c'est qui alors ? ai-je demandé.

Toby a penché son gobelet et s'est mis à écraser le granité avec sa paille.

– Je suppose que Matilda, c'est la fille qui lui rappelle d'où il vient.

Ce soir-là, j'ai ressorti le Calendrier et relu le mot de Finn. Parfois, quand je le lis, ce sont les mots qui montrent qu'il m'aimait qui ressortent. Et parfois, je vois seulement qu'il aimait Toby. Que la seule chose qui lui importait était de s'assurer que Toby ne se retrouverait pas tout seul.

Je me suis emmitouflée sous ma couverture. Comme le malade sur le tableau. Exactement de la même façon, me suis-je dit, et j'ai senti monter en moi une petite pointe de colère car je voulais qu'on s'occupe de *moi*. Je voulais que quelqu'un prenne soin de moi, comme ça devrait être le cas. C'était moi l'enfant, non ? Toby était l'adulte responsable. C'était mieux d'être le malade que l'infirmière. Être allongé là bien tranquillement pendant que des gens s'affairent autour de vous pour vous apporter tout ce dont vous avez besoin. Qui ne le souhaiterait pas ?

Mais, en y réfléchissant à deux fois, je me suis rendu compte que le malade serait toujours malade, alors que l'infirmière ne serait infirmière que pendant une période limitée. Et c'est là que j'ai compris ce que ça signifiait vraiment. Ce que Toby essayait de dire plus tôt. Il allait mourir, c'était sûr. Il n'y avait plus beaucoup de temps mais, aussi, il n'y avait pas de limite.

Si je voulais faire quelque chose pour lui, quelque chose de grandiose, il fallait que je me dépêche.

Je suis descendue à la cuisine en catimini, quand tout le monde était couché, et j'ai appelé Toby. Nous avons un peu discuté, puis je suis arrivée à ce qui m'intéressait vraiment.

– Comment s'appelle ta ville ? lui ai-je demandé. Quel est le nom de l'endroit d'où tu viens en Angleterre ?

41

Nous étions samedi, le jour de la fête, et je suis passée à la répétition juste au cas où Greta me chercherait. Ils étaient censés filer le spectacle, mais Mr Nebowitz, visiblement exaspéré, faisait reprendre tous les acteurs indéfiniment jusqu'à ce qu'il soit satisfait.

– Tu joues une infirmière, Julie, l'ai-je entendu dire. Tu ne peux pas prendre cet air renfrogné ! Allez, faites un effort ! Au cas où vous ne l'auriez pas remarqué, il y a des gens qui sont venus de New York pour vous voir.

Il a désigné les deux sièges à côté de lui où un homme assez âgé portant une cravate et une dame à la chevelure flamboyante s'étaient installés pour assister à la répétition. Je me suis demandé s'ils avaient un rapport avec *Annie*. S'ils étaient venus pour Greta. Mr Nebowitz a tapé dans ses mains avant de demander à tout le monde de reprendre la scène depuis le début.

J'apercevais la tête de Greta au premier rang. Tous les comédiens qui n'étaient pas sur scène étaient assis sur les fauteuils en velours rouge de la salle. Mr Nebowitz disait qu'il était important que chacun comprenne l'intégralité de la pièce, pas uniquement ses parties, ce qui voulait dire qu'il fallait regarder les autres scènes quand on ne jouait pas soi-même. J'ai hésité à aller m'asseoir à côté de Greta. Peut-être que Toby avait raison. Peut-être qu'elle ne me haïssait pas. Peut-être qu'il s'agissait de tout autre chose. Mais ensuite j'ai eu peur de passer pour une idiote devant tout le monde, alors je me suis assise au fond en attendant qu'elle monte à son tour sur les planches.

Cette fois-ci elle était loin d'être aussi convaincante que la dernière fois que je l'avais vue. La dernière fois, elle n'était même pas en costume, mais j'avais vraiment l'impression de voir Bloody Mary. J'avais même oublié que je regardais Greta. Mais là, c'était complètement différent. Je ne voyais que Greta. Surtout quand elle a chanté « Happy Talk ». Toutes les notes étaient justes, mais je n'en croyais pas un mot. À la fin de la chanson, elle a eu l'air soulagée de retourner dans les coulisses. J'ai quitté la salle juste avant que Nellie, interprétée par Antonia Sidell, ne chante « Dites-moi » pour la dernière fois.

J'ai erré jusqu'au foyer des comédiens qui était quasiment désert. Ça sentait le sandwich rassis et il n'y avait que deux filles de l'équipe costumes et un garçon qui peignait les décors. Ils ont arrêté de parler quelques secondes en m'apercevant, puis ils se sont détournés pour reprendre leur conversation. J'ai remonté les escaliers et, en arrivant en haut, je suis restée là, adossée au mur, me demandant où je pourrais bien aller. Je me sentais un peu perdue, au milieu de tous ces gens totalement impliqués dans cette pièce dont je ne faisais pas vraiment partie, n'ayant nulle part où aller, attendant une fête à laquelle je ne voulais même pas me rendre. La seule chose dont j'avais envie, c'était d'appeler Toby. Je n'avais rien de spécial à lui dire. Rien d'intéressant. Mais ça ne semblait pas poser de problème. J'avais l'impression que c'était la seule personne au monde que je pouvais appeler sans raison. J'ai fouillé dans ma poche, espérant y trouver quelques centimes, la monnaie de mon déjeuner, mais elle était vide. Je me suis donc rabattue sur ma deuxième activité favorite. Je suis partie dans les bois.

Le temps était humide et venteux et, une fois là-bas, toute ma mélancolie s'est envolée. Je n'étais pas venue depuis longtemps et j'avais oublié à quel point j'adorais ces bois. J'ai erré, d'abord sans but, mais ensuite j'ai essayé de prêter attention à ce qui m'entourait. Je voulais retrouver mes sensations, m'assurer que je me souvenais où était chaque arbre, chaque brin d'arbre. Mon intention pour la soirée était de surveiller Greta de près et de partir le plus tôt possible.

J'ai longé la rivière, qui courait à toute vitesse à cause de la pluie et de toute la neige fondue. Je ne suis pas allée jusqu'à mon endroit préféré près de l'érable. Je me suis éloignée de la rivière un peu avant et j'ai marché jusqu'à un gros rocher pas très loin de l'école. J'essayais de m'imaginer au Moyen Âge, mais je n'y arrivais pas. Pas aussi bien qu'avant. Chaque fois que je m'en approchais, je pensais à quelque chose que m'avait dit Toby. Ou à une question du *Trivial Pursuit*. Ou aux paroles d'une chanson de *South Pacific*. C'est comme si mon cerveau avait changé. Comme si toute une partie, celle que je préférais, était morte.

J'ai ouvert mon sac à dos pour en sortir une cigarette. Je l'ai allumée et me suis assise sur le rocher jusqu'à l'extinction du dernier rayon de soleil. Jusqu'à ce que l'espace entre les branches d'arbre et les branches elles-mêmes se fondent en une même substance obscure. Je n'avais pas peur. La fête n'avait aucune importance. J'avais un ami secret à New York.

Je fumais des cigarettes et j'avais déjà bu du cognac. J'avais quelqu'un de qui m'occuper.

Le lendemain du jour où Toby m'a dévoilé le nom de sa ville natale, je suis allée à la bibliothèque et je l'ai cherchée dans un atlas. Je n'en croyais pas mes yeux. Sa ville se trouvait pile à l'extrémité des landes dans le Yorkshire du Nord. Les landes des *Hauts de Hurlevent*, de *Jane Eyre* et du *Jardin secret*. Je n'arrivais pas à imaginer comment on pouvait quitter un tel endroit. Finn disait que Toby n'avait personne, mais il voulait sans doute dire personne à New York, car il me semblait impossible que Finn fût vraiment l'unique personne au monde sur qui Toby pouvait compter. J'ai décidé que je lui dirais que je voulais aller en Angleterre. Je dirais que *moi* je voulais y aller, mais en fait mon idée était de le ramener chez lui. J'avais vu à quel point il avait l'air heureux à Londres, sur cette photo dans la chambre. Si libre et insouciant. Je voulais faire ça bien. Je devais me renseigner sur certains détails. Passer quelques coups de fil. Trouver mon passeport. Il y avait beaucoup de démarches à entreprendre, mais pour une fois j'allais m'en acquitter parfaitement. Voilà la chose formidable que je ferais pour Toby.

J'ai pris une grande bouffée de cigarette, en faisant rougeoyer le bout orange dans l'obscurité naissante. Devoir m'occuper de quelqu'un me donnait un certain pouvoir. Un objectif. Je sentais que ça fortifait mes os et densifiait mon sang. Je me sentais plus âgée et plus intelligente que tous les gens que je connaissais. Je pouvais tout faire, tout.

Au bout d'un moment, les gens ont commencé à descendre la colline, en provenance de l'école. Je les distinguais comme des spots lumineux, comme des libellules bondissantes.

J'entendais des rires et des cris quand certains se prenaient les pieds dans des racines, faisant tomber leur lampe de poche. Je me suis postée à l'intérieur d'un grand tronc d'arbre creux pour les observer.

Je n'ai pas vu Greta, mais Julie, Megan et Ryan bras dessus, bras dessous, dansant une espèce de cancan en descendant la colline. J'ai aperçu Ben, enveloppé dans sa cape, suivi par une poignée de jeunes de la régie. Il y avait des gens que je ne connaissais pas. Quelqu'un avait apporté une guitare et un autre avait niché dans un arbre une grosse chaîne hi-fi qui beuglait la pire musique du monde. Tiffany chantait de sa voix enfantine *Je crois que nous sommes seuls à présent...*

La lune était énorme et les bois brillaient d'une façon tout à fait inédite. Il y avait plus de monde que la dernière fois et la fête était plus bruyante et plus folle. Je regardais avec attention, mais je ne trouvais toujours pas Greta. Je me suis dit que je l'avais peut-être ratée, parce que j'avais vu presque tous les autres, puis j'ai fini par l'apercevoir. Elle était toute seule et descendait la colline d'un pas lent. Elle portait son ample manteau noir et une écharpe orange fluo. Ses cheveux sombres étaient détachés et lui arrivaient presque en bas du dos. Elle ne souriait pas.

Elle s'est approchée du feu et a sorti une bouteille de la poche intérieure de son manteau. Elle l'a portée à ses lèvres et l'a gardée levée si longtemps qu'elle a dû en vider la moitié d'un seul trait. Elle ne parlait à personne et j'ai hésité à aller à sa rencontre, mais je suis finalement restée là où j'étais. J'étais si alîmée dans mon observation que, quand Ben Dellahunt m'a donné une petite tape sur la tête, j'ai poussé un cri en me retournant brusquement.

– Waou, a-t-il dit en enlevant sa main.

– Tu m'as fait peur.

– Je vois ça.

Il a montré le feu du doigt en souriant.

– Espionner peut rendre une fille un peu nerveuse.

– J'espionne pas. J'ai dit à Greta que je viendrais à ce truc et je reste dans mon coin. C'est tout.

– Oui, oui.

– C'est vrai !

Ben avait une façon agaçante d'agir, comme s'il était beaucoup plus âgé que moi. Comme s'il était adulte et que je n'étais qu'un enfant.

– Bon, faisons un marché. Je te dénonce pas et tu me dis où se trouvent les loups.

Je regrettais amèrement d'avoir parlé des loups à Ben Dellahunt.

– Pourquoi tu veux le savoir ?

Il a fouillé dans sa poche et en a sorti deux drôles de dés. Il les a lancés en l'air et les a rattrapés d'une main.

– Une quête. *D & D*. Et puis ces garçons de seconde vont avoir la trouille si je leur dis qu'il y a des loups dans les parages.

Je n'avais pas vraiment le choix. Il fallait qu'on me laisse tranquille. Je devais continuer de surveiller Greta, alors je lui ai dit de longer la rivière jusqu'au gros arbre fendu, puis d'escalader la colline.

– Une fois là-bas, tu les entendras.

– Cool.

Il a souri et m'a donné une tape sur l'épaule.

– Et, tu sais, si jamais tu changes d'avis…

Il a remis la main dans sa poche pour en sortir un des deux dés bizarres. Il me l'a tendu.

– Réfléchis.

– D'accord. Je te dirai.

Il est resté là une seconde à me sourire de toutes ses dents, et soudain son visage s'est approché du mien et il m'a embrassée sur la bouche. Puis, avant que j'aie le temps de dire quoi que ce soit, il est parti en courant. Il a ramassé sa cape au passage et a appelé les autres garçons d'une voix autoritaire dont je ne l'aurais jamais cru capable.

J'étais toute rougissante dans l'obscurité. Le baiser ne voulait sans doute rien dire. Personne ne m'avait jamais embrassée sérieusement. Mais si, pour une fois, le baiser voulait dire quelque chose ? Non. Ben essayait sans doute juste de me mettre mal à l'aise. Parce que, bon, s'il y en a une qui ressemblait à la Reine des loups des contrées éloignées, c'était Greta. Sous la grosse lune claire, Greta aurait pu être la triste reine de n'importe quoi. Voilà exactement ce que je me disais en la cherchant de nouveau des yeux. J'ai scruté les visages autour du feu, l'un après l'autre. Greta avait disparu.

J'ai demandé à tout le monde s'ils savaient où elle se trouvait, mais personne n'a pu m'aider. Ryan pensait qu'elle était complètement saoule, mais il s'appuyait sur mon épaule en le disant, comme s'il avait lui-même du mal à tenir debout. Margie Allen m'a dit qu'elle l'avait peut-être vue marcher en direction de l'école, mais qu'elle n'était pas sûre du tout. Je me suis tout de même précipitée vers la colline. J'ai avancé jusqu'à la porte du foyer des acteurs et j'ai essayé de l'ouvrir, mais elle était fermée à clé. J'ai regardé par la petite fenêtre : personne.

Si j'avais été intelligente, je serais rentrée directement à la maison à ce moment-là. Greta ne méritait pas que je me décarcasse pour elle. Mais, malgré tout, je ne pouvais pas me résoudre à partir. Je suis retournée dans les bois, j'ai redescendu la colline, et je me suis assise près du feu en espérant qu'elle réapparaîtrait bientôt.

Le crépitement des flammes, les rires, les voix sourdes, la musique de la chaîne, tout se mélangeait dans ma tête en un gros bourdonnement confus. Je me suis bouché les oreilles et tout s'est apaisé. Il ne restait que la basse de la musique et c'était plutôt agréable. Je me sentais presque invisible, assise là, au beau milieu de toute cette agitation.

Puis quelques personnes se sont levées. Puis quelques autres. Bientôt les gens se sont mis à crier et à courir en entendant les sirènes de police. On apercevait des lumières rouges et bleues sur le parking de l'école derrière la colline. Tout autour de moi les gens paniquaient. Cette fois-ci, la fête avait vraiment été organisée de façon stupide. Le feu était trop près de l'école et nous faisions beaucoup trop de bruit.

Les gens couraient dans tous les sens. Ils s'enfonçaient dans les bois ou partaient dans la rue, là où ils savaient qu'ils n'auraient pas à traverser le parking. Quelqu'un tentait d'éteindre le feu en le recouvrant de terre et moi, je courais désespérément à la recherche de Greta. La chaîne avait été abandonnée, du coup, on avait l'impression que toute cette cohue était accompagnée d'une bande originale. C'était « Blister in the Sun » qui passait, enfin une bonne chanson, et ça donnait à l'ensemble un air de dessin animé de samedi matin avec les policiers qui s'élançaient parmi les arbres avec leurs lampes de poche, criant aux enfants de s'arrêter.

Je courais d'arbre en arbre, me cachant jusqu'à ce que je me sente à l'abri. Je me suis enfoncée dans les bois pour chercher Greta. La lune était tellement claire que je n'avais même pas besoin de lampe de poche. Puis, sans même réfléchir, je me suis précipitée vers l'endroit où j'avais découvert Greta la dernière fois. Je suis allée à mon endroit à moi.

Elle semblait m'y attendre. Vouloir que je la trouve. Ça ne pouvait pas être une coïncidence qu'elle connaisse ce lieu exact. Qu'elle sache que moi aussi je le connaissais. Mais je ne comprenais pas. Elle était ensevelie sous les feuilles, tout comme la dernière fois. Il faisait plus doux, beaucoup plus doux que la dernière fois et elle s'y était emmitouflée comme sous une couverture humide. Son visage blanchi par la lune semblait détaché du reste de son corps.

Je l'ai rapidement débarrassée de ses feuilles. Cette fois, j'ai décidé qu'elle devrait marcher. Et même courir. Je l'ai levée d'un coup sec et l'ai secouée assez fort pour la réveiller. Elle a ouvert les yeux et m'a regardée.

– June, a-t-elle murmuré. C'est toi.

– Allez Greta. Debout.

Je me suis levée et j'ai tiré sur ses bras jusqu'à ce qu'elle soit presque sur ses pieds.

– Non, non, non. Écoute-moi. Chhhh. June, je crois que je suis en train de mourir.

Elle serrait dans sa main une bouteille de schnaps à l'abricot. J'avais vu cette bouteille il n'y a pas si longtemps, toute poussiéreuse, au fond du placard à alcools de mes parents.

– T'es pas du tout en train de mourir. T'es juste bourrée. Maintenant lève-toi.

Elle a ri et ses yeux se sont refermés. Puis ils se sont rouverts l'espace d'une seconde.

Elle a approché un doigt de ses lèvres.

– On est amies, hein ?

– Si tu marches. On sera amies si tu marches.

Et c'est ce qu'elle a fait. Greta a passé son bras autour de mes épaules et a traversé les bois à mes côtés en titubant. Ce n'était pas évident, un parcours laborieux le long de la rivière. Nous ne pouvions pas traverser le parking à cause de la police et devions par conséquent passer par les bois, puis couper à travers champs comme la dernière fois. Greta s'est détachée de mon épaule comme un gros sac.

– Allez, lui ai-je dit, mais elle s'était arrêtée et ne voulait plus avancer.

– Tu te souviens de l'institut de beauté ?

Et voilà, ça recommence, me suis-je dit. Moi traînant Greta pendant qu'elle chancelle le long de la route des souvenirs. Ça m'a d'abord énervée. Toute cette mascarade. Mais ensuite Greta a pris ma main dans les siennes et a passé un doigt sur chacun de mes ongles.

– Tu te souviens de ces pétales de géranium ? m'a-t-elle demandé, et ma colère s'est envolée car je me rappelais très bien.

L'institut de beauté était un jeu auquel nous jouions enfants, quand nous étions encore comme les deux doigts de la main. Si c'était le tour de Greta, je devais m'asseoir dans l'herbe. Elle disparaissait alors dans le jardin à la recherche de toutes sortes de choses. Elle ramassait des pétales de géranium, du duvet de laiteron, ces petites pensées violettes qui poussaient sur la pelouse et autres coquetteries. Elle me disait de m'allonger sur le dos, les mains à plat et les doigts écartés. Puis elle se mettait au travail. Elle posait des violettes sur mes paupières, me saupoudrait les cheveux de laiteron et, un par un, disposait ces pétales de géranium rouges vifs sur mes ongles de main et de pied, trouvant la bonne taille pour chacun. Puis elle criait

« Photo » et faisait un bruit de clic, comme si elle tenait un appareil photo et voulait capturer cet instant pour toujours.

Quand elle avait fini, j'essayais de me lever aussi doucement que possible afin de ne pas immédiatement ruiner toute son œuvre. En général, je n'arrivais à garder intacts que les orteils et les cheveux. C'était suffisant. Surtout les ongles de pied, parce que ces pétales ressemblaient vraiment à du vernis.

Ce dont j'ai un peu honte, c'est que la dernière fois que je me souviens d'avoir joué à ce jeu, j'avais onze ans et Greta treize. Nous savions toutes les deux que nous avions depuis longtemps passé l'âge – Greta portait déjà du vrai maquillage – mais nous savions aussi que nous aimions ce jeu et que, quand on est seule avec sa sœur, on peut faire toutes les choses ridicules qu'on veut.

– Allonge-toi, m'a ordonné Greta.

D'abord, je n'ai pas compris, et puis j'ai pris conscience que Greta voulait jouer à l'institut de beauté là, dans les bois. J'ai continué de marcher, la traînant derrière moi.

– Hors de question.

– Ooooooh, Junie, s'il te plaît. Comme avant…

– Comme avant ? De quoi tu parles ? C'est toi, la peste. C'est toi qui as détruit notre amitié.

Elle n'a rien répondu. Son bras a glissé de mon dos.

– T'as jamais pensé que *moi* j'avais peut-être des problèmes ? ai-je poursuivi. Que j'étais peut-être confrontée à des… situations complexes ?

Greta titubait devant moi. Elle s'est retournée et s'est mise à rire.

– Pauvre vieille Madame Chanceuse. Pauvre Madame Spéciale, tout inquiète. Peut-être que je devrais aller en boîte et attraper le sida. Alors tout le monde viendrait ramper autour de moi et…

– La ferme, Greta. La ferme.

– Est-ce que ça me rendrait assez spéciale à tes yeux, June ? Assez tragique ?

Elle m'a lancé un regard noir avant de détaler, comme si elle avait dessoûlé d'un coup.

– Attends-moi ! ai-je crié.

Mais elle n'a pas ralenti. J'ai dû courir aussi vite que possible pour la suivre. La lune éclairait toute la forêt d'une élégante lumière argentée. Je pensais que Greta allait sans doute se perdre, mais non. Elle s'est écartée de la rivière exactement au bon endroit, puis est sortie au niveau d'Evergreen Circle, où je l'ai finalement rattrapée.

Nous avons parcouru le reste du chemin en silence, coupant à travers les jardins et longeant les rues de notre ville. J'observais le dos de Greta, ses cheveux en bataille agrémentés de terre et de feuilles mortes. Qu'arrivait-il à ma sœur ? Et si je n'étais jamais venue ? Combien de temps serait-elle restée cachée sous ces feuilles trempées ? Combien de temps avant qu'elle ne se réveille, seule et terrifiée, avec pour unique compagnie les hurlements des loups ?

– Greta, tu dois me dire ce qui se passe. Tu commences vraiment à me faire flipper. Je… je le dirai à papa et maman s'il le faut.

Elle m'a regardée en souriant.

– Tu diras rien du tout. Tu es ici, non ? Et à d'autres endroits, hein ? Tu veux que je leur parle de toutes tes escapades ? Que je leur dise que tu t'es mise à fumer ?

– Bon sang, Greta. Je dis pas ça pour être méchante. Je t'aiderai si t'as des problèmes. Vraiment.

Greta s'est assise sur le trottoir entre la maison des Ault et celle des DeRonzi. Je me suis assise à côté d'elle. Nous étions sous un réverbère, ce qui donnait l'impression que nous nous trouvions dans un petit cercle lumineux, à l'écart du reste du monde. Elle m'a regardée avec ses yeux saouls et fatigués.

– T'as vraiment peur, June ? Sérieux ?

– Bah oui. Bien sûr que oui.

Greta avait l'air au bord des larmes.

– C'est gentil, m'a-t-elle dit.

Puis elle m'a prise dans ses bras, avec tendresse. Elle sentait l'alcool et l'humus, mais je retrouvais en arrière-plan l'odeur sucrée de bébé de *Jean Naté*. Elle m'a serrée un peu plus fort et a chuchoté :

– Moi aussi, Junie. Moi aussi j'ai peur.

– De quoi ?

Elle m'a caressé la joue du revers de la main et a appuyé ses lèvres contre mon oreille.

– De tout.

42

Le lendemain, nous avons toutes les deux fait la grasse matinée. Enfin, jusqu'à ce que notre mère nous réveille, c'est à dire à dix heures et demie, pas si tard que ça. Cet après-midi-là, nous devions aller chez les Ingram pour un barbecue. Chaque année, ils en organisaient un pour mes parents, vers la fin de la saison des impôts. Prétendument pour leur donner de l'énergie pour la dernière ligne droite.

Ça ne me dérangeait pas plus que ça d'aller chez les Ingram, mais Greta, elle, a fait tout ce qu'elle a pu pour l'éviter. Ce qui est drôle, c'est que mes parents l'ont obligée à y aller sous prétexte que ce serait impoli envers Mikey, et en fait lui-même avait décidé de nous éviter en allant chez des amis. On nous a aussi dit qu'il ne voulait plus qu'on l'appelle Mikey. Nous nous sommes donc retrouvées là, Greta, sa gueule de bois et moi, dans le jardin des Ingram à traîner autour de leur vieux portique rouillé. Greta s'était assise sur une balançoire et enfonçait le bout de sa botte dans la terre. Moi, je me balançais aussi haut que possible, faisant sortir du sol un des pieds du portique encore et encore, donnant l'impression que nous allions toutes les deux nous envoler.

– Tu peux pas arrêter ? a demandé Greta.

– Eh non, ai-je répondu en continuant de me balancer.

Elle s'est levée et a regardé en direction de la table de pique-nique où étaient assemblés tous les adultes avec des verres de bière ou de vin. Mon père avait apporté le *Trivial Pursuit* et, même si les Ingram en avaient un depuis deux ou trois ans, il a réussi à les convaincre de jouer. J'ai entendu ma mère rire et j'avais envie de me boucher les oreilles car je n'arrêtais pas de penser à ce que je savais sur elle. Comment pouvait-on agir de façon aussi normale et forte quand on était aussi triste et désespéré en son for intérieur ? Et en plus elle était méchante. C'était ça le pire. Ça ne faisait que quelques années que je considérais Finn et ma mère comme un frère et une sœur. Que je comprenais que Finn n'était mon oncle que parce qu'il était d'abord le frère de ma mère. Peut-être elle et lui avaient-ils passé des après-midi assis sur un portique, lors de barbecues mortellement ennuyeux, comme Greta et moi. Ils avaient dû se raconter des secrets. Tout comme nous.

Greta a mis sa main devant la bouche, comme si elle avait mal au cœur, et a poussé un long soupir avant de se rasseoir sur la balançoire. Je cherchais un moyen de parler de tout ce qui était arrivé la nuit dernière. Quelque chose de malin qui empêcherait Greta de passer tout de suite en mode défensif. J'avais les bras enroulés autour des chaînes de la balançoire et les mains dans les poches de mon manteau car il ne faisait pas si chaud. En fait, il faisait bien trop froid pour un barbecue, même si tout le monde prétendait le contraire. Pendant tout ce temps, mes doigts avaient joué avec un petit objet dans ma poche gauche, et je me suis rappelé que c'était ce drôle de dé donné par Ben. J'ai attendu que la balançoire soit à son niveau le plus haut et j'ai sauté dans l'herbe.

– Hé, regarde ça.

J'ai tendu la main vers Greta, paume ouverte. C'était la première fois que je voyais le dé à la lumière du jour et il était assez joli. Bleu translucide avec dix faces, comme deux pyramides à cinq côtés collées l'une à l'autre. On aurait dit un gros joyau avec des nombres gravés un peu partout.

Elle y a jeté un œil.

– Ouais, O.K, et qu'est-ce que c'est ?

– Un dé de *Donjons & Dragons*. Ça vient de Ben.

Greta s'est égayée d'un coup.

– Oh-oh, les geeks et leurs rituels de séduction…

Je sentais que je rougissais, mais même si c'était pénible de raconter des potins sur Ben et moi, c'était un moyen d'amener Greta à se confier à son tour. Je notais qu'elle se détendait. Et puis il y avait le baiser.

– Tu l'as vu hier soir ? Avec sa cape ?

Elle a secoué la tête.

– Mais toi oui, apparemment.

Elle a ouvert de grands yeux et fait un sourire en coin. J'ai acquiescé pour que toute cette histoire reste floue et que Greta continue de s'y intéresser. Elle m'a dévisagée avant de me lancer un regard qui semblait dire qu'elle savait tout.

– Tu sais, June, je fais que jouer le jeu. Tu peux arrêter ton cinéma.

– Quoi ? Quel cinéma ?

– Cette histoire avec Ben. Il y a rien entre Ben et toi.

Le plus drôle c'est que, pour une fois, il y avait vraiment quelque chose. Ben m'avait *embrassée*. C'était rapide et maladroit et ça voulait peut-être rien dire, mais c'était réel.

– Tu veux que je te dise, Greta ? Tu sais pas tout. C'est ce que tu crois, mais t'es loin de tout savoir…

– Je sais que j'ai vu Ben s'éclipser avec Tina Yarwood hier soir.

J'ai vite détourné les yeux. Ce qu'elle venait de me révéler me blessait plus que je ne l'aurais cru.

– Oh, ai-je lancé au bout d'un moment.

Ce n'est pas comme si je m'étais fait des films avec Ben Dellahunt. Il ne me plaisait même pas particulièrement. C'était un intello prétentieux qui n'avait rien à m'apprendre sur Finn ou Toby. Mais quand même, quand Greta m'a appris ça, sur Tina Yarwood. Quand je pensais à ce baiser. Comment j'avais rougi l'instant d'après, comme si ça voulait dire quelque chose. Quand je pensais à tout cela, je sentais mon cœur se serrer. Rien n'avait changé. Je passais de nouveau pour une idiote. La fille qui se faisait toujours des illusions.

Greta continuait de me regarder, avec un petit sourire satisfait. Elle savait qu'elle m'avait peinée. Je le voyais bien. Et même si je savais que c'était la pire chose à faire, que Greta était la dernière personne au monde à qui il fallait dire quoi que ce soit, j'ai fixé son visage bouffi par la gueule de bois pour lui lancer :

– Ben n'est rien, Greta. J'ai un petit ami à New York. Il est plus vieux que moi. Même plus vieux que toi. Je vais seule à New York, tout le temps, et on fume, on boit, on fait tout ce qu'on veut.

J'ai failli poursuivre. J'ai failli lui parler de mon projet d'aller en Angleterre, mais je me suis retenue.

– Menteuse, a-t-elle dit avec tant de méchanceté que j'ai vu qu'elle pensait que c'était peut-être vrai.

J'ai haussé les épaules.

– Tu peux croire ce que tu veux.

– T'inquiète. C'est bien mon intention.

J'avais dû tellement me concentrer pour paraître sûre de moi que je me suis rassise toute tremblante sur la balançoire.

J'y suis restée quelques minutes, me rendant compte de la stupidité de ce que je venais de faire. Tous les ennuis que ça allait sans doute m'apporter. Pas juste à moi, en fait, mais aussi à Toby ! J'ai commencé à m'éloigner, mais j'ai soudain pensé à quelque chose.

– Mais d'abord, comment tu connais cet endroit dans les bois ?

Elle a souri.

– Je te vois, June. Les collines ont des yeux…

– Comment ça ?

Elle avait un tel ascendant sur moi à cet instant que je commençais à m'inquiéter de ce qu'elle allait me révéler.

– Dis-moi.

– Je t'ai suivie. Un jour, je t'ai vue te diriger vers les bois à la sortie de l'école, au début de l'année, et je t'ai suivie. Je suis restée l'après-midi entier à te regarder jouer à tes trucs bizarres. À parler toute seule. Avec cette vieille robe grotesque et tes bottes si *particulières*.

– Tu m'as espionnée ?

– Un tas de fois.

Je regardais Greta, sans voix. J'aurais dû être gênée, mais je ne ressentais que de la fureur. J'ai tourné les talons et je suis partie sans dire un mot. Je tremblais toujours et j'ai serré les poings pour essayer d'arrêter ça. J'ai regardé le petit dé bleu dans le creux de ma main, ce qui m'a fait repenser à Ben. Je l'ai lancé de toutes mes forces dans le jardin des Ingram. Dans quelques mois, il finirait broyé dans la tondeuse. Tant mieux. J'ai rejoint la table de pique-nique et me suis assise avec les adultes. J'ai fait mine de vouloir jouer au *Trivial Pursuit* jusqu'à ce qu'il soit l'heure de rentrer.

43

Le mercredi suivant était le 1er avril. Le président Reagan passait à la télévision pour faire un grand discours sur le sida. C'était la toute première fois. Apparemment, il en connaissait un rayon sur le sujet depuis un moment, mais il avait préféré garder le silence. Ce qu'il a dit, c'est que tout le monde – et en particulier les adolescents – devait arrêter de faire l'amour. Il ne s'est pas exprimé exactement en ces termes, mais en gros, c'est ce qu'il voulait dire. Ça ne me semblait pas être une si mauvaise idée. Je veux dire, pourquoi donne-t-on autant d'importance aux rapports sexuels ? Pourquoi deux personnes ne peuvent-elles pas vivre ensemble, passer toute leur vie ensemble, simplement parce qu'elles aiment la compagnie l'une de l'autre ? Simplement parce qu'elles s'aiment l'une l'autre plus que n'importe qui au monde ?

Si on trouvait quelqu'un comme ça, on n'aurait pas besoin de faire l'amour. On pourrait juste prendre cette personne dans ses bras, n'est-ce pas ? Simplement s'asseoir à côté d'elle, se blottir contre elle pour entendre son mécanisme intérieur. Appuyer son oreille contre son dos pour écouter le rythme de son cœur et avoir la confirmation qu'on fonctionne tous deux de la même façon. Voilà le genre de choses qu'on pouvait faire.

Parfois, si on se trouve assez près d'une autre personne, on ne sait même pas lequel des deux gargouille. On se regarde et l'on s'excuse tous deux en disant « C'était moi », puis on se met à rire. On n'a pas besoin de rapports sexuels pour obtenir ce sentiment de proximité. Pour que notre corps se confonde avec celui de l'autre. Pour qu'on sache quel ventre a faim.

Un jour, quand j'avais tout juste treize ans, ça m'est arrivé dans l'appartement de Finn. Lui et moi étions penchés à l'une de ses grandes fenêtres pour guetter le retour de ma mère. Elle était allée chez *Bloomingdale* acheter un cadeau de mariage à l'une de leurs connaissances professionnelles, et nous nous attendions à la voir arriver couverte comme un oignon, avec son long manteau bouffant et son grand sac *Bloomingdale.* Nous aimions ça tous les deux. Observer quelqu'un d'en haut sans que cette personne ne s'en doute. Nous savions que cela permettait parfois de découvrir la personne en question sous un jour nouveau. Alors, même s'il faisait froid, nous étions à la fenêtre, nos épaules se touchant presque. Parfois Finn me frottait le dos. Il portait un bonnet bleu en laine, presque de la même couleur que ses yeux, et il avait enroulé sa grande écharpe rouge autour de mon cou.

– Hé Crocodile.

– Quoi ?

– Ta maman, elle m'a dit qu'elle t'avait parlé. De moi. De ce qui m'arrive.

Deux mois s'étaient écoulés depuis ce jour à *Mount Kisco Diner*, mais jamais je n'avais abordé le sujet avec Finn. Je ne lui avais jamais montré que j'étais au courant. Je ne voulais pas. J'étais persuadée que ça gâcherait le peu de temps qui nous restait. J'ai pris l'écharpe et j'ai fait un tour de plus autour de mon cou.

– Est-ce qu'on peut ne pas en parler ?

J'ai senti la main de Finn se poser sur mon épaule. Il a hoché la tête.

– C'est juste que, tu sais, si tu veux me demander quelque chose…

– D'accord, ai-je dit rapidement, lui coupant la parole.

Je voyais bien qu'il était parti pour de grandes explications. Que, si je le laissais faire, il allait commencer à me parler de sa maladie en long et en large, et je n'avais pas envie d'entendre un discours pareil. J'ai montré une dame du doigt.

– C'est pas Barbara Walters ?

Finn s'est penché encore plus en tournant la tête. Puis il a souri et m'a donné un coup d'épaule.

– On dirait plutôt la grand-mère de Dolly Parton.

J'ai ri. Surtout parce que j'étais contente d'avoir trouvé une façon de changer de sujet. C'est là que c'est arrivé, qu'un de nos ventres a émis un gargouillis des plus sonores. J'ai regardé Finn, très gênée parce que j'étais sûre que c'était moi. Mais il a dit qu'il était sûr que c'était lui parce qu'il n'avait pris qu'une tasse de café en guise de déjeuner. Après un petit débat pour savoir qui était le responsable, Finn m'a entraînée dans la cuisine en disant que ça n'avait pas d'importance.

– Mon ventre est ton ventre, Crocodile.

Il a ouvert un placard et en a sorti un paquet de crackers, puis il a pris une grosse boule de fromage dans le réfrigérateur et nous avons mangé notre petit goûter en attendant que ma mère sonne à la porte.

Je devais faire très attention le 1er avril car Greta me réservait en général une mauvaise blague. Ça n'avait pas toujours été le cas. Il y a encore quelques années, c'étaient Greta et moi qui nous associions pour faire des farces à nos parents. Elles n'étaient pas terribles la plupart du temps (du sel dans le sucrier, du ketchup sur un doigt pour faire croire qu'on saignait abondamment, ce genre de choses), mais nous les préparions ensemble. Et puis, il y a quelques années, c'est devenu Greta contre moi. Parfois c'était le genre de blague où elle disait qu'il allait se passer un truc super, par exemple qu'on allait sécher les cours pour aller à *Great Adventure*, le parc à thème, et ensuite, dès que je commençais à être tout excitée à cette idée, elle explosait de rire et me lançait : « Poisson d'avril ! » Parfois, elle faisait l'inverse. Elle m'annonçait d'horribles nouvelles – par exemple que mon hamster s'était enfui – et elle prenait un malin plaisir à en rajouter jusqu'à me faire pleurer, avant de me montrer qu'elle l'avait caché dans une boîte à chaussures sous son lit.

L'année dernière, elle est venue dans ma chambre à la première heure, une expression d'extrême tristesse sur le visage, pour m'annoncer que Finn était mort. Elle a attendu que je sois bien réveillée. Elle a attendu que la nouvelle pénètre jusqu'à la moelle de mes os. Elle semblait attendre ma réaction, attendre que je fonde en larmes ou que je me jette dans ses bras pour qu'elle me console. Mais j'étais paralysée. Tétanisée sur mon lit. Elle est restée là encore un moment avant d'abandonner. « Poisson d'avril », a-t-elle finalement lâché, visiblement déçue.

D'habitude, je n'avais aucune idée que nous étions le 1er avril, mais cette année je m'en étais souvenue et je guettais l'attaque de Greta.

Pourtant rien ne venait. Au petit déjeuner, tout était normal. Nous étions juste toutes les deux car nos parents étaient partis très tôt pour le bureau. J'ai observé Greta pendant qu'elle tartinait son pain de confiture de raisins penchée du dessus du comptoir. Quand elle s'est retournée, elle a vu que je l'observais et m'a lancé un regard qui voulait dire « C'est quoi ton problème ? », avant de prendre sa tasse de café. J'ai détourné les yeux et avalé une cuillerée de Cookie Crisp. Les petits disques, qui étaient censés avoir le goût de mini-cookies aux pépites de chocolat, étaient devenus tout visqueux dans mon lait, mais ça m'était égal.

– Tu veux mon deuxième toast ? m'a demandé Greta en désignant la tartine de confiture qui lui restait.

– Pourquoi pas.

Elle l'a lancé sur la table à côté de mon bol avant de partir pour l'école. Je l'ai examiné attentivement, puis l'ai reniflé, pensant que c'était sans doute sa blague pour cette année. Elle y avait sûrement mis du poivre, du piment ou quelque chose de cet ordre. Je me sentais soulagée d'en être débarrassée. D'avoir repéré son astuce aussi facilement. J'ai approché le toast de mes lèvres et j'ai touché la surface avec ma langue, m'attendant à avoir la bouche en feu. Mais rien. J'ai croqué et j'ai attendu de nouveau. Toujours rien. Pas de mauvaise blague.

Ce matin-là, j'ai décidé d'aller à l'école à pied parce que je ne voulais pas offrir à Greta une deuxième occasion de me piéger pendant que nous attendions le bus. Il était tôt et, comme c'était une matinée claire et douce, je suis passée par les bois.

Les feuilles décongelées donnaient à l'ensemble une odeur sucrée et sirupeuse. À Westchester, le printemps durait quelques jours à peine. En général, on passait d'un hiver froid à un été chaud et moite en un rien de temps. Il pouvait très bien neiger jusqu'en avril et faire une chaleur torride au mois de mai. C'était alors la fin de mes promenades dans les bois. On ne peut pas s'imaginer au Moyen Âge quand il fait plus de trente degrés dehors... Dans ma version du Moyen Âge, c'est toujours l'automne ou l'hiver. Tout est toujours froid et humide. On a besoin d'un manteau. Et de bottes. Toujours des bottes.

Mais là, ça allait encore. Ce matin-là, j'ai pris mon temps pour traverser les bois jusqu'à l'école. Je savais que j'avais l'endroit pour moi toute seule. Je fredonnais le *Requiem* en faisant semblant d'être une mendiante.

En arrivant à l'école, j'ai ouvert mon casier avec précaution, pensant que la blague s'y trouverait peut-être, mais rien. J'ai guetté Greta toute la journée. Je tournais sans cesse la tête, dans les couloirs, en faisant la queue à la cafétéria, dans les toilettes. Mais là encore, rien d'anormal.

Le 1er avril 1987 s'est passé sans une seule méchante farce de Greta. Quand je suis rentrée à la maison, une petite enveloppe rebondie m'attendait. Elle m'était adressée par le Consortium pour la préservation des disques sans pochette et, l'espace d'un instant, j'ai cru que c'était peut-être ça, la blague de Greta, mais bien sûr, ça venait de Toby. Il m'avait envoyé la cassette où il jouait de la guitare. Il avait griffonné *Je t'apprendrai à faire ça.*

Au dîner, Greta et moi avons mangé le ragoût de bœuf et de légumes laissé par ma mère, puis j'ai regardé *Chambre avec vue*, avant de monter me coucher.

Allongée sur mon lit, j'essayais de comprendre pourquoi Greta avait pris une année sabbatique. Je me disais qu'il n'était peut-être pas trop tard. Peut-être tenterait-elle quelque chose un peu avant minuit, mais j'avais jeté un coup d'œil dans sa chambre vers onze heures et elle dormait à poings fermés. Pas moi. Parfaitement éveillée, je réfléchissais, et, plus je réfléchissais, plus je me disais qu'en fait Greta n'avait peut-être pas pris d'année sabbatique. Peut-être avait-elle compris que tout le travail avait été fait lors des 1er avril précédents. Elle n'avait plus rien à faire. J'avais gâché toute ma journée à *chercher* la farce. Il lui avait suffi de se détendre et de regarder.

44

J'aime le mot « clandestin ». Ça sonne médiéval. Parfois, j'imagine les mots comme des êtres vivants. Si *clandestin* était vivant, ce serait un petit garçon tout pâle avec des cheveux de la couleur des feuilles d'automne et une tenue blanche comme la lune. C'était le type de lien qui nous unissait Toby et moi, un lien clandestin.

Quand j'ai revu Toby, c'est-à-dire deux jours plus tard après l'école, je lui ai apporté un bonsaï. Bon, pas un vrai bonsaï, juste une brindille que j'avais cassée de l'érable japonais de notre jardin et enfoncée dans un peu de terre.

– Pour vous, Toby San, ai-je dit en m'inclinant.

Je craignais qu'il ne se souvienne pas de la blague. Moi je me souviens toujours des blagues, mais certaines personnes les oublient immédiatement et je passe alors pour la fille bizarre qui se rappelle tout.

– Voilà une sage étudiante qui apprend de son maître, a répondu Toby sans hésiter, en s'inclinant à son tour.

Puis il s'est lancé dans un mime de la technique de la grue, mais sa longue silhouette dégingandée le faisait plutôt ressembler à un étrange oiseau d'une contrée encore inconnue.

J'ai ri et l'ai poussé, mais il était plus fort qu'il n'en avait l'air et n'a pas bougé d'un pouce.

J'avais pris le train jusqu'à Central Station, comme toujours, et Toby avait préparé son thé habituel. J'avais l'impression qu'il avait essayé de garder l'appartement propre, et c'était loin d'être impeccable. Je n'ai rien dit car je voyais bien qu'il faisait des efforts. Il a sorti un paquet d'Oreos et j'en ai pris un. Je l'ai séparé en deux pour lécher la crème blanche. Puis j'ai trempé les deux moitiés de biscuit dans mon thé. Toby, lui, n'a rien mangé.

– J'ai réfléchi à ce que tu m'as dit. Comme quoi on pouvait faire ce qu'on voulait.

– Ah oui ?

– Bon, j'y travaille encore. Tout est pas encore très précis dans ma tête.

– Quel suspense, June, quel suspense !

Toby a ouvert de grands yeux en souriant.

– J'aimerais pouvoir te dire de prendre ton temps, mais…

– Haha, ai-je répondu, même si je savais que ce n'était pas vraiment une plaisanterie.

– Et quoi d'autre ?

– Eh bien, je pensais aussi que peut-être, si tu voulais, on pourrait regarder ces tableaux. Ceux qui sont à la cave.

– Tu es sûre ? Tu te sens prête ?

En fait, je ne savais pas si je serais prête un jour, mais j'ai tout de même hoché la tête.

Cette fois-ci, c'est moi qui ai ouvert la voie, me dirigeant droit vers la cage, sans aucune hésitation. J'ai attendu que Toby déverrouille le cadenas rouillé, puis je suis entrée la première.

Il y avait deux tas de toiles peintes sur la palette en bois. Une trentaine, voire une quarantaine de peintures en tout. Je me suis tournée vers Toby.

– Elles sont toutes de Finn ?

Il a acquiescé.

– Mais cet article alors ? Tu as vu cet article dans le *Times*, n'est-ce pas ?

Toby a secoué la tête.

– Je n'achète pas les journaux.

– Il y avait un article, avec une photo de notre portrait…

Je me suis arrêtée, attendant qu'il avoue l'avoir envoyé.

– Ah oui ? a-t-il dit, comme s'il n'était au courant de rien.

Je l'ai observé pour voir s'il dissimulait quelque chose, mais il avait simplement l'air un peu déconcerté.

– Eh bien, cet article précisait que Finn avait cessé de peindre. Il y a genre dix ans.

Toby a de nouveau secoué la tête.

– Non, non. Il a juste arrêté d'exposer son travail, c'est tout. Tu t'imagines Finn ne faisant plus d'art d'une façon ou d'une autre ?

Je me suis sentie stupide, encore une fois. Comme si j'étais loin de connaître Finn aussi bien que Toby.

– Non, c'est sûr. Mais pourquoi arrêter de montrer ses tableaux ?

– Il disait que tout ce cirque l'ennuyait. Alors il vendait une toile par-ci par-là quand il avait besoin d'argent, mais c'est tout. « Je n'ai plus rien à prouver. » Voilà ce qu'il disait.

Tout ça me semblait parfaitement logique, mais je savais que ma mère trouverait ça ridicule. Que Finn était idiot de ne pas saisir toutes ces opportunités qui se présentaient à lui.

Toby a montré les tableaux du doigt.

– Je peux te laisser si tu veux. Te donner un peu de temps seule. Remonte à l'appartement quand tu auras fini et n'oublie pas de fermer en sortant.

Il m'a tendu la petite clé.

Je n'ai rien répondu et Toby a commencé à s'éloigner. Derrière moi, je l'ai entendu ouvrir la porte de la cage. J'avais envie de regarder les tableaux seule, tranquillement. Je ne voulais pas avoir peur, mais ma mère avait raison. L'endroit faisait vraiment penser à un film d'horreur.

– Toby ?

– Oui ?

– Tu peux rester, tu sais... Si tu veux.

Il a souri, et en un rien de temps, il était de retour dans la cage, affalé sur la méridienne à se servir un verre de l'une de ces élégantes bouteilles en cristal.

– Je vais pas te regarder, m'a-t-il dit. Oublie même que je suis là.

Je me suis assise par terre en tailleur et j'ai commencé à observer les toiles une par une. La plupart étaient petites, comparées aux toiles traditionnelles. De la taille d'une porte de four à micro-ondes, je dirais. Les premières étaient abstraites. Des formes et des couleurs. Je ne voulais pas les trouver ennuyeuses, mais c'était plus fort que moi. Je savais que, si j'avais été plus intelligente, je me serais émerveillée en me disant que c'étaient sans doute les plus grands chefs-d'œuvre de la peinture, mais je suis qui je suis et, pour être honnête, je les trouvais sans intérêt. J'ai tout de même pris le temps de bien les observer une à une au cas où Toby m'aurait regardée. Je ne voulais pas lui donner l'impression que je n'aimais pas le travail de Finn. Mais une fois passées ces toiles abstraites, ça n'a plus posé de problème. Après une dizaine de toiles de ce genre se trouvait une feuille blanche portant l'ancienne écriture de Finn. Pas les gribouillis de quand il était malade, sa belle écriture d'autrefois. SI SEULEMENT TU ÉTAIS LÀ (23). Voilà ce qui était écrit.

Après ça, j'ai été happée à 100 %.

Les tableaux de la série « Si seulement tu étais là » ressemblaient à de vieilles cartes postales géantes des quatre coins des États-Unis. Sur chacun étaient peints un timbre et une oblitération, ainsi qu'un paysage aux couleurs trop belles pour être vraies. L'eau était turquoise, le ciel si bleu que ça faisait presque mal aux yeux. Taos, Fairbanks, Hollywood. Mais la chose la plus étrange de tous ces tableaux, c'est qu'ils contenaient chacun une espèce de représentation de Toby. Pas exactement le vrai Toby, mais un Toby transformé en quelque chose d'autre. Il y en a un du mont Rushmore où le visage de Toby est sculpté dans la montagne à côté de celui des quatre présidents. Un autre en Alaska où c'est un grizzly qui a les traits de Toby. Un autre dans le parc des Everglades en Floride où j'ai mis un temps fou à le trouver car Finn l'avait peint sous la forme d'un vieil arbre noueux de marécage.

J'ai jeté un coup d'œil vers Toby. Il s'était assoupi sur la méridienne, un guide des coquillages ouvert sur la poitrine. J'ai pris le drap blanc qui servait à protéger les tableaux de la poussière et je l'en ai couvert, le montant jusqu'à son menton. Je suis restée là une minute à regarder le drap se soulever au rythme de sa respiration. Je souriais car c'était la première fois que je remplissais la mission de veiller sur lui, et c'était agréable de pouvoir le faire. J'étais peut-être sur la bonne voie.

Au bout d'un moment, je suis retournée voir les tableaux. Certains étaient tellement ridicules que je ne pouvais pas m'empêcher de rire tout haut. Je crois que mon préféré, c'était celui en Arizona où Toby a la forme de cet énorme cactus Saguaro avec un nid de chouette en plein milieu. J'ai éclaté de rire parce que l'ensemble était vraiment, disons-le, stupide. C'était le mot. J'ai dû réveiller Toby car la seconde d'après il était là, agenouillé sur le sol derrière moi, regardant par-dessus mon épaule et disant « Je ne vois pas ce qu'il y a de si drôle », avant d'éclater de rire à son tour.

– J'arrive pas à croire que je t'aie laissée les voir, June Elbus.

– Moi non plus.

Une porte a claqué quelque part dans la cave et nous nous sommes figés.

– Chut, a dit Toby.

J'entendais quelqu'un récupérer ses affaires. Un sèche-linge qu'on ouvrait et Toby qui répétait « Chut ». Je suis passée au tableau suivant. Le visage de Toby était cette fois stylisé sur un saumon inuit sautant dans une rivière. Ça disait « Colombie-Britannique » et le Toby-poisson traversait le C de Colombie. Je pleurais de rire et Toby a regardé lui aussi, se remettant à rire en voyant ce que j'avais vu. Nous essayions tant bien que mal de ne pas rire trop fort pour ne pas faire de bruit, mais c'était impossible. Du moins pour moi.

– Hé, qui est là ? a demandé une voix de vieil homme dans la lingerie.

Toby m'a attirée contre lui en disant « Chut, chut » de plus belle. Il a enroulé ses bras autour de moi et a posé sa grande main sur ma bouche, essayant d'étouffer mon rire. Ses bras étaient plus forts que je n'aurais pensé. Bien plus forts. Je me suis tue en me disant : *Voilà ce que ressentait Finn. Voilà ce que c'est d'être dans les bras de quelqu'un qu'on aime.* En passant au tableau suivant, je m'attendais à une autre carte postale, mais je suis tombée sur Finn. Un autoportrait qui nous regardait droit dans les yeux. Sobre, sans aucune fantaisie. C'était Finn avec son chapeau bleu assorti à ses yeux qui semblaient vouloir nous dire quelque chose. Le vieillard continuait de brailler et Toby avait toujours sa main sur ma bouche, je sentais ses doigts contre mes lèvres. Nous avions cessé de rire. Tous deux nous contemplions Finn. « Sors de là, bon sang. » Et l'humidité de la cave et les doigts de Toby qui étaient comme des lèvres sur les miennes. Et les yeux de Finn qui disaient : *Je t'aime, June.* Et, sans réfléchir, j'ai entrouvert la bouche et je me suis sentie embrasser les doigts de Toby. Doucement et délicatement, les yeux fermés, en imaginant tout et rien, et je sentais l'étreinte de Toby qui se resserrait, son souffle dans mes cheveux. Et puis j'ai senti un baiser. Un doux baiser dans ma nuque.

Les dix jours suivants, je suis allée voir Toby dès que je le pouvais. Parfois je prenais le train directement après l'école. Parfois je partais plus tôt. Parfois je séchais la gym ou l'économie domestique, ou même parfois l'espagnol si j'étais d'humeur audacieuse.

Un après-midi, Toby a tenté de m'apprendre comment faire illusion avec la bicyclette du cirque à puces. Après avoir essayé pendant un quart d'heure de donner l'impression qu'une puce faisait de la bicyclette, j'ai compris à quel point il était doué. Parfois, même de tout près, j'avais l'impression qu'il y avait véritablement quelque chose qui faisait de la bicyclette. J'avais cette sensation même quand je me tenais juste à côté de Toby. Mes mains à moi bougeaient comme si elles étaient en argile grossière. Et je savais que mon visage me trahissait. N'importe qui aurait pu voir que je bougeais une main sous la scène.

Mais Toby était patient. Il m'a fait essayer encore et encore et, au moment où je devais rentrer à la maison, j'arrivais à faire avancer la bicyclette sur la piste, tout doucement. Je savais que c'était lent, laborieux et horrible, mais ça ne semblait pas embêter Toby. Ce que je commençais à apprécier chez lui, c'était qu'il ne me mentait jamais. Il n'essayait jamais de me passer de la pommade en me disant que j'étais le nouveau petit génie du cirque à puces. Il ne disait jamais « C'est très bien » ni « Formidable » ni aucun autre commentaire dénué de sens. Je n'avais jamais l'impression qu'il me parlait comme à un enfant. Quand il me disait quelque chose, je savais que je pouvais le croire.

À la fin de l'après-midi, il m'a dit :

– Continue de t'entraîner. Je te promets que tu vas t'améliorer.

Rien de plus, mais ça m'a fait plaisir car je savais que c'était exactement ce qu'il pensait.

Un autre après-midi nous nous sommes promenés dans Central Park, puis dans la ville jusqu'à Chinatown. Toby m'a parlé de la guitare et de son style de jeu, pinçant l'air de ses doigts incroyablement longs. Je lui ai parlé des bois et des loups et de la corde à sauter en arrière et il ne s'est absolument pas moqué de moi. Nous avons atterri dans un endroit appelé *Chen Fat Lucky Fortune* où nous avons commandé des légumes Moo Shu avec des pancakes supplémentaires. Toby a commandé un Bol Volcano qui s'est avéré être une boisson loufoque et gigantesque qui flambait.

C'était servi dans un bol en céramique décoré de dessins de danseuses de hula et de palmiers, avec à l'intérieur des ombrelles en papier, de longues pailles, des morceaux d'ananas frais et des cerises au marasquin. C'était sucré, comme un mélange de punch hawaïen et de noix de coco, et l'on sentait à peine l'alcool. Nous avons bu, discuté et mangé, surtout moi, Toby ne faisant que pousser sa nourriture d'un bout à l'autre de son assiette. C'était la première fois de ma vie que j'étais saoule, et je me réjouissais de savoir que c'était à cause d'un Bol Volcano. Et j'ai soudain compris que l'ivresse n'était qu'un autre moyen de quitter cet endroit, cette époque. Nous sommes sortis de *Cheng Fat Lucky Fortune* en titubant et, tandis que ma tête tournait, je me demandais où Greta était allée. Loin dans les bois, ensevelie sous les feuilles, plus saoule que jamais… Et si la situation était encore pire que d'habitude ?

Toby a passé un bras autour de mes épaules pour m'aider à marcher droit sur le trottoir. Je l'ai regardé en écarquillant les yeux.

– C'est juste nous deux maintenant, hein ?

Mais même en disant ces mots, je savais que ce n'était pas vraiment le cas. Finn était toujours là. Finn serait toujours là.

Et alors j'ai pensé à quelque chose d'horrible. Je me suis dit que si Finn était encore en vie, Toby et moi ne serions pas amis du tout. Si Finn n'avait pas attrapé le sida, je n'aurais même jamais rencontré Toby. Cette pensée étrange et macabre bourdonnait dans ma tête. Puis une autre l'a rejointe. Si Finn n'avait pas eu le sida, il n'aurait peut-être jamais été mon parrain. Il n'aurait pas eu de raison de s'installer et je n'aurais peut-être jamais eu l'occasion de le connaître. En somme, sans le sida, je n'aurais sans doute eu ni Finn, ni Toby. Il y aurait un grand vide à la place de toutes ces heures et ces journées que j'avais passées avec eux. Si je pouvais remonter dans le temps, pourrais-je être assez altruiste pour empêcher Finn d'attraper le sida ? Même si ça voulait dire que je ne l'aurais jamais comme ami ? Je ne savais pas. Je n'avais aucune idée de la réelle cupidité de mon cœur.

J'étais là à regarder le ciel au-dessus de Canal Street tandis qu'il passait de l'orange à une sorte de rose poussiéreux. Une vieille dame traînait dans la rue un caddie rempli de sacs en plastique : clic clic clic. Le soleil continuait de s'esquiver et je pensais à tous les petits bonheurs du monde qui découlent peut-être d'une chose horrible.

J'ai regardé Toby. Il avait les yeux clos et souriait comme s'il se remémorait le meilleur moment de sa vie, et soudain j'ai compris que ça ne durerait pas éternellement. C'était impossible. Pas simplement parce que je savais que, tôt ou tard, on s'apercevrait que je séchais les cours. Pas même parce que la saison des impôts touchait à sa fin et que bientôt mes parents surveilleraient mes moindres gestes. Et ce n'était pas non plus parce que je savais que Toby allait mourir. Je ne sais pas comment exprimer le sentiment qui m'a envahie si ce n'est que tout semblait fragile. Comme du sucre en poudre.

Mais je ne voulais pas y penser. J'avais trouvé un ami. Et je commençais à croire que Toby voulait me fréquenter pour moi-même. Pas simplement pour ce que je savais sur Finn. Je savais que j'avais commis cette erreur dans le passé, ne pas comprendre qui j'étais avec les gens. Avec Beans. Avec Ben. Avec Finn. Peut-être même avec Greta. Mais Toby n'avait personne. Je ne voyais pas comment je pouvais de nouveau tomber dans le même piège.

45

Ma mère farfouillait dans son sac à main. On était jeudi matin, avant l'école. Dehors, il faisait gris et les branches les plus hautes de l'érable se balançaient au rythme du vent. Mon père était déjà parti pour le bureau, mais le premier rendez-vous de ma mère était plus tard et elle avait donc décidé de le retrouver là-bas. Elle portait déjà sa tenue de travail, l'un de ses tailleurs bleu marine aux énormes épaulettes. Quand elle était en tailleur, elle se déplaçait toujours dans la cuisine comme si c'était une planète inconnue, gardant ses distances du comptoir, faisant attention à ne rien toucher de gras ou d'humide.

– Tu t'achètes ton déjeuner aujourd'hui, n'est-ce pas June ?

C'est ce que je faisais en général. J'achetais une part de pizza, des frites et un soda, ce que je trouvais bien meilleur qu'un sandwich ramolli dans un sac en papier. J'ai commencé à dire oui, et puis je me suis ravisée.

– Je sais pas… Je me disais qu'aujourd'hui, j'aimerais bien emporter mon déjeuner. Peut-être un sandwich confiture/ beurre de cacahuète ou un truc du style ?

C'était l'idée de la main manucurée de ma mère en train de tenir le pain et de le tartiner d'une fine couche régulière de beurre de cacahuète, avant d'y ajouter la dose parfaite de confiture à la petite cuillère. L'idée de ma mère en train de couper mon sandwich en diagonale avant de l'envelopper soigneusement dans du papier paraffiné. C'était l'idée de ma mère en train de faire tout ça pour moi, de s'occuper de moi, qui m'a fait demander.

Ma mère a fermé son sac et m'a regardée.

– T'en es sûre ?

J'ai hoché la tête avec conviction.

– Certaine.

Elle a posé son sac sur le comptoir et a commencé à retrousser les manches de sa veste. Elle a ouvert le placard pour en descendre les pots nécessaires. Puis elle s'est arrêtée et s'est tournée vers moi.

– Tu sais, Junie, tu as quatorze ans maintenant. Je pense que tu peux très bien te débrouiller pour te faire un sandwich toute seule. Tiens.

Elle a poussé le pot de beurre de cacahuète vers moi et a redescendu ses manches. Même s'il n'y avait pas une miette sur elle, elle a frotté vigoureusement le devant de sa veste de ses deux mains. J'ai fixé le pot pendant quelques secondes.

Ce qui est drôle c'est que si ma mère avait su ce que j'avais dans mon sac à dos, elle me l'aurait préparé ce sandwich. Si elle avait su que j'avais fouillé toute la maison pour trouver la petite clé qui ouvrait le coffre caché au fond du tiroir où elle rangeait ses sous-vêtements, si elle avait su que j'avais ouvert ce coffre et pris mon passeport, que je l'avais avec moi à cet instant précis, dans un petit sac plastique au fond de mon sac à dos, si elle avait su pourquoi je l'avais mis là, si elle avait su ne serait-ce qu'une fraction de tout cela, elle m'aurait sûrement préparé mon sandwich confiture/beurre de cacahuète. Elle n'aurait pas dit « Tu as quatorze ans maintenant » comme si elle me considérait comme un adulte responsable. Non. Si elle avait eu connaissance de mon projet, elle m'aurait dit « Tu n'as *que* quatorze ans ». Elle m'aurait dit que j'étais folle de vouloir aller en Angleterre, alors que je n'avais *que* quatorze ans. Folle ne serait-ce que d'y songer. Et ç'aurait été avant d'apprendre que je comptais y aller avec Toby.

Mais elle n'était au courant de rien. Et à cet instant, la seule chose qui lui importait était de ne pas salir sa veste avec de la confiture de raisins collante. Alors, au lieu de me préparer mon sandwich, elle a fait comme si quatorze ans était une espèce de tournant dans mon grand voyage vers l'âge adulte.

– Tant pis, ai-je répondu au bout d'un moment. Ça fait rien, j'ai qu'à prendre l'argent, ça sera plus simple.

Ma mère m'a lancé un regard déçu. Je lui en ai lancé un en retour. Le mien était pour tout, pas seulement le sandwich.

46

– Toby ?

– June ?

– Bah, je sais pas. Je me demandais juste si par hasard ça te dirait de venir voir *Le Nom de la rose* avec moi. Un de ces quatre. Quand tu veux. Tu sais, si ça te dit.

Pour la première fois, c'était moi qui proposais à Toby de faire quelque chose. Jusqu'à présent, ça avait toujours été lui. J'avais à peine jeté mon sac à dos sur le sol de la cuisine que je l'avais appelé. J'avais en général au moins une heure toute seule dans la maison. J'ai traîné le téléphone dans l'étroit garde-manger, sur le côté de la cuisine, pour m'asseoir sur le tabouret.

J'avais choisi *Le Nom de la rose* parce que ça parlait de moines au Moyen Âge, dans un monastère isolé en Italie. L'intrigue tournait autour d'un meurtre mystérieux et c'était censé être vraiment bien, donc je pensais que Toby acquiescerait tout de suite, mais il est resté silencieux. Il n'a rien dit pendant si longtemps que j'ai eu peur qu'il ne lui soit arrivé quelque chose.

– Toby ?

– Je suis pas Finn, tu sais.

C'était à mon tour d'être silencieuse. Au bout d'un moment, je lui ai dit « Et alors ? », d'un ton un peu insolent parce que je ne comprenais pas ce qu'il voulait dire par là.

– Bah, je sais pas, ça va peut-être pas me plaire.

J'y ai réfléchi une seconde.

– Eh bien, ai-je répondu avec patience, moi non plus je suis pas Finn.

– C'est juste que, tu sais, il y aura pas de valeur ajoutée. Ce sera comme aller au cinéma avec n'importe quel vieil imbécile.

– Merci, mais j'en avais déjà conscience.

Il a ri, mais juste un peu.

– Allez, s'il te plaît. Dis oui.

Il a ri de nouveau, de bon cœur cette fois. Un rire franc.

– Bon, d'accord. Je viendrai avec toi. J'ai été bête.

Je lui ai dit que je ferais en sorte de ne pas avoir de pensées trop intellectuelles pendant le film, et il a plaisanté encore en disant à quel point il était idiot et, très vite, nous étions tordus de rire au téléphone.

Je lui ai dit que je le rappellerais bientôt, quand je saurais où passait le film. Nous nous sommes quittés là-dessus. Je suis sortie du garde-manger, le téléphone dans les mains, le visage rougi par le rire, ravie de sentir que je me débrouillais plutôt bien pour m'occuper de Toby.

Je me souviens de cette scène comme si elle s'était passée au ralenti. Mon bras se tendant pour raccrocher le téléphone. Le bruit de quelqu'un qui se racle la gorge derrière moi et moi qui me retourne pour voir de qui il s'agit. Je la revois image par image. Mon sourire qui disparaît quand je l'aperçois, quand je prends conscience de ce que ça implique. Greta. Assise à la table de la cuisine dans son pyjama Victoria's Secret en simili soie. Devant elle, tous les objets du fond de mon armoire, sans exception. Le papier cadeau bleu avec les papillons. Le gilet de Finn. Le sac en papier contenant les cassettes du *Requiem*. Les cassettes elles-mêmes éparpillées sur la table. La photo élisabéthaine de Toby et moi dans nos tenues bouffantes. La théière avec la ficelle d'un sachet de thé qui pendouille. Et, encore pire, les lettres de Toby, dépliées et de toute évidence lues par Greta.

Greta était assise là, inexpressive.

– T'es là ? ai-je dit, essayant je ne sais pourquoi d'avoir l'air innocente, de faire comme si de rien n'était.

Je me suis rendu compte qu'elle avait dû guetter mon retour. Elle avait dû se tapir quelque part, attendant impatiemment que je revienne de l'école.

– Je suis malade. Une gastro.

Elle secouait la tête, prenant un air aussi dramatique que possible.

– Est-ce que tu réalises dans quels ennuis tu t'es fourrée ?

J'étais immobile.

– Est-ce que tu mesures le genre d'ennuis que va avoir Toby quand papa et maman découvriront qu'il t'a appâtée pour te voir ?

– C'est mon problème, Greta, ai-je répondu, mais elle a continué.

– Personne n'en aura rien à faire qu'il soit gay. C'est un adulte. C'est tout. C'est un adulte et toi t'es mineure, et c'est tout ce que les gens retiendront. Il sera arrêté pour conduite perverse, et ensuite on découvrira qu'il a transmis le sida à Finn et il ira en prison. Ce mec a con-ta-mi-né on-cle Finn. Ça aussi tu t'en fiches ? Qu'est-ce qui tourne pas rond chez toi ?

Qu'est-ce qui tourne pas rond chez moi. Qu'est-ce qui tourne pas rond chez moi ?

– Il m'a pas « appâtée »…

– C'était ton idée à toi alors ? C'est lui ton *petit ami* ?

Greta a éclaté de rire.

– Non, c'est pas ce que je veux dire. En fait…

– Je savais que tu racontais des sornettes. Je le savais, a dit Greta, un sourire machiavélique sur les lèvres. Comme si tu pouvais avoir un petit ami. Comment j'ai pu croire une chose pareille ! T'es la pire des loseuses, June.

Sa voix était stridente et terrifiante.

– Je… Il…

– Il quoi ? C'est ton nouveau meilleur ami ? Je t'ai entendue au téléphone. Morte de rire. Lui léchant les bottes. *Comme si*, June, comme s'il avait envie de passer son temps au téléphone avec toi…

– Tu sais rien de cette histoire. T'es trop bête. T'es qu'une idiote complètement bouchée.

Je voulais lâcher tout ce que je savais. Je voulais lui parler du mot de Finn et lui dire que l'un comme l'autre ignoraient tout du sida au début. Que ce n'était pas la faute de Toby. Mais je savais que Toby ne voudrait pas que je le fasse. Et peut-être que j'avais peur que Greta ne me révèle des choses que je n'avais pas envie d'entendre. Peur qu'elle tourne l'histoire dans tous les sens jusqu'à ce que je n'arrive plus à distinguer le vrai du faux.

Greta n'a rien dit pendant un moment. Elle me regardait de haut, avec toujours ce méchant sourire aux lèvres.

– C'est évident, June.

Et avant que je puisse m'en empêcher, je suis tombée dans le piège qu'elle me tendait.

– Qu'est-ce qui est évident ? Quoi ?

– Il fait que t'utiliser pour soulager sa conscience. Il t'a dit que c'était pas lui, hein ? C'est ce qu'il a dit ? Mais il sait très bien qu'il a contaminé Finn, et maintenant, il veut se débarrasser de cette culpabilité. Pourquoi est-ce qu'il gâcherait ses derniers jours sur la planète avec *toi* sinon ?

Parfois les mots de Greta étaient si tranchants que je les sentais me couper les entrailles, réduisant mes organes, mon cœur, en petits morceaux. Je savais qu'elle me regardait, essayant de lire mon visage, alors j'ai tenté de le fermer aussi vite que possible. Mais c'était trop tard, elle avait eu le temps de voir ma réaction.

– Tu sais que j'ai raison, m'a-t-elle dit.

– Tu sais rien de nous, ai-je répondu, mais ma voix était tremblante, incertaine.

Elle m'a regardée droit dans les yeux d'un air moqueur.

– Alors comme ça c'est « nous » maintenant, hein ?

Quand Greta commençait à jouer à ça, je savais qu'elle arriverait instantanément à transformer tout ce que je disais. C'est comme si elle était maître sculpteur et que mes mots étaient une boule d'argile entre ses mains. Un million de possibilités attendant d'être formées. Quoi que je dise, Greta le transformerait en quelque chose de stupide et de naïf. Mais peut-être avait-elle raison. Peut-être qu'en fait elle ne changeait pas mes paroles, mais ne faisait que les effeuiller, couche après couche, jusqu'à ce qu'il ne reste que la vérité. Nue, écorchée, crue.

Mes épaules se sont affaissées et, pour la première fois depuis des années, j'ai cru que j'allais me mettre à pleurer devant Greta. Tous mes secrets étaient étalés sur la table. Comme si elle avait pris mes entrailles et qu'elle les avait déversées sous les yeux de tout le monde. *Regardez, voilà ses espoirs débiles ! Regardez, voilà son cœur tendre et naïf !*

Mais ensuite j'ai observé Greta soulever la théière et verser du thé dans sa tasse. Le thé s'écoulait de façon douce et régulière, sans qu'une seule goutte ne coule à côté. Elle a reposé la théière sur la table et en a caressé le couvercle avant de saisir sa tasse.

Elle avait les mains sur *ma* théière, la théière que Finn m'avait donnée et, à cet instant, je ne pensais plus qu'à ça, tout le reste avait disparu. Je voyais son doigt toujours posé sur le bec et la colère est montée en moi avec tant de force que j'ai vraiment cru que je pourrais tuer Greta sur-le-champ. Elle a soufflé sur son thé avant d'en boire une gorgée, comme une petite princesse, et j'ai eu envie de la marteler de coups de poing. J'ai fait quelques pas dans sa direction, puis je me suis arrêtée au milieu de la cuisine. J'ai hurlé de toutes mes forces. Chaque méchante chose qu'avait jamais faite Greta était contenue dans ce cri. Chaque remarque méprisante. Chaque sarcasme. Chaque menace le rendait de plus en plus puissant jusqu'à ce que je voie que j'avais fini par l'effrayer.

– Enlève tes sales pattes de mes affaires, ai-je hurlé d'une voix que je ne me connaissais pas.

Greta a lentement reposé sa tasse sur la table et m'a regardée, abasourdie, mais rien qu'une seconde. Elle a passé une main dans ses cheveux avant de resserrer sa queue-de-cheval.

– De gros, gros ennuis, a-t-elle dit en secouant la tête.

– Je te hais, ai-je crié.

Puis je me suis jetée sur elle. Plus rien n'avait d'importance. Je l'ai prise par les cheveux et elle m'a donné un grand coup de pied dans les genoux. J'ai fait un bond en arrière, tenant toujours ses cheveux dans une main. Elle a poussé un cri perçant et a attrapé ses propres cheveux pour essayer de les dégager de ma poigne.

– Arrête, a dit Greta en levant une main. Chut. Maman.

Nous nous sommes toutes les deux immobilisées.

J'ai entendu la portière de la voiture claquer et je me suis rendu compte que, cette fois encore, Greta avait gagné. Elle allait savourer chaque minute de la scène où ma mère découvrirait tous mes secrets. Elle allait se délecter de chaque seconde pendant que j'essaierais de m'expliquer. Je ne savais pas quoi faire. Je me suis tournée vers Greta, m'attendant à la trouver en train de parfaire son air innocent pour ma mère, mais au lieu de ça j'ai vu qu'elle était tout aussi paniquée que moi.

– Vite, m'a-t-elle dit.

Elle s'est précipitée vers le placard sous l'évier et en a sorti un grand sac-poubelle. Elle l'a secoué pour l'ouvrir et, d'un geste de la main, elle y a fait glisser l'essentiel de ce qu'il y avait sur la table. J'ai saisi la théière et me suis dirigée tête basse vers la salle de bains du rez-de-chaussée, éclaboussant tout sur mon passage. J'ai fermé la porte et j'ai rabattu le couvercle des toilettes avant de m'y asseoir, serrant la théière dans mes bras.

J'entendais le son de la conversation de Greta et de ma mère dans la cuisine. Puis j'ai collé l'oreille contre la porte et j'ai pu alors tout distinguer clairement. C'était la salle de bains d'espionnage et, pour une fois, ce serait moi l'espion.

– … me sens vraiment beaucoup mieux… fais un grand rangement dans ma chambre… ai-je entendu dire Greta.

Je l'imaginais montrant le sac-poubelle.

– Oh, a répondu ma mère. Formidable. Laisse-moi donc voir ça.

– Quand ce sera fini, a rétorqué Greta sans hésiter une seconde.

Puis j'ai entendu une porte s'ouvrir et se refermer.

J'ai versé le thé dans le lavabo et regardé tout autour de moi, à la recherche d'une cachette pour la théière. Mais je n'en ai pas trouvé. J'ai entrouvert la porte pour jeter un œil. La voie était libre.

J'ai filé dans ma chambre, la théière sous le bras, j'ai refermé la porte derrière moi en faisant bien attention de ne pas la claquer, et j'ai glissé mon trésor sous mon lit. J'ai essayé de me calmer en respirant profondément.

Au moins le Calendrier est dans mon sac à dos, ai-je pensé. Je me suis alors souvenue que je l'avais laissé au beau milieu de la cuisine. Je suis redescendue, dévalant les marches quatre à quatre.

Ma mère avait posé son manteau et son porte-documents sur la table et observait la traînée de thé qui allait de la cuisine à l'entrée. Mon sac à dos n'avait pas bougé et je l'ai vite ramassé.

– Oh Junie, je ne savais pas que tu étais rentrée. Je me suis arrangée pour revenir tôt, je voulais m'assurer que Greta allait bien. Tu l'aurais vue ce matin, elle était au plus mal. Tu sais ce que…

Elle montrait le thé renversé.

– Ah oui, c'est mon foutoir.

J'ai pris le rouleau d'essuie-tout et je me suis accroupie pour éponger la traînée de thé qui s'étirait jusqu'à la salle de bains. Arrivée à la porte de la salle de bains, j'ai fait demi-tour. Ma mère me regardait. Elle a secoué la tête avant de retourner dans la cuisine.

Greta m'a fait ranger toute sa chambre pour ne pas être prise en flagrant délit de mensonge. J'ai trié tous les vêtements entassés par terre et sur sa chaise pendant qu'elle mettait de l'ordre sur son bureau. J'aurais aimé lui demander pourquoi elle m'avait sauvée, pourquoi elle avait pris la peine de me montrer tout ce qu'elle savait pour finalement me tirer d'affaire, mais je ne l'ai pas fait. Je savais qu'elle ne me dirait rien. En plus, elle avait son walkman vissé sur les oreilles. J'entendais faiblement le chanteur de Bon Jovi s'époumoner comme un idiot sur « Livin' on a Prayer ».

Plus tard, pendant que mes parents regardaient les informations, Greta a frappé à ma porte. Elle est entrée avant même que j'aie le temps de répondre. Elle s'est adossée à la porte et m'a dévisagée avant de laisser ses yeux vagabonder d'un objet à l'autre dans ma chambre.

– Quoi ? ai-je demandé.

– Je voulais juste te dire que tu traînes avec un gibier de potence.

J'étais allongée sur mon lit et j'ai tendu la main derrière mon oreiller pour attraper Celia, mon vieux phoque en peluche. C'était la seule peluche que je gardais encore dans mon lit. J'ai posé mes doigts dans son cou, à l'endroit où le rembourrage était si usé que ça faisait pencher sa tête sur le côté.

– De quoi tu parles ?

J'ai surpris un micro sourire sur les lèvres de Greta. Elle avait joué et elle avait gagné. Elle a pris son temps, regardant tout autour de ma chambre, s'attardant sur la porte de mon armoire.

– Toby. Ton ami *particulier*. Il a fait de la prison. C'est un ancien taulard.

Son visage avait presque la même expression que sur le portrait de Finn. Ravie de révéler un secret.

– Je…

Mon visage était bouillant. Je frottais mon pouce sur la fourrure de Celia. Mon père avait dit qu'il avait eu des ennuis, mais je ne pensais pas que c'était si grave.

– Il y a rien à dire, June. C'est la vérité. Il a rencontré Finn en prison.

– Finn n'a jamais été en prison. C'est impossible…

– Mais non, ah là là. Finn supervisait un atelier d'arts plastiques. Toby était un de ses élèves. C'est comme ça qu'ils se sont rencontrés.

Greta a pris un livre sur mon étagère et s'est mise à le feuilleter, comme si elle avait l'intention de rester là toute la nuit, comme si elle était juste venue lire tranquillement.

– Comment tu le sais ?

Elle n'a pas répondu. Elle a posé le livre sur mon bureau et a froncé les sourcils. Elle était là à secouer la tête d'un air désapprobateur.

– Je sais que t'as du mal à te faire des amis, June, mais quand même, un ex-taulard sidaïque… tu es tombée bien bas. Surtout quand tu sais qu'il a tué ton propre oncle.

– T'es qu'une sale menteuse, ai-je rétorqué, mais je savais qu'elle ne mentait pas.

Greta était toute frêle, mais elle avait l'air gigantesque quand elle avait des informations. À cet instant précis, elle semblait colossale. Une fois et demie plus grande qu'au naturel, au moins. Même sa posture – droite, dos au mur, les bras croisés – prouvait qu'elle disait la vérité.

– Peu importe, a-t-elle dit.

Je pensais qu'elle allait partir après ça, mais elle est restée. Elle fixait mon tapis des yeux, comme si elle réfléchissait à quelque chose. Puis, d'une voix moins assurée, elle m'a dit :

– Tu sais… Tu sais, June, si tu me promets de plus le revoir, je te laisserai tranquille.

J'ai fourré Celia sous ma couette. En bas, j'ai entendu la télévision s'éteindre. Puis les voix de mes parents qui discutaient et le bruit de la vaisselle dans l'évier.

Greta était toujours là et j'ai cru une seconde qu'elle allait se mettre à pleurer. Sa lèvre inférieure tremblait, mais elle ne s'est pas détournée. Elle continuait à me fixer des yeux, comme si elle voulait que je voie qu'elle était au bord des larmes. Comme si elle attendait ma réponse. Je n'ai rien dit. Je ne lui ai pas promis de ne pas revoir Toby car je savais que je ne pourrais pas tenir une telle promesse. Au bout d'un moment, tout le corps de Greta a semblé rapetisser, dans son intégralité, comme si son plan machiavélique s'était retourné contre elle. Comme si elle n'avait plus aucune carte à jouer. Puis elle s'est reprise. Elle a relevé la tête et m'a de nouveau regardée droit dans les yeux.

– Tu sais… Je pensais qu'une fois que Finn serait mort… Je pensais que toi et moi…

– Tu croyais quoi ? Que tu pourrais me martyriser à plein temps ?

– Non, je…

Cette fois elle s'est mise à pleurer et, d'une voix tremblante et remplie de déception, elle a ajouté :

– Il a été en taule, June. En prison…

Puis elle est sortie de ma chambre.

– Je m'en fiche, ai-je lancé à Greta tandis qu'elle disparaissait derrière la porte.

Tard dans la nuit, je suis sortie sur la pointe des pieds pour aller dans le local à ordures. J'espérais que Greta aurait posé le sac avec mes affaires sur le dessus, mais non. Elle l'avait ouvert et en avait sorti chaque chose. J'avais l'impression qu'elle avait pris un malin plaisir à les enfoncer chacune sous une semaine de restes de dîners. Elle avait réussi à tout massacrer. La seule chose que j'ai pu sauver, c'est la photo de *Playland*. Et même ça, c'était foutu. Tout le côté avec Toby était barbouillé de sauce bolognaise. Je me retrouvais assise dans mon costume chic et démodé à côté d'une horrible bavure rouge. Même si j'avais dit que je ne ferais jamais une chose pareille, j'ai finalement été obligée de couper Toby.

Je suis remontée et j'ai vérifié le fond de mon armoire. Tout avait disparu. Tous mes trésors. J'ai bougé quelques affaires pour voir si elle avait oublié quelque chose par mégarde. Mais non, il ne restait rien.

À part les bracelets noirs. Ceux qu'elle m'avait rapportés de New York. Ceux qu'elle disait avoir achetés pour moi. Ceux-là, elle les avait élégamment pendus à l'un des crochets en métal sur la paroi du fond.

Tout ce qui me restait, c'était le Calendrier, dans mon sac à dos, et la théière. J'ai sorti cette dernière de sous mon lit et je l'ai prise entre mes mains. Au moins, elle, je l'avais encore. J'avais encore la plus belle théière du monde. J'ai passé mon doigt sur les ours danseurs. Chacun se balançant sur deux pattes seulement, les deux autres s'agitant dans l'air. En les observant, je me suis soudain rendu compte qu'en fait, ils ne dansaient pas du tout, ils ne faisaient que tituber. Comme de grandes créatures maladroites sur le point de perdre l'équilibre.

47

– Je peux pas venir aujourd'hui.
– Pourquoi ?
– À cause de mon journal de bord. J'ai un trimestre et demi d'entrées à rattraper pour mon cours d'anglais.
– Tu dois rendre un journal de bord à ton professeur ?
– Ouais, et pour l'instant, j'ai pas écrit une seule ligne.
– C'est ridicule. Le but d'un journal, c'est justement de…
– Oui, je sais bien. Mais c'est comme ça. C'est pas non plus comme si les gens racontaient leurs secrets les plus confidentiels. Moi, par exemple, je vais rien écrire sur toi.

Je me suis assise par terre près du garde-manger, mais en orientant la tête de façon à voir si quelqu'un arrivait dans la cuisine.

– Fais-le après alors, a dit Toby.

Je trouvais que sa voix était plus rauque que d'habitude, comme déchirée.

– J'ai quatre mois à rattraper. Ça fait… je sais pas, cinquante entrées de journal. Peut-être même plus. On se verra la semaine prochaine.

Je ne voulais pas lui dire le reste. Je n'arrivais pas à me résoudre à lui raconter tout ce qui s'était passé avec Greta. Et c'était la vérité. Je devais vraiment écrire un journal de bord.

Cela représentait un quart de notre note en anglais et je ne pouvais pas me permettre de ne pas le rendre.

Toby était silencieux. Au bout d'un moment, il m'a dit :

– Je pourrais t'aider. Si tu crois que ça marcherait. Te tenir compagnie.

– Je sais pas.

– Oh, allez. Je te promets que ce sera plus sympa que de rester toute seule chez toi.

Je ne m'attendais pas à ce que Toby me propose son aide.

– T'es pas obligé de faire ça. T'inquiète pas pour moi.

Il a soupiré.

– J'ai envie que tu viennes.

Je me suis tue. Pourquoi est-ce que je laissais Greta entrer dans ma tête ? J'entendais la façon dont je parlais à Toby et celle-ci ne me correspondait pas. On avait l'impression que je le testais. Que j'essayais de voir à quel point il serait facile pour moi de le faire se défiler.

– Ouais… M'aider en préparant du thé et en mettant de la bonne musique, ou m'aider en rusant pour m'emmener boire des Bols Volcanos ?

– La première option, June, évidemment. Pour qui tu me prends ?

Je me suis tue de nouveau. J'hésitais à lui dire que je savais qu'il avait fait de la prison, mais je n'y suis pas arrivée.

– O.K. Mais tu dois me promettre que t'essaieras pas de me déconcentrer, d'accord ?

– D'acco-d'ac, a-t-il répondu dans une drôle de tentative d'imitation de l'accent américain.

Quand je suis arrivée à l'appartement, Toby écoutait du jazz doux, assis dans un fauteuil, et faisait semblant de lire un livre. C'est facile de deviner quand quelqu'un fait semblant de lire, parce que les mouvements d'yeux sont trop rapides. En haut, en bas, partout sur la page. Quelque part, le fait qu'il fasse semblant de lire ne me semblait pas bon signe. J'étais contente que mon train ait eu de l'avance.

– Je t'ai apporté quelque chose.

– C'est vrai ?

Je lui ai tendu une petite boîte, maladroitement emballée dans du papier rose avec des nœuds et des ours, le seul que j'avais trouvé à la maison. Il a posé son livre, un vieil exemplaire cabossé des *Contes de Canterbury*, et a pris le paquet.

– C'est un truc idiot, ai-je dit.

– Ça ne fait rien. C'est justement tout ce que j'aime.

Toby a doucement secoué la boîte près de son oreille.

– Ouvre ça plus tard, d'accord ?

Il a acquiescé et posé le paquet sur la cheminée.

J'ai poussé la table basse sur le côté, jeté mon journal par terre et me suis étendue à plat ventre sur le tapis.

– Vas-y alors, a dit Toby.

– Comment ça ?

– Lis-moi donc ton travail. Voyons voir où tu en es.

– Non. Pas question.

– Je croyais que tu voulais que je t'aide. Je peux pas le faire si je sais pas où tu en es.

J'ai repensé aux lettres que m'avait écrites Toby. La rédaction ne semblait pas être son point fort.

– J'ai pas besoin de ce genre d'aide. Juste, je sais pas, peut-être des trucs à grignoter.

– S'il te plaît…

Au bout d'un moment, je n'en pouvais plus d'entendre Toby supplier et j'ai cédé. Je lui lisais quelques-unes de mes entrées, qu'il taxait de terriblement ennuyeuses, et il inventait quelque chose de ridicule pour les agrémenter. Nous nous sommes renvoyé la balle ainsi jusqu'à finalement trouver un bon rythme et imaginer des choses à raconter à tour de rôle, nous assurant chaque fois que les éléments farfelus soient engloutis dans une entrée à l'air normal. Nous étions assis là à fumer des cigarettes, à rire et à boire du thé avec une pointe de brandy, et j'étais vraiment contente d'être venue. J'étais un peu inquiète de ce qui se passerait si Mrs Link prenait le temps de lire le journal, mais au fond, ça m'était égal. C'est comme ça que je me sentais avec Toby. J'ai décidé que Greta se trompait sur toute la ligne.

Puis nous sommes arrivés au 10 février. Le jour de la mort de Finn.

Au début, aucun de nous n'a rien dit. Toby a fait glisser le cahier vers moi. Il était là sur le tapis, entre nous deux. Jusque-là nous avions trouvé des moyens d'éviter de mentionner Finn dans le journal de bord. Pas tout à fait exprès. C'est plutôt que nous essayions de ne pas en parler. Mais il était impossible de ne pas penser à lui à présent. Avec cette page blanche implorant d'être noircie.

J'aurais pu tout simplement sauter le 10 février. J'aurais pu laisser une page blanche ou écrire quelque chose d'ennuyeux. Mais ça me dérangeait. C'était peut-être idiot, mais j'avais l'impression que ça aurait été un manque de respect envers Finn.

J'ai refait glisser le cahier vers Toby.

– Après toi.

– June, écoute, je peux pas. Je peux vraiment, vraiment pas. Tu n'étais pas là. Tu ne sais pas…

Ce n'était pas la première fois qu'il disait cela et les mots sont restés comme suspendus dans l'air.

Tu n'étais pas là.
Tu ne sais pas.

D'abord, je n'ai rien dit. J'ai laissé ces mots se faufiler dans ma tête comme des vers. Je les ai laissés ramper jusqu'à mon cœur. J'ai hoché la tête, puis j'ai fermé le cahier d'une pichenette. Je me suis levée et j'ai fait mine de regarder ma montre.

– Oh June. Ne t'en va pas. Je… Tu sais pas comment c'était. Tu…

– Ça suffit ! ai-je crié. Ferme-la. Fer-me-la. Arrête de dire ça.

Je me sentais pleine d'une sorte de rage que je ne me connaissais pas. Comme si je voulais foncer sur Toby et marteler ses bras maigres de coups de poing. Je ne suis pas quelqu'un de violent. Ou, du moins, je ne pensais pas l'être, mais à cet instant précis quelque chose de dangereux semblait se réveiller en moi. Une chose dure et sombre assoupie au plus profond de mon ventre avait ouvert un œil.

Et puis plus rien. D'un coup. C'était comme si un ballon avait éclaté dans ma poitrine, laissant toute la colère se dissiper. Je me sentais épuisée. J'ai regardé le cahier que je serrais dans ma main, mes ongles enfoncés dans la couverture bleu ciel.

Toby avait la bouche ouverte, comme s'il cherchait quelque chose à dire.

– Désolée.

– Ça ne fait rien. C'est ma faute.

Il est allé s'asseoir sur le canapé et je l'y ai rejoint. J'ai posé la tête sur ce même bras maigre que je voulais frapper une minute plus tôt, et Toby a entortillé ses longs doigts dans mes cheveux. Je l'ai senti défaire puis refaire l'une de mes tresses. Il a répété ce geste encore et encore, tout en disant en boucle « Ça ne fait rien. C'est ma faute », jusqu'à ce que j'aie l'impression que ce n'était même plus à moi qu'il parlait.

Cette nuit-là, j'ai dormi par à-coups. J'ai rêvé de loups en origami qui sortaient des pages du Calendrier. Je les voyais se débarrasser de leurs plis jusqu'à être pleins et musclés. Couverts de fourrure. Ils couraient et bondissaient de mon bureau pour se retrouver en l'air à rôder au-dessus de mon lit. Montrant les crocs et se léchant les babines. Je rêvais que j'essayais de les replier, encore et encore, mais que je n'y arrivais pas. Ils savaient où j'habitais.

– C'est une des petites choses que je sais faire avec mes mains, a dit un loup aux yeux verts.

– Tout à fait le genre de choses susceptibles de séduire quelqu'un, a répondu un autre et, quand je me suis réveillée, j'avais l'impression de ne pas avoir fermé l'œil de la nuit.

48

La boîte que j'avais donnée à Toby contenait deux choses. La première était le couvercle de la théière russe de Finn. Je me disais que ce serait comme l'un de ces colliers avec un cœur coupé en deux que portent parfois les gens. À l'âge de douze ans, Greta en partageait un avec Katie Tucker où était écrit « *Best friends* ». Chacune portait une moitié du cœur brisé au bout d'une fausse chaîne en or jusqu'à ce que Katie mente à Greta à propos d'une soirée pyjama, à la suite de quoi, elles n'avaient plus été « meilleures amies ». Greta avait la seconde moitié, celle qui disait « *st* » et, au-dessous, « *ends* », comme l'abréviation de Saint-Ends.

Je ne savais pas si Toby verrait le couvercle, comme je souhaitais que ce soit le cas. Je voulais qu'il comprenne qu'il était quelqu'un de formidable pour moi. Pour moi. Avec ou sans Finn.

La boîte contenait également mon passeport avec un petit mot qui disait *Nous pourrions aller en Angleterre*, scotché au-dessus de ma photo ridicule.

J'avais essayé de trouver un moyen d'y aller sans me faire prendre. Sans que personne ne soit au courant, mais je me suis rendu compte que c'était impossible. Alors mon plan B était le suivant : laisser une lettre d'explications et téléphoner une fois à bon port. Tout le monde saurait que j'allais bien, que je n'avais pas fugué. Bien sûr j'aurais les plus gros ennuis de ma vie à mon retour, mais ce genre de choses ne me préoccupait plus.

Nous ne partirions sans doute que quelques jours, mais dans mon esprit ce serait comme dans *Chambre avec vue* ou *Lady Jane*. Je prendrais soin de Toby. Ce serait romantique. Pas romantique à l'eau de rose, l'autre sorte. Je me surpasserais. Je suis une élève moyenne en anglais et en maths, mais pour m'occuper de Toby, j'allais faire des étincelles. Cette fois-ci, j'allais faire exactement ce qu'il fallait.

49

J'étais par terre dans le salon à faire un puzzle de sept cent cinquante pièces, représentant l'un des vitraux de la cathédrale de Chartres, que Finn m'avait rapporté de l'un de ses voyages en France. Il n'était que dix-sept heures, bien trop tôt pour que quiconque soit déjà rentré du travail un jour de semaine, mais mon père est arrivé l'air à moitié mort.

– Horrible mal de ventre, a-t-il lancé en s'enfonçant dans le canapé.

Il a fermé les yeux et a posé une main sur son estomac. Il a reniflé et a semblé devenir un ton plus vert.

– Berk, cette foutue cocotte.

– Je peux aller te chercher du Coca et, je sais pas… peut-être une bouillotte, si tu veux.

Il a tourné la tête vers moi, les yeux toujours clos, et a esquissé un sourire.

– Qu'est-ce qu'il y a ? ai-je demandé.

– Oh, rien.

– Quoi ? ai-je insisté. Allez !

– Rien. C'est juste gentil, c'est tout. Que tu proposes de prendre soin de ton vieux père malade.

La sonnerie du minuteur de la mijoteuse a retenti et je suis allée dans la cuisine. J'ai soulevé le couvercle et j'ai remué. Puis je nous ai servi à tous les deux un verre de Coca. J'avais l'impression que ça faisait une éternité qu'il n'y avait pas eu quelqu'un avec moi à la maison après l'école. À mon retour, mon père était par terre, appuyé sur un coude, à trier les pièces du puzzle.

– Ça te dérange pas si je t'aide ?

– Pas du tout.

C'était un puzzle difficile. Les tons étaient essentiellement des couleurs primaires profondes, des bleus et des rouges, et même après en avoir fait le tri en plusieurs tas, cela demandait encore beaucoup de temps. J'ai pris la pile rouge et j'ai commencé à essayer d'assembler certains morceaux. Mon père s'occupait des bleus.

– C'est bientôt fini, tu sais Junie ?

– Quoi donc ?

J'ai tourné une pièce pour la remettre dans le bon sens.

– La saison des impôts. On va être tranquilles pour un an. Dieu merci.

– C'est pas si terrible, si ?

Mon père m'a regardée avec des yeux qui disaient : « Tu plaisantes ? »

– Dans ce cas, pourquoi est-ce que tu le fais ?

C'était une question sérieuse. Je me demandais vraiment pourquoi les gens faisaient toujours des choses qui ne leur plaisaient pas. J'avais l'impression que la vie était comme un tunnel de plus en plus étroit. À la naissance, le tunnel était immense. Toutes les possibilités vous étaient offertes. Puis, la seconde d'après, la taille de ce tunnel était réduite de moitié. On voyait que vous étiez un garçon et il était alors certain que vous ne seriez pas mère, et probable que vous ne deviendriez pas manucure ni institutrice de maternelle. Puis vous commenciez à grandir et chacune de vos actions rétrécissait le tunnel. Vous vous cassiez le bras en grimpant aux arbres et vous pouviez renoncer à être joueur de base-ball. Vous ratiez tous vos contrôles de mathématiques et vous abandonniez tout espoir d'être un scientifique de renom. Ainsi de suite année après année jusqu'à ce que vous soyez coincé. Vous deviendriez boulanger, bibliothécaire ou barman. Ou comptable. Et voilà. Je me disais que le jour de votre mort, le tunnel était si étroit, après avoir été rétréci par tant de choix, que vous finissiez écrasé.

– Pourquoi est-ce que je le fais ? a dit mon père. C'est évident. Pour toi. Pour toi, Greta et maman.

– Oh, ai-je répondu, me sentant soudain immensément triste que quelqu'un sacrifie toute sa vie juste pour assurer le bonheur des autres. Eh bien, merci.

Mon père a fait un si grand sourire que je pouvais voir le petit espace entre ses dents de devant.

– Je t'en prie.

Puis, tout à coup, il a mis sa main devant sa bouche.

– Oh non… a-t-il dit en se relevant pour courir aux toilettes.

Je suis restée à contempler mes pièces. Toutes les différentes nuances de rouge. Je pensais à Finn. Lui, il faisait ce qu'il voulait. Comme disait ma mère. Il n'a jamais laissé le tunnel l'écraser. Mais bon, le résultat était le même. Au bout du compte, ses propres choix l'avaient aussi réduit en miettes. Peut-être que Toby avait raison. Peut-être qu'on devait être mourant pour pouvoir enfin faire ce qu'on voulait.

J'ai continué de tripoter les pièces de puzzle pendant un moment, mais je n'avais pas de chance. Rien ne semblait s'imbriquer dans quoi que ce soit sans de gros efforts préalables.

Puis cette pensée m'a traversé l'esprit : Et s'il suffisait de prendre conscience qu'on mourrait un jour ? Que rien ne durerait éternellement ? Est-ce que ce serait suffisant ?

Puis j'ai pensé à autre chose. À ce qu'avait dit mon père. « C'est bientôt fini. » Je suis allée consulter le calendrier dans la cuisine. Celui que mes parents avaient fait réaliser pour l'offrir à tous leurs clients. Il y était inscrit « Comptables Elbus et Elbus », et il n'y avait qu'une photo, une image ringarde d'un lac bleu sous le soleil devant des montagnes coiffées de neige. 10 avril. Plus que cinq jours avant la fin de la saison des impôts. Si j'ajoutais la semaine nécessaire à mes parents pour classer leurs dossiers et tout remettre en ordre, cela me laissait encore une semaine et demie à vivre ma vie d'orpheline. C'était la toute première fois que j'aurais aimé que la saison des impôts dure plus longtemps. La toute première fois que j'avais besoin d'être orpheline.

50

Je n'avais pas vu Greta me regarder une seule fois depuis qu'elle avait fait une descente dans mon placard. Si je me trouvais dans la cuisine, elle laissait tomber son café et filait directement attendre le bus. Si je faisais mes devoirs sur la table, elle montait dans sa chambre. À l'école, si elle m'apercevait dans le hall, elle faisait demi-tour. C'était comme si elle souhaitait ma disparition.

Et je ne me faisais plus de souci pour elle. C'est ce que je me disais. Cela m'était égal qu'elle ait en permanence les yeux rouges et fatigués. Cela m'était égal de ne plus jamais la voir avec des amis. Qu'elle ne déjeune même plus avec ses groupies. Qu'elle semble toujours seule. Je me fichais de savoir qu'à la fin de l'année scolaire, Greta quitterait la maison. Les jeunes qui participaient à *Annie* logeaient dans une résidence spéciale, et ensuite elle partirait pour Dartmouth. Et ce serait la fin. Plus de sœur. Certains jours, j'avais l'impression que c'était un rêve qui se réalisait. Voilà le point où j'en étais arrivée.

Cela dit, de temps en temps, les jours où je n'allais pas à New York, je faisais un tour aux répétitions. Je m'imaginais que si Greta m'y apercevait, elle penserait peut-être que je ne voyais plus Toby. C'était stupide, et elle s'en fichait sans doute complètement, mais j'y allais quand même.

Je restais debout au premier rang de la salle, adossée au mur, juste à côté de la porte, pour pouvoir sortir quand ça devenait trop fastidieux. Un après-midi, j'étais là, à m'ennuyer comme un rat mort tandis que Mr Nebowitz mettait en place le chœur et les figurants, quand j'ai vu que Ben Dellahunt était penché au balcon et me faisait de grands signes. Il a continué à agiter la main jusqu'à ce que je comprenne qu'il voulait que je monte à la cabine d'éclairage. J'ai incliné la tête et regardé autour de moi. Il a hoché la tête et m'a refait un signe. Je n'avais aucune envie de monter. Regarder Ben me rappelait que j'étais idiote.

– Allez Elbus, a-t-il appelé.

Alors je n'avais plus le choix. Ben a souri, tenant la porte de la petite cabine ouverte tandis que je traversais le balcon. Il y avait aussi Pete Loring et John Untemeyer, et je me suis assise sur une chaise pliante derrière eux.

– Tu peux pas t'empêcher de venir, hein ? a dit Ben.

– J'imagine.

– Non, sérieusement, t'as l'air de t'ennuyer royalement. Pourquoi est-ce que tu continues à venir aux répétitions ?

Pendant une seconde, j'ai hésité à le lui dire. Pendant une étrange seconde, j'ai pensé révéler chacun de mes secrets à Ben Dellahunt, là, dans la cabine obscure. Il saurait alors qui j'étais vraiment. Il saurait alors que je n'avais rien à envier à Tina Yarwood. Mais bien sûr, j'ai gardé le silence.

– J'ai dit à Greta que j'aiderais, ai-je lancé à la place.

– Qu'est-ce que ça peut lui faire que tu aides ? Et puis, sans vouloir te vexer, tu m'as pas l'air hyper efficace.

J'ai croisé les bras sur ma poitrine.

– Écoute, c'est toi qui m'as demandé de monter. Je t'embêtais pas. Je peux m'en aller.

– Non. Désolé. Je vais me taire.

Les deux autres garçons ne disaient rien. Ils étaient occupés à faire glisser des interrupteurs et à tourner des boutons sur le tableau de la régie. John Untemeyer m'a jeté un coup d'œil, mais Pete gardait la tête baissée comme s'il était gêné par la présence d'une fille, même une fille comme moi, dans la cabine. En bas, Emily s'est mise à chanter la reprise de « Dites-moi ».

– Eh, tu fais du français, non ? ai-je demandé à Ben.

– Ouais.

– Alors, qu'est-ce qu'elle raconte cette chanson ?

Ben a réfléchi quelques secondes. Il agitait son index dans l'air comme s'il traçait les paroles de la chanson.

– Voilà ce qu'elle veut dire : « Dites-moi pourquoi… » Et ensuite « la vie est si belle. Dites-moi pourquoi la vie est si belle. Dites-moi pourquoi la vie est si… gaie. »

Il a pris un air penaud, puis a vite ajouté :

– Tu sais, gaie dans le sens de joyeuse.

– Ouais, gaie dans le sens de joyeuse. Je sais.

Greta est arrivée pour la scène où le lieutenant Cable lui dit qu'il ne peut pas épouser sa fille parce qu'elle n'est pas blanche. Bloody Mary est censée être furieuse dans cette scène et Greta l'a jouée presque comme une psychotique. Elle s'est mise à frapper Craig Horvell, qui jouait Cable. Elle lui bourrait la poitrine de coups. Elle tapait si fort qu'on avait l'impression qu'elle lui en voulait personnellement. Il avait l'air effrayé et, à deux ou trois reprises, je l'ai vu regarder en direction de Mr Nebowitz comme s'il cherchait de l'aide. Je n'avais jamais vu Greta aussi en colère, foulant la scène comme si elle avait un compte à régler. Comme si Craig Horvell avait gâché sa vie et qu'elle voulait le lui faire payer. Mais plus je l'observais, et plus cela ressemblait non pas à de la colère, mais à de la tristesse. À du désespoir. Elle s'agitait dans tous les sens et j'avais l'impression qu'elle essayait désespérément de faire comprendre à quelqu'un qu'elle était en train de devenir folle. Mais personne ne semblait le remarquer. À part moi. Moi, au balcon, regardant ma sœur s'autodétruire.

Quand elle a quitté la scène, Ben s'est tourné vers moi et m'a dit :

– Elle est vraiment douée, tu sais.

J'ai hoché la tête.

– Bien sûr que je le sais.

Nous sommes restés un moment assis en silence.

– Tu sais, l'autre soir, dans les bois, je…

– T'inquiète. Je me souviens strictement de rien.

– Euh, je t'ai embrassée, tu te rappelles ?

Je n'ai pas pu m'empêcher de rire. La plupart des gens auraient juste laissé tomber après l'alibi de la perte de mémoire, mais pas Ben.

– T'inquiète pas, ai-je dit. Je dirai rien à Tina.

Puis je me suis levée et je suis partie.

Après la répétition, j'ai attendu Greta devant l'école. Je ne savais pas très bien quoi lui dire, mais je ne pouvais pas rester sans rien faire après l'avoir vue si petite et perdue sur cette scène. Peut-être que je pouvais lui dire que je lui pardonnais d'avoir jeté à la poubelle toutes les choses auxquelles je tenais le plus (même si ce n'était pas le cas). Ou peut-être que je pouvais lui demander de m'aider à me maquiller pour qu'elle me dise ce qui lui arrivait. Toute la vérité, sans état d'ébriété.

Le soleil donnait au ciel une jolie couleur rose orangé. Comme l'intérieur d'un coquillage. Je me suis tournée vers la cour de l'école où quelques garçons couraient. Je les ai regardés faire trois tours et, comme Greta n'était toujours pas sortie, je suis partie. Je n'ai pas pris la peine d'aller dans les bois. Je suis rentrée par la ville, en marchant sur le trottoir, parce que c'était le chemin le plus court.

51

J'étais debout dans la cuisine de Finn, adossée au comptoir. Ça sentait le brûlé parce que Toby faisait griller des toasts qu'il carbonisait tous les uns après les autres, alors même qu'il était juste à côté pour surveiller. C'était quelques jours après l'histoire du journal de bord. Il m'avait appelée pour me dire qu'il était désolé de ce qui s'était passé. Il voulait se faire pardonner. J'ai pris le train juste après l'école, puis j'ai pris le métro jusqu'à l'appartement. Ça ne m'embêtait plus de prendre le métro toute seule, et c'était bien moins cher que le taxi.

– Alors... Qu'est-ce que t'en penses ?

J'étais sûre que Toby allait adorer mon projet d'aller en Angleterre. Il allait l'adorer parce qu'il était parfait.

– Qu'est-ce que je pense de quoi ?

– Tu sais... Le passeport. Le voyage ?

J'étais là à sourire comme une imbécile et j'ai tout de suite vu que ce projet ne plaisait pas du tout à Toby.

– Ah. Ça.

– T'as dit qu'on pouvait tout faire, alors je pensais à l'Angleterre. Tu pourrais me faire visiter. Les châteaux et, je sais pas... Tout le reste. J'ai fait des recherches sur ta ville. Tu pourrais me montrer les landes. Tu sais, comme dans *Les Hauts de*

Hurlevent ? On pourrait y aller en été. Je suis encore en train de voir comment on pourrait s'organiser, mais peut-être que je pourrais convaincre ma mère de m'envoyer en colonie de vacances, et alors…

Le grille-pain a sauté. Toby en a sorti les toasts, les a examinés, puis a gratté pour enlever le brûlé jusqu'à presque casser le pain. Ensuite, il les a lancés dans une assiette.

– June, je suis désolé. Vraiment. Mais c'est impossible.

Il a ouvert un tiroir dans la cuisine, en a sorti mon passeport et me l'a rendu. Je l'ai pris et nous sommes allés dans le salon. Toby a sorti un paquet de cigarettes de sa poche arrière et en a allumé une sans même m'en proposer.

J'ai jeté mon passeport sur la table basse entre nous. J'étais un peu écœurée parce que j'avais passé beaucoup de temps à réfléchir à ce projet. J'avais dû fouiller toute la maison pour trouver l'endroit où étaient rangés nos passeports, et il m'avait fallu une éternité pour mettre la main sur la clé.

– Rien n'est impossible. T'as dit que…

– Les châteaux, June ? *Les Hauts de Hurlevent* ? Bon sang. Je viens de la banlieue de Leeds.

– Bon d'accord, je sais pas, n'importe quoi. Quoi que ce soit que tu veuilles me montrer. Ton Angleterre.

– Ce serait drôle une minute.

– Je m'en fiche.

– June, je peux pas t'emmener à l'étranger comme ça. Finn ne m'aurait jamais laissé… Tu n'as que quoi ? Quatorze ans ? Quinze ans ?

Toby pensait que j'avais peut-être quinze ans. J'ai failli sourire, mais je me suis retenue.

– Et en plus…

– Et en plus quoi ?

– En plus, on me laisserait pas revenir ici si je partais. D'accord ? Je peux pas y aller.

Il a baissé la tête, comme s'il se décevait lui-même, puis il a ajouté :

– Je suis désolé, June. Je sais que je t'ai promis qu'on pourrait faire tout ce dont on aurait envie, mais...

– Et alors ? Est-ce que ce serait si terrible de rester en Angleterre ?

Toby a secoué la tête lentement, comme pour réfléchir.

– Pour moi ? Oui. Ce serait horrible. Quant à l'été... Eh bien, c'est dans longtemps.

Nous étions déjà à la mi-avril. Dans deux mois l'été serait là et j'étais sur le point de contredire Toby, mais ensuite je l'ai regardé. Ses yeux étaient entourés de cercles gris. Ses joues s'affaissaient tandis qu'il inhalait sa cigarette. J'ai compris tout à coup ce qu'il essayait de dire.

– Mais Finn voulait...

– Tu sais pas ce que voulait Finn.

Pendant un moment, j'ai eu l'impression que Greta était là et que c'était elle qui parlait par la bouche de Toby. J'ai hissé mon sac à dos sur mes épaules et je me suis dirigée vers la porte. Puis j'ai fait demi-tour.

– Si. Je le sais. Il voulait que je m'occupe de toi.

Toby a posé son mégot de cigarette et, pour la première fois de la journée, il a souri. D'abord légèrement, puis de plus en plus, jusqu'à éclater de rire. Il se moquait. De moi. Puis il s'est effondré dans le fauteuil bleu de Finn parce qu'il riait tellement qu'il n'arrivait même plus à tenir debout. J'ai rougi et tourné les talons. Avant d'atteindre la sortie, j'ai ouvert mon sac à dos et en ai sorti le *Calendrier de la femme médiévale.*

Je l'ai ouvert, faisant défiler les pages jusqu'à trouver celle que je cherchais.

– Tu peux rire autant que tu voudras, mais il l'a écrit noir sur blanc. Là. *Occupe-toi de Toby.* Est-ce que ça te suffit comme preuve ?

– June, je me moque pas de toi…

Et soudain, un élan de méchanceté a jailli de mon cœur à mes lèvres.

– Il écrit que t'as personne. Per-sonne.

Toby n'a pas détourné les yeux. Son rire s'est transformé en un sourire doux, complice.

– C'est vrai.

Puis il s'est levé et s'est dirigé vers la fenêtre. Il a plongé la main dans un grand vase bleu électrique pour en extraire un morceau de papier. Il l'a déplié lentement puis me l'a passé. Il était tout fin et ridé, comme s'il avait été lu cent fois.

Mon tendre amour,

Je t'ai tout dit, à part ceci. Cette dernière chose. Prends soin de June pour moi, s'il te plaît. Promets-moi de t'occuper de ton mieux de la seule femme de ma vie.

Je t'aime tellement que mon cœur risque de se fendre en deux…

Finn

Je l'ai lu deux fois, fixant chaque mot des yeux, imaginant la main tremblante de Finn former chaque lettre approximativement. J'ai regardé autour de moi. Il y avait ces deux photos de mains. Je pensais qu'il s'agissait de celles de mon grand-père, avant que je découvre que c'étaient celles du grand-père de Toby. Il y avait ce vieux coffre en bois sculpté où Finn rangeait des couvertures. Il y avait la porte de la chambre de Finn, fermée de nouveau. Privée. J'ai relu le message, me sentant stupide et désorientée.

– Viens là, m'a dit Toby.

J'ai secoué la tête. C'était donc ça. Pendant tout ce temps, j'avais cherché des étincelles de Finn s'échappant de Toby, et il brillait à travers lui depuis le début. Chaque petite chose que Toby avait faite pour moi venait de Finn. J'ai senti une chaleur m'envahir des pieds à la tête. J'ai repensé au tout premier jour où je l'avais vu, à l'enterrement. Toby essayant de croiser mon regard, essayant avec sa maladresse de tenir sa promesse à Finn. Tout comme moi j'essayais de tenir la mienne.

– Ça va aller. T'inquiète pas.

Je savais que c'était faux. Bien sûr. Mais Toby a tendu les bras vers moi et je m'y suis blottie. Je suis allée vers lui comme s'il était une grande armoire capable de m'emmener où bon me semblait.

– Chhhhut. Chhhhhut, ça va aller, et il m'a bercée.

J'ai pleuré tout contre la poitrine de Toby. Tout contre son cœur.

– Chhhhut, a-t-il répété encore et encore jusqu'à me donner l'impression que nous n'étions plus deux individus distincts.

– Tu vois, m'a-t-il dit. Tu vois à quel point il t'aimait ?

Je m'agrippais à Toby, ses côtes appuyées contre moi comme des rails de train partant loin, très loin. Je m'agrippais à lui comme si j'avais le pouvoir de le maintenir en place. Je le serrais dans mes bras comme je pensais que Finn l'aurait fait. Pleinement. Avec tout mon amour.

Puis mes larmes ont laissé place au rire, et je me suis écartée pour regarder Toby.

– Qu'est-ce qu'il y a ? a-t-il demandé.

– Regarde-nous. On peut pas dire qu'on soit doués pour prendre soin l'un de l'autre.

Toby s'est mis à rire à son tour.

– Je sais pas. J'avais l'impression de pas mal me débrouiller.

J'ai haussé les sourcils.

– On s'est saoulés avec des Bols Volcanos la semaine dernière. Je suis pas sûre que ce soit la conception de Finn de « prendre soin l'un de l'autre ».

Toby m'a lancé un sourire penaud. Puis il a retrouvé son air sérieux et s'est éclairci la voix.

– Au cours de ton passage à l'âge adulte, June, tu rencontreras peut-être parfois d'énormes boissons exotiques alcoolisées. Je sentais qu'il était de mon devoir de te familiariser avec ce genre de boissons potentiellement hasardeuses…

J'ai ri et je lui ai donné une petite tape sur le bras.

Son air sérieux a disparu.

– En plus, c'était drôle, non ?

J'ai acquiescé.

Et j'ai pensé que Toby avait peut-être tout compris. Peut-être que c'était tout ce que Finn voulait que nous fassions. Nous faire rire l'un l'autre. Peut-être que Finn souhaitait juste savoir que ses deux personnes préférées pourraient chanter, sourire et gambader de çà de là, comme si elles n'avaient jamais été aussi heureuses.

J'ai réussi à garder ce sentiment de chaleur pour presque tout le trajet du retour mais, quand le train est arrivé à Thornwood, un tout autre sentiment a commencé à se faufiler en moi. Le petit mot signifiait deux choses. La première, la bonne, c'est que Finn m'aimait. Qu'il m'aimait assez pour s'assurer que Toby s'occuperait de moi. Mais la deuxième chose que cela voulait dire, c'est que Finn était la seule raison pour laquelle Toby passait tout ce temps avec moi. Parce qu'il le lui avait demandé. Ça n'avait rien à voir avec moi. Greta avait raison. Comme d'habitude, elle avait tout compris.

52

Les plus recherchées des États-Unis

Voilà ce que disait la couverture. Les mots étaient écrits en énorme sur la page. Au-dessous, il y avait Greta et moi. Le portrait. Nous deux en plein milieu de la couverture du magazine *Newsweek*.

L'article parlait des œuvres d'art disparues ou conservées au sein de collections privées sans que personne ne le sache. Les objets cachés. Apparemment, nous n'étions que numéro six. Nous étions devancées par une toile d'Andy Warhol, un tableau du XVIIIe siècle représentant une bataille importante de la guerre d'Indépendance, deux sculptures et un drapeau américain qui ne comportait que douze étoiles et était censé avoir été réalisé avant même celui de Betsy Ross, traditionnellement considéré comme le premier. Et ensuite, c'était nous.

Je me disais que la photo utilisée était sans doute la même que pour le *New York Times*, car il manquait les boutons. Mon tee-shirt était noir et simple.

Il y avait une photo des dix œuvres manquantes les plus cotées, puis la liste recensait cinquante noms supplémentaires, cette fois sans image. Un homme du musée Whitney disait qu'il essayait de monter une exposition « Perdus et retrouvés », et que s'il parvenait à mettre la main sur assez des œuvres de la liste, il pourrait la lancer.

Dans l'article, il déclarait : *Nous ne connaissons ces œuvres que parce que quelqu'un les a mentionnées par écrit ou parce qu'elles sont apparues dans un film ou sur une photo à un moment donné. Nous les appelons « œuvres fantômes » car nous n'en avons qu'une trace, il nous manque les objets réels.*

Le passage sur notre portrait reprenait plus ou moins l'article du *Times*. La seule différence, c'était qu'ils avaient interrogé le propriétaire de la galerie où Finn exposait ses toiles. Il disait qu'à ce jour, il n'y avait pas eu de tragédie plus grande que l'abandon de l'art par Finn Weiss. Cela me semblait un peu exagéré, mais je me sentais quand même fière qu'on dise une telle chose à propos de Finn.

C'est Beans qui avait apporté le magazine à l'école pour me le montrer. Au début, je pensais le cacher ou le jeter, mais c'était *Newsweek*. Il était tiré à des milliers et des milliers d'exemplaires dans tout le pays. L'article était sans doute déjà sur le tableau d'affichage de la bibliothèque. Quelqu'un avait sans doute appelé le type du Whitney pour lui dire où nous étions.

L'article se terminait avec une citation de ce type, justement, qui se comparait à un détective. Toujours à la recherche des œuvres d'art disparues. Je suis revenue à la couverture et j'ai regardé l'image de Greta et moi. J'ai imaginé ce type en train de nous chercher. De nous traquer. Je me suis rendu compte que nous ne serions vraiment pas difficiles à trouver, et cela m'effrayait. L'idée de cet homme venant frapper à notre porte me faisait frissonner.

Ma mère a rapporté le *Newsweek* de son bureau. Deux personnes différentes lui en avaient donné un exemplaire. Nous nous sommes tous assis pour dîner. Moi, mon père et ma mère, et Greta. Le magazine posé au milieu de la table. Ce soir-là, nous n'avions pas droit à un délice sorti de la mijoteuse. Au lieu de cela, ma mère avait fait chauffer deux boîtes de macaroni au fromage Kraft. Personne ne touchait à ses pâtes orange.

– J'ai décidé de l'appeler, a déclaré ma mère.

J'ai fait tomber ma fourchette. Pendant une seconde, j'ai eu l'impression d'avoir le portrait juste devant moi. Les cheveux aux mèches dorées. Le petit crâne noir.

J'ai commencé à protester, mais Greta m'a donné un grand coup de pied sous la table. Elle a touché l'os de ma cheville et j'avais une folle envie de riposter. Je lui ai jeté un coup d'œil et, même si elle refusait toujours de croiser mon regard, j'ai vu qu'elle avait un plan.

– Plus on attend, a-t-elle lancé, plus on le garde caché, plus il prendra de la valeur. Non ? Pensez-y. Même s'il découvre que c'est nous qui avons le portrait, rien ne nous oblige à le lui montrer. Si ?

Mes parents se sont regardés. Je voyais qu'ils lisaient les pensées l'un de l'autre et essayaient de trouver la meilleure solution.

– Eh bien, a commencé mon père, ce n'est pas faux, mais il serait peut-être bon de le dévoiler. C'est peut-être ce que Finn aurait voulu.

– Non, ai-je répliqué.

Greta m'a donné un autre coup de pied, mais cette fois-ci, je l'ai ignorée.

– Il aurait pas voulu ça. Il l'a peint pour nous.

– Chérie, le travail d'un artiste appartient à tout le monde. Dans un sens.

– Mais c'est ma tête. Et celle de Greta. Nous, on n'appartient pas à tout le monde. Finn l'a fait pour nous et je refuse de le montrer, un point c'est tout.

– Calme-toi Junie.

Mon père était toujours comme ça à la maison, à essayer de maintenir une atmosphère pacifique sans vraiment prendre position.

J'ai regardé Greta, affalée sur sa chaise, les bras croisés.

– Il ne voudra sans doute qu'y jeter un œil et alors nous aviserons, a dit ma mère. Personne ne parle de le vendre, ni même de l'exposer. Allons-y étape par étape, d'accord ?

J'ai de nouveau fixé Greta. Droit dans les yeux. Nous savions toutes les deux ce que nous avions fait au portrait. Je n'osais même pas imaginer la réaction de ma mère quand elle le verrait. Ou en fait si, justement. C'était bien ça le problème. De l'autre côté de la table, mes parents se regardaient eux aussi. Ma mère s'est tournée et a tendu une main vers nous.

– Bon, toutes les deux, juste… taisez-vous. La vérité c'est que je l'ai déjà appelé. J'ai discuté avec lui cet après-midi.

– Comment ça ? me suis-je exclamée.

– Il va venir le voir la semaine prochaine.

– Mais il est à nous ! On veut pas que…

J'ai regardé Greta. Elle souriait. Un vrai sourire. Elle est restée comme ça quelques secondes, sans dire un mot. Puis elle a rejeté la tête en arrière et a regardé mes parents.

– Peu importe, a-t-elle dit. C'est peut-être bien après tout. Comme tu l'as dit. Voyons ce qui se passera ensuite.

J'en étais bouche bée. Au sens propre du terme.

Le lendemain, j'ai filé à la banque après les cours. Depuis le jour où Greta avait mis la main sur tous les trésors de mon armoire, je gardais précieusement ma moitié de la photo élisabéthaine et le *Calendrier de la femme médiévale* dans mon sac à dos. Ils s'y trouvaient quand je suis allée voir le portrait. Il commençait déjà à faire chaud et j'ai noué mon pull autour de ma taille tandis que je marchais dans la ville d'un pas lent. Sur le chemin, je me suis arrêtée chez *Benedetti's Deli* m'acheter une cannette de Coca et un paquet de Doritos.

Mr Zimmer ne travaillait pas à la banque ce jour-là, alors j'ai dû signer un papier pour que la dame derrière le comptoir me laisse descendre dans la salle des coffres. J'ai fait de mon mieux et, honnêtement, je voyais une nette amélioration, mais la dame – qui était grande, belle et élégante comme je savais que je ne le serais jamais – a quand même comparé la signature sur le formulaire avec celle que je venais de produire. Puis elle m'a dévisagée et m'a demandé mon adresse et mon numéro de téléphone pour s'assurer que j'étais bien June Elbus.

Cette fois-ci, c'était presque douloureux de sortir le portrait de sa boîte. J'espérais que le doré dans nos cheveux et le crâne sur la main de Greta pourraient passer inaperçus. Après tout, personne n'avait jamais semblé remarquer les boutons de Toby. C'était ce que j'espérais, mais je savais que je me voilais la face. On ne peut pas déposer de la peinture dorée brillante sur un tableau et s'attendre à ce que personne ne voie rien. J'ai lentement tiré sur le portrait, les yeux fermés. Quand je l'ai finalement regardé, j'ai découvert que c'était encore pire que ce que j'imaginais. La peinture dorée captait le plus petit rayon de lumière de la pièce et me le renvoyait droit dans les yeux.

Et il y avait du nouveau. Les lèvres de Greta, qui avaient jusque-là une couleur naturelle, étaient peintes en rouge vif. Le même rouge que celui de la soupe à la tomate Campbell que ma mère nous préparait pour le déjeuner, quand nous étions petites, avec des croûtons qui flottaient à la surface. Au lieu d'avoir l'air très contente d'elle comme c'était le cas auparavant, Greta semblait à présent froncer les sourcils. Même plus que cela. Avec le doré dans ses cheveux et ses lèvres rouges, Greta était terrifiante.

Je me suis penchée au-dessus du tableau. Je voulais déceler les coups de pinceau de Greta. Je voulais les voir de près. Je savais qu'elle avait dû remarquer ce que j'avais fait à nos cheveux. C'est ce qui m'a alors interpellée. Dans la vie réelle, Greta m'évitait autant que possible. Elle m'avait à peine dit un mot depuis le jour où elle avait trouvé mes objets favoris. Mais là, c'était presque comme si nous discutions. Comme un langage secret. Comme si ce portrait de nous portait tous les mots que nous ne nous disions plus.

J'ai sorti la moitié de la photo de *Playland* pour l'approcher du tableau. J'ai observé la fille du portrait, cette fille qui avait encore son oncle Finn, l'idiote qui croyait être la seule qui comptait pour lui. C'est à peine si je la reconnaissais. Je ne l'imaginais absolument pas capable de s'occuper de quelqu'un. Puis j'ai considéré la fille fagotée dans cette énorme robe élisabéthaine et j'ai pensé la même chose. Elles avaient toutes les deux l'air stupides. Le genre de filles complètement inutiles. J'étais contente de ne pas avoir de miroir à portée de main parce que je savais que mon image m'inspirerait. Évidemment que Toby n'avait pas envie d'aller en Angleterre avec moi. Pourquoi est-ce qu'il le voudrait ?

Je me suis appuyée contre le mur et me suis laissée glisser jusqu'à terre.

Pourquoi Toby ferait-il semblant de m'apprécier ? Pourquoi quelqu'un ferait-il cela ?

Par culpabilité, voilà pourquoi.

Non. Personne ne savait rien du sida au moment de l'attraper. C'était vrai. Pourquoi Toby se sentirait-il coupable ?

Et pourquoi n'a-t-il jamais mentionné son passage en prison ?

Je sais pas. Je sais pas. Je sais pas !

Bien sûr qu'il n'allait pas partir en Angleterre avec toi. Tu ne comprends jamais, hein ? Tu ne comprends jamais ce que tu es pour les autres. Ben, Beans, Finn, Greta. Pourquoi Toby voudrait-il voyager avec toi ? Et quant à cette idée stupide de couvercle de théière...

J'ai fermé les yeux et j'ai murmuré le *Dies Irae* du *Requiem*. J'ai répété les mots latins *Dies irae, dies illa, solvet saeclum in favilla*, jusqu'à ce que, au bout d'un moment, un peu de ma crainte s'évanouisse.

Je me suis relevée et j'ai de nouveau regardé le portrait dans cette pièce minuscule. Greta et moi. Puis j'ai fouillé tout au fond de mon sac à dos à la recherche du petit pot de peinture dorée. J'imaginais Greta à ma place, en train de colorer ses lèvres, sachant que je verrais ce qu'elle avait fait, et j'ai soudain voulu qu'elle m'entende. Je voulais qu'elle sache que je répondais à son appel. Alors, au lieu d'essayer de masquer quoi que ce soit, j'ai pris mon petit pot de peinture, j'y ai trempé mon pinceau et, avec le plus grand soin, j'ai peint chacun des ongles minuscules de Greta en doré.

53

J'attendais le monorail à côté de Toby, debout sur le quai. Nous étions dans la partie Wild Asia du Bronx Zoo, prêts à embarquer à bord du Bengali Express, qui – après les Cloisters – est le meilleur moyen de quitter New York sans quitter New York.

Le Bronx Zoo n'est pas un zoo triste. Il est gigantesque, rempli d'arbres et de prairies, et l'on n'a pas du tout l'impression d'être au milieu d'une ville. Il est divisé en continents – l'Afrique, l'Asie, l'Amérique du Nord – où l'atmosphère propre à chacun a été recréée. La partie africaine est aride, avec très peu d'arbres, et les stands de glaces ressemblent à de petites huttes. L'Asie est plus luxuriante. On y trouve des bambous, des statues de déesses indiennes et des porches voûtés à la chinoise.

J'avais dit à Toby de passer me prendre à la maison à dix heures. C'était un jour d'école, mais mon plan était de faire mine de me lever tôt et de dire à ma mère que je pensais avoir attrapé le même microbe que mon père. Elle a posé sa main douce sur mon front rien qu'une seconde avant de déclarer que, en effet, j'avais la peau un peu moite. Je me suis recouchée et j'ai attendu que tout le monde s'en aille, après quoi je me suis habillée et je suis descendue guetter à la fenêtre du salon.

Comme toujours, l'idée qu'il puisse être étrange que je lui dise de passer me prendre à dix heures un jour de semaine n'a même pas effleuré l'esprit de Toby. Il m'attendait à l'arrière de la maison, dans un gros manteau gris en laine, l'air ravi de me voir.

– On est au printemps, lui ai-je fait remarquer en regardant son manteau.

Toby a eu l'air gêné que j'aborde ce point et a balayé le jardin des yeux.

– Je suis déjà venu ici, tu sais.

– Ah oui ?

– La théière. Ce facteur. C'était moi. La livraison spéciale.

J'ai repensé à ce jour qui me paraissait si lointain... J'avais du mal à me dire que deux mois seulement s'étaient écoulés.

– Ouais, je savais que c'était toi.

Toby semblait perdu dans ses pensées, mais il est revenu à lui à ce moment-là. Il a souri.

– Je m'en doutais.

Je lui avais dit que c'était à mon tour de l'emmener quelque part. J'avais d'abord pensé aux Cloisters, mais je n'étais pas encore prête à lui révéler cet endroit magique. Alors je me suis rabattue sur le zoo. Toby m'a dit que je pouvais prendre le volant si je voulais. Il m'a tendu les clés.

– Je sais pas vraiment conduire. J'ai pas mon permis ni rien.

– Je vais t'apprendre.

Toby a allumé une cigarette, mais il n'a réussi à en aspirer qu'une bouffée avant de se mettre à tousser. Les clés lui ont échappé et je les ai ramassées. Avant que je puisse les lui rendre, Toby s'était glissé sur le siège passager. Ce n'était pas ce que j'imaginais, mais je ne voulais pas lui donner l'impression que j'avais peur, alors j'ai ouvert la portière de gauche et me suis installée à la place du conducteur. Puis j'ai aperçu la main de Schtroumpf, cette toute petite main de Schtroumpf que Finn avait collée sur le levier de vitesse, et j'ai trouvé une échappatoire.

– Ce n'est pas une voiture automatique. C'est impossible que…

J'ai posé les clés sur le tableau de bord.

Toby toussait toujours, mais il a hoché la tête. Il a pris les clés et a fait le tour de la voiture pour se retrouver côté conducteur.

Nous nous sommes garés sur le parking de Bronx River, ce qui signifie que nous sommes entrés par l'Amérique du Nord. C'était la partie du zoo la plus convaincante. Les grands arbres et les prairies luxuriantes peuplées de cerfs, de loups et de bisons avaient fière allure. Comme une espèce de version super condensée de toute ce que la faune et la flore américaines avaient produit. Comme si l'on avait fait revivre tout ce que nous avions tué.

– Bon, ai-je dit. C'est comme *Playland*. Il y a quelque chose que je voudrais te montrer. Pas seulement les animaux. Viens.

Je me suis retournée. Toby semblait encore plus vieux que la dernière fois et j'ai vu qu'il faisait des efforts pour ne pas marcher trop lentement.

– Viens, ai-je répété, en faisant mine de ne rien remarquer.

Rassemblant ses forces, Toby s'est mis à courir vers moi en riant, les bras tendus. Il ressemblait à une sorte d'animal fou avec ce gros manteau gris. J'ai ri à mon tour et me suis précipitée en avant. À toute vitesse, nous avons traversé l'Amérique du Nord avec ses prairies de cerfs et de loups, le Monde des Oiseaux et le Monde des Ombres, jusqu'à ce que, au bout d'un moment, les bois et les prés laissent place aux massifs plus exotiques de l'Asie.

– Là, ai-je lancé, montrant une série de marches encadrées par des drapeaux indiens jaunes et rouge vif.

Toby s'est appuyé contre la rampe. Il n'arrivait pas à s'arrêter de tousser. Il était voûté comme un vieil homme. J'ai ressenti une vague de panique. Je ne savais absolument pas comment aider quelqu'un qui était peut-être très malade. Je lui ai bêtement tapé dans le dos. Pendant tout ce temps, Toby continuait de sourire au milieu de sa toux, essayant de donner l'impression que tout allait bien. Quand il a enfin repris sa respiration, je lui ai demandé s'il voulait boire quelque chose.

– Non. Allons-y. Ça va.

Nous avons descendu l'escalier. En bas, nous sommes passés devant un enclos d'où partaient des tours à dos de chameau. Les animaux portaient sous leurs selles de superbes tapis aux couleurs de cannelle, de moutarde et de paprika. Deux ou trois d'entre eux promenaient des petits enfants, mais les autres semblaient s'ennuyer ferme.

J'ai désigné un stand plus loin dans l'allée.

– Par ici. Promets-moi que ça va te plaire.

Il a attendu une seconde avant de répondre, et je pensais qu'il ferait comme moi à *Playland*. Qu'il me dirait qu'il ne pouvait pas promettre une chose pareille, mais non.

– Je te le promets. Même si c'est un endroit que je déteste en temps normal, je te promets que cette fois ça me plaira.

J'ai acheté deux tickets de monorail et nous avons attendu sous le toit de gazon de la petite gare. À l'autre bout du quai, un groupe d'enfants en sortie scolaire étaient suspendus à la petite rambarde en bois. Quand le train est arrivé, nous avons patienté le temps qu'ils s'y entassent avant de choisir un wagon plus calme, éloigné du leur.

Les sièges du monorail étaient presque disposés comme dans un petit théâtre, deux rangs en gradins et, au lieu d'être orientés dans le sens de la marche, ils étaient parallèles au côté du wagon, qui était complètement ouvert. L'attraction ne dure qu'une vingtaine de minutes, mais la voix de l'interphone prétend que l'on voyage en Asie et, si on ne regarde pas trop loin, si l'on se concentre sur l'eau et les arbres tout près du train, on peut y croire. On peut croire que ces cerfs Muntjac se trouvent vraiment dans les collines de Guilin en Chine et que les éléphants errent dans les plaines de l'Inde.

Le train a démarré. Nous avons traversé le Bronx aux eaux boueuses et une voix de femme nous a informés que nous étions en Inde, au-dessus du Gange. J'ai jeté un coup d'œil à Toby et vu qu'il faisait un grand sourire.

– Ne regarde pas trop loin, lui ai-je dit. Ça fiche tout en l'air.

Greta regardait toujours trop loin. Chaque fois c'est elle qui montrait les endroits où l'on apercevait le vrai Bronx à travers des trous entre les arbres.

Quand nous avons retraversé le Bronx, la dame a annoncé que c'était le Yangzi Jiang et que nous étions maintenant en Chine. Elle s'est mise à nous parler des tigres, des antilopes, et de trois sortes de cerfs.

– Hé, a dit Toby.

– Oui ?

– Viens là.

Je suis allée m'asseoir près de lui. Il a mis son bras autour de mes épaules et m'a attirée à lui, de sorte que mon visage était appuyé contre son gros manteau.

– Inspire.

D'abord je n'ai pas compris ce que Toby voulait faire, mais j'ai respiré profondément son manteau, et là, comme par magie, Finn est apparu. C'était exactement son odeur. Pas juste la lavande et l'orange, mais aussi d'autres fragrances. Le léger parfum de citron de son après-rasage. Le café, la peinture et d'autres choses dont je ne connaissais pas le nom mais qui faisaient partie de Finn. Je ne voulais plus bouger. J'étais blottie tout contre Toby, la tête enfouie sous son manteau. Toby me serrait dans ses bras et m'attirait de plus en plus près, et j'ai senti au léger tremblement de son épaule qu'il pleurait. J'ai fermé les yeux et c'était comme si je volais au-dessus du Gange, agrippée à Finn. Les bras de ce Finn-là m'étreignaient plus fort que Finn ne l'avait jamais fait. J'ai réfléchi à toutes les sortes d'amour qui existent. J'en ai trouvé dix sans effort. La façon dont un parent aime son enfant, la façon dont on aime un chiot, la glace au chocolat, sa maison, son livre préféré ou sa sœur. Ou son oncle. Il y a ces sortes d'amour et puis il y a l'autre sorte. Quand on tombe amoureux. L'amour d'un mari pour sa femme, l'amour des petits amis, l'amour qu'on porte à un acteur dans un film.

Mais si on se retrouvait à éprouver la mauvaise sorte d'amour ? Si, par accident, on finissait par tomber amoureux de quelqu'un dont il serait si dégoûtant d'être amoureux qu'on ne pourrait en parler à personne au monde ? L'amour qu'il faut reléguer de force aux oubliettes de son cœur, au point de transformer ce dernier en un trou noir. L'amour qu'on écrase encore et toujours mais qui ne rend jamais l'âme, malgré nos efforts pour le repousser et lui tordre le cou. Au contraire, il semble enfler, devenir géant avec le temps, remplissant chaque petit recoin libre de votre être jusqu'à prendre le pas sur vous. Cet amour, ça devient vous. Jusqu'à ce que chaque vision, chaque pensée, vous ramène à un être. L'être que vous n'êtes pas censé aimer de cette façon. Et si cet être était votre oncle et que, chaque jour, vous portiez cette chose dégoûtante avec vous en pensant qu'au moins personne n'était au courant, que tant que personne ne le saurait tout irait bien ?

J'ai pris une autre longue inspiration du manteau tandis que le monorail empruntait un léger virage, nous faisant quitter l'Inde et nous amenant au Népal, et j'ai rêvé que c'était la réalité. Que j'étais agrippée à Finn. Que la douleur avait quitté mon cœur pour se transformer en quelque chose de tangible. Que, si j'ouvrais les yeux, je verrais Finn me sourire.

Toby avait posé sa joue contre le haut de ma tête et ses larmes coulaient le long de mon front et de mon visage, dégoulinant au-dessus de mes yeux, ce qui donnait sans doute l'impression que je pleurais aussi. Glissant sur ma joue et mes lèvres. Je ne savais pas si l'on pouvait attraper le sida par les larmes, mais je m'en fichais. Ce genre de choses ne me faisait plus peur.

Nous sommes restés comme ça jusqu'à la fin du trajet, et je me demandais si Toby rêvait de la même chose que moi. S'il m'avait transformée en son grand amour.

Le monorail s'est arrêté dans la gare et aucun de nous n'a bougé. J'ai fini par tourner la tête pour regarder dans le wagon, m'essuyant la joue contre la laine rêche du manteau de Toby. Une mère de quatre enfants m'observait. Je me suis rendu compte que nous devions la choquer, mais ça m'était égal. J'ai tiré sur la manche de Toby et nous nous sommes levés tous les deux, toujours bras dessus bras dessous. Je me disais que personne ne connaissait notre histoire. Que personne ne connaissait la tristesse de notre histoire.

Nous sommes sortis d'Asie et avons de nouveau traversé l'Amérique du Nord. Nous sommes passés devant la maison des loups. On n'en voyait jamais aucun. Ils se cachaient, essayant sans doute de donner l'impression qu'ils n'étaient pas en cage. Sachant probablement que, derrière des barreaux, ils ressemblaient à n'importe quels chiens. Nous nous sommes arrêtés un moment, adossés contre la grille, à regarder la version miniature des Grandes Plaines. Face à la maison des loups se trouvait un faux totem, à peu près de la taille d'un homme. De la peinture bleue et rouge s'effritait de la tête de l'aigle, de l'ours et du loup. Je me suis immobilisée.

– Qu'est-ce qui se passe ? m'a demandé Toby.

– Donne-moi ton manteau.

– Non. Pourquoi ?

– S'il te plaît, d'accord ?

Toby a froncé les sourcils. Il me lançait un regard suppliant, mais j'attendais qu'il s'exécute, les mains sur les hanches et, au bout d'un moment, il a déboutonné le manteau. Puis il a baissé la tête. Je lui ai enlevé son manteau des épaules et l'ai jeté sur mon bras. Ensuite, je me suis dirigée vers le totem et je l'ai habillé du manteau, reboutonnant ce dernier, ne laissant dépasser que la tête d'aigle en haut. J'ai reculé pour contempler mon œuvre, la tête penchée sur le côté.

– Parfait, ai-je dit tout sourire mais, quand je me suis retournée vers Toby, je me suis rendu compte qu'il n'avait pas bougé.

J'ai découvert qu'il ne restait rien de lui. Il portait le même tee-shirt – avec les os de dinosaure – que la première fois que nous avions pris le train ensemble et avait les bras couverts de croûtes noirâtres. Debout là, sous le doux soleil d'avril, il ressemblait à un pauvre animal écorché. Il avait la tête baissée et ne disait rien.

– Regarde, lui ai-je lancé en désignant la maison des loups. Ils le surveilleront pour nous, d'accord ?

Toby a placé ses grandes mains sur ses bras, comme s'il essayait de se maintenir en un seul morceau.

– Je me disais juste qu'on pourrait peut-être essayer de, tu sais, passer à autre chose, lui ai-je dit.

Toby a levé la tête. Plus tôt dans la journée, il m'avait paru vieilli, mais à présent, sans son manteau, il semblait plus jeune. Réduit à néant. Il a penché la tête et m'a regardée d'un air perplexe.

– Mais passer à quoi ?

Je ne le savais pas, et je me suis sentie terriblement bête tout à coup. J'avais l'impression d'avoir trahi Finn. Il y avait Toby, le fidèle Toby, qui ne s'éloignerait jamais ne serait-ce que d'un centimètre du fantôme de Finn. Et puis il y avait moi. Celle dont l'amour était élimé. *Passer à autre chose.* Quel cliché ! J'avais honte. Je me sentais rougir. J'ai regardé le manteau sur le totem. Une minute plus tôt, je pensais que c'était une excellente idée, à présent, cela me paraissait tout à fait puéril. Ce qu'aurait fait un enfant stupide n'ayant aucune idée de ce qu'était l'amour véritable.

J'ai hoché la tête et je suis allée déboutonner le manteau en silence. Je l'ai mis sur mon bras avant de le rendre à Toby sans le regarder.

Il a renfilé le vêtement et, soudain, la vérité m'a de nouveau frappée de plein fouet. Bien sûr que Greta avait raison. Il n'y avait pas de « nous ». Toby faisait ce que Finn lui avait demandé. Ni plus, ni moins.

Sur le parking, Toby a tendu la main devant moi pour ouvrir la boîte à gants. Il en a sorti mon passeport et l'a posé sur le tableau de bord.

– Ne l'oublie pas en partant, m'a-t-il dit sans me regarder.

Le petit livret bleu marine se reflétait dans le pare-brise, donnant l'impression qu'il y avait deux passeports. Un double rappel de mon plan débile. Je l'ai pris et j'en ai feuilleté les pages. J'ai vu que Toby avait décollé le petit mot de ma photo, et mon visage à moitié souriant de onze ans me lorgnait en louchant. *Idiote, idiote, idiote.* J'ai jeté mon passeport sur le plancher, près de mon sac à dos. Puis je l'ai poussé encore plus loin du bout de ma botte.

Je me suis tournée vers Toby.

– Je sais que t'as rencontré Finn en prison.

L'espace d'une seconde, il a eu l'air surpris. Comme s'il n'était pas certain de m'avoir bien entendue. Il se trouve que cette histoire de prison ne me gênait pas du tout. Greta pensait avoir abattu sa plus grosse carte, mais je me sentais comme Nellie dans *South Pacific*. Nellie se fichait de savoir qu'Émile était un assassin. Elle le lui pardonnait sans problème. Comme si ça n'avait pas d'importance. C'était le reste, les délits qu'il n'avait même pas conscience d'avoir commis, qui la torturait.

Toby s'est frotté les mains l'une contre l'autre avant de tapoter doucement sur le volant.

– Alors comme ça tu es au courant ?

J'ai hoché la tête.

– Et tu es toujours là ?

J'ai de nouveau hoché la tête.

– Et tu veux savoir ce que j'ai fait, c'est ça ?

J'ai haussé les épaules.

– Rassure-toi, ça n'a rien d'effrayant.

– Comme si tu pouvais me faire peur.

Toby m'a regardée. Puis il a balayé des yeux la rangée de voitures garées. Quand il s'est retourné vers moi, il avait l'air grave.

– Si je ne te le dis pas, tu risques de t'imaginer toutes sortes de choses, et je ne veux pas.

Il avait l'air inquiet. Ou peut-être pris au piège. Il s'est pris la tête entre les mains.

– Ah, c'est tellement, tellement stupide. C'était dans une autre vie.

Je n'ai rien dit.

– Très bien. Alors voilà. J'étais étudiant à la Royal Academy. J'étais boursier, bien sûr. Je ne recevais aucun argent de mes parents qui, de manière générale, faisaient comme si je n'existais pas. Alors parfois je jouais dans le métro et… un soir…

Il a soupiré.

– Voilà ce que j'essaye de te dire. Un soir, un samedi, j'étais là dans une station. Il était tard, parce que je n'avais nulle part où aller, et il y avait un groupe de types saouls et je ne savais pas où m'installer avec ma guitare. Je me souviens même de ce que j'étais en train de jouer, c'était cette fugue de Bach, tu vois de quoi je parle ?

J'ai acquiescé, même si je ne pensais connaître aucune fugue de Bach.

– Et j'étais perdu dans la musique. Parfois, c'est ce que je ressentais. Parfois, j'arrivais à oublier où j'étais et à me plonger dans le son, à me concentrer pour jouer de mon mieux et, ainsi, je contrais le froid. Mais tout à coup, j'ai reçu un grand coup de pied dans les côtes. Je n'avais rien vu venir. J'ai reculé d'un bond, serrant ma guitare dans mes bras parce qu'elle venait de mon grand-père espagnol, le père de ma mère, et que c'était tout ce que je possédais. Je connaissais mon corps, il pourrait cicatriser, mais la guitare… je ne pourrais pas la réparer. Ils étaient quatre, des gars baraqués, ivres, et l'un enlevait sa veste et un autre m'a donné un coup de poing dans la tête et j'entendais le métro arriver. Il y a eu le bruit sourd de mon corps encaissant les coups, puis le hurlement de la rame couvrant tout le reste. C'est comme ça que je me le rappelle, comme si cette rame m'appelait. Un des types a essayé de m'arracher la guitare des mains et j'ai alors entendu le métro de nouveau, et toute ma force s'est centrée là-dessus, cet instant précis, et je l'ai poussé, June. J'ai poussé cet homme sur les rails. Je ne savais même pas que j'avais la cheville cassée, je ne sentais rien, je me suis juste avancé vers le bord en criant et en poussant, et il est tombé. Juste sur les rails, à peine quelques secondes avant l'arrivée de la rame.

– Est-ce qu'il… ?

Toby a secoué la tête.

– Les deux jambes.

Il a baissé les yeux.

– Voilà. C'est pour ça que je suis allé en prison. Tu peux décider d'arrêter de me voir si tu veux.

– Mais c'était pas ta faute ! C'est eux qui avaient commencé.

Il a haussé les épaules.

– C'était horrible.

– Mais… Mais ils t'ont volé toutes ces années. Ils…

– Ils m'ont donné Finn.

Il l'a dit comme si c'était un échange équitable. Comme s'il était prêt à le refaire s'il en avait la possibilité. Comme s'il était prêt à prendre les jambes d'un homme et à renoncer à des années de sa propre liberté si c'était le seul moyen. Je me disais que c'était à la fois beau et terrifiant.

Je m'attendais à ce qu'il en reste là, mais Toby a repris de plus belle. J'avais l'impression que ce n'était même plus à moi qu'il s'adressait. J'avais plutôt l'impression qu'il parlait à seule fin de répandre dans le monde son histoire avec Finn. Il m'a dit qu'il avait vingt-trois ans quand il avait rencontré Finn. Lui en avait trente et se trouvait à Londres pour un master en arts plastiques dont une partie du programme consistait à travailler pour la communauté. Finn avait choisi de rejoindre un projet d'art en prison dans le cadre duquel il donnait des cours aux détenus.

– C'est son premier jour et nous sommes dans une salle de classe. Il y a moi et puis le reste des élèves, de vrais criminels. Finn se tient debout face à nous. Je vois qu'il essaye de ne pas montrer qu'il a l'air désorienté. Il parcourt la salle des yeux et je ne peux m'empêcher de l'observer, son visage, la façon dont il se mord nerveusement la lèvre inférieure, ses petites épaules étroites et parfaites. Et je pense *Regarde-moi. Il n'y a que moi ici qui compte.* Et les élèves commencent à s'agiter. Puis il y a ce sale connard… Oh, désolé, June. Ce type qui crie à Finn : « L'art, c'est pour les pédés » et le silence se fait dans la pièce. Tout le monde attend de voir la réaction de ce nouveau prof d'arts plastiques. Je vois Finn esquisser un sourire – tu vois de quel sourire je parle – et il baisse la tête pour essayer de le dissimuler, et puis finalement pas. Il décide de prendre un risque. Il regarde le gars droit dans les yeux et réplique : « Eh bien dans ce cas vous avez frappé à la bonne porte » et alors il se met toute la salle dans la poche – bon, toute la salle à part ce type. Tout le monde rit, en tapant sur les tables et tout. Pas moi, bien sûr. J'étais assis en silence et c'est là qu'il m'a remarqué. Je le regardais, essayant de tout dire à cet homme, à cet inconnu, avec mes yeux. Il a très légèrement incliné la tête et j'ai continué à le fixer. Pendant quelques secondes nous étions seuls dans la pièce et j'ai saisi ma chance. Il le fallait. J'ai formé *Aidez-moi* du bout des lèvres en sachant qu'il allait sans doute détourner les yeux ou baisser la tête, embarrassé.

Mais pas du tout. Il les a gardés rivés sur moi. C'est comme ça que tout a commencé. Nous nous écrivions des lettres et je ne ratais jamais un seul de ses cours. Il m'effleurait, passant sa main dans mon dos, l'air de rien. Ou bien il laissait tomber un crayon et me frôlait la cheville en se baissant pour le ramasser.

Toby a fermé les yeux et souri, comme s'il revivait ces instants.

– C'était si électrique. Si dangereux. Ces légers contacts étaient tout pour moi. Ma raison de vivre. On peut se construire tout un monde autour des plus petits frôlements. Est-ce que tu sais ça ? Tu peux l'imaginer ?

Toby commençait à avoir les yeux humides. Je voulais lui dire que oui, bien sûr que je le savais. Je savais tout des petites choses. De la proportion. Je savais tout de l'amour qui est trop grand pour tenir dans un seau minuscule. De l'amour qui déborde partout de la façon la plus gênante possible et imaginable. Je ne voulais plus rien entendre de cette histoire, mais je n'arrivais pas à m'empêcher d'écouter. La douleur qu'elle me procurait était presque agréable.

– Il m'a sauvé, tu sais ? Il est resté en Angleterre bien au-delà de son visa. Il m'a attendu. Il était déjà connu. Il vendait déjà ses œuvres une douce fortune. Il aurait pu aller n'importe où, mais il est resté. Pour moi. Le jour où je suis sorti…

– Je veux pas le savoir.

Toby a eu l'air gêné. Il a levé les mains en signe d'excuse.

– Je comprends.

– Qu'est-ce que tu comprends ?

– Tes sentiments à l'égard de Finn. Je suis désolé. J'ai manqué de tact. Je suis un con…

– Quels sentiments ?

– June…

– Non, dis-moi ce que tu penses. Tu crois que j'éprouve des *sentiments* parce que j'ai pas envie de t'entendre raconter que tu t'es jeté dans les bras de mon oncle à ta sortie de prison ?

– June, c'est pas grave. Nous savions ce que tu ressentais.

Il m'a regardée intensément en prononçant ces mots, penchant légèrement la tête pour s'assurer que je voyais ce qu'il voulait dire.

Et soudain, comme un parpaing me tombant sur la tête, j'ai compris. Finn était au courant. Finn, mais aussi Toby. Ils étaient tous les deux au courant. Bien sûr que Finn le savait. Il avait toujours su lire dans mon cœur. J'ai perdu toute ma capacité auditive. J'avais l'impression d'avoir la tête remplie de toutes les créatures bourdonnantes du monde. Je voulais me transformer en cire pour pouvoir fondre et disparaître. Je voulais effacer toute cellule fautive de mon corps. Je me sentais si mal que j'aurais tout fait pour mourir et mettre un terme à ces souffrances. Si nous n'avions pas été dans le Bronx, j'aurais bondi hors de la voiture pour rejoindre la maison à toutes jambes.

Mais au lieu de ça, je devais rester assise à côté de Toby pendant quarante-cinq minutes. Quarante-cinq minutes à regarder par la fenêtre, à m'écarter de lui autant que possible. Quarante-cinq minutes qui me paraissaient aussi longues que des années. Quarante-cinq minutes de silence, à part quand, arrivés du côté nord de Yonkers, Toby m'a touché le dos et m'a dit :

– Tu crois que je ne connais pas l'amour fautif, June ? Tu crois que je ne comprends pas l'amour gênant ?

Toby s'est garé à un pâté de maisons de chez moi. Il m'a servi son baratin habituel : « Si tu as besoin de quoi que ce soit… » J'ai quitté la voiture aussi vite que possible et, en jetant un coup d'œil derrière moi, j'ai aperçu mon passeport qui gisait sur le plancher, tout boueux à cause de mes bottes. Je l'ai regardé, ce petit livret renfermant toute ma bêtise, en espérant qu'il disparaîtrait à tout jamais.

Toby est sorti à son tour et s'est approché de moi. Je me suis efforcée de faire comme si de rien n'était. Comme si ce n'était pas si terrible. Je me suis efforcée de sourire à Toby. Nous avons convenu de nous voir le mardi suivant. Il m'a dit qu'il pensait encore être capable de conduire. Je lui ai dit de se garer au fond du parking de *Grand Union*, au niveau de la pente, sous les arbres, à côté des boîtes de collecte Goodwill. Ce n'étaient que des mots vides qui se déversaient de ma bouche. Ils ne m'engageaient à rien. J'ai dit que j'y serais à quinze heures trente. Toby a acquiescé. Voilà ce que nous avons décidé. Voilà exactement où nous en sommes restés.

54

L'odeur de pain perdu à la cannelle me chatouillait les narines, ma mère fredonnait « Some Enchanted Evening », le soleil inondait ma chambre et j'entendais les basses de la chaîne stéréo de Greta à travers le mur derrière ma tête. Mon père bricolait dans le placard en bas des escaliers et deux mésanges gazouillaient sur une branche près de ma fenêtre. C'est ainsi que commençait ce samedi et j'étais bien au chaud dans mon vieux lit, un sourire aux lèvres car il n'y avait pas de Toby, pas de secrets, rien que la douceur de la maison. Rien que des choses normales, et cela me donnait l'impression que ce serait une très bonne journée.

Ce soir-là avait lieu la première représentation de *South Pacific*. La grande première. Nous avions tous notre place et Greta nous avait déjà informés que nous étions censés lui envoyer des fleurs à l'école. Elle nous a dit qu'en général, les jeunes s'échangeaient des œillets et que les parents envoyaient des roses, voire un gros bouquet de fleurs. Ma mère a hoché la tête et lui a dit de ne pas s'inquiéter.

– Promets-moi que t'oublieras pas, d'accord ?

– Chérie, tu auras tes fleurs. Calme-toi. Arrête de t'inquiéter pour tout. Sinon tu ne ressembleras plus à rien au moment de monter sur scène.

Ma mère a posé ses mains sur les épaules de Greta pour lui faire un petit massage.

Je n'ai rien dit, mais en fait Greta ne ressemblait déjà plus à grand-chose. Sa peau était si sèche qu'elle pelait et ses cheveux, si doux et brillants d'habitude, semblaient aussi rêches que de la paille. J'avais l'impression qu'elle ne prenait même plus la peine de s'occuper de ses ongles, qu'elle les avait réduits en lambeaux à force de les ronger.

Ma mère a caressé les cheveux de Greta.

– Tu vas être formidable. J'en suis sûre. Assieds-toi donc et mange un peu. Toi aussi, Junie.

Elle a apporté deux piles de tartines de pain perdu avec du sirop d'érable. Après avoir passé un coup d'éponge sur le comptoir et lavé quelques assiettes, elle est partie faire des courses et Greta et moi nous sommes retrouvées toutes seules pour la première fois depuis son raid dans mon armoire. Greta a repoussé la majorité de son pain perdu sur le côté avant de couper le seul morceau restant. Nous n'échangions pas un mot. J'aurais pu finir mon petit déjeuner sans lui adresser la parole, mais j'ai jeté un œil à Greta en train de couper son pain en morceaux minuscules, ma sœur si petite, si fatiguée, et je me suis dit que c'était quand même un grand jour pour elle.

– Alors… Est-ce que t'es, genre, stressée ?

J'ai d'abord pensé qu'elle allait m'ignorer, mais elle a froncé les sourcils et haussé les épaules.

– J'ai même pas envie d'y aller, a-t-elle répondu sans me regarder. Si seulement j'avais pas passé l'audition… Si seulement j'étais une doublure… Ou rien du tout. C'est ça, rien du tout.

La fenêtre de la cuisine était ouverte et j'entendais Kenny Beardon dribbler dans la cour de chez lui, à côté.

– Tu vas être super.

Elle a écrasé un morceau de pain avec sa fourchette.

– Peut-être que j'ai pas envie d'être *super*, comme tu dis. Peut-être que je veux juste être moyenne. En tout. Peut-être que je veux être comme toi.

– Crois-moi, ça te plairait pas.

– Si, June. C'est toi qui dois me croire. Tu sais ce que ça veut dire d'être *super* ? Ça veut dire qu'on te vole une année de ta vie. Toute une année de perdue. Et tu sais quoi ? J'aimerais bien la récupérer. Je veux qu'on me rende mon CE1. J'ai à peine seize ans. Et là... Là je suis censée quitter la maison pour de bon ? Ça te semble normal ? Tu sais, avant j'adorais *South Pacific*. C'était comme ce petit coin de ma vie où je pouvais juste chanter et m'amuser. Aucune pression ni rien. Et ensuite du jour au lendemain ça devient cette prétendue chance de ma vie. Pourquoi est-ce que c'est toujours comme ça pour moi ? Toute ma vie j'ai écouté maman. Les occasions. La chance. Et je veux pas être ingrate. Je veux pas passer à côté de quoi que ce soit, mais parfois je suis dans mon lit, je regarde autour de ma chambre et j'arrive pas à croire que je suis plus censée être un enfant. Et cette occasion-là alors ? Est-ce qu'il y a une deuxième chance pour *ça* ?

Sa voix tremblait, comme si elle allait se mettre à pleurer. Elle a fouillé dans la poche de son jean et en a sorti une de ces bouteilles de vodka miniatures. Elle n'a même pas essayé de se cacher, elle l'a ouverte et en a versé la moitié dans son jus d'orange. Elle a bu l'essentiel de son verre avant de se pencher vers moi.

– Je participerai pas à *Annie*, June. Je me fiche de ce qu'on dira. J'irai pas.

– Je t'aiderai. On trouvera une solution. On dira à maman que t'as changé d'avis ou un truc du genre.

Greta a avalé le reste de son jus d'orange et a ri.

– Ouais. C'est ça. Peu importe. Alors, tu viens ? Ce soir ?

– Évidemment. J'ai ma place.

– Pas à la pièce. Après. À la fête de la troupe.

La combinaison de tout ce qu'elle venait de dire, la vodka et la légèreté avec laquelle elle m'invitait à la fête de la troupe m'a laissée un moment sans voix. Je la regardais avec des yeux ronds.

– Tu plaisantes, j'espère.

– Non. Pas du tout. C'est très sérieux.

– Tu m'espionnes dans les bois. Tu fouilles dans mon armoire. Tu détruis ce à quoi je tiens le plus. Des choses irremplaçables. Et ensuite tu me demandes la bouche en cœur si je voudrais venir à une fête avec toi ? Bon, je suis désolée que tu sois dans cet état et tout, mais…

– Mais Ben, tu sais, peut-être que…

– Ben est parti avec Tina Yarwood. Tu l'as dit toi-même. Tu te rappelles ?

– Oh, a-t-elle soupiré, l'air soudain triste. Ouais.

– Je ne fais partie ni de la troupe ni de l'équipe technique, et en plus…

Je me suis interrompue. Pourquoi devrais-je me justifier ?

Greta n'a rien dit pendant quelques secondes. Elle a doucement reposé sa fourchette sur le bord de son assiette.

– Tu vas toujours le voir ?

– Qui ça ?

– Tu sais bien de qui je parle.

– Pourquoi est-ce que je te le dirais ? T'es là… T'es là à faire genre on est les meilleures amies du monde. À m'inviter à des fêtes, à te mêler de mes affaires. Eh ben j'en ai marre. Point fi-nal.

J'ai décalé ma chaise pour tourner le dos à Greta. En haut, mon père chantait « Younger Than Springtime » de sa voix puissante.

– Deux mots, June. Ryan. White. O.K. ?

– Ouais, je m'en fiche, Greta.

– Penses-y.

– Qu'est-ce qu'il a, Ryan White ?

Tout ce que je savais, c'était que Ryan White était un adolescent de quelque part dans le Midwest qui avait attrapé le sida par transfusion sanguine.

– Quelqu'un a tiré sur sa maison. Des gens ont résilié leur abonnement au journal local parce qu'ils ne voulaient pas que ce soit lui qui le leur livre. À cause du papier, June. Ils pensaient qu'ils seraient contaminés par le papier.

– Et alors ? J'ai pas peur. Toby a personne, d'accord ? Et contrairement à d'autres, je me soucie de lui. Alors reste en dehors de tout ça. Et puis d'abord si tu me détestes autant, si tu détestes Toby, pourquoi est-ce que tu nous as pas attiré d'ennuis quand t'en avais l'occasion ?

Je criais presque, j'étais en colère contre Greta, mais en même temps j'avais de la peine pour elle. Cette personne devant moi n'avait plus rien d'une grande sœur. Boire de la vodka au petit déjeuner ? Sérieux ?

Elle n'a pas répondu. Elle a aspiré la dernière goutte qui restait au fond de son verre, puis l'a placé sur son assiette et s'est levée. Elle est restée quelques secondes debout, immobile, dos à moi. Puis elle a reposé son assiette sur la table et s'est rassise. Elle avait les yeux humides et elle a tendu la main pour prendre la mienne. Elle a fait glisser son index sur chacun de mes ongles, puis elle a tapoté les siens en souriant.

– J'aime bien le doré, a-t-elle chuchoté.

L'espace d'un instant, je n'ai pas compris, mais quand je me suis rendu compte de ce qu'elle disait, qu'elle évoquait nos ajouts au tableau, ouvertement, autour de la table de la cuisine, j'ai trouvé la situation étrange et explosive. Je lui ai souri en retour puis je lui ai murmuré : « Ça me fait plaisir » et là, à ce moment précis, j'ai senti que le mur entre le monde des secrets et le monde réel commençait à s'écrouler. J'ai eu l'impression que les filles du portrait se transformaient en nous et que nous nous transformions en elles, et j'ai senti mes yeux se remplir de larmes. J'ai hoché la tête avec force.

– Ça me fait vraiment, vraiment plaisir.

Nous sommes restées assises, en silence. Le ballon de basket de Kenny continuait à rebondir et j'avais envie de sortir dehors, de le lui prendre des mains et de le lancer au-dessus de la haie de cèdres des Gordano.

– J'aurais pas dû fouiller dans tes affaires.

– Pourquoi est-ce que t'as tout sorti de ma chambre ? T'aurais pu juste…

– Je sais.

J'ai regardé l'assiette de Greta. Elle n'avait rien mangé de son pain perdu.

– Tu devrais essayer d'avaler quelque chose.

Elle a haussé les épaules.

– Alors… Tu viendras ? Ce soir ? À la fête de la troupe ? On pourra discuter, d'accord ? Tu es la seule…

Nous nous sommes regardées. C'est comme si elle n'avait rien entendu de ce que je lui avais dit.

– Pourquoi est-ce qu'on peut pas simplement parler maintenant ?

Elle a secoué la tête.

– Même endroit, a-t-elle annoncé en me fixant des yeux assez longtemps pour s'assurer que je comprenne qu'elle parlait des bois. Promets-le-moi, June.

– Non.

– Promets-le-moi, a-t-elle répété, et cette fois, elle a serré ma main si fort que ça m'a fait mal. Si fort que j'avais l'impression que c'était la seule chose qui l'empêchait de tomber.

– Tu me le promets ?

Elle n'a desserré son emprise que lorsque j'ai fait un petit signe de tête.

– D'accord. Je te le promets, ai-je murmuré.

Greta s'est levée pour partir. Elle est allée jusqu'à la porte, puis elle s'est retournée. Elle ne m'a pas regardée.

– Toby, il a personne, c'est ça ? C'est ça, June ? Et moi, tu crois que j'ai qui, moi ?

Avant que je puisse dire quoi que ce soit, elle avait disparu.

Mon père avait son sac de golf sur l'épaule quand il est entré dans la cuisine. Il était environ dix heures et demie, une heure après le petit déjeuner. J'étais en train de faire la vaisselle parce que j'avais dit à ma mère que je la ferais. Mon père m'a adressé un grand sourire en posant son sac de golf contre le réfrigérateur.

– Ça y est, Junedoudoune. Cette année, enfin, ça y est.

– De quoi ?

– Dans deux semaines seulement, c'est la fête des Mères. On va tous prendre un brunch arrosé de champagne chez *Gasho*. J'ai déjà réservé.

– Bien joué, papa.

J'avais complètement oublié la fête des Mères. En général, j'étais pourtant douée pour ce genre de choses. Petites, Greta et moi avions l'habitude de cueillir des fleurs dans le jardin et de préparer des semblants d'œufs brouillés.

– Elle a eu une année difficile. Essayons de lui faire plaisir et d'être à la hauteur, d'accord ?

– Oui, bonne idée.

Et peut-être que c'était une bonne idée en effet. Peut-être que si j'essayais de voir ma mère exactement comme avant – travailleuse, gentille, intelligente –, j'arriverais à oublier ce que je savais.

– Greta ! a crié mon père. On y va !

Mr Nebowitz avait demandé à la troupe et à l'équipe technique d'être à l'école à midi, et mon père avait dit à Greta qu'il la déposerait en allant au golf. Deux minutes plus tard, elle est descendue avec un grand sac d'accessoires dont elle avait besoin pour le spectacle.

– À t'à l'heure, m'a-t-elle lancé en franchissant la porte.

Après leur départ, la maison était vide et, même si j'avais encore deux semaines pour le faire, je suis montée dans ma chambre et j'ai commencé à concocter une carte pour ma mère. Comme avant. Avec du papier Canson, des feutres, des crayons de couleur et des paillettes, et à ce moment-là, il était presque impossible de croire qu'il existait une autre moi qui buvait des Bols Volcanos, fumait des cigarettes et s'occupait de gens qu'elle connaissait à peine.

Une demi-heure plus tard environ, ma mère a frappé à ma porte.

– Chérie ?

– Oui ?

– Viens voir une seconde.

J'ai planqué ma création sous quelques livres et j'ai entrouvert la porte.

– Qu'est-ce qu'il y a ?

– Tu viens à New York avec moi ?

– Pour quoi faire ?

– On doit s'arrêter à la banque. Prends ta clé.

J'imagine que j'avais l'air paniquée parce que ma mère a souri et ajouté :

– Ne t'inquiète pas, on ne va pas le vendre ni rien. Le type du Whitney, il va venir le voir mercredi soir, et je n'aurai pas le temps d'aller le chercher pendant la semaine.

– J'ai des trucs à faire.

– June.

– Je travaille sur un projet.

– Prends juste la clé et habille-toi, d'accord ?

J'ai commencé à fermer la porte puis j'ai ressorti la tête.

– Je pourrais aller le chercher pour toi. Lundi ! ai-je lancé.

Je ne savais pas très bien ce que je ferais lundi, mais ça me donnerait un peu de temps.

– Ça suffit, June. Tu n'as aucune raison de t'inquiéter. Je t'attends en bas dans un quart d'heure, c'est tout.

Je me suis habillée aussi lentement que possible, en essayant de réfléchir à une sorte de plan. Je me disais que si Greta avait été là, elle aurait su quoi faire, mais en fait peut-être pas. Peut-être que même elle ne serait pas arrivée à nous sortir du pétrin cette fois-ci.

Dans la cuisine, ma mère vérifiait des documents dans son sac à main.

– La voiture est ouverte. Tu as bien la clé, hein ? Honnêtement ça ne m'étonnerait pas de toi que tu fasses exprès de l'oublier.

J'ai hoché la tête.

– Montre-la-moi alors.

– Maman...

– Désolée, June, mais j'ai l'impression que je ne peux pas te faire confiance ce matin.

– Eh ben peut-être que moi aussi j'ai du mal à te faire confiance.

– June, je ne sais pas du tout ce qui t'arrive, mais je veux voir cette clé.

J'ai enfoncé la main dans ma poche et j'en ai sorti la clé. J'avais en effet envisagé de la laisser dans ma chambre, mais ça me semblait être un plan stupide. Je l'ai levée pour qu'elle la voie, et ma mère m'a regardée la remettre dans ma poche.

– C'est bon, a-t-elle déclaré. On peut y aller. Avance.

– Je pense pas que la banque soit ouverte même le samedi, si ?

– Bien sûr que si. Ils sont ouverts jusqu'à treize heures le samedi depuis au moins un an. Monte dans la voiture maintenant. Il ne nous reste plus beaucoup de temps.

Ma mère s'est protégé les yeux de la main en sortant de la cour en marche arrière. Il faisait chaud, c'était sans doute le jour le plus chaud depuis le début de l'année, et j'étouffais dans la voiture. J'avais les yeux fixés sur l'horloge numérique du van au beau milieu du tableau de bord. 12:17.

Le trajet pour aller en ville ne m'avait jamais paru aussi rapide. Tous les feux étaient verts et il n'y avait presque pas de circulation.

– Tiens, June. Va poster ces lettres pour moi.

Ma mère s'est garée sur l'un des emplacements réservés devant le bureau de poste et m'a remis une pile d'enveloppes.

– Elles sont toutes timbrées, à part la plus grosse.

Elle m'a donné un dollar et m'a dit d'aller la peser avant de déposer l'ensemble du tas dans la boîte.

J'ai regardé l'horloge. 12:29.

– Dépêche-toi.

– Ouais, O.K., ai-je dit en bondissant hors du van.

J'ai couru jusqu'au bâtiment comme si je m'efforçais d'être aussi rapide que possible mais, une fois à l'intérieur, j'ai tout de suite ralenti. Je me suis faufilée derrière la porte, j'ai attendu quelques secondes, puis je suis ressortie pour m'engouffrer dans la pharmacie, juste à côté.

Quand on a une montre, le temps est comme une piscine. Avec des bords et des lignes. Sans montre, le temps est comme l'océan. Vaste et désordonné. Je n'avais pas de montre. Alors je devais deviner combien de temps j'avais passé près du présentoir des décongestifs. Au bout de ce que je pensais être une dizaine de minutes, je suis discrètement retournée à la poste faire la queue. Je n'étais pas très fière d'imposer ça à ma mère, de la faire attendre dehors, de plus en plus énervée, mais je pensais que c'était ma seule issue. Si j'arrivais à traîner jusqu'à treize heures…

Quand je suis finalement ressortie, ma mère n'était plus dans le van. Les portes étaient déverrouillées, alors je suis montée pour l'attendre. L'horloge affichait 12:42. Pas aussi tard que j'espérais, et j'ai hésité à ressortir. Mais ma mère est alors arrivée en trombe. Le van était garé de telle sorte que le soleil éblouissait le pare-brise, me forçant à plisser les yeux pour la voir. Elle avait les bras croisés et tout son corps semblait raide tandis qu'elle traversait la rue en diagonale. En entrant dans la voiture, elle ne m'a pas adressé la parole.

Nous nous sommes garées derrière la banque. 12:49.

Avant, je me disais que si je ne pouvais voyager dans le temps qu'une seule fois, je choisirais le Moyen Âge. Ensuite j'ai changé d'avis et je pensais que je remonterais au jour où Finn avait rencontré Toby, pour lui sauver la vie. Maintenant, je crois que je retournerais au samedi 25 avril 1987, à 12 h 49. Je retournerais à ce moment où ma mère et moi étions sur le parking de la banque. Si j'y arrivais, je m'enfuirais, ou bien je m'évanouirais, ou bien j'attraperais la clé dans ma poche et je la jetterais loin dans les broussailles. Je ferais l'impossible pour nous empêcher de pénétrer dans l'agence. Mais on ne peut pas remonter le temps, je n'avais aucune idée de la tournure que prendraient les événements et, au lieu de m'enfuir, je me suis dirigée en silence vers la porte et je suis entrée.

Mr Zimmer était là et nous a directement conduites dans la salle des coffres.

– Comment va Dennis ? a demandé ma mère.

– Pas trop mal. Ces derniers temps, il se passionne pour la musique.

– June, tu pourrais inviter Dennis à la maison un de ces jours, non ?

– Pourquoi pas, ai-je répondu, uniquement parce que son père était juste à côté.

Mr Zimmer a ouvert la pièce numéro deux et a descendu la boîte.

– Voyons voir, a-t-il dit en regardant sa montre. Nous fermons dans… Eh bien, nous sommes sur le point de fermer, alors…

– On va devoir le laisser jusqu'à la semaine prochaine, ai-je dit d'une voix aux accents sans doute un peu trop satisfaits.

Ma mère m'a lancé un regard noir.

– Nous devons quand même le prendre, Dave. J'imagine donc qu'il va nous falloir sauter l'étape de vérification.

Ma mère a commencé à se diriger vers la sortie avec la boîte en entier.

– J'ai peur que vous ne puissiez pas emporter la boîte. Il faut que vous sortiez le tableau…

– Oh, a répondu ma mère avant de se tourner vers Mr Zimmer avec ce petit air triste dont Finn avait le secret. Exactement le même regard qu'il m'avait lancé quand il essayait de me convaincre d'accepter de poser pour le portrait. Elle a ajouté un demi-sourire et j'ai vu Mr Zimmer changer d'avis, comme par enchantement.

– Oh, et puis zut. Je vous connais depuis des années.

– Merci, Dave. C'est juste que, dit-elle en baissant la voix, c'est assez, disons, précieux.

– Je comprends. Mais rapportez la boîte dès que vous le pourrez.

Nous sommes donc reparties à la maison avec le portrait sur la banquette arrière et, tout le long du trajet, j'espérais un miracle. J'imaginais que le tableau pourrait, d'une certaine manière, avaler tout ce que nous avions ajouté. J'ai convoqué le fantôme de Finn de toutes les forces de mon esprit, fixant le soleil jusqu'à ne plus pouvoir me débarrasser des taches noires devant mes yeux, en pensant que s'il existait un fantôme de Finn, il pourrait glisser son être vaporeux dans la boîte et effacer tous nos essais artistiques. Je regardais entre les arbres et dans les jardins des inconnus. Je scrutais sous les voitures et haut dans le ciel clair, comme si je pouvais y trouver la réponse à toutes mes attentes, mais il n'y avait rien du tout. Rien que de l'ombre et de la lumière. De l'ombre, de la lumière, et ainsi de suite.

En rentrant, je me suis précipitée dans ma chambre. J'ai fermé la porte et j'ai mis le *Requiem* à pleine puissance, dans l'attente du sort qui m'était réservé. Depuis ce jour dans le train où ma mère m'avait dit que c'était elle qui avait fait découvrir le *Requiem* à Finn, ça me faisait tout drôle de l'écouter. Comme s'il s'agissait d'une sorte de conversation entre Finn et elle, comme si c'était Finn qui essayait de lui dire qu'il se souvenait très bien de tout ce qu'ils avaient partagé. Depuis ce jour, je détestais l'écouter. Je n'aimais pas être utilisée de la sorte. Mais cet après-midi-là, je n'ai pas pu résister. Je mourais d'envie de le réécouter et j'ai cédé à la tentation. J'ai sorti la carte que je préparais pour ma mère. J'avais dessiné les contours de papillons, je les avais coloriés l'un après l'autre et, avec une grande délicatesse, j'avais déposé des paillettes exactement là où il fallait sur leurs ailes. J'ai ouvert ma boîte de crayons de couleur pour en sortir trois nuances de bleu. Puis je me suis mise à colorier le ciel avec fureur. En appuyant si fort que je risquais de percer le papier Canson. Et, l'espace d'un instant, je me suis dit que même s'il était impossible de remonter le temps, on pouvait le ralentir en s'adonnant à des activités d'enfant. L'arrêter juste assez longtemps pour que tout s'arrange.

55

Le tonnerre grondait. Quelque part au loin. Je m'étais endormie et c'est à ce bruit que je me suis réveillée. Ma montre indiquait seize heures trente. Par la fenêtre, j'ai vu que le ciel s'était assombri et que les deux voitures étaient dans la cour. Je devais vérifier parce que quand on se réveille d'une sieste, on a toujours l'impression qu'on pourrait être n'importe où.

Je suis sortie de ma chambre sans bruit et me suis arrêtée en haut des escaliers. J'y suis restée un moment, espérant entendre quelque chose qui me permettrait de savoir si mes parents avaient vu le portrait ou non. M'auraient-ils réveillée si cela avait été le cas ? M'auraient-ils tirée hors du lit ?

Je suis descendue sur la pointe des pieds, aux aguets. Pas de télévision. Pas de radio. Pas de tondeuse ni de robot ménager. Pas même de bruit de pages qu'on tourne. Après avoir franchi la dernière marche, je me suis arrêtée de nouveau, respirant à peine, essayant de sentir où se trouvaient mes parents. Essayant d'apercevoir la boîte de protection. Rien.

J'ai passé la tête dans la cuisine, qui était vide, puis dans le salon.

Et là je l'ai vu. Le portrait. Sorti de sa boîte, appuyé contre la cheminée. Il n'y avait toujours aucun signe de mes parents, ce qui était bizarre. Rien que le portrait et moi, seuls dans cette pièce. Aucune magie n'avait opéré. Nos cheveux dorés brillaient, nous donnant l'air de sortir d'une histoire. Deux filles sachant tout sur tout. Les lèvres de Greta étaient plus rouges que dans mon souvenir, avec une moue boudeuse encore plus prononcée. Le crâne sur sa main sautait aux yeux et ses ongles ressemblaient aux griffes d'une espèce de chat mythique. Même les boutons, qui jusqu'à présent passaient presque inaperçus, semblaient criards. Vifs et aveuglants par rapport au tableau de Finn. C'était presque comme si nous avions effacé Finn du portrait par tous nos coups de pinceau maladroits.

Puis j'ai entendu des pas dans les escaliers. Légers. Étouffés par des chaussons. Les pas de ma mère. Je me suis assise sur le canapé, face au portrait. Sur le qui-vive. Je l'ai entendue entrer dans la cuisine et ouvrir le réfrigérateur. J'ai entendu le grincement d'un placard, le cliquetis d'un verre sur le comptoir. Un liquide versé. J'ai de nouveau entendu un coup de tonnerre, toujours sourd et lointain. Puis le bruissement des chaussons s'est approché du salon jusqu'à ce que j'aperçoive l'ombre de ma mère sur le pas de la porte. Elle portait son peignoir en tissu-éponge blanc immaculé.

– Je sais, ai-je lancé avant qu'elle n'ait le temps de dire quoi que ce soit.

Elle s'est approchée du buffet et a posé son verre. Elle n'a même pas pris la peine d'utiliser un sous-verre.

– J'en doute, June. Je doute même que tu sois encore capable de distinguer le bien du mal sous leurs formes les plus évidentes.

Elle a resserré sa ceinture et s'est avancée vers le portrait d'un pas lent. Elle a suivi des yeux nos mèches illuminées, en s'arrêtant sur les cheveux de Greta.

– Ce qui nous contrarie le plus, ton père et moi – au-delà du fait que ce tableau aura perdu au moins un demi-million, *un demi-million* de dollars par rapport à sa valeur initiale à cause de ta puérilité –, c'est que tu sembles surtout t'être amusée à défigurer ta sœur.

– Qui te dit que je suis la seule responsable ? Pourquoi est-ce que c'est toujours moi qu'on accuse ?

Ma mère a soupiré en secouant la tête.

– Greta a été très occupée avec cette pièce, tu penses vraiment que je vais croire qu'elle aurait eu le temps, l'envie, d'aller à la banque pour dégrader une précieuse œuvre d'art ? C'est la différence entre Greta et toi. Elle a mieux à faire. Elle s'implique dans des clubs, des activités. Elle a des amis. Mais toi ? Tu passes ta vie à traîner là-haut dans ta chambre…

– Je me disais que ça plairait peut-être à Finn.

Toute la colère s'est alors dissipée du visage de ma mère. Elle a froncé les sourcils, l'air effrayé. Comme si elle allait pleurer.

– Qu'est-ce qui t'arrive, Junie ? Hein ?

– Rien du tout.

– Ton oncle a réalisé ce portrait pour ta sœur et toi. Son dernier tableau. Est-ce que tu as lu les articles ? Celui du *Times*, de *Newsweek* ? Est-ce que tu comprends qui était Finn ? Et toi tu débarques, à quatorze ans, pensant que tu peux améliorer son travail ?

La porte de la cuisine s'est ouverte avant de claquer. Mon père est entré dans le salon en survêtement déchiré, avec son chapeau de jardinage et ses mains pleines de terre levées en l'air pour ne rien salir. Il nous a regardées ma mère et moi avant de déclarer :

– Je vais me débarbouiller et j'arrive.

– Tu vois ? Regarde ton père. Il travaille plus qu'à temps plein, joue au golf et trouve encore le temps de jardiner le week-end. Et Greta. Et moi. Nous trouvons tous des façons de nous occuper. À partir de maintenant, tu vas avoir un emploi du temps bien chargé. Je vais t'inscrire à des activités tous les soirs et je vérifierai que tu t'y rends. On ne t'a pas donné assez de choses à faire. Tu passes trop de temps toute seule. Trop de temps à faire des sottises. Je m'en rends compte à présent.

J'aurais eu beaucoup de choses à lui répondre. À propos de mes occupations. À propos de la stupidité des clubs, des activités sportives et des comédies musicales où les gens se mettent à chanter sans raison. Mais je n'ai rien dit. Évidemment.

Ma mère a continué :

– Et en plus, tu as l'interdiction de sortir. Tout ce qui s'éloigne des activités structurées et supervisées t'est formellement interdit jusqu'à nouvel ordre.

Les conséquences m'ont tout de suite traversé l'esprit. D'abord Toby. Puis, après quelques secondes, Greta.

– J'ai dit à Greta que j'irais à la fête de la troupe.

– Tu n'iras à aucune fête d'aucun genre ce soir. C'est compris ?

Ma mère a levé ses mains et a dit.

– J'ai l'impression que tu ne perçois vraiment pas la gravité de ce que tu as fait.

– Mais je lui ai promis…

Mon père est revenu dans la pièce. Il s'était changé et s'était lavé les mains.

– Elle se débrouillera très bien sans toi, a-t-il dit.

– Ce dont tu ne te rends pas compte, c'est que tu as fait encore plus de mal à toi-même qu'aux autres. Ce type du Whitney, il avait dit qu'une fois qu'il aurait vérifié le portrait, il serait prêt à offrir dix mille dollars pour l'inclure dans une exposition. Et tu sais ce qu'on prévoyait de faire avec cet argent ? Hein ?

J'ai secoué la tête.

– On pensait partir en voyage. Tous ensemble. En Europe. En Angleterre et peut-être en Irlande. On savait que tu avais eu une année difficile et on se disait : « Tu sais quoi, June adorerait ça. Elle adorerait visiter des châteaux et toutes les choses de ce genre. » Alors voilà. Réfléchis un peu à ça.

Je n'arrivais plus à les regarder, ni l'un, ni l'autre. Je fixais le tapis bleu clair des yeux, observant les motifs gonflés et aplatis des brins de laine.

– Maintenant, on va être horriblement gênés. Cet homme va tous nous prendre pour des fous.

Mon père m'a posé la main sur l'épaule.

– Écoute, June, si c'est une sorte d'appel au secours, sache qu'on l'entend. D'accord ? Très distinctement.

Je suis restée assise à écouter une longue liste de choses qui clochaient chez moi. Et j'ai écouté plusieurs autres évocations du chiffre d'un demi-million de dollars qui, pour quelque chose qui n'était pas censé être de la plus haute importance, me semblait s'en approcher de très près.

Au bout d'un moment, mon père a levé les mains en l'air pour dire :

– Bon, je pense que tu as compris l'idée. Monte donc te préparer.

Ils avaient décidé que j'irais quand même à la pièce. Ils disaient que ce serait injuste pour Greta de ne pas avoir le soutien de toute sa famille.

J'ai fermé la porte de ma chambre et je me suis assise sur le bord de mon lit défait, essayant d'entendre ce que disaient mes parents en bas. Mais je n'arrivais pas à distinguer leurs paroles. Néanmoins, j'entendais toujours le tonnerre qui grondait encore et encore, loin derrière ce sombre ciel de samedi.

56

La pièce affichait complet, comme chaque année. Cette fois-ci, Mr Nebowitz avait signalé à la troupe qu'il avait invité quelques-uns de ses amis comédiens de New York. Il n'avait pas précisé qui exactement, mais ils étaient censés être assez connus et, si nous les reconnaissions en ville ou lors des représentations, nous étions priés de ne pas les importuner. Peut-être que c'étaient ceux-là mêmes qui allaient observer Greta. Ceux qui décideraient si elle était assez douée pour Broadway.

Je me suis assise à l'arrière et, de tout le trajet vers l'école, aucun de nous n'a ouvert la bouche. En arrivant, j'ai remarqué que quelqu'un avait enveloppé les lampes de la pelouse de cellophane coloré, donnant à l'herbe des lueurs rouges, jaunes et orange. Ma mère m'a lancé un regard d'avertissement au moment de franchir la porte d'entrée, puis je l'ai vue repasser en mode normal. Bavarder avec d'autres mères, leur disant à quel point elle était fière de Greta.

Je voulais m'éclipser parce que je pensais qu'au moins, si je trouvais Greta, je pourrais lui raconter l'histoire du portrait et l'avertir que je ne pourrais pas aller à la fête, et alors elle renoncerait peut-être à tout son rituel d'enterrement. Elle saurait qu'elle devrait être responsable parce que personne n'irait la chercher dans les bois.

Mon père et moi étions adossés au mur près de l'endroit où l'association de parents d'élèves vendait des verres de punch rouge vif ainsi que des brownies et des cupcakes faits maison. Je me suis écartée pour partir dans le hall, mais mon père m'a retenue par l'épaule.

– Tu crois aller où comme ça ? Les ordres de ta mère sont stricts. Tu dois rester avec moi.

– Qu'est-ce que je pourrais bien faire comme bêtise ici ?

– Je ne sais pas, mais c'est la soirée de Greta, et nous ne voulons prendre aucun risque.

Puis il m'a adressé un regard, empreint d'une déception qu'il ne m'avait jamais été donné de ressentir, et a ajouté :

– Tu as trahi notre confiance, June.

– Je sais.

Je scrutais le hall des yeux, espérant apercevoir quelqu'un qui pourrait transmettre mon message, mais il n'y avait que des parents et des petits enfants totalement inutiles. Puis les lumières ont clignoté cinq ou six fois et nous nous sommes tous engouffrés dans la salle. Elle se débrouillerait toute seule. C'était sans doute vrai. Il le faudrait bien.

Il y avait un orchestre professionnel dans la fosse et, tandis que les lumières baissaient, il a commencé à jouer l'ouverture. C'était de loin la partie la plus ennuyeuse du spectacle. L'ouverture est toujours la partie la plus ennuyeuse de n'importe quel spectacle et il n'est pas né celui qui saurait m'en expliquer l'intérêt. Coincée entre mes deux parents, j'essayais de voir s'il y avait vraiment des acteurs célèbres dans la salle. J'ai remarqué un homme qui ressemblait un peu à Danny

DeVito, mais ensuite je me suis rendu compte que ce n'était que le père de Kelly Hanrahan.

J'avais assisté à tant de répétitions que la pièce n'avait plus de secrets pour moi. Ce qui m'amusait, c'était de relever les éventuelles erreurs. La seule qui a attiré mon attention, c'est quand Gary Jasper, le garçon qui joue Luther Billis, a commencé à rire au milieu d'une de ses répliques. Cela dit, ça ne m'a pas étonnée parce que Gary Jasper n'était pas seulement le pitre de sa classe, c'était le clown de toute l'école, et c'est d'ailleurs pour cette raison qu'il a été choisi pour ce rôle.

Greta est entrée sur scène et mon père s'est penché pour m'écraser la main, comme si j'avais besoin de ça pour la remarquer. Elle était fabuleuse. Superbement maquillée et bien dans la peau de son personnage. Mes deux parents semblaient aux anges. Ils avaient l'air si fiers d'elle, et je me suis alors rendu compte que je ne me souvenais pas de les avoir vus un jour aussi souriants devant un de mes exploits. Elle devait se dandiner à droite à gauche pendant qu'un groupe de marins dépenaillés entonnaient la chanson « Bloody Mary » où ils lui disent que sa peau ressemble à un gant de base-ball et qu'elle n'utilise pas de dentifrice mais qu'elle est la femme qu'ils aiment. Ce n'est pas une chanson terrible, et en plus l'école a demandé à Mr Nebowitz d'édulcorer les paroles, ce qui n'arrange rien.

Ce n'est que lorsque Greta s'est mise à chanter « Bali Hai » que je me suis dit que quelque chose n'allait pas. Cette chanson est censée faire rêver. Bloody Mary essaie de faire imaginer au lieutenant Cable cette île extraordinaire, et j'ai d'abord cru que Greta se balançait pour être plus dans son personnage. Mais ensuite je l'ai regardée et écoutée plus attentivement.

Someday you'll see me floating in the sunshine.
My head sticking out from a low flying cloud,
You'll hear me call you,
singin' through the sunshine,
sweet and clear as can be :
Come to me, here I am, come to me[1].

Et c'était comme si elle pensait aux mots qu'elle prononçait. Elle ralentissait, rompant la synchronisation avec l'orchestre malgré les efforts des instrumentistes pour s'adapter à son tempo, et j'ai pensé – je ne sais pas si c'était le cas –, j'ai pensé qu'elle me cherchait peut-être des yeux au milieu de la foule. L'espace de quelques secondes, pendant qu'elle chantait, j'ai eu l'impression qu'elle ne s'adressait qu'à moi.

Et je voyais bien qu'elle était saoule. Là, sur scène, devant tout le monde.

J'ai jeté un coup d'œil à mes parents, mais ils ne semblaient rien remarquer. Personne, d'ailleurs. Bloody Mary était un personnage curieux et j'imagine que les spectateurs pensaient simplement que c'était la façon de Greta de l'incarner. Comme une vieille dame pompette.

Après l'entracte, j'ai regardé Greta interpréter « Happy Talk ». Je l'ai regardée là-haut faire s'entrechoquer ses doigts comme si ses mains papotaient l'une avec l'autre et j'ai senti la colère monter en moi. J'ai senti mon corps se tendre. Quand j'ai baissé les yeux, j'ai vu que j'avais les poings serrés. Greta

1. « Un jour tu me verras flotter sous le soleil / La tête dépassant d'un nuage bas volant dans le vent / Tu m'entendras t'appeler / chantant à travers les rayons du soleil / D'une voix si douce et claire : / Viens à moi, je suis là, viens à moi. » *(N.d.T.)*

croyait qu'elle pouvait agir comme bon lui semblait, boire jusqu'à l'ivresse, et que je serais là pour la ramener à la maison. Elle croyait qu'après tout ce qu'elle avait fait, après avoir esquinté tous mes trésors, après m'avoir fait passer pour une imbécile, encore et encore, elle pouvait compter sur moi. Eh bien non. C'est ce qu'elle découvrirait cette fois-ci. Je ne serai pas là pour lui porter secours. Un point, c'est tout.

En sortant, j'ai aperçu Ben dans son costume noir de travailleur de l'ombre en train de s'acheter un verre de punch hawaïen au stand de l'association de parents d'élèves.

– Salut, ai-je dit en passant à côté de lui.

– Oh, salut June, a-t-il répondu en souriant. Tu viens chez les Reed ?

– Les Reed ?

– Mais oui, tu sais, la soirée de la troupe. Tu seras là, hein ?

Mes parents étaient derrière moi à parler à Mr et Mrs Farley, mais mon père devait en avoir marre parce qu'il m'a tapoté l'épaule et a montré la porte d'un signe de tête. J'ai acquiescé. Puis je me suis tournée vers Ben et j'ai murmuré :

– C'est plus dans les bois, alors ?

– Les Reed organisent toujours la soirée de la troupe. Tu connais leur maison ?

J'ai secoué la tête.

– C'est cette bâtisse géniale, hyper moderne, avec d'énormes fenêtres. Tu sais, une des maisons de Woodlawn Court.

Il a montré du doigt la fenêtre à travers laquelle on voyait le vent secouer jusqu'aux vitres robustes de l'école.

– Et puis regarde-moi ce temps. Qui voudrait aller dans les bois de toute façon ?

– Ouais, c'est vrai. Je...

– Alors, tu viens ?

J'ai secoué la tête de nouveau.

– Je peux pas.

J'ai roulé des yeux en direction de mes parents.

– Ahhh, je vois.

Puis son sourire s'est encore élargi.

– Ça veut dire que je peux emprunter tes bottes alors, hein ?

J'ai commencé à lui répondre qu'il n'en était pas question, puis je me suis rendu compte qu'il plaisantait.

– Haha, ai-je dit en souriant.

En quittant l'école, flanquée de mes deux parents, je n'arrivais pas à penser à autre chose qu'à Greta. Allait-elle tout de même se rendre dans les bois toute seule ? Pour m'attendre ? Ou peut-être que pas du tout. C'était peut-être juste un autre de ses tours. Peut-être qu'elle voulait juste m'envoyer la chercher dans les bois, toute seule, comme une idiote. Mais non. Je ne pensais pas qu'elle ferait une chose pareille. Pas après tout ce que nous nous étions dit ce matin-là. J'ai regardé l'école, puis mes parents, et en un éclair, j'ai tourné les talons et je me suis mise à courir.

– Je reviens tout de suite, ai-je crié par-dessus mon épaule.

Je me suis précipitée dans les escaliers, j'ai franchi les portes et foncé vers Ben, en lui donnant une tape dans le dos. Un peu de son punch rouge vif a jailli de son gobelet en carton pour se répandre par terre.

– Oh, tout doux ! m'a-t-il dit.

– Désolée, désolée. C'est juste que… Écoute, il faut que tu dises à Greta que je peux pas venir à la fête, O.K. ? S'il te plaît. C'est hyper important.

– Hé, calme-toi, a-t-il répondu en posant une main sur mon épaule. Je le ferais si je pouvais, mais Greta a filé dès que le rideau est tombé. Elle s'est même pas changée. Elle est sortie directement par le foyer et s'est dirigée vers les bois.

Tout mon corps s'est affaissé.

– Oh.

– Si je la vois… a commencé Ben.

Mes parents m'observaient du bas de l'escalier en pierres menant à l'école. Tous deux avaient les bras croisés. En quittant l'école, je n'avais que Greta à l'esprit. Je n'aurais pas dû m'en soucier, ce n'était pas mon problème mais, malgré tout, je ne pouvais effacer son image. Le beau visage de Greta brillant au milieu de la terre et des feuilles. Attendant. Attendant que sa sœur vienne la chercher.

57

Tandis que la nuit se faisait plus noire et que j'écoutais les grondements de tonnerre assise sur mon lit, je ne pouvais m'empêcher de m'inquiéter pour Greta. Et si elle avait déjà perdu connaissance, enfouie sous les feuilles ? Et si elle avait tellement bu qu'elle ne pourrait pas se réveiller ? J'avais déjà lu ce genre d'histoires dans les journaux. Et si elle avait pris autre chose ? De la drogue ou quelque chose que je ne pouvais même pas imaginer ? Et si la foudre frappait ? Si la foudre venait foudroyer ce grand érable dans les bois ? Ou, pire, si elle frappait directement le sol, directement le crâne de Greta ? Mes pensées bouillonnaient. Elle avait dit qu'elle trouverait une solution pour ne pas jouer dans *Annie*. Qu'est-ce qu'elle entendait par là ? Et si elle essayait de se faire du mal ? Je ne voulais pas me faire de souci pour elle mais, comme toujours, je ne pouvais pas m'en empêcher. Elle était profondément ancrée dans mon cœur. Entortillée, nouée, ficelée à l'intérieur.

C'est le premier véritable éclair qui m'a fait paniquer. J'ai pensé à la pluie qui allait bientôt tomber. Des trombes d'eau. J'ai pensé au sol autour de Greta qui allait se transformer en boue. À l'eau de la rivière qui allait peut-être monter et tout inonder s'il pleuvait assez vite et fort. J'imaginais Greta flottant au loin. Et puis il y avait les loups. Et s'ils étaient encore là ? S'ils étaient bien réels ? Et s'ils avaient faim ? J'ai repensé à son regard quand nous parlions de sirènes invisibles. Comme un tout petit enfant. Même si les loups n'étaient que des coyotes, ils pouvaient très bien emmener Greta et la déchiqueter en petits morceaux.

À la fin des informations de dix heures à la télévision, j'ai entendu le générique de *Saturday Night Live*. Mes parents trouvaient encore cette émission drôle. À intervalles réguliers, mon père m'appelait et attendait que je réponde. Je savais que mes parents pensaient que j'allais peut-être m'enfuir discrètement. Et peut-être que je l'aurais fait si je n'étais pas aussi lâche.

Au lieu de cela, je suis sortie dans le couloir, j'ai dépassé la chambre de Greta, la salle de bains, et je suis entrée dans la chambre de mes parents. Leur lit était toujours impeccable alors j'ai préféré m'installer sur le tapis beige et duveteux à côté de la table de nuit de mon père. J'ai soulevé le combiné du téléphone et, lentement, en prenant mon temps pour chaque chiffre, j'ai composé le numéro de l'appartement de Finn. Ça a sonné deux fois, trois fois, et pendant un moment, j'ai cru que Toby n'était peut-être pas là ou qu'il avait décidé de ne pas décrocher. J'ai gardé le combiné contre mon oreille et décidé que je laisserai passer six sonneries avant de raccrocher. Il a décroché à la cinquième.

– Toby ?

– June ? Il est tard. Tout va bien ?

D'abord, je n'ai rien dit. Cela faisait bizarre de lui parler après l'épisode de la dernière fois. Pour lui, rien n'avait changé, mais pour moi si. J'étais devenue transparente, nue. La fille au cœur qui laisse tout voir à travers. La fille la plus bête de l'univers. J'ai senti un vent de colère souffler en moi.

– On est censés être là l'un pour l'autre, tu sais ? Si l'un de nous a besoin de quelque chose ?

– Bien sûr. Bien sûr que je le sais. Qu'est-ce qui se passe ? Tout va bien, June ?

– Moi ça va. C'est pas de moi qu'il s'agit, mais de Greta.

– Greta ? Qu'est-ce qui s'est passé ?

– J'ai peur. Je sais pas. J'ai pas le droit de sortir. Je peux pas la ramener à la maison. Je...

Je parlais de plus en plus fort. Les mots se bousculaient.

– June ? a appelé mon père du salon.

– Tout va bien ! ai-je crié en retour, essayant de prendre un ton calme et enjoué. Je chante toute seule, c'est tout.

– Chhhut. Doucement, a dit Toby.

– O.K.

J'ai respiré profondément.

– O.K.

Je lui ai reparlé des soirées, de Greta, et de son état les deux dernières fois que je l'avais retrouvée.

– Elle m'attendait là-bas. Et elle y sera encore ce soir. J'en suis certaine. Elle m'a dit qu'elle voulait qu'on parle. Et elle savait pas que je serais coincée à la maison ni rien. Il y a un orage, des éclairs. Elle était déjà saoule pendant la pièce. Complètement bourrée. Je l'ai bien vu. Et puis il y a autre chose, mais le temps presse.

– Pourquoi t'as pas le droit de sortir ? C'est pas à cause de moi j'espère !

– Non, non. Plus tard, d'accord ? Juste ça pour l'instant.

– D'accord, très bien.

Il a marqué une pause.

– Bon, où est-ce qu'elle est exactement ?

– Tu te souviens de l'endroit où tu t'étais garé quand tu étais venu me chercher à l'école ? Le jour où on est allés à *Playland* ?

Il se le rappelait, et à partir de là, j'ai décrit en détail comment suivre la rivière et trouver l'érable où devait être Greta. Je lui ai tout bien expliqué, puis il m'a demandé de répéter depuis le début pour être plus sûr.

– Prends une lampe de poche, O.K. ?

Toby n'a rien dit pendant quelques secondes.

– June ?

– Oui ?

– Je suis un peu, disons, inquiet. Je vais sans doute… sûrement même, effrayer Greta, non ? Elle me connaît pas. Et ta famille me hait, comme tu le sais. Je suis pas sûr que…

– Bon, si tu veux pas… Enfin, tu me disais que je pouvais te demander n'importe quoi, et puis tu me dis qu'on peut pas aller en Angleterre et maintenant…

Je me sentais nulle de jouer comme ça avec sa culpabilité. Et je l'ai tout de suite regretté, mais il était trop tard. La vérité, c'est que je l'ai fait se sentir aussi coupable que possible.

– Bon d'accord. Très bien.

– Si elle se réveille, dis-lui que c'est moi qui t'envoie. Dis-le-lui en ces termes, et elle te croira. Dis-lui que nos parents ont vu le portrait, O.K. ? Dis-lui que j'ai l'interdiction de sortir à cause du portrait et que je t'ai appelé pour que t'ailles la chercher. Peut-être qu'elle se réveillera même pas. Dans ce cas-là, amène-la devant notre porte. Mais te gare pas trop près. Je ferai le guet à l'arrière de la maison. Je la ferai rentrer à l'intérieur. Tout va bien se passer.

– Je suis désolé, mais j'en suis pas si convaincu, June.

– T'inquiète pas, Toby. N'aie pas peur.

Il n'a rien répondu. Puis il a soupiré.

– Bon. D'accord. J'y vais. Pour toi.

– Vraiment ?

Et je me suis rendu compte que j'étais surprise. Peut-être que j'avais fait tout ça pour le tester. Peut-être que je m'attendais à ce qu'il se défile.

– Parce que c'est toi. T'inquiète pas. Je ne veux pas que tu t'inquiètes. Je serai bientôt de retour avec elle.

J'ai raccroché et, d'un coup, je me suis mise à frissonner de la tête aux pieds. Assise là par terre dans la chambre de mes parents, j'ai peu à peu réalisé de ce que je venais de faire. J'ai repris le combiné et recomposé le numéro. Mes gestes étaient maladroits et, quand j'ai finalement réussi à composer le numéro correctement, ça ne servait plus à rien. Le téléphone n'a cessé de sonner dans le vide. Toby était déjà parti. Je ne sais pas ce que je lui aurais dit s'il avait décroché. L'aurais-je supplié de ne pas y aller ? Je ne sais pas. Je ne connais pas mon cœur si bien que ça. Tout ce que je savais, c'est que Toby tenait ses promesses. Il avait tout laissé en plan pour me venir en aide.

En bas, mes parents riaient toujours devant *Saturday Night Live* et je me suis faufilée dans le salon. Ma mère était confortablement vêtue d'un jogging rose et d'un immense sweat-shirt. Elle était à côté de mon père sur le canapé, la tête sur son épaule. Je me suis assise en tailleur dans le fauteuil inclinable.

C'était au tour de Dennis Miller de faire ses sketchs liés à l'actualité. Mes parents ont éclaté de rire à une blague stupide sur Gary Hart. Puis il y a eu une coupure publicitaire et je me suis tournée vers eux.

– Je suis désolée.

Ma mère a jeté un coup d'œil à mon père. Puis elle m'a regardée longuement, les lèvres serrées. Le visage sévère. Elle a fini par se radoucir un peu et a très légèrement hoché la tête.

– Je suis contente de te l'entendre dire, June.

– Je suis vraiment, sincèrement désolée.

Ma mère m'a fait signe de venir m'asseoir à ses côtés et j'ai vite glissé du fauteuil pour aller me blottir contre elle comme je ne l'avais pas fait depuis des années. C'était doux et chaud.

À la fin de la publicité, *Saturday Night Live* a repris avec un sketch de Jon Lovitz sur un service de livraison de colis du nom d'Einstein Express où, grâce aux théories d'Einstein sur le continuum espace-temps, les colis pouvaient arriver à destination avant même d'être envoyés. L'idée était bonne, mais comme la majorité de l'émission, la parodie n'était en fait pas si drôle que cela.

Mais ça m'était égal. Cette journée serait bientôt terminée et l'épaule de ma mère était moelleuse, le canapé aussi, et Suzanne Vega était arrivée sur scène pour chanter « Luka », l'histoire de ce pauvre garçon qui habite au deuxième étage, une chanson douce et apaisante, parfaite en somme.

Les minutes semblaient passer au ralenti ce soir-là. Le corps de ma mère remuait quand elle riait, exactement comme celui de Finn, et mon père ronflait doucement de l'autre côté de la pièce. À la fin de l'émission, mes parents sont montés se coucher et je suis allée dans la cuisine guetter Toby. Tout allait bien se passer. Oui. C'est ce que je me disais. J'appellerais Toby demain. Je le remercierais d'avoir fait ça pour moi et tout rentrerait dans l'ordre. La pluie martelait les carreaux et je scrutais l'obscurité de notre jardin, l'ombre squelettique de la balançoire, les buissons de rhododendrons chahutés par l'orage. Je suis restée là debout un long moment, les yeux rivés au-dehors, attendant l'arrivée de la silhouette de Toby.

C'est alors qu'on a sonné à la porte.

58

Deux policiers attendaient sur le seuil. Je connaissais l'un des deux, l'officier Gellski. C'est lui qui venait chaque année à l'école depuis que j'étais en maternelle pour nous donner des leçons de sécurité routière, nous expliquer qu'il ne fallait pas traverser les voies de chemin de fer, ni parler aux inconnus. Il était plus âgé que mes parents. Le deuxième était assez jeune.

Entre les deux, l'air minuscule, se tenait Greta. Raide comme un piquet et regardant ses pieds. Elle portait encore son costume de Bloody Mary, mais détrempée. Elle avait les cheveux couverts de boue et de feuilles et son maquillage avait coulé, lui donnant un air sinistre. Il pleuvait à grosses gouttes derrière eux, mais mon père ne s'était pas écarté et continuait de fixer ma sœur des yeux, une main sur la porte.

– Greta… Mon Dieu, a-t-il dit dans un murmure. Est-ce qu'elle va bien ?

– Vous permettez ? a demandé l'officier Gellski.

– Oui. Oui, bien sûr. Entrez.

Mon père a ouvert la porte en grand et tous trois se sont avancés. Le jeune policier a regardé ses bottes boueuses, puis ma mère.

– Ne vous en faites pas, a-t-elle dit en secouant la tête. Venez à la cuisine. Par ici.

Les deux policiers se sont exécutés. Greta ne bougeait pas. Mon père l'a prise par les épaules et l'a guidée vers la cuisine. Il l'a aidée à s'asseoir sur une chaise. Avec les deux policiers dans la pièce, celle-ci semblait minuscule. Leurs uniformes bleu marine et leurs pistolets volumineux donnaient à toute la maison un air fragile.

– Asseyez-vous, je vous en prie, leur a dit ma mère.

– Ça ira. Nous sommes bien debout, a répondu l'officier Gellski en se fendant d'un sourire. Le jeune policier a tendu un sac en plastique.

– Le manteau de votre fille. Il était trempé.

Ma mère a attrapé le sac avant de me le tendre sans me regarder.

– Va le mettre dans la baignoire, June.

J'étais restée à la porte de la cuisine et je me suis alors approchée de ma mère pour prendre le sac. Je suis passée aussi près que possible de Greta, touchant son bras et essayant de capter son regard. Mais elle ne m'a pas regardée. Pas même une seconde.

– June, dépêche-toi, a lancé ma mère. Ça dégouline partout !

En quittant la pièce, j'ai entendu mes parents bombarder de questions les deux policiers au sujet de Greta. Moi je ne pensais qu'à Toby. Que lui était-il arrivé ? Est-ce que cela voulait dire qu'il n'avait pas trouvé Greta ? Était-il perdu dans les bois ? Était-il arrivé trop tard ? Allait-il passer toute la nuit dehors à la chercher pour essayer d'honorer la promesse qu'il m'avait faite ? J'ai grimpé les marches deux par deux puis j'ai allumé la lumière de la salle de bains et renversé le sac au-dessus de la baignoire pour y faire tomber le manteau.

Je l'ai à peine regardé, parce que j'avais hâte de redescendre, mais au moment d'éteindre la lumière, je me suis retournée. Ce manteau n'était pas noir. Le manteau de Greta était noir. J'ai observé la grosse masse humide quelques secondes, n'étant pas sûre de ce que je voyais. Ce n'était pas le manteau de Greta. Gisant dans la baignoire comme une espèce d'animal mort, se trouvait un grand manteau gris. Le manteau de Finn. Le manteau de Toby. Celui qu'il portait au zoo.

Je suis redescendue en courant.

– Dites-nous donc ce qui se passe, insistait ma mère.

Je suis restée sur le pas de la porte. Essayant d'attirer l'attention de Greta.

– Eh bien, pour commencer, nous pensons que Greta va bien, a dit l'officier Gellski.

– Où l'avez-vous trouvée ? a-t-elle lancé en se tordant les mains.

– Derrière l'école, Mrs Elbus. Vous voyez les bois. Les enfants y organisent parfois des fêtes. Nous essayons toujours d'y garder un œil.

Il a étiré ses bras sur le comptoir.

– J'ai l'impression qu'elle a un peu trop bu. Qu'elle a un peu trop fait la fête, ce genre de choses, mais ce n'est pas vraiment ça qui nous inquiète.

Regarde-moi, Greta. Regarde-moi. Je concentrais toute mon énergie mentale sur Greta, mais toujours rien.

– Ah non ? a demandé mon père.

Le jeune policier se balançait d'un pied sur l'autre sans arrêt. Il semblait mal à l'aise, comme s'il n'avait plus rien à faire maintenant qu'il avait rendu le manteau.

– Non, ce n'est pas vraiment ça qui nous inquiète là tout de suite, a répété l'officier Gellski.

– Qu'est-ce qui vous inquiète alors ?

– Il y avait un homme, Mr Elbus.

J'ai eu l'impression que mon estomac s'était changé en pierre. Lourd et froid et trop difficile à porter. *Regarde-moi, Greta. Je t'en supplie, regarde-moi.*

La voix de mon père était à présent pleine d'inquiétude, plus forte et plus aiguë.

– Un homme ? Quelle sorte d'homme ?

Puis l'officier Gellski a décrit avec précision ce qu'ils avaient vu. Le jeune policier et lui étaient assis dans leur voiture de patrouille, sur le parking de l'école. Certains riverains avaient appelé pour se plaindre du bruit, ce qui, selon lui, n'était pas inhabituel un samedi soir. La différence, cette fois-ci, c'est qu'un voisin parlait d'un cri. Pas seulement du brouhaha festif courant, mais aussi d'une fille qui hurlait. Tous deux étaient alors dans la voiture de patrouille, tous feux éteints, à regarder autour d'eux, à l'affût au moindre mouvement à l'orée des bois. Tout ce qui aurait pu indiquer une fête.

– Nous sommes sortis du véhicule, nous apprêtant à marcher un peu pour aller vérifier, quand il s'est mis à pleuvoir. Des cordes. Nous nous sommes regardés en nous disant que ce n'était pas la peine de se faire saucer. La pluie allait forcément tous les faire sortir de là de toute façon.

Mes pensées bouillonnaient dans tous les sens.

– Nous étions sur le point de partir. Je venais de mettre le contact et d'allumer les phares.

L'officier Gellski a fait mine de démarrer une voiture.

– Nous devions faire une manœuvre en marche arrière. La voiture était face aux bois, éclairant les arbres en plein, et c'est là qu'il est sorti.

– Je ne comprends pas, a dit mon père.

Le jeune policier s'est avancé.

– L'homme en question sortait des bois, votre fille dans les bras, Mr Elbus.

Il a tendu les bras devant lui, comme s'il portait du bois pour le feu.

– À vrai dire, nous avons d'abord cru qu'il portait un chien ou quelque chose du genre. Un chien mort…

Il a levé une de ses mains.

– … sans vouloir être désagréable.

– C'était à cause de ce grand manteau, a ajouté le jeune policier.

Au fur et à mesure que Mr Gellski décrivait les événements, j'imaginais très clairement la scène dans ma tête. Toby, comme cet Ichabod Crane dégingandé, courant dans les bois, trempé et frigorifié, portant dans ses bras Greta enveloppée dans le manteau. Se dépêchant, de plus en plus vite, son cœur d'or battant la chamade. Je le voyais comme s'il était devant moi, essayant de faire de son mieux pour moi, pour Finn, écarquillant les yeux en sortant péniblement des bois, ébloui par les phares braqués sur lui. Serrant Greta plus fort, l'un comme l'autre trempés.

– Nous lui avons passé les menottes et les avons tous deux fait monter dans la voiture. Nous n'avons pas réussi à les faire parler. Ni lui, ni votre fille.

– L'homme, a dit ma mère en regardant les policiers puis Greta. Greta, qui est cet homme ? De quoi est-ce qu'ils parlent ? La fête de la troupe avait lieu chez les Reed, non ? Je ne…

Mon père a avancé une chaise et ma mère s'y est assise, l'air vaincue. Je me suis glissée dans la pièce, j'ai pris un verre dans le placard et je l'ai rempli d'eau.

Comme Greta ne répondait pas, ma mère s'est retournée vers les deux policiers.

Je me suis approchée de ma sœur et lui ai tendu le verre. Je me suis agenouillée afin de voir son visage. Tandis que les adultes continuaient de parler, je la fixais droit dans les yeux pour qu'elle se sente obligée de me regarder en retour. Pendant quelques secondes, quand elle m'a enfin rendu mon regard, c'était comme si nous étions seules dans la pièce. Je lui ai posé une main sur le bras et j'ai essayé de lui faire comprendre que tout était arrivé à cause de moi. Rien de tout cela n'était de la faute de Toby. Mes yeux la suppliaient de le sauver. Je lui pardonnerais toutes ses méchancetés jusqu'à la dernière. Mais elle devait sauver Toby. Je continuais de la fixer avec insistance, attendant un signe de sa part. Mais rien. C'était Greta qui savait lire les visages, pas moi. Au bout de quelques secondes, elle a pris le verre d'eau, en a bu une grande gorgée et a tourné la tête.

– Cet homme s'appelle Tobias Aldshaw. Est-ce que ce nom vous dit quelque chose ?

Mes parents se sont regardés comme si on venait de leur annoncer que des Martiens avaient atterri dans le jardin.

– Toby ? a dit ma mère.

– Vous le connaissez ? a demandé Mr Gellski.

– C'est-à-dire que…

– Il y a autre chose, a ajouté Mr Gellski.

Autre chose ? Toby était-il saoul ? Avait-il bu quand je lui avais demandé de sortir chercher Greta ?

Mr Gellski a glissé la main dans la poche de sa chemise.

– Nous avons trouvé ça dans la poche arrière de son pantalon, a-t-il dit en lançant un petit livret bleu marine sur la table, à la vue de tous. J'ai suffoqué avant de mettre ma main devant ma bouche. Mon passeport. Mes parents avaient l'air si désorientés que j'ai cru qu'à ce point-là leur visage en garderait des séquelles. Ma mère a saisi le passeport et l'a feuilleté jusqu'à la photo. Elle l'a fixée un moment avant de se tourner vers moi.

– June ? C'est le passeport de June. Tout ça commence vraiment à me faire peur, a-t-elle dit en regardant mon père. Je ne comprends pas...

Alors j'ai pris la mesure de la situation. Je me suis rendu compte du piège qui s'était refermé sur Toby. Si personne ne disait rien, donnant l'impression qu'il était là de son plein gré, comme un fou, avec mon passeport, avec Greta, il se ferait arrêter. Et peut-être pire. Peut-être irait-il en prison ! Peut-être serait-il renvoyé en Angleterre ! Mais si je dévoilais toute la vérité, si je disais que nous nous voyions régulièrement, seuls, à New York, lui et une fille de quatorze ans... Je ne savais pas ce qui nous arriverait, ni à lui, ni à moi.

– Greta, ai-je murmuré sous toutes les voix des adultes.

Elle s'est lentement tournée vers moi et m'a regardée par-dessus son épaule. Elle faisait plus que seize ans, elle avait l'air exténuée, à tel point que je me demandais même comment elle arrivait encore à tenir assise.

– S'il te plaît, ai-je articulé en silence.

Les mots « enlèvement », « sida » et « immigré clandestin » volaient dans la pièce, mais je me concentrais sur Greta.

Elle s'est détournée de moi et, pendant quelques secondes, elle est restée assise là en silence. Elle n'allait pas m'aider. Elle allait me laisser m'enfoncer, me noyer dans ce bourbier. Elle allait me regarder souffrir pendant que Toby récolterait tout ce qu'elle pensait qu'il méritait.

– Maman, ai-je lancé.

Elle ne m'a pas entendue alors j'ai répété, plus fort :

– Maman !

Elle s'est tournée vers moi.

– June, tout va s'arranger, chérie. Ne t'inquiète pas.

J'ai secoué la tête.

– Non. Non, c'est juste…

Alors Greta s'est levée. Elle s'est étirée et a fouillé dans sa poche à la recherche d'un chouchou. Elle a entortillé ses cheveux en un chignon qu'elle a entouré du chouchou pour le maintenir en place. Elle a inspiré profondément et, aussi lentement que possible, elle a expiré. Elle a parcouru la salle des yeux, considérant chaque personne tour à tour, puis, d'une voix aussi sonore et distincte que celle qu'elle utilisait dans *South Pacific*, elle a déclaré :

– C'est ma faute.

Tout le monde s'est tu.

On n'entendait plus que l'horloge jaune.

Mes mains tremblaient tellement que j'ai dû les fourrer dans mes poches.

Tandis que Greta commençait à parler, je ne pouvais que fixer avec admiration cette personne qui n'était autre que ma sœur. La façon dont elle parvenait à inventer toute une histoire improvisée. Elle a raconté qu'elle connaissait Toby. Qu'elle l'avait rencontré un jour quand elle était à New York avec ses amies. Elle s'était rendue dans l'ancien quartier de Finn. Elle était passée juste devant son immeuble au moment où Toby en sortait. Il l'avait reconnue, à cause du portrait, à cause de photos que Finn gardait dans l'appartement, et l'avait appelée. Il lui avait expliqué qui il était. Et alors elle s'était souvenue de lui à l'enterrement. « C'était le type que tu avais montré du doigt, tu te rappelles, papa ? » Elle décrivait la scène avec beaucoup de détails. Comment elle et ses amies venaient de boire un verre chez *Gray's Papaya*. Qu'elle avait pris une piña colada – sans alcool, a-t-elle précisé en jetant un coup d'œil à mes parents – et que les deux autres avaient commandé un jus de mangue, et qu'elle s'apprêtait à jeter son gobelet vide quand elle l'avait aperçu. Elle n'avait d'abord pas eu l'intention d'aller voir Toby, et puis finalement si, rien qu'une minute. Et ils avaient commencé à discuter.

– C'était idiot, je sais bien. Mais il avait l'air si triste et il a commencé à s'épancher, à me dire à quel point Finn lui manquait. À quel point il se sentait seul. C'était tellement bizarre et je savais pas quoi lui dire, alors j'ai fini par l'inviter à la fête. J'ai fini par lui dire que ça lui ferait peut-être du bien de sortir un peu, et qu'il y avait cette soirée.

Elle avait plissé les sourcils, l'air impuissant.

– Je... Je savais pas quoi lui dire.

Personne n'ouvrait la bouche, alors elle a poursuivi.

– Je pensais pas qu'il viendrait. Enfin, j'avais dit ça un peu en l'air, je pensais qu'il aurait mieux à faire...

– Tu pensais qu'il aurait mieux à faire, hein ? a dit ma mère en pinçant les lèvres.

– Laisse-la terminer, Danni.

– Mais au bout du compte, c'était une bonne chose, non ? J'étais saoule. Complètement saoule. Si Toby avait pas été là, je serais peut-être encore dans les bois, évanouie sous la pluie battante.

– Mais la fête avait lieu chez les Reed, non ?

– La soirée *officielle*, mais…

Elle ne m'a pas regardée une seule fois pendant son récit. C'était comme si elle était sur scène. Comme une parfaite comédienne qui marquait des pauses quand elle voulait donner du poids à ses paroles. Qui modifiait l'expression de son visage pile au bon moment. Qui choisissait la meilleure personne à regarder quand elle disait quelque chose de particulièrement difficile à entendre.

– Ça n'explique rien, Greta, a déclaré ma mère. Un adulte atteint du sida qui participe à une fête de lycée dans les bois ? Non. C'est indéfendable. C'est indéfendable qu'il porte ma fille sur un parking. Et puis le passeport de June. Il y a encore ça. Pourquoi diable avait-il le passeport de June dans sa poche ?

– Ces passeports sont dans un coffre fermé à clé dans notre chambre, a précisé mon père aux policiers. Tout ça n'a pas de sens.

J'aurais tellement aimé avoir le sens de la répartie de Greta. J'aurais donné n'importe quoi pour pouvoir m'avancer et expliquer avec élégance pourquoi l'homme du nom de Tobias Aldshaw avait mon passeport dans sa poche arrière. Mais toutes mes pensées me semblaient floues et mélangées. La probabilité qu'une histoire sensée sorte de ma bouche était nulle.

– Non. C'est tout simplement ridicule. À tous les points de vue, a repris ma mère. Encore une fois, pourquoi diable cet homme avait-il le passeport de June dans sa poche !?

J'ai considéré Greta. Je pensais que l'histoire du passeport lui avait fait perdre ses moyens parce qu'elle ne disait plus rien. Je continuais de l'observer jusqu'à déceler un changement.

J'ai vu le moment précis où elle changeait d'expression pour prendre un air coupable. Elle a fixé ses pieds puis a relevé la tête, guignant à travers sa frange en se donnant au maximum l'air d'une petite fille. Puis, avec un sang-froid incroyable, elle a raconté à toute l'assistance une histoire de faux passeport pour pouvoir acheter de l'alcool.

– Je m'en étais fait faire un il y a quelque temps. C'est mal, je sais, mais June aussi en voulait un. Je croyais qu'elle allait venir à la soirée. Je lui avais dit que j'essaierais de lui concocter quelque chose et...

Les deux policiers hochaient la tête.

– Nous avons déjà vu ce genre de pratiques, Mrs Elbus, a dit le plus jeune. Je sais que c'est difficile à croire lorsqu'il s'agit de votre propre enfant...

– Es-tu en train de dire que Toby t'aidait à fabriquer des faux papiers d'identité, Greta ?

– Non, pas du tout, a répondu Greta en secouant énergiquement la tête. Le passeport a dû tomber de ma poche. Je suppose qu'il l'a ramassé pour moi.

Mes parents semblaient abasourdis. Je ne savais pas très bien s'ils croyaient ou non l'histoire de Greta. Mais bon, me disais-je, que pouvaient-ils croire d'autre ? Que cet homme mourant essayait de nous enlever, Greta et moi ? Préféreraient-ils croire cela ? Pouvaient-ils vraiment penser que Finn aurait choisi comme compagnon quelqu'un d'aussi dérangé ?

– Bon, il est où maintenant ? a demandé mon père. Je pense qu'il faut qu'on parle.

L'officier Gellski n'a pas tout de suite répondu, comme s'il réfléchissait.

– Il est dans la voiture de patrouille.

Tous les yeux se sont tournés vers la fenêtre du salon, celle qui donnait sur la cour. Toby était dehors. Juste devant la maison.

Mon père a fait un pas en avant, mais Mr Gellski lui a barré le passage de sa main.

– Je ne pense pas que ce soit le moment, Mr Elbus. Nous allons l'emmener au commissariat. Laissez-nous d'abord lui parler, et peut-être que dans un jour ou deux…

– Je dois aller aux toilettes, ai-je lancé.

– Vas-y mais dépêche-toi, a répondu ma mère. Toi aussi tu es impliquée dans cette affaire, June.

Je suis sortie de la cuisine avec une idée fixe de courir rejoindre Toby. Je voulais lui demander pardon. Lui dire et lui répéter à quel point j'étais désolée jusqu'à ce qu'il me croie. Jusqu'à être certaine qu'il savait que ces excuses venaient du plus profond de mon cœur. Mais je ne pouvais pas faire ça. Je devais garder la tête froide.

Je suis discrètement descendue à la cave, en faisant le moins de bruit possible. J'ai pris une grosse boîte en carton et, sur le côté, j'ai marqué « NE LEUR DIS RIEN !!!!!!!! » au marqueur noir épais.

La fenêtre du salon donnait sur la cour, mais celle de ma chambre aussi. Je suis montée sur la pointe des pieds et, d'un revers de la main, j'ai balayé toutes les fausses bougies qui encombraient le rebord de ma fenêtre. Puis j'ai ouvert celle-ci en grand.

J'apercevais la voiture de police avec Toby assis à l'arrière. Il avait les bras nus, les cheveux encore mouillés et, même de là où j'étais, je voyais qu'il frissonnait. Je mourais d'envie de courir chercher un des gros manteaux de mon père pour l'en envelopper. Je voulais prendre toutes les couvertures de mon lit et me précipiter vers la voiture pour l'emmitoufler et le réchauffer. Mais je ne pouvais pas. Tout était de ma faute. Il était à quelques mètres de moi et je ne pouvais même pas prendre soin de lui. J'ai allumé et éteint la lumière deux ou trois fois pour attirer son attention, puis j'ai brandi la boîte en l'air. Je l'ai maintenue quelques secondes à bonne hauteur, le visage caché derrière. Puis je l'ai abaissée.

Toby a légèrement incliné la tête, son visage mince encadré par la vitre de la voiture de police. Puis il s'est détourné, gêné ou en colère contre moi pour l'avoir mis dans ce pétrin.

Ils ne pourraient accuser Toby de rien. Pas après tout ce qu'avait dit Greta. C'est ce que nous a confié l'officier Gellski. Il nous a aussi dit que le nom de Toby serait transmis aux services d'immigration. Selon lui, le permis de séjour de Toby était périmé depuis environ dix ans.

Mes parents ont remercié les policiers d'avoir ramené Greta saine et sauve à la maison et les ont raccompagnés à la porte. Ils ont regardé les deux hommes descendre la volée de marches du perron et rejoindre leur voiture.

– J'ai presque de la peine pour ce type, a dit mon père en fixant la voiture des yeux.

– Je sais, mais il ne le faut pas, a répondu ma mère. C'est le genre de personne qui ne crée que des problèmes. Regarde ce qu'il a fait à Finn…

Son menton tremblait.

– Tout va s'arranger.

Mon père lui a passé un bras autour des épaules et ils ont gravi l'escalier ensemble, le visage marqué comme s'ils venaient de vivre une sorte de bataille épique.

Greta était déjà montée, me laissant toute seule en bas. J'errais de pièce en pièce, éteignant les lumières sur mon passage.

Au salon, je me suis arrêtée pour regarder le portrait. Nous. Les deux mêmes filles. Illuminées. Je me suis dit que c'était pas si mal. Ce que nous avions ajouté. Cela dégageait une certaine beauté. Oui, y avait au moins un peu de beauté dans ce que nous avions fait.

J'ai éteint la lumière et nous avons disparu.

59

Une fois à l'étage, je me suis brossé les dents puis assise sur le rebord de la baignoire pour regarder le manteau. C'est là qu'il gisait, le loup mort, lavé de toutes les merveilleuses odeurs de Finn. Je l'ai touché, d'abord du bout des doigts, puis je l'ai caressé de toute ma paume.

– Je suis désolée, ai-je chuchoté, caressant le manteau avec plus de conviction, encore et encore.

Même s'il faisait sombre et que minuit avait depuis longtemps sonné, ce samedi-là ne semblait pas vouloir finir. Il restait là, me maintenant éveillée, me forçant à le traîner jusqu'à dimanche. Allongée sur mon lit, je repensais à ce que Greta avait fait pour moi. Pour moi et Toby. Et alors je recommençais à penser à Toby et à me détester pour les ennuis que je lui avais attirés. Je me demandais s'ils le gardaient trempé et frigorifié dans cette petite cellule de prison du commissariat. Celle où l'on avait tous dû s'entasser lors d'une sortie scolaire en CM1. « Voilà l'endroit où vous ne voulez pas vous retrouver, pas vrai les enfants ? » avait dit le policier. Tout le monde avait acquiescé, à part Evan Hardy. Les mains sur ses hanches de petit garçon, Evan avait lancé : « Si, moi si. »

Je me rappelle avoir eu peur pour lui. Je me rappelle avoir pensé qu'on allait peut-être le garder là s'il continuait à parler comme ça. Et maintenant, c'était au tour de Toby et je souhaitais plus que tout pouvoir courir dans les rues de la ville jusqu'à cette cellule. Je voulais lui apporter des vêtements secs et lui dire à quel point j'étais désolée.

J'ai essayé de reléguer tout ça dans un petit coin de mon esprit. J'ai essayé de compter à rebours à partir de mille. J'ai écouté le rythme des ronflements de mon père, essayant de caler ma respiration sur la sienne. J'ai ouvert mes rideaux et me suis allongée sur le dos. L'orage avait faibli et je voyais les nuages d'après la tempête filer devant la lune, la couvrant puis la laissant briller. Puis, à travers tout cela, j'ai entendu des pleurs.

J'ai tendu l'oreille près du mur derrière mon lit. Le bruit a continué, puis s'est un peu arrêté, puis a repris. Greta ne dormait pas.

Les lumières étaient éteintes, à l'exception de la petite veilleuse bleue en forme de cœur sous son bureau. Quand j'ai poussé la porte, elle a tout de suite disparu un peu plus sous sa couette et a tourné la tête de l'autre côté.

– Je peux entrer ?

Greta a haussé les épaules et j'ai grimpé sur son lit en silence, appuyant mon dos contre le sien. Nous étions allongées là, sans dire un mot, raides et tendues.

– Merci d'avoir raconté tout ça.

Elle a haussé les épaules et j'ai senti qu'elle s'essuyait les yeux sur sa couette.

– J'aurais pas dû l'appeler… Je sais que tu le détestes…

J'entendais ma voix se briser.

Greta s'est mise à rire. Mais pas un rire joyeux, un rire triste et frustré.

– Tu comprends vraiment pas, hein ?

Je l'ai sentie secouer la tête et je me suis retournée. Elle s'est redressée pour chercher quelque chose sous son matelas. Elle a sorti une bouteille d'alcool.

– Va chercher une bouteille de soda dans le frigidaire, O.K. ?

– Quoi comme soda ?

– Peu importe. Mais fais pas de bruit.

Je me suis faufilée hors de sa chambre et suis revenue avec une bouteille d'Orangina à moitié pleine et un verre. Greta y a versé un peu de son alcool et a complété avec le soda.

– Tiens, m'a-t-elle dit en me passant le verre.

J'ai bu une gorgée. C'était écœurant et l'alcool était très fort. J'ai rendu le verre à Greta qui l'a bu cul-sec.

– Qu'est-ce que je comprends pas ?

J'ai baissé les yeux dans l'espoir que Greta répondrait si je ne la regardais pas directement.

– Que t'as une chance folle, a-t-elle répondu dans un murmure avant de tourner la tête.

– Ah ouais, c'est ça.

– Tu sais ce que c'est de souhaiter la mort de quelqu'un ?

– Je…

– Tu t'es jamais demandé comment ça se faisait que j'aie été au courant de la maladie de Finn avant toi ? Alors même que c'était ton parrain à *toi* ?

J'y ai réfléchi une seconde.

– Non, enfin, t'es toujours au courant de tout avant moi. C'est tout.

Greta s'est rapprochée de moi, son petit corps contre le mien, épais et volumineux.

– Tu te rappelles ce jour où Finn nous a emmenées prendre un chocolat chaud glacé chez *Serendipity* ? Tu te souviens de cet endroit ?

J'ai hoché la tête. *Serendipity* était ce petit café-glacier chic et ancien de l'Upper East Side. À l'intérieur, il faisait sombre avec du bois partout et je me souvenais de ces énormes chocolats glacés recouverts d'une montagne de crème fouettée, je me rappelais en avoir partagé un avec Greta, avec deux pailles.

– C'était avant même qu'il commence le portrait. J'avais ton âge, ou peut-être même plus jeune. J'avais peut-être encore treize ans, je sais plus. Maman, toi et moi, on était toutes allées chez Finn après *Serendipity*. J'étais dans la salle de bains et j'avais laissé la porte entrouverte. Maman est entrée et m'a vue en train d'utiliser le stick à lèvres de Finn. Je me souviens encore de l'expression de son visage. Je m'en souviens comme si je regardais une photo. Elle était terrifiée. Je bougeais pas, toujours avec le stick à lèvres, me sentant gênée et coupable, et tout à coup, elle me l'a arraché des mains. Violemment. Si violemment que ça m'a fait mal. Elle s'est avancée dans cette toute petite salle de bains et a refermé la porte sur nous. Je comprenais pas ce qui se passait. Je savais que j'étais pas censée utiliser les affaires de Finn, mais il avait toujours ce baume à lèvres qui sentait l'ananas et la noix de coco. Tu vois de quoi je parle ? Ça sentait si bon.

Je voyais très bien en effet. Je me souvenais exactement de l'odeur qu'elle décrivait.

Greta s'est recroquevillée de plus en plus tandis qu'elle parlait, jusqu'à ce que sa colonne vertébrale recourbée et saillante appuie sur la mienne.

– Je comprenais pas ce qui se passait. Aucune idée. Et puis maman a commencé à m'attraper tout en essayant de ne pas crier trop fort. Puis tout à coup, elle est devenue mélo et m'a prise dans ses bras. Elle m'a demandé si c'était la première fois que je me servais du stick à lèvres de Finn. Je lui ai répondu que oui, alors elle a semblé soulagée et m'a encore serrée dans ses bras. Et c'est là qu'elle me l'a dit. Que Finn était malade. Qu'il avait le sida. Elle me l'a dit et m'a fait promettre de plus jamais utiliser ses affaires. Elle a dit que si je l'avais fait qu'une seule fois, j'avais pas à m'inquiéter. Elle a répété encore et encore que tout irait bien. « Pas de problème », répétait-elle tout en m'essuyant énergiquement les lèvres avec du papier toilette. Je lui ai promis que je le ferais plus jamais. Tu te rappelles les lèvres de Finn, June ? Tu te souviens de toutes ces petites fissures ? Toutes ces coupures qui saignaient chaque hiver ?

J'ai acquiescé. Je ne savais pas quoi dire.

– Mais tu sais quoi ?

Greta a pivoté pour me regarder droit dans les yeux, son visage touchant presque le mien. J'ai secoué la tête.

– J'avais même pas peur. Quand maman a fermé la porte pour retourner dans le salon, je me suis assise sur le carrelage de la salle de bains, heureuse.

– Qu'est-ce que tu racontes ?

– Je pensais que si Finn… S'il était mourant, alors peut-être que toi et moi on redeviendrait comme avant. C'est monstrueux, hein ? Je suis vraiment diabolique !

Greta a retiré ses lunettes, brouillant mon image, brouillant le monde entier. Elle a relevé la couette au-dessus de sa tête.

– Mais tu me hais !

Greta a soupiré.

– T'as tellement, mais tellement de chance, June. Pourquoi ? Regarde-moi.

Elle parlait à travers ses larmes.

– Toutes ces années, je vous ai vus Finn et toi. Puis Toby et toi. Comment t'as pu faire une chose pareille ? Comment t'as pu choisir Toby plutôt que moi ?

– Mais Finn demandait toujours si tu voulais venir avec nous. Tu le sais très bien. T'as toujours fait comme si c'était la dernière chose que t'aurais envie de faire.

– Finn demandait toujours, bien sûr. Mais je savais que t'espérais que je dirais non. N'essaye même pas de mentir. Je sais que c'est ce que t'espérais. C'était comme un piège. Si je venais avec vous, tu m'en voudrais. Et si je venais pas, bah, dans ce cas j'étais exclue.

C'était la vérité. Bien sûr qu'elle avait dû s'en rendre compte.

J'ai tendu la main pour prendre celle de Greta, mais je ne l'ai pas trouvée. Alors je lui ai touché l'épaule avec douceur.

– Je savais pas.

– Est-ce qu'au moins tu te souviens de comment on était ? Je pensais toujours que tu me trouverais dans les bois et que peut-être… je sais pas. Peut-être tu t'inquiéterais. Comment je pouvais concurrencer Finn ? Comment je pouvais être meilleure que Toby ? Je vais m'en aller, June. Dans deux ou trois mois je serai partie et alors, je sais pas. Et si on devient comme Finn et maman ? Si je pars et que c'est la fin de nous deux ? C'est comme… C'est comme si on me poussait dans la mer. Tu vois ce que je veux dire ? Ces jours où je te suivais dans les bois, toi qui jouais comme un enfant. Vraiment comme un enfant, tu sais. Comme on jouait quand on était petites. Je mourais d'envie de crier : « Hé, June. Je suis là ! Regarde. Moi aussi je veux jouer… »

Elle s'est allongée sur le dos, moi aussi, et nous nous sommes toutes deux retrouvées à regarder le plafond, blotties sous la couette blanche de Greta bariolée de nuages et d'arcs-en-ciel. Celle qu'elle a depuis ses dix ans. Les ronflements de mon père grondaient dans la chambre silencieuse. Un croissant de lune brillait au bord des rideaux de Greta et éclairait un globe terrestre poussiéreux sur son bureau.

Nous avons discuté des heures dans le noir. Je lui ai raconté tout ce qui s'était passé ce jour-là. Le portrait. Que les parents pensaient que c'était entièrement de ma faute. Que je ne les avais pas contredits parce que c'était la meilleure chose à faire. La plus noble. Greta m'a dit qu'elle avait essayé de massacrer le portrait, mais que cela ne semblait jamais fonctionner. Le crâne et les lèvres. D'une certaine façon, ils embellissaient plutôt le tableau. Elle a dit que parfois elle descendait dans la chambre forte et s'asseyait là, espérant que je viendrais. Que je la prendrais la main dans le sac. C'était la même chose avec Bloody Mary. Chaque fois, elle essayait de tout saboter, mais bizarrement, plus elle faisait d'efforts dans ce sens, plus on trouvait qu'elle avait du talent.

– Moi je l'ai remarqué. Je t'ai vue sur scène et j'ai tout de suite compris que t'essayais de tout foutre en l'air. J'ai l'impression que j'étais la seule à le voir.

– Je sais que t'es la seule. C'est ça le truc. On a été orphelines ensemble. Je savais que tu remarquerais mon petit jeu. Je te demandais sans arrêt de venir aux répétitions… Je sais pas.

Sa voix s'est enrouée.

– Je veux plus qu'on se fasse du mal.

– J'ai jamais voulu ça.

Et j'ai alors enfin compris que nous avions toutes les deux été fautives. Depuis le début. Greta n'avait jamais été la seule peste. Tout ce qu'elle disait était vrai. Après avoir été sa meilleure amie pendant toutes ces années, je l'avais abandonnée, purement et simplement. Comment avais-je pu être assez bête pour ne pas m'en rendre compte ? Comment avais-je pu être aussi égoïste ?

Greta s'est glissée hors du lit et a allumé la radio tout bas. Elle avait attaché un cintre à l'antenne, ce qui lui permettait de capter WLIR depuis Long Island. WLIR était la station de radio tendance parce que les chansons sélectionnées étaient presque toutes anglaises. C'était « The Killing Moon » d'Echo & the Bunnymen qui passait et Greta s'est rallongée à côté de moi pour l'écouter.

– Raconte-moi ce qui s'est passé dans les bois, ai-je murmuré au bout d'un moment.

– C'est l'heure de dormir.

– Je suis désolée si Toby t'a fait peur. Je savais pas quoi faire d'autre.

Greta s'est éloignée, ce qui fait que nous ne nous touchions plus. J'avais l'impression qu'elle ne me répondrait pas mais ensuite, après un long silence, elle s'est raclé la gorge.

– Je crois que c'est surtout moi qui lui ai fait peur.

– T'étais toute seule là-bas ?

Je parlais avec prudence. Je savais qu'à tout moment Greta pourrait se refermer comme une huître.

J'ai senti son signe de tête.

– J'ai d'abord cru que c'était toi. Puis j'ai entendu une voix d'homme. Très rauque. Il prononçait mon nom et me disait de ne pas avoir peur. Il ne disait pas « N'aie pas peur », mais « Ne sois pas effrayée », ce qui était un peu bizarre. C'est là que j'ai hurlé. Et je sais crier quand je veux. Fort. Il s'est redressé et j'ai eu l'impression qu'il pensait s'enfuir, mais ensuite il a commencé à marmonner quelque chose à propos de papa et maman qui étaient au courant pour le portrait. Il m'a dit que c'était toi qui l'envoyais. Qu'il était l'ami de Finn. Et alors ça a fait tilt. J'ai essayé de me relever tant bien que mal. Je me suis débarrassée des feuilles qui me couvraient, mais il y avait de la boue partout. Il pleuvait des cordes. J'ai glissé. Je voulais pas de son aide, mais j'avais pas le choix. J'arrivais à peine à garder les yeux ouverts. Et là il a enlevé son manteau – ça, je m'en souviens très bien. Il a enlevé son manteau, l'a déposé par terre et m'a soulevée avec. Puis il m'a dit de me rendormir. Que tout irait bien.

– Il est pas comme tu l'imagines, Greta.

Je lui ai alors raconté tout ce que je savais sur notre mère. Toute la jalousie, toute la tristesse. Toute la méchanceté qui pouvait découler d'un trop grand amour.

Elle a ri. Un tout petit rire triste.

J'ai fermé les yeux et laissé Depeche Mode, Yazoo et les Cure effacer tout ce qui était arrivé. Je ne voulais pas laisser mon esprit s'aventurer trop loin parce que chaque fois que je lui en donnais l'occasion, je revoyais le visage malheureux de Toby à la fenêtre de la voiture de police et je n'avais pas la force d'affronter cette vision. Pas encore.

Nous sommes restées silencieuses pendant longtemps, mais je sentais bien qu'aucune de nous n'arrivait à dormir. Au bout d'un moment, Greta m'a donné un petit coup dans le dos.

– Qu'est-ce qu'il y a ?

– T'as vu que WPLJ avait interdit cette stupide chanson de George Michael, « I Want Your Sex », à cause du sida ?

J'ai secoué la tête.

– Comme si écouter cette chanson pouvait donner envie à qui que ce soit.

Nous avons alors toutes les deux explosé de rire. Nous avons ri et ri jusqu'à ce que Greta en tombe du lit. Et ensuite elle a continué à rire par terre. Je ne me souvenais même pas de la dernière fois où nous avions ri ensemble comme ça, et je savais que ça signifiait que ma sœur commençait à revenir. Qu'en quelque sorte Toby était parti dans les bois et m'avait ramené Greta. Il m'avait ramené ma sœur.

Nous avons encore écouté de la musique, bu de l'eau-de-vie et de l'Orangina, parlé et parlé, et ce samedi ne s'est jamais terminé. Pas pour nous. Nous sommes restées éveillées jusqu'à ce que la lumière refasse surface sur le monde. Jusqu'à ce que nous apercevions le lever de soleil rose au-dessus du sommet de la haie de cèdres fraîchement taillée des Gordano.

60

J'ai appelé Toby à cinq heures et demie le dimanche matin. Seules Greta et moi étions debout. Le téléphone a sonné et sonné et je me suis dit qu'il devait dormir, alors j'ai laissé sonner. J'ai laissé sonner vingt-trois fois avant de finir par raccrocher. Je n'étais pas vraiment inquiète parce que je pensais qu'il était probablement encore au commissariat. Cela ne me plaisait pas de l'imaginer là-bas, mais je n'étais pas inquiète. Il n'était sans doute tout simplement pas encore rentré.

Après toutes ces heures à discuter et à boire, Greta et moi avons fini par nous effondrer. Nous sommes retournées chacune dans notre lit, sans même prendre la peine de nous mettre en pyjama. Nous avons dormi jusqu'à l'heure du déjeuner, quand ma mère est venue nous réveiller.

Elle a toqué à ma porte, puis a passé la tête. Elle me regardait d'une façon inédite. Comme si elle regardait quelqu'un d'autre. Une étrangère.

– June, a-t-elle dit.

Elle a prononcé mon nom de façon professionnelle. Avec calme et détermination.

– Ton père et moi souhaitons passer à autre chose…

J'ai entendu la voix de Toby dans ma tête – *Mais passer à quoi ?* – et je ne suis pas certaine d'avoir masqué le sourire qui a dû surgir sur mon visage.

– June ? Tu m'écoutes ?

– Oui. Bien sûr que je t'écoute.

– La saison des impôts touche à sa fin et, après cette semaine, le spectacle de *South Pacific* sera terminé lui aussi, et ton père et moi pensons que nous devrions commencer à faire plus de choses en famille. Passer plus de temps ensemble jusqu'à ce que vous retrouviez votre état normal. Nous avons été beaucoup absents. Nous en avons conscience.

J'avais envie de lui dire que si elle n'avait pas forcé Finn à garder Toby secret, rien de tout cela ne serait arrivé, mais je ne le pouvais pas. Après tout, c'était de ma faute. Cela ne servait à rien d'entraîner ma mère là-dedans. Et en plus je comprenais tout à fait ce qu'elle ressentait. Je savais que les espoirs perdus pouvaient être dangereux, qu'ils pouvaient nous transformer en une personne que l'on n'aurait jamais imaginé devenir.

Tout au long de la journée, je m'attendais à ce que Greta m'ignore, me lance une pique ou me fasse une remarque désagréable. Je m'attendais à ce qu'elle fasse quelque chose qui prouve qu'elle ne pensait pas tout ce qu'elle avait dit la veille, mais j'ai attendu en vain. En me voyant dans la cuisine, elle a souri. Un vrai sourire franc, pas pimbêche.

Plus tard, l'après-midi, nous nous sommes toutes les deux retrouvées assises sur le canapé à observer le portrait.

– Ne le dis pas à maman, mais en fait il me plaît, a chuchoté Greta.

J'ai hoché la tête.

– À moi aussi.

L'or dans nos cheveux était parfait à ce moment précis et je savais que nous le voyions toutes les deux. Nous remarquions toutes les deux la façon dont il nous donnait l'air d'être les sœurs les plus proches du monde. Des filles constituées des mêmes éléments, des mêmes atomes.

61

Toby n'a pas répondu quand je l'ai appelé ce soir-là. Ni tôt le lundi matin. Je me suis dit qu'il avait peut-être décidé de me haïr à cause de ce que je l'avais obligé à faire. J'espérais que ce n'était pas le cas. Mais je pensais que c'était une possibilité.

La vie est redevenue plus normale qu'elle ne l'avait été depuis longtemps. Je ne me rendais plus à New York en cachette. Il n'y avait plus de Bols Volcanos ni de chambres fortes à la cave. Il n'y avait même plus de salle des coffres à la banque. Peut-être que c'était cette normalité le pire. J'avais perdu Toby. Il avait disparu et j'étais la seule à le chercher. Il avait disparu par ma faute.

Lundi après les cours, je suis allée à la bibliothèque. Ben était là pour emprunter des livres pour un travail sur Hiroshima. Il portait juste un jean et un tee-shirt blanc basique. Pas de cape. Il m'a aperçue quand je me dirigeais vers la cabine téléphonique.

– Salut toi ! a-t-il lancé. La fille aux loups.

J'ai mis les mains sur mes hanches et je me suis tournée vers lui.

– Quoi ?

– T'as vu ?

– Vu quoi ? De quoi tu parles ?

– Dans la *Gazette* d'aujourd'hui.

– Non, ai-je répondu avec prudence.

Y avait-il un genre de grand article sur Toby retrouvé dans les bois ?

– Tes loups. Ils existent plus.

– Comment ça ?

– Des chiens sauvages. Toute une meute. Un truc effrayant. Tu connais ce chemin de terre ? Wrisley Road ? Un vieil homme est mort là-bas, il y a un an environ, et tous ses chiens – sept ou huit – sont devenus sauvages.

Je voyais de quelle maison il parlait. En voiture, il fallait prendre Rampatuck Road, un chemin de terre, pour atteindre Wrisley Road, un autre chemin de terre, mais encore plus étroit. Mais à pied, il suffisait de dépasser cette arête après la rivière dans les bois derrière l'école.

– Qu'est-ce qui s'est passé ?

– Des gens se sont plaints que des chiens fouillaient dans leurs poubelles et, quand la fourrière est venue et a vu ce qui se passait, elle les a tués. Tous. T'as de la chance de jamais avoir été attaquée par l'un d'entre eux.

– Mais pourquoi on les a tués ?

– Parce que c'étaient des chiens sauvages. Ouhou ? T'écoutes ce que je te dis ? Des bêtes dangereuses. Sales, malades, féroces… Qu'est-ce que t'aurais voulu qu'on fasse, qu'on leur retrouve une maison en les présentant comme de gentils animaux de compagnie ?

– Pourquoi ne pas juste les avoir laissés tranquilles ?

– Tu peux t'estimer heureuse. C'est tout ce que j'ai à dire.

– Eh bien non. Je m'estime pas heureuse du tout parce qu'il y avait rien à craindre.

Ben a souri et j'ai vu exactement ce à quoi il devait ressembler enfant.

– Est-ce que je peux toujours t'appeler la fille aux loups ?

– Non, ai-je répondu en lui lançant le regard le plus sévère dont j'étais capable.

Puis, avant de pouvoir m'en empêcher, j'ai ajouté :

– Pourquoi est-ce que t'appelles pas Tina Yarwood la fille aux loups ? Je suis sûre que ça lui plairait.

Génial. J'avais l'air à présent d'une parfaite idiote, verte de jalousie. Pour Ben Dellahunt, en plus. Le pire c'est que je n'en avais rien à faire de Ben Dellahunt. Il était plutôt sympa, il avait quelques aspects positifs, mais ça n'allait pas plus loin. Il a eu l'air de ne pas comprendre du tout.

– Pourquoi est-ce que je donnerais un surnom à Tina ?

Je piétinais, voulant à tout prix m'en aller.

– Eh ben, tu sors avec elle, non ?

– Euh… T'es au courant que c'est ma cousine, hein ? Je sais que tu te passionnes pour le Moyen Âge et tout, mais…

– Oh… Non, je savais pas. Mon Dieu. C'est dégoûtant, c'est sûr. Genre vraiment dégueu… Désolée, je…

– O.K., O.K. Tu savais pas. Peu importe. Ça sert à rien de te mortifier.

– Ouais, d'accord. Mais bon, j'insiste. Je savais pas. Je suis pas tentée par ce genre de choses, O.K. ?

Ben a posé ses mains sur mes épaules et m'a regardée droit dans les yeux.

– June, tu crois vraiment que je pense que tu es *tentée* de sortir avec quelqu'un de ta famille ? Vraiment ? Il faut absolument que tu trouves un moyen de te détendre. Écoute, le week-end prochain, une fois qu'on en aura fini avec ce spectacle, tu peux venir chez moi et on lancera les dés pour te trouver un personnage. Ça n'engage à rien. On fera que lancer les dés, voir ce qui se passe. Qu'est-ce que t'en dis ? Je te vois bien en tueuse à gages.

Il a fait un pas en arrière et m'a regardée en penchant la tête et en plissant les yeux. L'espace d'une seconde, il m'a rappelé la façon dont Finn regardait une œuvre d'art et j'ai souri, ce que Ben a sans doute mal interprété parce qu'il a souri en retour.

– Un elfe assassin… avec des pouvoirs magiques. On espère que t'obtiendras un bon lancer de dés et je suis prêt à trafiquer les caractéristiques chiffrées pour que t'aies tes chances. Qu'est-ce que t'en dis ?

Je me suis rendu compte que je tortillais une de mes tresses et je l'ai lâchée. J'ai baissé les yeux, pour ne pas regarder Ben, et j'ai marmonné :

– O.K.

– C'est vrai ?

– Ouais. D'accord. Je le ferai.

C'était agréable de dire oui. D'accepter quelque chose d'aussi ordinaire. D'accepter de passer du temps avec un garçon qui ne pensait pas que je pouvais envisager l'idée de sortir avec quelqu'un de ma famille. Pendant quelques minutes, je suis restée avec Ben et j'ai oublié toutes les choses terribles. Puis il m'a dit au revoir et il est parti, et tout m'est revenu de plus belle.

Je suis allée dans la cabine téléphonique du hall d'entrée et j'ai appelé Toby. Toujours pas de réponse. Puis j'ai réessayé, en composant le numéro avec plus d'attention, me disant que je m'étais peut-être trompée. Mais non, ça a sonné, sonné, et j'ai fini par raccrocher.

Je suis rentrée à la maison en courant et me suis précipitée sur la boîte aux lettres. J'aurais donné n'importe quoi pour y trouver une enveloppe au nom d'associations farfelues de Toby. La Ligue des buveurs de Bols Volcanos, le Fanclub de Miyagi San, l'Union des mains en or. N'importe quoi. Mais il n'y avait rien, à part deux factures et une pub pour *Grand Union.*

Quelques minutes après mon retour, j'étais avec ma mère au téléphone. Elle m'appelait de son travail pour s'assurer que j'étais bien là.

Greta restait tard à l'école ce jour-là à cause d'une représentation de *South Pacific* à dix-neuf heures. Ensuite il y en aurait encore deux autres, mercredi et vendredi. J'étais donc toute seule à la table de la cuisine et j'ai sorti mes devoirs. Des démonstrations de géométrie. J'ai tracé une ligne verticale sur ma feuille pour faire deux colonnes.

J'ai lu l'énoncé du problème. Postulats. Axiomes. Euler. Congruence. Les mots étaient là. Inutiles et figés. J'ai tapoté ma feuille avec mon crayon. Puis, au lieu de trouver deux démonstrations distinctes du théorème de Pythagore, j'ai écrit « Démonstration de l'impossibilité de ne plus jamais voir Toby ». J'ai observé cet intitulé pendant quelques secondes. J'avais envie que ce soit une démonstration facile. Comme celle pour prouver qu'une ligne droite forme toujours un angle à cent quatre-vingts degrés. Mais ce n'était pas comme ça. Je ne trouvais que des contre-arguments.

Et si par exemple, en sortant de chez nous, les policiers avaient directement emmené Toby à l'aéroport et l'avaient poussé dans un avion en partance pour l'Angleterre ? Ou s'il avait fait ses bagages pour partir dans un endroit où personne ne pourrait le retrouver ? Ou si les policiers l'avaient roué de coups et le gardaient dans une cellule sombre sous terre, à l'insu de tous ? Ou si c'était pire ? S'il s'était produit quelque chose que je ne pouvais même pas imaginer ?

– Non, ai-je dit tout haut, avant de chiffonner la feuille dans ma main.

Puis j'ai réessayé son numéro. Ça n'a fait que sonner dans le vide.

62

Je pourrais dresser toute une liste de raisons pour lesquelles j'avais appelé Toby ce soir-là. Des raisons convaincantes. Des raisons qui seraient faciles à croire. J'étais inquiète pour Greta. Cela me semblait être la meilleure option. J'ai paniqué. Et il y en a d'autres. Je pourrais en trouver d'autres en un rien de temps. Mais enfouie sous toutes ces raisons se cache celle qui m'effraie. Celle qui me hante encore la nuit. Celle qui erre encore en costume de loup. Avec des dents pointues et étincelantes.

Celle que je ne veux pas croire, c'est que je l'ai fait exprès. Que j'ai appelé à cause de tous ces dimanches où j'attendais que le téléphone sonne. Tous ces dimanches où Finn devait passer une journée merveilleuse avec Toby. Que j'ai appelé parce que cela avait dû être très embarrassant pour Finn de m'avoir sans arrêt dans les pattes. Que j'ai appelé parce que parfois j'imaginais que je les entendais rire. Se moquer de moi. De toute ma bêtise. Comme c'était drôle que je ne sois pas au courant de leur relation. Comme c'était tordant que j'éprouve des *sentiments* pour mon propre oncle. Le soir, dans mon lit, je pouvais entendre le beau rire de Finn dans mes oreilles. *Hm Hm Hm.* Comme s'il avait avalé le soleil. Que j'ai appelé parce que je l'entendais si distinctement. Et j'en voulais davantage, et je n'en voulais pas du tout. Je ne suis pas quelqu'un de jaloux. C'est ce que je disais auparavant. C'est ce que je croyais.

Mais peut-être que si. Peut-être que je suis la personne la plus jalouse de la terre. Peut-être que j'avais envie que Toby entende les loups qui vivaient dans l'obscure forêt de mon cœur. Et peut-être que c'est ce que ça voulait dire. Dites aux loups que je suis chez moi. Peut-être que c'était ça. Peut-être que Finn avait tout compris, comme d'habitude. Autant leur dire où l'on habite, parce qu'ils nous trouveront de toute façon. Ils nous trouvent toujours.

J'ai commencé à penser que nous n'étions peut-être pas si différentes, ma mère et moi. Dans notre cœur. Et peut-être Toby était-il celui qui en avait le plus pâti. Je dis peut-être, mais en fait j'en suis sûre. Je savais qu'il irait chercher Greta quand je l'ai appelé. Je savais que c'était dangereux et je savais qu'il ferait n'importe quoi pour tenir sa promesse à Finn.

Au début, je croyais à toutes les bonnes raisons pour lesquelles j'avais téléphoné ce samedi soir orageux mais, au fil des jours passés sans Toby, j'ai perdu cette conviction. J'ai commencé à déceler la vérité.

Cette nuit-là, je n'ai pas dormi. Je suis descendue toutes les heures pour essayer de joindre Toby. Chaque fois, le téléphone sonnait dans le vide. Dans la pénombre de la cuisine, je l'imaginais retentir dans l'appartement en désordre de Finn. Triller au milieu des assiettes sales, autour des livres et au-dessus du tapis turc. Chercher sans relâche des oreilles pour l'écouter.

63

– T'as des nouvelles ?

Greta s'est approchée pour s'asseoir à côté de moi à la cafétéria de l'école. C'était la toute première fois et c'était sympathique.

J'ai secoué la tête.

– Il va bien finir par réapparaître. Tiens.

Elle m'a tendu la moitié de son sandwich.

– Non merci.

– Allez, il faut que tu manges.

J'ai de nouveau secoué la tête.

– Je peux rien avaler.

– C'est pas ta faute, June, tu m'entends ? C'est un adulte.

– Mais il est malade.

J'étais sur le point de dire que j'étais censée m'occuper de lui, mais je savais que ça devait rester secret.

– Tout va s'arranger, m'a-t-elle dit en me prenant par les épaules comme les filles le font parfois. Les autres filles, les vraies filles.

Mercredi. Cela faisait quatre jours que je n'avais pas vu Toby. Je me détestais.

J'ai trouvé le numéro du commissariat dans l'annuaire. J'ai demandé à parler à l'officier Gellski et on me l'a passé.

Je lui ai dit que je me demandais, par simple curiosité, s'il pouvait me dire ce qui était arrivé à Tobias Aldshaw après son départ de notre maison samedi soir.

– Vous êtes une amie de Mr Aldshaw ?

Je ne savais pas quoi répondre. Je ne voulais pas risquer d'aggraver la situation de Toby, mais au fond de moi, au plus profond de mon cœur, j'avais envie de crier qu'il était mon ami. J'avais envie de dire à ce policier qu'il était même mon meilleur ami. Que je n'avais pas d'autre meilleur ami au monde que Tobias Aldshaw. Mais je ne l'ai pas fait. Je ne l'ai pas dit.

– Je suis la sœur de Greta Elbus. Mr Aldshaw était un bon ami de mon oncle. Je le connaissais un peu.

D'abord il n'a rien répondu.

– Bon, d'accord. Très bien. Nous voulions le garder jusqu'au matin, mais…

Il a marqué une pause et je sentais qu'il hésitait à poursuivre.

– Eh bien, ta mère nous a parlé de sida et, pour être honnête, tout le monde voulait qu'il s'en aille le plus vite possible.

– Alors vous l'avez laissé partir ?

– Le type brûlait. Une fièvre terrible. Comme je l'ai dit, s'il n'avait pas eu sida, nous l'aurions gardé un moment.

Il n'arrêtait pas de parler de « sida » comme s'il s'agissait d'un animal ou d'un drôle de personnage de dessin animé.

– Donc vous dites que vous l'avez laissé partir ?

– Nous avons appelé les urgences. Une ambulance est venue le chercher.

– Vous savez où on l'a emmené ?

– Je sais pas très bien. Avec sida et tout ça, on l'a peut-être emmené directement à New York.

– Est-ce qu'il y a un moyen de savoir dans quel hôpital ?

– Oui, attends une seconde.

Il parlait fort et je l'ai entendu poser la question à ses collègues et quelqu'un marmonner une réponse.

– Oui, à Bellevue. À New York. Comme je l'ai dit, on a dû l'emmener là-bas directement à cause de sida.

– *Du* sida.

– Oui, c'est ce que j'ai dit.

– C'est *le* sida, pas sida.

– D'accord, petite. Si tu veux.

J'ai appelé l'hôpital. J'ai demandé à parler à Toby en mentionnant son vrai nom, qui me trottait dans la tête depuis samedi, quand je l'avais entendu pour la première fois. Tobias Aldshaw. On aurait dit le nom d'une célébrité, pas celui d'un homme invisible qui n'avait personne au monde à part moi.

L'hôpital m'a dit qu'il n'était pas disponible. Son numéro de chambre était le 2763 et je devrais rappeler plus tard.

– Qu'est-ce que vous entendez par « pas disponible » ? ai-je demandé.

– Aucune idée. C'est juste qu'il ne répond pas quand j'essaie de le joindre, a dit l'infirmière. Peut-être qu'on lui fait passer des examens. Ou qu'il dort. Essayez plus tard.

– Mais il va bien ? N'est-ce pas ? C'est encore un patient…

J'ai entendu l'infirmière brasser des papiers.

– Son nom est toujours sur le registre. Essayez plus tard.

Ma mère avait pris des places pour toutes les représentations de *South Pacific*. Mon père et moi n'y sommes allés qu'une seule fois, mais elle voulait assister au spectacle autant de fois que possible. Elles sont rentrées vers vingt et une heures trente et Greta est allée se doucher et se changer. Mes parents ont regardé la fin des informations de vingt-deux heures et sont montés se coucher. J'avais passé la soirée dans ma chambre et, quand j'ai entendu les ronflements de mon père s'intensifier, je suis descendue sans bruit.

J'ai tiré le téléphone dehors, à l'arrière de la maison, pour me retrouver accroupie sous la fenêtre de la chambre de Greta, et j'ai rappelé l'hôpital, composant directement le numéro de la chambre de Toby. Je m'attendais à ce que ça sonne dans le vide, parce que, après tout ce temps, il semblait difficile à croire que Toby répondrait. Mais il l'a fait.

Au départ, je l'entendais à peine. Il n'avait presque plus de voix. Il s'est raclé la gorge et a réessayé.

– Allô ?

– Toby ?

– June ?

– Oh Toby, je suis si contente…

– June, j'ai tout foutu en l'air, hein ? Je suis vraiment désolé.

– *Toi* tu es désolé ? Je t'ai entraîné dans cette histoire et maintenant… Est-ce que ça va ? Tu es malade ? Qu'est-ce que la police t'a fait ?

– Ça va, a-t-il répondu, mais le son de sa voix le contredisait.

Il avait une respiration sifflante, comme s'il faisait tout son possible pour ne pas tousser.

– Et vous ? Greta et toi ?

– Tout va bien. Ne t'inquiète pas pour nous.

J'enroulais et déroulais le fil du téléphone autour de mon doigt.

– Tant mieux.

Puis nous nous sommes tus tous les deux et je me suis dit que c'était dur de parler à Toby, d'une façon que je n'avais encore jamais ressentie.

– Quand est-ce que tu seras de retour chez toi ?

Il a toussé et c'était horrible. Une toux profonde, caverneuse. J'écoutais tandis qu'il luttait pour retrouver une respiration normale.

– June, tu sais, je vais peut-être pas rentrer…

– Bien sûr que si, ai-je lancé, mais je commençais vraiment à avoir peur. Je suis dans le pétrin en ce moment, mais je vais trouver une solution. Je viendrai te voir dès que je pourrai, d'accord ?

– June, je suis sérieux. Je vais peut-être…

– Et pourquoi ça ? Pense à ta guitare et à tes puces, tes petites camarades, et…

– June…

– Non, Toby. Non. Parce qu'il faut encore que je t'emmène aux Cloisters et ensuite, quand tu te sentiras mieux, je te présenterai Greta. Il le faut. T'as pas le choix.

– June…

La voix de Toby s'est étiolée et il s'est remis à tousser. J'avais l'impression qu'il crachait ses poumons et j'ai entendu qu'une infirmière s'adressait à lui.

Je voulais lui raconter tout ce qui s'était passé ces derniers jours. Je voulais trouver d'autres façons de lui dire que j'étais désolée. Et je voulais nous convaincre tous les deux qu'il retournerait chez lui. Mais là, assise dehors, je ne disais rien. La lune était mince et il n'y avait pas de vent du tout. Je regardais le jardin, essayant de prédire quand la prochaine luciole s'illuminerait.

J'ai senti les larmes me monter aux yeux.

– Toby ?

Mais il continuait de tousser et tousser jusqu'à ce que je ne supporte plus de l'entendre.

– Toby, écoute, j'arrive. Dès que je peux, d'accord ? Tiens bon. Je t'en prie, attends-moi.

– Non, June. Ça va aller. Je fais juste l'imbécile. N'aggrave pas ton cas.

– Attends-moi, d'accord ? S'il te plaît ?

Quand j'ai levé les yeux, j'ai aperçu Greta qui m'observait de sa fenêtre ouverte. Nous nous sommes regardées quelques secondes. Je ne savais pas ce qu'elle pensait.

– Tu veux venir avec moi ? lui ai-je murmuré.

Elle a fermé sa fenêtre et soufflé sur le carreau. Avec son doigt, elle a tracé « oui » dans la buée. Sans même y réfléchir, elle l'avait écrit à l'envers, en miroir, et c'était donc parfait pour moi.

Cette nuit-là, c'est Greta qui a conduit. Nous avons attendu minuit, pour être sûres que nos parents dorment à poings fermés. Je n'étais pas inquiète de m'attirer d'autres ennuis. La situation ne pouvait pas être pire de toute façon. Et Toby n'avait personne. Dans son monde, il n'avait que moi, June Elbus, et j'allais tout arranger. J'allais réparer tout le tort que je lui avais causé.

La nuit était chaude et claire. Greta s'est installée au volant de la voiture de notre père, est sortie de la cour et, à l'image de tout ce qu'elle faisait, comme toujours, elle a conduit comme si c'était pour elle la chose la plus naturelle du monde, alors même qu'elle venait tout juste d'avoir son permis. Nous avons traversé le parking désert de *Saw Mill* et Greta a mis la cassette de Simon et Garfunkel de mes parents. J'ai sorti deux cigarettes de mon sac. J'ai enclenché l'allume-cigare de la voiture et j'ai attendu.

– Qu'est-ce que tu vas faire une fois là-bas ? a demandé Greta.

– J'en sais rien.

– Tout ira bien.

J'ai essayé de la croire. J'ai essayé de croire que j'avais le pouvoir d'écrire la fin de l'histoire comme je le souhaitais. J'ai approché l'extrémité de chaque cigarette de l'allume-cigare, puis j'ai pris une bouffée de chaque pour les allumer.

– Tiens, ai-je dit en en passant une à Greta.

– Tu sais, ça m'a surprise que tu fumes.

– Je m'y suis mise, c'est tout, ai-je répondu en souriant jusqu'aux oreilles, et je me suis rendu compte que Toby brillait si fort à travers moi que, l'espace d'un instant, j'avais moi-même presque disparu.

64

Jusque-là, chaque fois que j'étais allée à New York le soir, ça avait été avec Finn. Un jour, il m'avait emmenée assister à une représentation spéciale de *La vie est belle* au Radio City Music Hall. Une autre fois, nous étions allés écouter *La Bohème* au Lincoln Center. Et une autre fois encore, il n'y a pas si longtemps, nous l'avions rejoint en famille pour l'anniversaire de ma mère et il nous avait emmenés dans un restaurant italien pour un repas gargantuesque. New York le soir était censé aller de pair avec Finn. Alors je me disais qu'il serait peut-être là quelque part. Pas physiquement, mais je pensais qu'il faisait tellement partie intégrante de New York que je sentirais sa présence. Mais je n'ai pas eu cette impression. Il n'y avait que Greta et moi sur le trottoir, devant l'immeuble de Finn, moi cherchant dans ma poche la clé attachée au ruban rouge.

Nous avions décidé de nous arrêter d'abord à l'appartement de Finn. Je voulais apporter à Toby des vêtements de rechange. De plus, nous n'avions aucune idée de l'endroit où se trouvait l'hôpital Bellevue.

Je pensais que l'appartement serait dans un état terrible. Pire que la dernière fois. Je me préparais à l'expliquer à Greta de quelque façon, à trouver des excuses à Toby, mais quand j'ai poussé la porte d'entrée, l'endroit était plus en ordre que je ne l'avais jamais vu. Chaque chose à sa place. Pas de vêtements sur les chaises. Pas de soucoupes remplies de sachets de thé et de mégots de cigarette. Même l'odeur de renfermé avait disparu. Les grandes fenêtres étaient entrouvertes, laissant pénétrer une légère brise qui avait dû suffire à tout aérer. J'ai essayé de ne pas montrer mon étonnement.

– C'est bizarre, a dit Greta. D'être là, comme ça.

– Ouais, ai-je répondu, en me disant qu'elle aurait trouvé cela encore plus bizarre si elle avait vu le foutoir quelques semaines plus tôt.

J'ai pris un sac en plastique dans la cuisine et me suis dirigée vers la chambre pour récupérer quelques vêtements. La porte était fermée, comme autrefois, et je l'ai poussée délicatement. Greta m'a suivie.

– Voilà donc la chambre privée, a-t-elle lancé.

Le lit était fait et les paquets de cigarettes avaient disparu de la table de nuit de Toby. Greta s'apprêtait à ouvrir le placard, mais j'ai posé ma main sur la sienne.

– Il vaut mieux pas, d'accord ?

Greta a cherché Bellevue dans l'annuaire et il se trouve que l'hôpital était assez loin en centre-ville, près du fleuve dans l'East Side.

– On devrait y aller, ai-je dit.

Je me tenais près de la porte et j'ai balayé le salon des yeux. Je frissonnais parce qu'il était tard et que j'étais fatiguée, mais aussi parce que j'avais soudain le sentiment que je ne reverrais peut-être plus jamais cet endroit. Mais je ne devais pas y penser, ce n'était pas le moment. Greta furetait partout, observant chaque petite chose. Comme un détective à la recherche d'indices.

– Allons-y, lui ai-je dit.

Nous avons pris l'ascenseur puis nous sommes remontées dans la voiture. Nous avons descendu toute la West End Avenue, dépassé le croisement avec la 11e Avenue, jusqu'à la 23e Rue. À cette heure tardive, West End était tranquille. C'en était presque angoissant. Et dans la berline de mon père qui roulait sans à-coups, j'avais l'impression que nous flottions légèrement au-dessus de la ville.

Le temps que nous arrivions à Bellevue, il était presque deux heures du matin. Greta s'est garée dans une petite rue adjacente.

– Rentre à la maison, lui ai-je dit.

– Tu peux pas y aller toute seule.

– T'as une représentation demain. Et en plus il faut que tu dises à papa et maman où je suis. Ils vont devenir fous s'ils ne nous trouvent ni l'une ni l'autre en se levant.

Elle a pris quelques secondes pour réfléchir à la meilleure solution.

– Je veux d'abord m'assurer que t'arrives à monter là-haut. Ensuite je rentrerai. Ça te va ?

J'ai acquiescé.

J'étais sur le point de m'engouffrer à travers les grandes portes coulissantes automatiques, mais Greta m'a arrêtée dans mon élan.

– Écoute, les hôpitaux ne laissent pas entrer n'importe qui comme ça à toute heure du jour et de la nuit. Attends une seconde.

Greta m'a éloignée des portes pour m'attirer sur le côté. Elle a posé ses mains sur mes épaules et m'a considérée. Et cela m'a fait du bien. Au milieu de cette terrible nuit, rien ne valait la sensation des mains de Greta sur mes épaules. C'était si agréable de l'écouter me donner des conseils pour réussir mon expédition. Je sentais mes yeux se remplir de larmes, mes jambes se transformer en coton. Greta m'a pressé les épaules.

– Ça suffit.

J'ai hoché la tête puis séché mes larmes du revers de ma manche.

– Tout va bien se passer. On va te demander qui tu es. Si t'es une parente.

Greta me regardait toujours dans les yeux. Puis elle m'a un peu arrangé les cheveux et m'a encore fixée.

– Bon. Voilà ce que tu dois faire. Dis que t'es sa sœur. Que tu viens d'arriver d'Angleterre. Qu'il t'a appelée pour te dire qu'il ne se sentait pas bien du tout. Il a personne d'autre que toi et tu sais pas combien de temps il lui reste. D'accord ? Prends un accent. Pas un accent débile. Essaye d'imiter Toby ou un truc du genre.

J'ai pensé à la façon dont Toby parlait. Pas avec l'accent anglais classique, mais en mangeant ses consonnes finales.

– Et toi ? ai-je demandé.

– Je vais garder un œil sur toi. M'assurer qu'on te laisse monter. Ensuite je rentrerai à la maison.

– Papa et maman vont te trucider. Qu'est-ce que tu vas leur dire ?

– Je rentrerai discrètement, et si t'es pas de retour avant leur réveil, je trouverai bien quelque chose. C'est à moi de m'inquiéter pour ça. Toi, occupe-toi juste de monter, O.K. ?

J'ai hoché la tête.

– N'oublie pas, l'astuce c'est d'entrer comme si c'était tout à fait normal. Comme si personne n'avait à te dire quoi que ce soit. Compris ?

J'ai acquiescé et laissé ces grandes portes blanches s'ouvrir devant moi.

Bellevue ne semblait pas être le genre d'hôpital qu'on choisirait si on avait d'autres options. Une partie du hall d'entrée était en travaux et certaines zones étaient barrées avec des pancartes qui disaient : « Excusez notre état actuel… » Mais c'était impossible. La majorité des chaises en plastique orange étaient cassées et, dans un coin, il y avait un seau sous une tache qui s'était formée au marron du plafond. Des gens dormaient affalés sur les chaises. Une mère portait un bébé enveloppé dans une couverture qui avait dû être rose autrefois. Un type semblait avoir reçu une balle dans le bras. Il grimaçait de douleur en appuyant sur le haut de son bras une serviette de plage aux motifs colorés. Un épisode de *Columbo* passait sur une télévision fixée à une étagère près du plafond, mais sans le son.

Bellevue semblait être le genre d'endroit où le personnel se moquait de savoir qui venait rendre visite à qui et à quel moment. J'avais l'impression que tout pouvait passer inaperçu. Mais le bâtiment était gigantesque. Trop grand pour trouver Toby par moi-même. Alors j'ai traversé le hall d'entrée pour aller me renseigner à l'accueil.

Tout s'est passé comme l'avait prédit Greta. La réceptionniste a essayé de me renvoyer, mais j'ai fait tout ce que m'avait dit ma sœur et ça a marché. J'ai pris le couloir en direction de l'ascenseur et j'ai jeté un regard en arrière dans le hall. Greta était là, les jambes croisées, assise à côté d'une dame qui avait l'air enceinte d'au moins treize mois. Greta faisait mine de lire un magazine et, en plissant les yeux, j'ai vu que c'était le numéro du *Newsweek* où nous apparaissions. J'ai commencé à rire avant de mettre une main devant ma bouche pour étouffer le bruit. Greta a abaissé le magazine, m'a fixée une seconde et a souri. Tandis que la porte de l'ascenseur se refermait, elle s'est levée et m'a fait un signe de la main. C'est un de mes souvenirs marquants parce que quelque chose dans ce geste solennel de Greta m'a fait comprendre qu'il s'agissait de bien plus que cela. Que tandis que la porte de l'ascenseur éclipsait le regard que nous échangions, nous disions au revoir aux filles que nous avions été. Des filles qui jouaient aux sirènes invisibles ou qui pouvaient courir le long de couloirs obscurs en prétendant sauver le monde.

Toby était dans une aile au huitième étage. J'avais l'impression que c'était l'endroit où l'on mettait tous les sidéens. Je savais que c'était mal élevé, mais il m'était impossible de ne pas lorgner dans chacune des chambres sur mon passage. Tous les lits étaient occupés par des hommes. La plupart étaient seuls, mais un ou deux avaient de la compagnie. De la musique de violon douce et légère s'échappait de l'une des chambres et, quand j'y ai jeté un œil, j'ai vu un homme qui me fixait. Il a alors essayé de détourner la tête, puis s'est découragé et a préféré simplement fermer les yeux.

J'ai passé la tête dans la chambre de Toby et l'ai aperçu sur son lit. La pièce était sombre. La seule lueur provenait d'une petite lumière fluorescente au-dessus du lavabo. Son visage était gris et ses cheveux ressemblaient plus que jamais à des plumes. Il portait un masque à oxygène, ce à quoi je ne m'attendais pas.

Il avait les yeux ouverts et, en me voyant, il a retiré le masque de son visage pour me faire un grand sourire. Le même sourire béat qu'il m'avait adressé à la gare, la première fois que nous nous étions rencontrés. Comme s'il n'en revenait pas que je sois là. Mais cette fois-ci, cela lui demandait un effort. Il n'a réussi à le garder que deux ou trois secondes. J'ai fait quelques pas vers Toby, sans le quitter des yeux, et j'ai craqué. Mes yeux ont commencé à se remplir de larmes et j'ai porté ma main à ma bouche.

– Dehors. Recommence, a dit Toby d'une voix plus rauque que jamais, les yeux tournés vers la porte.

J'ai hoché la tête et suis sortie en vitesse. J'avais mal au cœur. Dans le couloir, je me suis adossée contre le mur et penchée en avant. J'ai tenté de calmer ma respiration. *O.K., O.K., O.K.*, me suis-je dit. J'ai pris une profonde inspiration en essayant de ne pas penser que tout était de ma faute. Je devais arrêter d'y penser, sans quoi je n'arriverais jamais à remettre un pied dans la chambre. J'ai encore respiré calmement cinq ou six fois, puis je suis entrée.

À présent, Toby tournait le dos à la porte. Peut-être qu'il voulait me donner la possibilité de m'habituer à la pièce. Ou alors il ne pouvait tout simplement plus supporter ma présence.

Debout, je regardais sa couverture bouger au rythme de sa respiration sifflante. Je me suis approchée du lit, tout doucement, et je me suis penchée pour coller mon oreille contre son dos.

– Tu es venue, a-t-il dit dans le silence.

– Je t'ai apporté quelques vêtements, lui ai-je annoncé en soulevant le sac, même s'il regardait dans l'autre direction. Pour quand il sera temps de rentrer à la maison.

Toby a tourné la tête et m'a souri, mais il avait les lèvres si sèches que j'avais mal pour lui. Il s'est mis à tousser et je lui ai versé de l'eau dans un verre.

– Chhhut. Ça va aller.

– Dis, tu peux m'aider un peu à me redresser, s'il te plaît ?

Dans un premier temps, j'étais gênée car je ne savais pas comment faire. Puis j'ai passé les bras sous son corps pour relever son buste. Je m'attendais à avoir du mal, mais il ne restait absolument rien de Toby. J'étais si choquée par sa légèreté que j'ai dû faire de gros efforts pour ne pas sursauter. J'avais l'impression que j'aurais pu le soulever hors du lit sans difficulté.

J'ai fait gonfler ses oreillers et les ai calés derrière son dos pour le maintenir en position assise.

– C'est mieux ?

– C'est parfait.

J'ai approché la chaise aussi près du lit que possible et me suis enveloppée dans une couverture inutilisée.

– L'appartement est tout propre.

– Pourquoi, June, ça t'étonne ?

Il avait pris une voix de ménagère vexée, mais c'était un murmure si rauque qu'on avait l'impression que la ménagère vexée fumait ses cinq paquets de cigarettes par jour. Ça m'a fait rire.

– Il est bien comme ça. Comme quand Finn y habitait.

Toby a souri. Puis son sourire a disparu. Il a bu une autre gorgée d'eau, mais rien que cela l'a fait tousser. Au bout d'un moment, la toux s'est transformée en une sorte d'aboiement fragile. Il se tenait les côtes, la bouche plissée par la douleur, et il m'a regardée, ses yeux sombres plus grands et plus profonds que jamais. Son visage n'était plus que deux yeux qui me fixaient intensément. Comme si le temps avait ralenti pour lui. Il a fini par tendre la main pour prendre la mienne, et m'a caressé la paume de son pouce.

– C'est pas ta faute, tu sais. Tu le sais, hein ? Tout ça serait arrivé de toute façon. Peut-être dans un mois. Ou deux.

J'ai baissé les yeux. J'ai regardé les longs doigts de Toby dans ma main. Les carreaux de linoléum sur le sol.

– Comment tu peux dire que c'est pas ma faute ? ai-je demandé dans un murmure. Comment tu peux encore être aussi gentil avec moi alors que… alors que je suis pas quelqu'un de bien. Tu le vois pas ?

– Oh, June.

– J'essaye à tout prix de trouver une façon de me faire pardonner…

– Chhh, a-t-il murmuré en me prenant l'autre main. Chhh.

Il s'était remis à tousser et je ne savais pas quoi faire. Il a montré une étagère de l'autre côté de la pièce. J'ai aperçu un demi-paquet de pastilles au caramel. J'en ai sorti une avec mon ongle et l'ai mise dans la bouche de Toby. Mes doigts ont frôlé ses lèvres qui étaient si sèches et râpeuses que j'ai failli retirer ma main. Sa toux a fini par se calmer et il m'a regardée en riant doucement.

– Tu sais que, pendant tout ce temps, j'attendais l'occasion de pouvoir faire quelque chose de formidable pour toi ? Mais elle ne s'est jamais présentée. Et ensuite, quand enfin tu me demandes quelque chose, je peux pas le faire. J'avais jamais imaginé que tu me demanderais de t'emmener en Angleterre.

– Non, c'est *moi* qui t'aurais emmené. *Je* voulais t'emmener avec moi…

– Ça revient au même, non ?

– Non, pas du tout.

– Mais je savais que je pourrais pas te ramener. Même si on parvenait à contourner toutes les autres raisons pour lesquelles on ne pouvait pas y aller, je savais que je pourrais pas revenir aux États-Unis. Mon visa est périmé depuis au moins dix ans. Et puis j'ai un casier judiciaire. Ils ne sont pas très compréhensifs au service de l'immigration. C'était impossible, tu comprends ? Je pouvais pas te laisser rentrer toute seule. Finn n'aurait pas voulu ça. Moi non plus. Si la situation était différente…

– Pourquoi est-ce que tu m'as pas dit ça tout simplement ?

– Dire quoi ? Dire : « Je suis profondément désolé de te décevoir, mais j'ai estropié un homme à vie et il se trouve que je suis aussi un immigré clandestin, alors quitter le pays ne serait pas une super idée pour moi en ce moment. » Qu'est-ce que t'aurais pensé ? Je t'aurais peut-être jamais revue.

J'ai réfléchi à ce qu'il était en train de dire.

– C'était donc juste ça ? Tenir ta promesse à Finn ? Tous ces moments passés ensemble ?

Il a secoué la tête si doucement que c'en était presque imperceptible.

– C'est ce que tu penses vraiment ?

J'ai détourné les yeux.

– Parfois.

– Tu ne comprends pas ? C'est comme si on s'était connus toutes ces années. Sans même se voir. C'est comme si on avait entretenu une relation fantôme. Toi qui jouais par terre avec mes plectres, moi qui achetais des cookies noirs et blancs chaque fois que je savais que tu viendrais. Tu savais pas que c'était moi, mais si.

C'était la vérité. Il y avait toujours de délicieux cookies noirs et blancs d'une pâtisserie de la 76e Rue quand nous allions chez Finn. Dans une boîte blanche fermée par une ficelle en coton rouge et blanc.

– Tu te souviens quand parfois Finn réparait des choses pour toi ? Cette petite horloge mécanique, et cette boîte à musique. Cette petite boîte à musique en forme de cupcake qui jouait « Joyeux anniversaire » quand on l'ouvrait. Il manquait des dents, certaines des minuscules dents métalliques.

– C'était toi ?

Toby a hoché la tête et levé la main.

– Les doigts magiques.

– Pourquoi tu me dis ça maintenant ? Pourquoi est-ce que tu as attendu tout ce temps pour me mettre au courant ?

Il a détourné le regard.

– Peut-être parce que je veux pas quitter le monde invisible. Peut-être que j'ai besoin qu'une personne au moins se souvienne de quelque chose que j'ai fait. Et puis…

– Et puis quoi ?

Toby a fermé les yeux et inspiré profondément. Je me suis dit qu'il allait peut-être s'endormir, mais il m'a pris la main et m'a fixée.

– Finn était notre premier amour à tous les deux, June.

Les mots étaient suspendus dans l'air et je me suis sentie rougir. J'ai tourné la tête pour que Toby ne voie pas mon visage.

– Toi et moi, nous sommes liés. Tu vois ?

Il a fait une pause, attendant une réaction de ma part.

Je n'arrivais pas à le regarder.

– Je ferais mieux d'y aller…

– Non, June. T'as pas à t'en faire.

Cette fois je me suis tournée vers lui.

– Finn était mon oncle.

– Je sais bien, a-t-il répondu en me scrutant comme s'il était vraiment désolé pour moi.

– Un oncle peut pas être ton premier amour.

Toby a doucement hoché la tête, les yeux clos.

– Personne ne peut contrôler ce qu'il ressent, June.

– Je...

– Il était si beau, si patient, si intelligent et si talentueux. Et pour toi, il était peut-être deux personnes à la fois. Tu comprends ? Qui pourrait résister en nous voyant tous les deux rassemblés en une personne merveilleuse, hein ?

Il a souri. Sa voix devenait de plus en plus rauque, mais ça ne l'a pas empêché de poursuivre.

– Je l'ai mis en garde, tu sais. Je lui ai dit qu'il allait te faire tomber amoureuse de lui, et il ne me croyait pas. Il n'a jamais compris qu'il possédait ce genre de pouvoir. Et j'étais tout à fait comme toi. À me remettre en question sans arrêt. À toujours me demander ce qu'il faisait avec moi. June, je pense que si tu le dis, si tu arrives à sortir ça, tu te sentiras libérée. C'était mon premier amour à moi aussi, June.

J'allais lui dire que ce n'était pas vrai. Que Finn n'était que mon oncle. Qu'un oncle ne peut pas être ton premier amour. Mais soudain ce poids m'a paru trop lourd à porter. Soudain je ne comprenais pas pourquoi je l'avais transporté avec moi pendant si longtemps.

– D'accord, ai-je dit avec précipitation. C'est vrai, j'étais amoureuse de Finn. Voilà. J'avoue. D'accord ?

Je n'arrivais pas à regarder Toby dans les yeux, mais je l'ai senti qui m'attirait à lui. Sa main sur mon bras.

– Tu te sens mieux, hein ?

J'ai acquiescé. Il avait raison.

Nous sommes restés comme ça un moment. Moi juchée sur le bord du lit de Toby, caressant son bras maigre, lui me tenant la main. Comme un très vieux couple. C'est l'impression que j'avais. Que nous nous connaissions depuis toujours. Que nous pouvions parler de tout ou simplement rester sans rien dire.

– Allez, ai-je lancé tout à coup.

– Qu'est-ce qu'il y a ?

– Allons-y. Je vais te ramener à la maison. Chez moi. Tu peux pas rester ici.

Je ne savais pas que ce serait mon plan avant de le dire mais, en prononçant ces mots, je savais que j'avais raison. Je savais que c'était la meilleure option. Je me suis dégagée de la couverture et suis allée fermer la porte de la chambre. J'ai déversé le sac de vêtements sur la chaise.

– June, je peux pas aller chez toi. Tes parents… ta mère.

– Chhhut. On peut faire ce qu'on veut. C'est ce que tu disais, non ?

J'ai fait un grand sourire à Toby. Puis j'ai avancé mon bras pour l'aider à descendre. Il a grimacé de douleur en balançant ses jambes hors du lit.

– Je commence à penser que j'aurais jamais dû dire une chose pareille. Je commence à penser que c'était peut-être un peu exagéré…

J'ai ri.

– Tiens.

Je lui ai tendu une chemise noire et orange à carreaux que je ne l'avais jamais vu porter. Quand je choisis des vêtements pour quelqu'un d'autre, j'ai toujours envie de prendre les choses que je n'ai encore jamais vues portées par la personne en question. Comme si d'une certaine manière elle m'avait caché une part d'elle-même jusqu'alors et que, soudain, j'avais l'occasion de découvrir de quoi il s'agissait. Toby a pris la chemise et m'a regardée d'un air dubitatif.

– Qu'est-ce que c'est que ce truc ?

– Je t'ai jamais vu avec.

Toby m'a jeté un regard qui semblait dire que ce n'était pas sans raison, mais ensuite il l'a enfilée par la tête. Je lui avais apporté un jean classique, et il a semblé soulagé. J'ai regardé ailleurs tandis qu'il quittait sa chemise de nuit d'hôpital. Quand je me suis retournée, il s'était changé, mais il était plié en deux, comme si le seul fait de changer de vêtements l'avait éreinté. Je me suis assise à côté de lui sur le lit et j'ai penché la tête pour coller mon oreille contre sa poitrine. J'entendais tant de grincements et de sifflements que je me demandais comment il parvenait à respirer. Puis je me suis souvenue de la bouteille à oxygène et j'ai tendu le bras pour attraper le masque et le passer à Toby.

Il a hoché la tête et l'a placé sur sa bouche et son nez. Un air de soulagement a éclairé son visage.

J'ai suivi le tube du masque, espérant qu'il mènerait à une sorte de petite bouteille que je pourrais prendre, mais au lieu de ça, le tube était relié à un tuyau, puis au mur, et semblait être rattaché au bâtiment lui-même.

– On va pas pouvoir emporter ça, ai-je déclaré. En fait, mon idée est peut-être pas si bonne que ça.

Toby a écarté le masque de son visage et secoué la tête.

– Non, ça ira. Dehors on sera à l'air libre.

– T'es sûr ?

Il a hoché la tête, mais dans mon cœur je savais qu'il faisait un choix. Je savais ce que cela signifiait.

– Toby ?

– Mmmm.

– Quand… Quand tu dis que Finn était ton premier amour, tu veux pas dire que c'était ton *tout* premier amour, si ?

J'ai détourné les yeux, gênée de poser une telle question. Mais j'avais besoin de savoir.

Il a gardé le silence un long moment. J'écoutais sa respiration sifflante en me disant que j'avais sans doute eu tort de le lui demander. Que peut-être, parfois, la vie privée devait le rester. J'étais sur le point de lui dire de laisser tomber, mais il a alors pris ma main dans la sienne et s'est mis à parler d'une toute petite voix.

– Finn l'a jamais su. Ça reste entre nous, d'accord ? Ça n'a pas d'importance. C'est la faute de personne.

J'ai senti ses doigts serrer ma paume, comme s'il m'enfonçait ce secret dans la main. Soudain, toutes les odeurs de cette chambre, l'alcool dénaturé, le désinfectant, la gelée à la framboise, sont devenues plus fortes et plus agressives. Comme si elles essayaient d'effacer cette révélation qui changeait tout et, en même temps, ne changeait rien. Toby avait fermé les yeux, mais les miens étaient grands ouverts et je ne pouvais pas cesser de le fixer. *Voilà à quoi ressemble l'amour*, ai-je pensé. Je lui ai serré la main à mon tour.

– Je dirai rien. Promis.

Les yeux toujours clos, il a souri.

– Je sais.

Je ne m'étais pas trompée sur Bellevue. C'était le genre d'endroit où l'on pouvait entrer et sortir sans que personne ne remarque rien. J'ai pris une couverture sur le lit, un fauteuil roulant à côté de la salle des transmissions, et j'ai poussé Toby jusque dans l'ascenseur. Quelques infirmières nous ont lancé un coup d'œil, mais elles semblaient toutes trop occupées pour se soucier de nous. J'ai laissé Toby dans le hall d'entrée le temps de sortir trouver un taxi. Cela n'a pas pris longtemps. J'ai dit au chauffeur d'attendre une minute et je suis vite retournée chercher Toby à l'intérieur.

Quand nous sommes arrivés près de la voiture, le chauffeur nous a regardés d'un drôle d'air et j'ai bien vu qu'il se demandait quelle était notre relation. J'ai repensé à *Playland*, à cette femme qui s'imaginait que nous étions une sorte de couple bizarre. Je savais qu'il était impossible de tirer une telle conclusion dans l'état actuel des choses. Absolument impossible. Et peut-être que c'était un peu de la malice de Toby qui déteignait sur moi, ou peut-être que je voulais simplement tester les mots sur mes lèvres, voir si ma bouche était capable de porter des mots si grands et puissants, toujours est-il que j'ai regardé le chauffeur de taxi droit dans les yeux et que j'ai lancé, en me penchant vers lui :

– Excusez-moi, mais est-ce que vous pourriez aider mon petit ami à monter dans la voiture ?

Toby a éclaté de rire, pour la première fois de la soirée. Il a détourné la tête, essayant de ne pas me trahir. Le chauffeur avait la bouche grande ouverte, tels les imbéciles dans les dessins animés, mais je continuais de le fixer, comme si je ne voyais pas où était le problème. J'ai laissé les mots « petit ami » flotter dans son esprit, jusqu'à ce qu'il finisse par faire un petit geste de la main d'un air de dire « Peu importe » ou « Ça n'arrive qu'à New York » ou encore « Chacun ses goûts ». Le genre de choses qu'on dit face à une situation dont on sait qu'on ne la comprendra jamais. Puis il a attrapé Toby par le bras et l'a fait glisser sur la banquette arrière.

– Vous allez où ? a demandé le chauffeur.

Je lui ai donné mon adresse. Pas l'appartement, mais mon adresse à moi.

– Mais... a commencé Toby.

– Tout va bien se passer.

– Vous avez assez d'argent pour aller jusqu'à Westchester ? Je vais devoir vous demander un acompte.

J'ai fouillé dans ma poche et en ai sorti une liasse de billets, ceux que m'avait donnés Toby il y a tout ce temps.

– Tenez, ai-je dit en lui tendant deux billets de cinquante dollars.

– Bon, ça va. Je vous pose pas de questions.

Il s'est écarté du trottoir et nous a regardés par-dessus son épaule.

– Ça vous dérange si je mets un peu de musique ?

Toby a souri.

– Pas du tout, a-t-il répondu d'une voix à peine audible.

Le chauffeur a tripoté les boutons de sa radio et, au bout de quelques secondes, il est tombé sur la station NYU où quelqu'un annonçait « … et maintenant place à Frankie Yankovic et sa "Tick Tock Polka" » et le taxi s'est rempli de la voix de Frankie, du son de son accordéon et de cette polka imbécile. Toby et moi, nous nous sommes regardés et avons explosé de rire, à tel point que j'ai commencé à avoir un point de côté.

Et c'est là que je me suis résolue à partager une de mes anecdotes avec Finn. Ce n'était qu'une petite histoire, comme toutes mes anecdotes. Je lui ai raconté le jour où Greta avait apporté du gui dans l'appartement de Finn. Je lui ai chuchoté l'histoire à l'oreille. Je lui ai décrit le temps qu'il faisait ce jour-là. La façon dont Finn était habillé. Comment il allait. Je n'étais même pas certaine que Toby m'entende, mais je lui ai parlé du *Requiem* que nous écoutions. Je lui ai dit que le portrait était presque terminé. Que j'étais terrifiée. Idiote. Et que, finalement, tout ça n'avait pas d'importance parce que

Finn avait tout deviné. Il avait compris ce que je ressentais et il avait fait exactement ce qu'il fallait. Comme toujours.

Toby avait posé la tête sur mon épaule et j'ai senti qu'il acquiesçait légèrement. Il ne toussait plus beaucoup, mais sa respiration était devenue épaisse et gargouillante. Comme s'il respirait de l'eau et non de l'air.

J'aurais pu passer des heures et des heures dans ce taxi. Peut-être même des semaines, des mois. Voire le reste de ma vie. Nous sommes sortis de New York, remontant toute la Première Avenue et traversant le Willis Avenue Bridge, passant devant le terrain de base-ball du Yankee Stadium, puis nous éloignant des rues très éclairées et nous enfonçant dans l'obscurité de l'autoroute. Fenêtres ouvertes. L'air frais de la nuit s'engouffrant dans la voiture et la radio bourdonnant de polkas sur des horloges, de la bière, des roses jaunes et des yeux bleus qui pleurent. Toby somnolait sur mon épaule et j'avais la main posée sur sa tête. Nous étions tous les deux enveloppés dans la couverture en laine rêche et j'avais l'impression que nous avions ri encore et encore, pleuré aussi, jusqu'à ce qu'il ne reste rien d'autre qu'une sorte de quiétude. La meilleure tranquillité qui soit. Voilà comment je me rappelle cette nuit-là. Voilà comment je souhaite me la rappeler ma vie entière.

65

Toby avait raison. Finn avait été mon premier amour. Mais Toby, lui, était mon deuxième. Et la tristesse de cette réalité coulait comme un ruisseau froid tout le long de ma vie. Ma signature se stabiliserait sans doute et les saisons des impôts se succéderaient. Je finirais par reléguer mes bottes médiévales au fond de mon armoire et commencerais à porter des jeans et des baskets, comme tout le monde. Je gagnerais peut-être un ou deux centimètres, ou peut-être pas. Je deviendrais peut-être la Reine des loups des contrées éloignées, ou demeurerais peut-être June Elbus, reine des cœurs jaloux. Je passerais peut-être des années de solitude à attendre la venue de quelqu'un de bien, ne serait-ce qu'à moitié aussi formidable que Finn ou Toby. Même juste un quart. Ou peut-être pas. Je savais peut-être déjà que c'était inutile. J'étais peut-être condamnée à ne tomber amoureuse que de personnes défendues. Il y avait peut-être tout un assortiment de personnes avec qui je ne pourrais jamais sortir qui attendaient que je les trouve. Qui attendaient le moment où elles me feraient ressentir cette même impossibilité, encore et encore.

Mais bon, je suppose que c'est tout ce que je mérite. Ou plutôt non. Ce serait trop gentil. Je mérite bien pire.

Toby s'est couché sur le canapé du salon. Greta et moi, ainsi que notre version en peinture, avons veillé sur lui toute la nuit. Il a dormi recouvert de toutes les couettes et couvertures de nos lits respectifs, des couettes imprimées d'arcs-en-ciel, de ballons et de Charlotte aux fraises coiffée de son grand chapeau. Nous ne l'avons pas quitté des yeux.

Greta m'avait attendue. Elle n'a rien dit en voyant Toby, elle a juste hoché la tête avec grâce pour me signifier qu'elle comprenait. Nous sommes restées silencieuses la plupart du temps, mais parfois Greta chantait des bribes de ce qui lui passait par la tête et, chaque fois, un petit sourire apparaissait au coin des lèvres de Toby. Alors elle continuait. Des chansons de *South Pacific*, de James Taylor ou de Simon et Garfunkel. Nous prenions garde à ne pas trop élever la voix et, à part le chant léger de Greta, nous ne parlions presque pas. Assise sur un fauteuil près du canapé, j'avais posé la main sur le front fiévreux de Toby. Comme il l'avait sans doute fait pour Finn.

Puis le monde s'est peu à peu réveillé. Au premier rayon de soleil, Greta a tiré les rideaux en s'assurant qu'il ne puisse pas y avoir la moindre fuite de lumière. Mais même dans l'obscurité, le jour pointait. Les portières de voitures claquaient, les pneus crissaient sur le gravier des cours, le radio-réveil de mes parents transmettait la voix grave du présentateur de 1010 WINS : l'info en continu. Nous avons entendu la porte de la salle de bains se refermer, puis se rouvrir, puis des pas feutrés dans l'escalier.

– Je vais... a commencé Greta.

– Non.

J'ai secoué la tête avant de me rapprocher de Toby encore davantage. Je voulais que tout soit clair et limpide. Je voulais que ma mère descende et voie ma main posée sur la tête de Toby.

Et ça a été le cas. Debout dans les escaliers, en peignoir et pantoufles, elle scrutait le salon obscur.

– June ?

Mais elle s'est arrêtée là car, tandis que son regard passait de moi à Toby et de Toby à Greta, il n'y avait rien d'autre à dire. Cela résumait toute l'histoire. Elle s'est couvert la bouche de la main avant de remonter chercher mon père.

Nous avons ensuite beaucoup discuté. Des paroles de colère, de peine. Mais surtout des questions et, finalement, il n'y a plus rien eu à ajouter. Tous les deux avaient compris que Toby et moi étions devenus amis.

Pendant longtemps, nous sommes restés tous les quatre assis dans le salon, dans cette espèce de silence fragile que je n'avais encore ressenti que dans les églises et les bibliothèques. La sorte de silence que tout le monde s'évertue à ne pas rompre. Nous regardions le dos de Toby se soulever, s'abaisser, se soulever, s'abaisser, la seule preuve qu'il était encore parmi nous.

C'est ma mère qui s'est levée la première. Elle a traversé la pièce, s'est agenouillée près de Toby, et a posé sa paume sur son front. Je l'ai regardée passer ses doigts dans ses doux cheveux d'oisillon et, bien qu'elle ait eu le dos tourné, je crois l'avoir entendue dire : « Pardon. » Je veux croire que c'est bien ce que j'ai entendu. J'avais besoin de savoir que ma mère comprenait qu'elle aussi avait sa part de responsabilité dans cette histoire. Que toute la jalousie et la honte que nous portions en nous étaient notre maladie propre. Une maladie aussi grave que le sida de Finn et Toby.

À la fin, il ne restait plus que nous deux dans la pièce. Ma mère et moi. Le corps de Toby ne bougeait plus et elle a mis la main sur mon épaule. Voilà comment s'achevait l'histoire d'une vie.

Ce soir-là, bien après que le corps de Toby a été emmené, quand tout le monde dormait à poings fermés, j'ai assisté à une scène dont je n'ai jamais parlé qu'à Greta. Je n'arrivais pas à trouver le sommeil, alors je suis descendue sans faire de bruit. Une lueur trouait les ténèbres du salon : une petite lampe était allumée sur une commode près de la cheminée. J'ai alors aperçu ma mère qui se tenait debout sur une chaise qu'elle avait apportée de la salle à manger. Elle tenait un petit pinceau dans une main et, dans l'autre, le couvercle en plastique d'une boîte de glace qu'elle utilisait en guise de palette. Me faisant toute petite, je suis restée à l'observer tandis qu'elle trempait délicatement son pinceau dans la peinture. Je l'ai vue pencher la tête sur le côté et regarder le portrait de bas en haut avant d'approcher son pinceau de la toile, tout comme Finn. Stupéfaite, j'ai regardé ma mère donner ses propres coups de pinceau au portrait. Le lendemain matin, je me suis levée la première pour aller voir le résultat. Je portais un collier en argent au motif complexe, parfaitement dessiné. Greta, quant à elle, portait une bague en argent ornée de sa pierre porte-bonheur.

Parfois je me dis que ce n'est pas si terrible. D'être responsable de la mort de quelqu'un qui était condamné de toute façon. D'avoir assassiné une personne qui était presque déjà morte. C'est ce que j'essaye de me dire parfois, mais ça ne marche jamais. Deux mois, cela représente 60 jours. 1 440 heures. 86 400 minutes. J'étais une voleuse de minutes. Je les avais volées à Toby et à moi-même. C'était aussi simple que cela. Toute leur vie mes parents penseraient que Toby était un meurtrier, mais ils ne sauraient jamais pour moi. Ils ne devineraient jamais qu'une vraie tueuse vivait sous leur toit. Peu importe que Toby m'ait pardonné. Qu'il ait vraiment quitté ce monde sans une seule mauvaise pensée pour moi. Que nous ayons fini comme des amis très chers. Tout cela ne changeait rien. J'avais des boutons noirs tatoués sur le cœur. Je les porterais jusqu'à la fin de mes jours.

Mais une autre région de mon cœur sait que j'ai finalement tenu ma promesse. C'est moi qui me suis occupée de Toby jusqu'au bout, moi qui suis restée avec lui pour qu'il ne se sente pas seul. Tout comme Finn l'aurait souhaité. Et, parfois, quand je ne veux plus être triste, je me dis que cela nous rend presque quittes.

En revanche, ce dont je suis sûre, c'est que j'ai perdu mon super pouvoir. Mon cœur est à présent tendre et brisé, et je suis redevenue banale. Je n'ai pas d'amis à New York. Pas un seul. Si avant je pensais que ce serait peut-être bien d'être fauconnière, j'en suis aujourd'hui convaincue, parce que je dois percer le secret de la profession. Je dois apprendre à faire revenir les choses vers moi, au lieu de toujours les voir s'envoler au loin.

Finn s'était arrangé pour que, à la mort de Toby, Greta et moi héritions de tout. Même de l'appartement. Parfois j'imaginais nos vies à venir. Toutes deux nous lançant dans des voies différentes. L'université, les maris, les enfants. Peut-être que nous vivrions à des milliers de kilomètres l'une de l'autre. Dans deux pays différents. Voire sur deux continents différents. J'imaginais même l'avenir très lointain, quand nous serions deux vieilles dames. Deux vieilles grand-mères voûtées avec des sacs à main gigantesques, des lunettes et des châles tricotés à la main. Je nous imaginais dans toutes ces années, revenant à l'appartement de Finn. Notre repaire secret. L'endroit que Finn et Toby nous avaient laissé, rien que pour nous.

Mais cette petite pièce à la cave, ce concentré de magie, je ne la partagerais jamais. J'ai trouvé l'exemplaire de Toby de cette photo idiote de lui et moi à *Playland* et je l'ai fait encadrer. J'ai utilisé du fil de fer pour la pendre sur le mur de la petite cellule. C'est la seule fois que j'y suis retournée. Je suis descendue par l'ascenseur et je n'ai pas eu peur du tout. Du tout, du tout. Toby m'a dit un jour que, lorsque Finn et lui avaient appris qu'ils avaient le sida, au lieu de se sentir perdus sachant que le temps leur était compté, ils avaient eu le sentiment contraire. Ils s'étaient sentis tout-puissants. Comme si rien ne pourrait plus les atteindre. Peut-être que ça avait un peu déteint sur moi, parce qu'en traversant cette cave, en passant devant tous ces matelas moisis et tous ces recoins sombres qui donnent la chair de poule, je me sentais forte et solide. J'aurais presque pu crier : « Venez me chercher si vous l'osez ! » Sachant qu'il ne pouvait rien m'arriver.

Il n'y a pas eu de cérémonie pour Toby. Et il ne voulait pas être enterré. Il me l'avait dit une fois, sur le ton de la plaisanterie. « Je me vois pas comme un mec de cercueil et de pierre tombale. » Et je lui avais sans doute répondu que je ne le voyais pas non plus comme un mec d'urne et de cendres. Quelque chose du style. Je ne me souviens pas précisément.

Pendant tout ce temps, je m'étais demandé où étaient les cendres de Finn et, après lui avoir posé la question pour la centième fois, ma mère a fini par reconnaître que c'était elle qui les avait. Elles se trouvaient dans une magnifique urne en bois poli qu'elle gardait sur la plus haute étagère de son placard. Je l'imaginais descendant cette urne tard dans la nuit. Je l'imaginais passant la main sur sa courbe parfaite. Je l'imaginais disant à quel point elle regrettait sa méchanceté envers

Toby. Qu'elle était désolée de la tournure qu'avait prise la situation. Je m'imaginais tout cela parce que j'en avais besoin. J'avais besoin de penser que tout ce qu'elle avait fait l'avait été par amour. Parce que ça, je pouvais le comprendre. Je pouvais le pardonner. Et ça me faisait penser qu'un jour, peut-être, j'arriverais à me pardonner moi.

Au lieu d'un vrai enterrement, Toby a été incinéré et, enfin, je me suis dit que j'avais une bonne idée. Je voulais rendre Toby à Finn. Je voulais que les gens du crématorium ouvrent l'urne de Finn pour y verser les cendres de Toby. Je m'attendais à ce que ma mère s'y oppose, mais non. Elle m'a dit qu'elle pensait que j'avais raison. Que c'était le moins que l'on puisse faire. Le moins que *nous* puissions faire, elle et moi. Et une fois leurs cendres mêlées, j'ai eu le sentiment que, pour une fois, j'avais vraiment fait ce qu'il fallait.

Aujourd'hui, quand je vais dans les bois, je longe toujours le ruisseau pour me diriger directement vers le gros érable. J'y vais en courant, comme Toby avait dû le faire ce soir d'orage, puis je me penche et je me mets à marcher à quatre pattes. S'il y a un indice ? S'il y a un chewing-gum à la fraise encore enveloppé dans son papier lustré, ou une pincée de tabac à rouler, ou un bouton de gros manteau gris ? Si, enfouie sous toutes ces feuilles, je suis là, moi ? Pas la moi actuelle, mais la fille en robe de dentelle avec la fermeture éclair ouverte dans le dos. La fille avec les bottes les plus chouettes du monde. Si elle est là-dessous ? Et si elle pleure ? Parce que, si je la trouve, c'est sûr qu'elle sera en train de pleurer. Ses larmes racontent l'histoire de ce qu'elle sait. Que le passé, le présent et l'avenir ne forment qu'un. Qu'il n'y a nulle part où aller. Chez soi, c'est chez soi. Point.

66

Nous étions tous assis dans le salon lorsque la sonnette a retenti. Nous étions samedi matin et nous l'attendions, l'homme du Whitney. Ma mère s'est levée et nous a regardés.

– Je ne veux pas de scène, a-t-elle dit en insistant surtout sur moi.

– Comment ça ? ai-je répondu avec mon air le plus convaincant de « Je ne ferais jamais une chose pareille ».

– Pas de scène ni de commentaires déplacés, compris ? C'est déjà assez gênant comme ça.

J'étais d'accord sur ce dernier point. La situation avait en effet été gênante. Seules ma mère, Greta et moi étions à la maison quand l'homme du Whitney était venu voir le portrait la première fois. Je pense que nous nous attendions toutes les trois à rencontrer une sorte de passionné d'art sympathique et décontracté, mais il avait plutôt l'air tout droit sorti de l'armée. Il avait les cheveux ras et portait une chemise blanche boutonnée jusqu'au menton. Il transportait une lourde mallette noire et, comme ma mère l'avait prédit, il nous a pris pour des folles en découvrant le tableau. Il nous a dit qu'il était consterné. Il l'a répété trois ou quatre fois en fronçant les sourcils au maximum. Je me rendais bien compte que même ma mère était intimidée, parce qu'elle a oublié de lui proposer une tasse de café alors que, d'habitude, elle n'oublie jamais d'être polie. Nous sommes restées assises dans le salon pendant qu'il examinait le portrait. Il a sorti un écritoire à pinces ainsi qu'un bloc jaune et a commencé à prendre quelques notes au gré de son analyse. De temps en temps, il s'approchait de quelques pas, puis reculait, puis faisait un écart à droite, puis à gauche, ne cessant de gribouiller sur sa feuille.

Je ne suis pas sûre qu'il ait compris que c'étaient Greta et moi qu'il scrutait, que nous étions là, juste derrière lui. Je n'avais pas l'intention de le lui faire remarquer, mais plus il examinait la toile, plus j'étais en colère. Comment osait-il nous regarder de la sorte ? De quel droit nous déchiquetait-il des yeux ? Toutes ces heures que Finn avait passées à essayer de nous cerner. Parce qu'il nous aimait. Parce qu'il voulait peindre ce portrait pour *nous*. Tout cet amour semblait sans importance pour ce type du Whitney. Cela ne faisait aucun doute. Il nous observait comme des bêtes curieuses. Il scrutait encore et encore et, soudain, je n'ai eu qu'une envie, c'est de nous protéger de ses yeux. Et puis Finn aussi. Je voulais protéger l'œuvre de Finn.

Je me suis levée.

– Vous en avez assez vu ?

J'avais les mains sur les hanches. Je m'attendais à ce que ma mère me dise d'être polie. D'être patiente. Je l'ai regardée mais, au lieu d'avoir l'air contrariée par ma grossièreté, elle s'est levée aussi.

– Oui, a-t-elle dit en hochant la tête. Je pense que ça suffit.

Puis Greta s'est levée à son tour, mais n'a rien dit.

Le type du Whitney nous a considérées lentement, l'une après l'autre, et je me suis demandé s'il passait sa vie à évaluer tout ce qu'il voyait. Au bout d'un moment, il a hoché la tête.

– Très bien. Voyons quelles options s'offrent à nous.

Il a désigné un fauteuil.

– Vous permettez ?

– Bien sûr, a répondu ma mère.

Nous nous sommes rassises pour l'écouter.

Il nous a redit que c'était une honte d'avoir « infligé » autant de dégâts au portrait. Il a utilisé des mots comme « parodie », « abomination » et, très vite, l'audace qui nous animait quelques minutes plus tôt s'est envolée. Après s'être assuré que nous comprenions bien la gravité de nos actes, il a déclaré qu'un bon restaurateur saurait gommer les malheureux ajouts.

– Bien sûr, cela représente un certain coût. Mais c'est indispensable et je pense que vous devriez être soulagées de savoir qu'au moins c'est possible.

Nous avons acquiescé et, après quelques minutes de négociation, nous avons accepté qu'il emporte le tableau avec lui au musée. Il nous a dit que nous devrions le récupérer d'ici à la fin du mois.

Puis il est parti, et en général, c'était le moment où nos sentiments étouffés explosaient, le moment où tout le monde éclatait de rire. Mais le grand espace vide sur le mur enlevait toute drôlerie à la situation.

À présent, il était de nouveau devant notre porte, cette fois-ci avec le portrait.

– D'accord, promis, ai-je dit à ma mère. Je vais me taire.

L'homme était habillé exactement comme la fois précédente. J'imaginais un placard rempli de chemises blanches impeccables. Après quelques plaisanteries et une tasse de café, que ma mère n'a cette fois pas oubliée, il a posé le portrait sur la table de la cuisine. Il était enveloppé dans une multitude de couches de papier bulle, et je me suis dit que l'homme ferait une attaque s'il voyait la façon dont étaient conservés tous ces tableaux dans la cave de Finn. Toutes ces œuvres absolument pas protégées et entassées les unes sur les autres. J'ai souri en pensant qu'il ne le saurait jamais. Personne, d'ailleurs. Jamais.

Mon père était lui aussi présent cette fois-ci, et nous avons tous les quatre regardé l'homme déballer le tableau avec précaution.

– Je pense que vous conviendrez qu'il s'agit d'un travail de grande qualité.

Et nous avons alors vu le résultat. Tout ce que nous avions ajouté ou retouché – les boutons, le crâne, les lèvres, les cheveux illuminés et les ongles – avait disparu. Le portrait était redevenu tel que Finn l'avait laissé.

Ou presque. J'ai remarqué que les deux choses ajoutées par ma mère – le collier et la bague – étaient toujours là. Cela montrait bien son talent. Elle était si douée que même un spécialiste d'art n'arrivait pas à distinguer ses coups de pinceau de ceux de Finn. Elle ferait partie de ce tableau pour toujours. J'ai observé ma mère tandis qu'elle découvrait cette nouvelle version du portrait, mais elle n'a rien laissé paraître. J'avais envie de croiser son regard, pour qu'elle sache que j'avais compris ce qu'elle avait fait, mais j'y ai renoncé. Chacun a besoin de penser qu'il a des secrets.

Mes parents hochaient la tête et Greta semblait soulagée. J'avais l'impression d'être la seule que la disparition de tous ces ajouts attristait. Mais je n'en ai rien dit. C'était le genre de choses que personne ne comprendrait, à mon avis. Et puis, j'avais promis à ma mère de ne pas faire de scène.

Mes parents ont remercié l'homme à maintes reprises et, même s'il hochait la tête, je voyais bien que ça le tuait de laisser le portrait entre les mains d'idiots comme nous. Mais il n'avait pas le choix.

Le tableau a donc retrouvé sa place au-dessus de la cheminée du salon. Au départ, nous le regardions chaque fois que nous passions devant, mais il s'est peu à peu estompé à l'arrière-plan de notre maison. De nos vies.

Néanmoins, malgré tout le travail de restauration, j'arrive encore à lire le tableau. Je suis la seule à savoir qu'un loup s'y cache, et la seule à savoir que, si la lumière frappe la toile pile au bon endroit, cette lumière orange foncé de fin de journée, et qu'elle traverse la fenêtre sur le côté, selon un angle bien précis, et que l'on sait ce qu'on cherche à voir, si l'on sait exactement où regarder, on peut toujours apercevoir les cinq boutons noirs. Pas comme avant, gros et maladroits, mais plutôt comme des ombres. Comme des petites lunes éclipsées, flottant au-dessus de mon cœur.

REMERCIEMENTS

Dès le tout début, j'ai eu la chance de recevoir les commentaires de lecteurs à la fois sincères et encourageants. Un grand merci à eux pour leurs remarques constructives : Sarah Crow, Sondra Friedman, Julia Wherrell, Jerry Horsman, Clive Mitchell et Clare Blake.

Merci à Mollie Glick d'avoir permis à mon livre d'entrer dans le monde de la meilleure façon possible. Je n'aurais rien pu demander de plus. Un grand merci également à tous les autres collaborateurs de Foundry, en particulier Katie Hamblin et Stéphane Abou, ainsi qu'à Caspian Dennis d'Abner Stein.

Un grand merci à ma relectrice-correctrice, Jen Smith. Je te suis reconnaissante pour la pertinence de tes remarques, toujours exprimées avec gentillesse. Merci de m'avoir encouragée jusqu'au bout. Merci aussi au reste de l'équipe de Dial Press : Susan Kamil, Hannah Elnan, Kathleen Murphy Lord, ainsi qu'à tous ceux qui ont travaillé ou travailleront sur ce livre.

Merci à Jenny Geras de Pan Macmillan. Quelle chance de bénéficier du travail de deux relectrices exceptionnelles ! Merci aussi à Jeremy Trevathan, Ellen Wood, Michelle Kirk, Chloe Healy et toute l'équipe de Macmillan, dont l'enthousiasme m'a profondément touchée.

Merci à toute l'équipe de New Writing Partnership, notamment Kate Pullinger et Candida Clark, de m'avoir sélectionnée pour le fabuleux prix New Writing Ventures. Je repense encore, rêveuse, à cette belle année des Ventures. Et merci à Judith Murray dont les commentaires en amont m'ont permis de me poser toutes les bonnes questions pour la rédaction de ce roman.

Merci au Arts Council England de m'avoir accordé une bourse généreuse pour le premier jet de ce roman.

Un grand merci à ma famille et à mes amis que j'aime et qui ont toujours été là pour moi de bien des façons : maman, papa, Wendy et Josh, Cindi, Shirley, Kristin, Lynne, Dilys, Mike, Steven et Irene.

Un salut respectueux au fantôme de Ged Stewart.

Et, surtout, merci à mon cher Chris, inébranlable et toujours tolérant. Tu n'as jamais douté de l'issue positive de cette aventure. Je n'y serais jamais arrivée sans toi.

COMPOSITION ET MISE EN PAGES
NORD COMPO À VILLENEUVE-D'ASCQ

ACHEVÉ D'IMPRIMER PAR CPI BUSSIÈRE
À SAINT-AMAND-MONTROND EN DÉCEMBRE 2015

N° d'impression : 2019854
Dépôt légal : mai 2015
Imprimé en France